| NANOFÁGICA | | | H. |
|---|---|---|---|
| DIA | MÊS | ANO | TIR. |
| 25 | 09 | 23 | 10$^{000}$ |
| RX / TX  E. B. |||||
| ANT.  LOOP |||||

| | |
|---|---|
| Editorial | ROBERTO JANNARELLI |
| | VICTORIA REBELLO |
| | ISABEL RODRIGUES |
| | DAFNE BORGES |
| Comunicação | MAYRA MEDEIROS |
| | GABRIELA BENEVIDES |
| Preparação | NATÁLIA MORI MARQUES |
| Revisão | ISADORA PROSPERO |
| | KARINA NOVAIS |
| Cotejo | KARINA NOVAIS |
| Capa | CAROL NAZATTO |
| Projeto gráfico | GIOVANNA CIANELLI |
| Diagramação | DESENHO EDITORIAL |

TRADUÇÃO:
**STEPHANIE FERNANDES**

SÃO AFEITOS A UM BOM PAPO:

**DANIEL LAMEIRA**
**LUCIANA FRACCHETTA**
**RAFAEL DRUMMOND**
&
**SERGIO DRUMMOND**

**Emily Brontë**

# O Morro dos Ventos Uivantes

NANO

# Capítulo 1

Acabo de regressar de uma visita ao meu senhorio — o único vizinho com quem terei de lidar. É uma província muito bonita, sem dúvida! Em nenhum outro lugar da Inglaterra eu poderia ter me estabelecido em um cenário tão alheio ao frenesi da sociedade. O paraíso perfeito para um misantropo; e o sr. Heathcliff e eu somos a dupla ideal para partilhar dessa desolação. Um sujeito e tanto! Mal imagina ele o quanto eu me enterneci quando vi seus olhos negros se recolherem, bastante desconfiados, sob as pestanas, enquanto eu me aproximava a cavalo, ou quando seus dedos buscaram abrigo ainda mais fundo no bolso do colete, arredios, assim que anunciei meu nome.

— Sr. Heathcliff! — falei.

Um aceno com a cabeça foi a resposta.

— Sou o sr. Lockwood, seu novo inquilino, senhor. Quis ter a honra de fazer uma visita o quanto antes, após me mudar, para dizer que espero não o ter importunado com a minha persistência em solicitar a ocupação da Granja da Cruz dos Tordos. Ainda ontem ouvi dizer que o senhor tinha algumas ideias...

— Pois é minha propriedade, senhor — interrompeu ele, retraído. — Não permitiria que me importunassem, se pudesse evitar... Entre!

Esse "entre" foi pronunciado entre dentes cerrados e expressava um sentimento de "Vá para o inferno"; mesmo o portão sobre o qual ele estava debruçado não manifestou nenhum movimento solidário ao convite, e acho que foram as circunstâncias que me induziram a aceitá-lo. Fiquei interessado por aquele homem que parecia infinitamente mais reservado que eu.

Quando viu meu cavalo forçar a passagem, enfim estendeu a mão para desacorrentar o portão, então tomou a dianteira pelo passadiço e ordenou, assim que adentramos o pátio:

— Joseph, cuide do cavalo do sr. Lockwood e traga um pouco de vinho.

*Temos aqui a comitiva toda de empregados, creio eu*, foi a reflexão sugerida por aquela ordem composta de tarefas tão distintas. *Não é por acaso que a relva cresce entre os ladrilhos, e cabe ao rebanho aparar a sebe.*

Joseph era um senhor de idade, ou melhor, um velho, talvez bem velho, ainda que cheio de saúde e vigor.

— Que Deus nos ajude! — disse consigo, em um tom de desgosto e irritação, enquanto tomava o cavalo de minhas mãos; ao mesmo tempo, fitava meu rosto com tanto ranço que, caridosamente, conjecturei que precisava de ajuda divina para digerir o almoço, e que seu brado devoto não fazia nenhuma alusão à minha visita inesperada.

Morro dos Ventos Uivantes é o nome da residência do sr. Heathcliff, sendo "os ventos uivantes" um aspecto importante da província, que descreve bem a atmosfera tumultuosa à qual o lugar é submetido durante tempestades. Decerto contam com uma ventilação pura e revigorante o tempo todo lá no alto; é possível inferir a potência do vento norte sobre o morro pela inclinação acentuada dos abetos franzinos e escassos em torno da casa, e pela fileira de espinheiros cadavéricos que estendem os ramos numa única direção, como se pedissem uma caridade ao sol. Felizmente, o arquiteto teve o cuidado de construí-la forte: as janelas estreitas estão embutidas fundo nas paredes, e as quinas são protegidas por blocos salientes de pedra.

Antes de passar pelo umbral, parei para admirar os diversos entalhes grotescos da fachada, sobretudo ao redor da porta principal, sobre a qual, em meio a uma selva de grifos esfacelados e menininhos despudorados, pude ver a data "1500" e o nome "Hareton Earnshaw". Eu teria feito um comentário ou outro e solicitado uma breve história do local ao proprietário ranzinza; mas sua postura à porta parecia demandar que eu entrasse logo ou partisse de vez, e eu não queria, de forma alguma, agravar seu aborrecimento antes de inspecionar as entranhas da propriedade.

Um passo a mais nos conduziu à sala, sem vestíbulo ou passagem introdutória: é este o pedaço da propriedade a que se referem como "casa". Costuma incluir uma cozinha e uma sala de estar, em geral; mas imagino que, no Morro dos Ventos Uivantes, a cozinha tenha sido forçada a se recolher por completo para algum outro espaço: ao menos distingui uma falação e um tilintar de utensílios culinários nos fundos; não havia o menor sinal de assados, fervidos ou cozidos em curso na enorme fornalha, tampouco reluziam tachos de cobre ou escorredores de latão nas paredes. Um canto, todavia, irradiava com esplendor a luz e o calor de enormes pratos de estanho, entremeados por jarros e canecas de prata, em torres e mais torres, que se erguiam até o teto, sobre uma grande cômoda de carvalho. O telhado nunca recebera um forro: toda sua anatomia estava exposta ao olhar inquisitivo, exceto por uma extensão de madeira coberta de panquecas de aveia e uma penca de pernis de boi, cordeiro e presunto. Sobre a lareira havia uma série de antigas armas vilanescas, um par de pistolas de cavalaria e, a título de ornamento, três latas pintadas em cores vivas, dispostas na borda. O piso era branco, de pedra lisa; as cadeiras, estruturas primitivas pintadas de verde, tinham encostos altos; uma ou duas pretas, mais pesadas, ficavam à espreita na sombra. Em um arco sob o aparador, repousava uma enorme cadela perdigueira de pelagem fígado, cercada por um enxame de filhotes aos guinchos; e outros cães rondavam outros recantos.

Os aposentos e a mobília não seriam nada extraordinários se pertencessem a um fazendeiro rústico do norte, de semblante teimoso e pernas corpulentas, marcadas pelos calções e polainas. Indivíduos assim, sentados em suas poltronas, com uma caneca de cerveja espumando na mesa redonda à sua frente, são comuns no perímetro de oito a dez quilômetros ao redor destas colinas; basta fazer uma visita na hora certa depois do almoço, e lá estão eles. Mas o sr. Heathcliff apresenta um contraste singular com a própria morada e estilo de vida. Tem pele cigana, escura, e nos trajes e modos é um lorde — isto é, tão cavalheiro quanto há de ser um fidalgo provinciano: um tanto esgrouvinhado, pode-se dizer, mas não chega a ser uma negligência descabida, pois ele tem uma silhueta ereta e formosa; e um tanto sombrio. Talvez algumas pessoas vejam nele certo orgulho de baixa estirpe; em mim ele provoca um sentimento solidário, que me diz que não é nada do tipo. Sei por instinto que a discrição dele deriva de uma aversão a demonstrações espalhafatosas de sentimento — a manifestações de gentileza mútua. Ele ama e odeia em segredo, e julga ser uma espécie de impertinência ser amado ou odiado de volta. Não, estou me precipitando: atribuo a ele meu próprio temperamento, como me convém. O sr. Heathcliff talvez tenha suas próprias razões, totalmente distintas das minhas, para manter a mão resguardada quando é apresentado a um camarada em potencial, categoria na qual me encaixo. Acredito que meu caso é peculiar: minha querida mãe costumava dizer que eu jamais teria um lar aconchegante; e eis que, no verão passado, de fato provei-me indigno de um.

Estava passando um mês no litoral, desfrutando do tempo bom, quando me encontrei na companhia da mais fascinante criatura — uma verdadeira deusa a meus olhos, embora não me notasse. Nunca "declarei meu amor" em voz alta; contudo, pela linguagem corporal, qualquer palerma teria adivinhado que eu estava perdidamente apaixonado; ela entendeu, enfim, e me respondeu com o mais doce olhar que se pode imaginar. E eu fiz o quê? Confesso, com embaraço, que me recolhi com frieza, feito caramujo; a cada troca de olhares, retraía-me mais e mais, até que, no fim das contas, a pobrezinha passou a duvidar de seus próprios sentidos e, vencida pela confusão de seu suposto equívoco, persuadiu sua mãe a deixar a costa. Por essa estranha reviravolta no comportamento, ganhei a reputação de crueldade deliberada; quão injusta é essa imagem, só eu sei.

Sentei-me ao pé da lareira, de frente para a cadeira à qual meu senhorio se dirigia, e arrisquei preencher o intervalo de silêncio com um afago na mãe canina, que havia deixado sua ninhada e se esgueirava, lupina, entre as minhas pernas, de lábio arqueado, com as presas brancas sedentas por uma abocanhada. Meu afago provocou um rosnado gutural, demorado.

— É melhor não mexer com a cachorra — rosnou o sr. Heathcliff em uníssono, impedindo com um pontapé manifestações mais ferozes. — Ela não está acostumada a ser mimada, não é um bicho de estimação. — Então, avançando até uma porta lateral a passos largos, bradou mais uma vez: — Joseph!

Joseph soltou um murmúrio incompreensível das profundezas da adega, mas não deu sinal de que subiria tão cedo; então o patrão se embrenhou lá para dentro junto a ele, deixando-me a sós com a cadela colérica e com um par de pastores desgrenhados e soturnos, de aspecto vil, que se aliaram a ela na guarda zelosa de meus movimentos. Sem a menor vontade de entrar em contato com seus dentes, permaneci imóvel; mas, imaginando que cães não seriam capazes de entender insultos velados, infelizmente caí na tentação de dar uma piscadela e fazer caras e bocas para o trio; eis que alguma dessas mudanças de fisionomia irritou a madame a tal ponto que, em um arroubo de fúria, ela avançou em meus joelhos. Rechacei-a e apressei-me a colocar a mesa entre nós. Meus movimentos provocaram o enxame todo: meia dúzia de demônios de quatro patas, dos mais variados tamanhos e idades, irromperam de covis ocultos. Meus calcanhares e as abas do sobretudo pareciam ter virado alvos de ataque; e ainda que eu tenha conseguido afastar os maiores combatentes com o atiçador de fogo, vi-me obrigado a clamar pelo amparo de alguém da casa para reestabelecer a paz.

O sr. Heathcliff e seu criado subiram os degraus da adega com uma calma irritante. Não me parece que tenham se movido um segundo mais rápido que o usual, embora a sala tivesse se transformado em uma verdadeira tormenta de aflições e ganidos. Felizmente, alguém da cozinha se prontificou: uma senhora robusta, com o vestido levantado, as mangas arregaçadas e as bochechas inflamadas, correu até nós brandindo uma frigideira. Usou a arma e a língua com tanta obstinação que a tempestade se dissipou como num passe de mágica. Ela estava no meio da sala, ofegante feito o mar depois de um vendaval, quando seu amo entrou em cena.

— Que diabos está acontecendo aqui? — indagou ele, fitando-me com um olhar difícil de engolir depois daquele tratamento nada hospitaleiro.

— Que diabos digo eu! — resmunguei. — Uma vara de porcos endemoniados seria menos cruel que esses seus animais, senhor. É como deixar um estranho à mercê de uma prole de tigres!

— Eles não encrencam com quem não mexe em nada — observou ele, colocando uma garrafa à minha frente e ajeitando a mesa de volta em seu lugar. — Os cães fazem bem em ser vigilantes. Aceita uma taça de vinho?

— Não, obrigado.

— O senhor não foi mordido, foi?

— Não, ou teria marcado o agressor com o meu anel de sinete. — O semblante de Heathcliff descontraiu-se em um sorriso.

— Ora, vamos — disse ele —, o senhor está muito abalado. Aqui, tome um pouco de vinho. É tão raro receber visitas que eu e meus cachorros mal sabemos como nos portar, admito. À sua saúde, senhor!

Retribuí os votos com uma mesura; estava começando a me dar conta de que seria bobagem ficar aborrecido com a diabrura de um bando de cães sarnentos; além disso, não pretendia compactuar com a diversão às minhas custas, visto que os ânimos dele se encaminhavam para isso. O sr. Heathcliff, provavelmente balançado pela ponderação de que seria tolice ofender um bom inquilino, relaxou um pouco, abriu mão de seu estilo lacônico e, sem economizar palavras, introduziu um assunto que imaginou ser de meu interesse: um tratado sobre as vantagens e desvantagens do meu presente local de retiro. Julguei-o muito inteligente nos assuntos que abordamos; e, antes mesmo de voltar para casa, estava me sentindo encorajado a lhe fazer uma nova visita amanhã. Evidentemente, ele não desejava que minha intrusão se repetisse. Farei a visita mesmo assim. É de espantar quão sociável me sinto em comparação com ele.

## Capítulo 2

A tarde de ontem despontou fria, com névoa. Fiquei tentado a passá-la à beira da lareira, no meu escritório, em vez de me embrenhar pela mata e pelo lamaçal até o Morro dos Ventos Uivantes. Depois do almoço, no entanto (cabe uma nota aqui: costumo almoçar entre meio-dia e uma da tarde; a governanta, uma senhora matronal que veio junto com a casa, simplesmente não consegue, ou se recusa a compreender o meu pedido para ser servido às cinco[1]), subi as escadas com esse plano ocioso em mente e, ao entrar no aposento, deparei-me com uma criada de joelhos, cercada de escovões e baldes de carvão, levantando uma poeira infernal enquanto extinguia o fogo com um monte de cinzas. O espetáculo me fez dar meia-volta de imediato; peguei meu chapéu e, depois de uns seis quilômetros de caminhada, cheguei ao portão principal de Heathcliff bem a tempo de escapar dos suaves primeiros flocos de neve.

No alto da inóspita colina, a terra estava dura, coberta por uma escura camada de geada, e o vento me fez estremecer da cabeça aos pés. Como não consegui remover a

---

[1] A confusão da governanta se deve ao uso da palavra *dinner* na Inglaterra, para designar a refeição mais significativa do dia. Dependendo da época ou da região, o horário dessa refeição pode ser no meio do dia ou à noite. [N. de E.]

corrente, pulei o portão, corri pelo passadiço, cercado de groselheiras espinhentas, e, em vão, bati à porta para me deixarem entrar, até os nós dos dedos formigarem e os cães começarem a ladrar.

*Malditos reclusos!*, pensei. *Merecem o isolamento perpétuo do restante da espécie por essa inospitalidade grosseira. Eu, pelo menos, jamais deixaria as portas trancadas durante o dia. Que seja! Vou entrar!* Determinado, peguei o trinco e chacoalhei-o com veemência. Então Joseph projetou o rosto azedo para fora de uma das janelas redondas do celeiro.

— Que é? — bradou ele, com seu sotaque carregado. — O patrão tá no curral, c'as ovelhas. Dá a volta no celeiro se quiser ter co'ele.

— Não há ninguém em casa para abrir para mim? — esbravejei em resposta.

— A patroa só. Pode algazarrar a noite toda, ela não vai abrir.

— Mas por quê? Você não poderia explicar para ela quem eu sou, Joseph?

— Eu, não. Tenho nada co'isso — murmurou ele, e desapareceu no celeiro.

A neve estava engrossando. Agarrei a maçaneta para arriscar mais uma tentativa, quando surgiu um rapaz sem casaco no pátio adiante, com um ancinho no ombro. Ele acenou para que eu o acompanhasse e, depois de passarmos por um lavadouro e uma área pavimentada onde ficava um armazém de carvão, uma bomba de água e um pombal, por fim chegamos ao conforto dos amplos aposentos onde outrora eu fora recebido. A sala resplandecia à luz de um fogaréu radiante, alimentado por carvão, turfa e lenha; e perto da mesa, posta para uma farta refeição, alegrei-me ao notar a presença da "patroa", uma pessoa de cuja existência eu jamais suspeitara. Cumprimentei-a com uma mesura e aguardei, na expectativa de que fosse me convidar para sentar. Ela olhou para mim, recostada em sua cadeira, e permaneceu imóvel, em silêncio.

— Mas que tempinho! — comentei. — Sra. Heathcliff, lamento informar que a porta agora carrega a marca da desatenção da criadagem. Custei a me fazer ouvir.

Ela não abriu a boca. Encarei-a e ela me encarou de volta; fixou em mim um olhar frio e indiferente, profundamente constrangedor e desagradável.

— Senta — disse o jovem rapaz, brusco. — Ele já vem.

Obedeci; pigarreei e chamei a vilã Juno, que, naquele nosso segundo encontro, dignou-se a balançar a extremidade do rabo, em sinal de que já me conhecia.

— Belo animal! — tornei a falar. — A senhora pretende se desfazer dos pequenos?

— Não são meus — disse a adorável anfitriã, com mais desprezo do que o próprio Heathcliff teria respondido.

— Ah, a senhora prefere aqueles ali? — prossegui, apontando para uma almofada à sombra, repleta do que pareciam ser gatos.

— Seria uma preferência um tanto curiosa! — observou ela, com desdém.

Por azar, era uma pilha de lebres mortas. Pigarreei mais uma vez, aproximei-me da lareira e repeti meu comentário sobre a noite tempestuosa.

— O senhor não deveria ter saído — disse ela, enquanto se levantava para pegar duas das latas coloridas em cima da lareira.

Sua posição anterior estava protegida da luz; nesse instante, tive uma visão mais nítida de seu corpo e rosto. Era esbelta e mal parecia ter saído da juventude, com uma silhueta admirável e o rostinho mais bonito que já tive o prazer de contemplar. Tinha traços delicados e a pele alva; cachos loiros, ou melhor dizendo, dourados, pendiam sobre seu fino pescoço, e seus olhos seriam irresistíveis, se tivessem uma expressão agradável. Para a minha sorte, dado o meu coração fraco, o único sentimento que manifestavam pairava entre o escárnio e um desespero muito estranho e particular. As latas estavam quase fora de seu alcance; prontifiquei-me a acudi-la, mas ela se virou para mim como um sovina faria caso alguém tentasse ajudá-lo a contar seu ouro.

— Não preciso da sua ajuda — censurou-me. — Alcanço sozinha.

— Perdão! — apressei-me a emendar.

— O senhor foi convidado para o chá da tarde? — indagou ela, após amarrar um avental por cima do elegante vestido preto, e segurando uma colher cheia de folhas sobre a chaleira.

— Eu adoraria uma xícara, por favor — respondi.

— Mas o senhor foi convidado? — repetiu ela.

— Não — falei, forçando um sorrisinho. — A senhora é a pessoa mais indicada para me convidar.

Ela largou o chá de volta na lata, com colher e tudo, e retornou à sua cadeira, emburrada, com o cenho franzido e o lábio inferior revirado, feito uma criança prestes a chorar.

Enquanto isso, o rapaz jogara por cima do corpo um jaleco maltrapilho e, empertigado diante das chamas, encarava-me de rabo de olho, como se tivéssemos uma desavença mortal por resolver. Comecei a me perguntar se era mesmo um criado: seus trajes e linguajar eram grosseiros, totalmente desprovidos da evidente superioridade do senhor e da senhora Heathcliff; seus cachos morenos eram secos e indisciplinados, as costeletas animalescas invadiam a face, e suas mãos estavam encardidas como as mãos de um trabalhador comum; no entanto, ele tinha uma postura independente, quase arrogante, e não demonstrava o empenho de um empregado doméstico em servir à senhora da casa. Na falta de provas cabais de sua condição, achei melhor me abster de observar sua estranha conduta e, cinco minutos depois, a chegada de Heathcliff me aliviou, em certa medida, do desconforto que sentia.

— Veja só, meu senhor, promessa é dívida! Vim fazer uma nova visita — exclamei, em tom alegre. — E creio que, com esse tempo, precisarei ficar abrigado aqui por uma meia horinha, se o senhor me permitir.

— Meia horinha? — retrucou ele, sacudindo os flocos brancos da roupa. — Mas que ideia, sair assim em plena nevasca! O senhor sabe que corre o risco de se perder nos pântanos, não sabe? Em noites como esta, mesmo quem conhece bem a região acaba se perdendo pela charneca, e garanto que o tempo não vai virar tão cedo.

— Talvez um de seus rapazes possa servir de guia e pernoitar na Granja. O senhor não poderia dispensar um deles até de manhã cedo?

— Não, não poderia.

— Muito que bem! Resta a mim, então, confiar em minha própria sagacidade.

— Hunf!

— Não vai preparar o chá, não? — perguntou o rapaz de farrapos, dirigindo o olhar selvagem à mocinha.

— *Ele* vai tomar também? — indagou ela, em um apelo para Heathcliff.

— Trate de preparar logo esse chá! Vamos! — foi a resposta, tão brutal que me sobressaltei.

O tom em que as palavras foram ditas revelou um verdadeiro mau-caráter. Eu já não me sentia mais propenso a descrever Heathcliff como um sujeito e tanto. Quando terminaram os preparativos, ele me convidou para o chá, dizendo:

— Agora, senhor, aproxime sua cadeira.

Todos nós, incluindo o rapaz rústico, nos reunimos em torno da mesa, e reinou um silêncio sepulcral enquanto fazíamos a nossa refeição.

Pensei que, uma vez que fui eu o responsável por nublar os humores da casa, era meu dever fazer um esforço para desanuviá-los. Não era possível que eles sentassem à mesa todo dia tão sisudos e taciturnos; por mais rabugentos que fossem, aquela carranca generalizada não tinha como ser cotidiana.

— Estranho... — disse eu, puxando conversa no intervalo entre uma xícara de chá e outra. — Estranho como os hábitos podem moldar nossos gostos e ideias. Muita gente simplesmente não conseguiria conceber a felicidade em uma vida de exílio completo como a sua, sr. Heathcliff. Contudo, arrisco dizer que, com a família a seu lado, e sua adorável senhora presidindo seu lar e seu coração...

— Minha adorável senhora? — interrompeu ele, com um escárnio quase diabólico estampado no rosto. — Onde ela está, a minha adorável senhora?

— A sra. Heathcliff, sua esposa, digo.

— Ah, claro... O senhor está insinuando, então, que o espírito dela assumiu posto de anjo da guarda, e agora protege as fortunas do Morro dos Ventos Uivantes, ainda que seu corpo não esteja mais entre nós? É isso?

Tão logo percebi a gafe cometida, tentei me corrigir. Eu deveria ter atinado para a diferença abismal de idade entre as partes; era pouco provável que fossem marido e mulher. Ele estava na casa dos quarenta, idade de vigor mental em que homens raramente alimentam a ilusão de que mocinhas se casam com eles por amor: é um sonho que fica reservado a nossos anos de declínio, como consolo. Ela não parecia ter sequer dezessete anos.

Então me ocorreu: *O palhaço a meu lado, que está bebendo chá em uma caneca e comendo pão sem lavar as mãos, talvez seja o marido dela: Heathcliff filho, mas é claro. Isso é que é ser enterrada viva: ela se atirou nos braços de um bárbaro por pura ignorância, sem saber que existiam indivíduos melhores! Uma pena — tomarei cuidado para não fazer com que ela se arrependa da escolha.* Essa última reflexão talvez soe arrogante, mas não era. Meu vizinho de mesa beirava o repulsivo, e eu sabia, por experiência, que eu era razoavelmente atraente.

— A sra. Heathcliff é minha nora — disse Heathcliff, confirmando minha suposição.

Enquanto falava, lançou um olhar peculiar na direção da moça: um olhar de ódio, a menos que ele tenha um conjunto perverso de músculos faciais, que, diferente do semblante de outras pessoas, não manifestem a linguagem da alma.

— Certo, certo... Entendi agora. Essa fada caridosa pertence ao senhor, rapaz de sorte — comentei, virando-me para o meu vizinho.

A emenda saiu pior que o soneto: o rapaz ficou vermelho-escarlate e apertou o punho, dando todos os indícios de uma agressão premeditada. Mas logo pareceu recobrar o juízo, abafando a tempestade com blasfêmias brutais, dirigidas a mim; no entanto, tomei o cuidado de não lhe dar atenção.

— O senhor não é muito feliz em suas conjecturas — observou meu anfitrião. — Nenhum de nós desfruta da posse desta fada caridosa. O companheiro dela já morreu. Eu disse que ela era minha nora, portanto só pode ter se casado com meu filho.

— E este rapaz...

— Não é meu filho, pode ter certeza.

Heathcliff sorriu mais uma vez, como se fosse uma audácia de minha parte atribuir-lhe a paternidade daquele urso.

— Eu me chamo Hareton Earnshaw — grunhiu o outro —, e aconselho o senhor a respeitar meu nome!

— Não foi minha intenção desrespeitá-lo — retruquei, rindo por dentro da dignidade com que ele se impôs.

Ele me encarou por um bom tempo, mas não me dignei a afrontá-lo de volta, temendo ceder à tentação de dar um safanão em suas orelhas ou de externar meu divertimento. Comecei a me sentir absolutamente deslocado naquele agradável círculo familiar. A atmosfera pesada reprimia e anulava os confortos físicos que reluziam ao meu redor; e decidi ser mais cauteloso antes de me arriscar sob aquele teto uma terceira vez.

Terminamos de comer e, como ninguém pronunciou uma palavra sequer a fim de socializar, aproximei-me de uma janela para dar uma olhada no tempo. A cena era lamentável: caía a noite escura, antes da hora, e o céu e as colinas se misturavam em um redemoinho de vento e de neve sufocante.

— Do jeito que está, acho que não terei como voltar para casa sem um guia! — exclamei, sem conseguir me conter. — As estradas já devem estar forradas de neve e, mesmo se não estivessem, eu mal seria capaz de discernir um passo adiante.

— Hareton, leve aquela dúzia de ovelhas para o alpendre do celeiro, e feche a passagem com uma tábua — ordenou Heathcliff. — Vão ficar soterradas se passarem a noite ao relento.

— O que devo fazer? — insisti, cada vez mais irritado.

Não obtive resposta; quando olhei ao redor, vi apenas Joseph, que trazia um balde de mingau para os cachorros, e a sra. Heathcliff, inclinada sobre o fogo, brincando com um punhado de fósforos que havia caído enquanto ela ajeitava a lata de chá de volta no lugar. Depois de colocar o fardo no chão, Joseph esquadrinhou a sala e, com a sua voz estridente, ralhou:

— Como que pode esse marasmo, quando tá todo mundo no arado? Ô, infeliz! Cansei de falar já, não tem jeito... Vai é pro inferno, pra junto da sua mãe!

Imaginei, por um instante, que aquele discurso eloquente se dirigia a mim; e, tomado pela raiva, aproximei-me do velho tratante na intenção de enxotá-lo aos pontapés. A sra. Heathcliff, no entanto, deteve-me com sua resposta.

— Seu velho hipócrita de uma figa! — retrucou ela. — Não fica com medo de ser levado, de tanto que fala no inferno? Não ouse me provocar, ou vou pedir que o diabo o leve mesmo, como favor especial. Fica o aviso. Aonde pensa que vai? Olhe aqui, Joseph — prosseguiu ela, tirando um tomo obscuro de uma estante. — Vou mostrar para você o quanto progredi em magia negra... Logo, logo, serei capaz de esvaziar esta casa. Assim como a vaca vermelha não morreu por acaso, aquele seu reumatismo não foi obra de divina providência!

— Menina perversa! Perversa! — arquejava o velho. — Que o Senhor nos livre de todo o mal!

— Não, seu depravado! Você não passa de um pária. Saia já daqui, ou vou machucá-lo de verdade! Farei modelos de cera e argila de todos vocês, e o primeiro que passar dos limites, vou... Ah, nem ouso dizer... Você vai ver só! Fora! Estou de olho em você!

A bruxinha incorporou malícia em seus lindos olhos, e Joseph, tremendo de medo, tratou de arredar o pé, rezando e bradando: "Perversa". Imaginei que a conduta da menina fosse uma espécie de passatempo sombrio; e agora que estávamos a sós, tentei comovê-la com minhas aflições.

— Sra. Heathcliff — disse eu, sério —, peço desculpas por incomodá-la. Só de olhar esse rostinho, sei que a senhora age sempre de bom coração. Será que poderia me indicar alguns pontos de referência para eu voltar para casa? Estou tão desnorteado quanto a senhora estaria a caminho de Londres!

— Tome a estrada por onde o senhor veio — respondeu ela, afundando em uma cadeira, com um castiçal e o livro aberto no colo. — É um conselho modesto, mas é o melhor que posso oferecer.

— E se a senhora ficar sabendo que fui encontrado morto em um pântano ou em uma vala cheia de neve, sua consciência não vai lhe sussurrar que isso em parte é culpa sua?

— Por quê? Não tenho como acompanhá-lo. Não me deixam ir sequer até o muro do jardim.

— Ora! Jamais ousaria pedir para a senhora sair de casa por capricho meu, ainda mais em uma noite como esta! — exclamei. — Gostaria apenas que a senhora me *apontasse* o caminho, não precisaria me *mostrar* de fato. Ou então que me ajudasse a persuadir o sr. Heathcliff a providenciar um guia.

— Mas quem? Somos eu, ele, Earnshaw, Zillah e Joseph. Quem o senhor prefere?

— Não há nenhum rapaz na fazenda?

— Não. Somos só nós.

— Pois, então, serei obrigado a ficar por aqui.

— Isso o senhor deve acertar com seu anfitrião. Não tenho nada que ver com esse assunto.

— Espero que sirva de lição para o senhor não se precipitar mais em jornadas pelos morros — bradou a severa voz de Heathcliff, da entrada da cozinha. — Quanto à hospedagem, não mantenho acomodações para visitas. O senhor terá de dividir a cama com Hareton ou Joseph, caso resolva ficar.

— Posso dormir em uma cadeira na sala — rebati.

— Nada disso! Um estranho é um estranho, seja rico ou pobre. Não me convém deixar alguém perambulando pelas imediações da casa quando estou com a guarda baixa — disse o desgraçado, sem modos.

Com esse insulto, minha paciência se esgotou. Manifestei meu desgosto e avancei para o pátio, trombando com Earnshaw, na pressa. Estava tão escuro que não consegui encontrar a saída; e, enquanto vagueava, entreouvi mais uma amostra da civilidade entre eles. À primeira instância, o rapaz parecia querer me amparar.

— Posso ir com ele até a Granja — disse.

— Vá para o inferno com ele! — exclamou o patrão, ou qualquer que fosse a relação entre eles. — E quem vai cuidar dos cavalos, hein?

— A vida de um homem fala mais alto que o cuidado com os cavalos. É só uma noite. Alguém precisa ir — murmurou a sra. Heathcliff, mais gentil do que eu esperava.

— Não é você quem manda aqui! — retrucou Hareton. — Se você se compadeceu dele, é melhor ficar quieta.

— Espero que o fantasma dele assombre vocês, e que o sr. Heathcliff nunca mais arrume um inquilino, até a Granja virar ruína! — esbravejou ela.

— Ó lá, ó lá! Ela tá botando praga nos homens! — murmurou Joseph, do ponto ao qual eu por acaso me dirigia.

O velho estava bem diante de mim, ouvindo tudo, enquanto ordenhava as vacas à luz de uma lamparina, que tomei dele sem cerimônia; e, bradando que a enviaria de volta na manhã seguinte, corri para a saída mais próxima que encontrei.

— Senhor, senhor! Ele roubou a lamparina! — gritou o ancião, disparando em meu encalço. — Ô, Feroz! Ô, cachorro! Pega ele, Lobo! Pega!

Assim que abri a portinhola, dois monstros felpudos avançaram no meu pescoço, derrubando-me e apagando a lamparina, ao passo que as gargalhadas de Heathcliff e Hareton perpetuavam a minha ira e humilhação. Por sorte, as feras pareciam mais afeitas a esticar as patas e bocejar e abanar o rabo do que a me devorar vivo; mas não compactuavam com a minha ressurreição, e me vi forçado a permanecer deitado até seus donos perversos decidirem me libertar. Então, sem chapéu, tremendo de raiva, ordenei àqueles patifes que me deixassem ir embora, ou que arcassem com as consequências de me deter por mais um minuto que fosse. Fiz toda sorte de ameaças de retaliação, que, na profundidade de sua virulência, lembravam o rei Lear[2].

A veemência da minha agitação fez meu nariz sangrar copiosamente, e Heathcliff ainda gargalhava, enquanto eu ainda praguejava. Não sei qual teria sido o desfecho da história se não houvesse por perto uma pessoa mais racional que eu e mais bondosa que o meu anfitrião. Era Zillah, a governanta parruda, que por fim apareceu para ver do que se tratava aquele rebuliço todo. Imaginou que estivessem me agredindo e, sem ousar atacar o patrão, dirigiu sua artilharia vocal contra o crápula mais moço.

— Ora, sr. Earnshaw — bradou ela —, qual vai ser a próxima asneira, hein? Vai começar a matar gente aqui, na própria porta? Não posso com essa casa! O pobre coitado está quase sufocando! Espere, o senhor não pode ir embora desse jeito. Entre! Vou dar um jeito nisso. Fique calmo, não se mexa.

E, com essas palavras, despejou meio litro de água gelada no meu pescoço e me arrastou para a cozinha. O sr.

---

2 Referência à peça teatral *Rei Lear* (c. 1605), escrita por William Shakespeare (1564–1616). [N. de E.]

Heathcliff veio logo atrás, seu bom humor acidental se extinguindo depressa, dando lugar à rabugice de costume.

Eu estava muito mal, zonzo e fraco; por força das circunstâncias, portanto, vi-me obrigado a aceitar uma acomodação sob seu teto. O sr. Heathcliff instruiu Zillah a me servir uma taça de conhaque e se retirou para a sala; enquanto ela se apiedava de meu infortúnio, depois de obedecer às ordens do amo — graças às quais, em certa medida, recobrei os ânimos —, conduziu-me até minha cama.

## Capítulo 3

Liderando o caminho escada acima, Zillah me aconselhou a esconder o castiçal e não fazer barulho, pois o amo tinha alguma questão esquisita com o quarto onde ela me acomodaria, e jamais permitia que hóspedes o ocupassem. Perguntei o motivo. Ela respondeu que não sabia; fazia apenas um ou dois anos que morava na casa; e era tanta coisa estranha acontecendo que ela se poupava da curiosidade.

Ainda atônito, sem energia para ficar curioso, tranquei a porta e olhei ao redor à procura da cama. A mobília toda consistia em uma cadeira, um guarda-roupa e uma enorme arca de carvalho, com aberturas quadradas entalhadas junto ao topo, similares às janelas de uma carruagem.

Aproximei-me da estrutura, olhei para dentro e percebi que se tratava de um tipo muito particular de cama, convenientemente projetada à moda antiga para evitar a necessidade de cada membro da família ter o próprio aposento. Na verdade, era uma pequena repartição, e o parapeito da janela, anexado ao móvel, servia de mesa. Afastei os painéis de correr nas laterais, entrei com meu castiçal, fechei-os de volta e me senti protegido contra a vigilância de Heathcliff e de todos os demais.

O parapeito, onde apoiei meu castiçal, tinha uns livros embolorados, empilhados em um canto, e estava coberto de escritos, riscados na pintura. Os escritos, por sua vez, resumiam-se a um único nome, que se repetia em todos os estilos de caligrafia, em letras miúdas e garrafais: *Catherine Earnshaw*, com algumas variações aqui e acolá, *Catherine Heathcliff* e *Catherine Linton*.

Tomado pelo torpor, recostei a cabeça na janela e continuei lendo Catherine Earnshaw, Heathcliff, Linton, repetidamente, até meus olhos se fecharem; eu não tinha repousado cinco minutos sequer quando um clarão de letras brancas surgiu no breu, tão vívidas quanto espectros; o ar estava infestado de Catherines e, quando me levantei para dispersar aquele nome inoportuno, notei que o pavio da vela estava escorado em um dos antigos tomos, perfumando o quarto com um aroma de couro queimado. Soprei a vela e, incomodado com o frio e a náusea insistente, sentei-me e abri sobre os joelhos o tomo danificado. Era um Novo Testamento, impresso com uma fonte estreita, e exalava um cheiro terrível de mofo. A folha de rosto trazia a inscrição "Ex Libris: Catherine Earnshaw" e uma data de uns vinte e cinco anos atrás. Fechei o livro e peguei mais um, então outro, até ter examinado todos. A biblioteca de Catherine era seleta, e seu estado de dilapidação mostrava que tivera bom uso, embora nem sempre com um propósito legítimo: eram raros os capítulos que escaparam de comentários a tinta — ou pelo menos pareciam ser comentários — cobrindo todo e qualquer espaço deixado em branco pelo tipógrafo. Alguns eram frases soltas; outros trechos seguiam o formato de um diário comum, rabiscado em uma caligrafia infantil, rudimentar. No cabeçalho de uma página originalmente em branco (que deve ter sido um tesouro e tanto quando foi descoberta), tive o deleite de descobrir uma excelente caricatura de meu amigo Joseph: um esboço de traços grosseiros, porém marcante. Um interesse imediato pela desconhecida Catherine acendeu-se dentro de mim, e comecei a decifrar seus hieróglifos, já desbotados.

"Que domingo terrível!", assim começava o parágrafo logo abaixo.

*Queria que meu pai estivesse de volta. Hindley é um substituto deplorável... A maneira como ele trata Heathcliff é desumana... H. e eu vamos nos rebelar... Demos o primeiro passo agora à noite.*
*Choveu o dia todo... Não pudemos ir para a igreja, então Joseph improvisou uma congregação no sótão; e, enquanto Hindley e sua esposa se aninhavam no aconchego da lareira lá embaixo — fazendo de tudo, menos ler a Bíblia (juro de pés juntos) — Heathcliff, eu e o pobre do lavrador fomos obrigados a pegar nossos livros de orações e subir; fomos organizados em uma fileira, em cima de um saco de milho, grunhindo e tremendo de frio, na esperança de que Joseph também tremesse e então encurtasse o sermão pelo seu próprio bem. Quem me dera! O culto durou precisamente três horas, e meu irmão ainda teve a audácia de perguntar, quando nos viu descer:*
*— Mas já?*
*Costumavam nos dar permissão para brincar nas noites de domingo, com a condição de que não fizéssemos muito barulho. Agora, qualquer risadinha já é motivo para nos deixarem de castigo em um canto!*

— *Parece que vocês esquecem quem manda aqui* — disse o tirano. — *Acabo com o primeiro que me tirar do sério! Exijo disciplina e silêncio absoluto nesta casa. Ah, moleque! Foi você? Frances, minha querida, já que está no caminho, faça-me o favor de puxar o cabelo dele.* Ele estalou os dedos, eu ouvi.

Frances puxou-lhe o cabelo com força e sentou no colo do marido; e ali permaneceram, feito dois pombinhos, beijando-se e falando bobagem sem parar — uns absurdos, dos quais deveríamos nos envergonhar. Tentamos nos acomodar com algum conforto sob o arco do aparador. Eu tinha acabado de amarrar nossos aventais no móvel, para fazer de cortina, quando surgiu Joseph, vindo da estrebaria. Ele desmanchou minha obra, deu-me um tapão na orelha e grasnou:

— *O patrão nem se foi direito, e é dia do Senhor, dia de pensar no Evangelho, nas palavras do pastor. Como que pode ficar brincando? É uma vergonha! Sossega, bando de malcriado! Livro sagrado é que não falta. Tem que sentar e pensar na alma!*

Dito isso, mandou endireitarmos a postura de modo que pudéssemos receber, do fogo longínquo, uma tênue luz para ler o tijolo que ele jogou no nosso colo. Eu não aguentava mais tudo aquilo. Peguei meu exemplar surrado pela lombada e arremessei-o no canil, jurando que detestava os livros sagrados. Heathcliff chutou seu exemplar para o mesmo canto. Então começou o alvoroço!

— *Sr. Hindley!* — berrou nosso capelão. — *Vem ver só, patrão! A srta. Cathy arrancou a capa do* Elmo da salvação, *e Heathcliff pisoteou a primeira parte de* O vasto caminho para a perdição! *Como que o senhor deixa passar essa pirraça? Arre! O velho pa-*

*trão já teria dado uma bela surra neles! Pena que não tá mais entre nós.*

*Hindley se levantou às pressas do paraíso junto à lareira e, agarrando-nos, um pelo colarinho e o outro pelo braço, atirou-nos na copa, onde, segundo profetizava Joseph, "o Capeta" iria nos pegar. Assim reconfortados, cada um de nós procurou um esconderijo próprio para esperar a chegada dele. Tirei este livro e um tinteiro de uma estante e abri uma fresta da porta para entrar luz. Faz vinte minutos que estou escrevendo, mas meu companheiro está impaciente, e propôs que pegássemos o manto da criada encarregada do leite e corrêssemos pela charneca, abrigados. A sugestão me agrada — até porque, se aquele velho ranzinza der as caras, talvez acredite que sua profecia tenha se realizado. Na chuva, não ficaríamos mais ensopados, ou com mais frio, do que aqui.*

Imagino que Catherine tenha levado a cabo seu projeto, pois a frase seguinte abordava outro assunto; parecia aflita.

*Nunca imaginei que Hindley pudesse me fazer chorar assim! Minha cabeça está explodindo; deitar no travesseiro dói, e simplesmente não consigo parar de chorar. Pobre Heathcliff! Hindley chama-o de imprestável, não permite mais que se junte a nós na mesa; e ainda diz que não devemos brincar juntos, e ameaça expulsá-lo de casa se o desobedecermos. Ele culpa nosso pai (como ousa?) por ter sido muito permissivo com H., e jura que vai colocá-lo em seu devido lugar...*

Comecei a cochilar sobre a página turva; meus olhos corriam do manuscrito ao texto impresso. Vi um título vermelho, todo ornamentado: *Setenta vezes sete, e o primeiro do septuagésimo primeiro: um sermão ministrado pelo reverendo Jabes Branderham, na capela da vila de Gimmerton Sough*.[3] E enquanto eu me esforçava, semiadormecido, para pensar no que Jabes Branderham teria a dizer sobre o assunto, afundei de volta na cama e caí no sono. Como são terríveis os efeitos de um chá ruim e de temperamentos ruins! O que mais poderia ter me levado a passar uma noite tão terrível? Não me lembro de nenhuma outra noite que possa ser comparada a esta desde que me entendo por sofredor.

Comecei a sonhar quase antes de perder a consciência de onde estava. Imaginei que já tinha amanhecido e que eu estava a caminho de casa, com Joseph de guia. Uma grossa camada de neve se acumulara na estrada; e, à medida que tentávamos avançar, meu companheiro me aborrecia com suas reprimendas constantes por eu não ter trazido comigo um cajado de peregrino: dizia que eu jamais poderia entrar em casa sem um, e ostentava um porrete pesado, ou o que eu julgava ser um porrete. Por um momento, achei um absurdo ter de portar uma arma daquelas para ser admitido

---

[3] O nome do sermão faz referência a um trecho bíblico (Mateus: 18, 21-22): "Então Pedro, aproximando-se dele, disse: 'Senhor, até quantas vezes o meu irmão pecará contra mim, e eu o perdoarei? Até sete vezes?'. Jesus lhe disse: 'Eu não te digo que até sete vezes; mas até setenta vezes sete'." [N. de E.]

em minha própria residência. Então, dei-me conta. Não era para lá que eu estava indo: estávamos peregrinando para ouvir um sermão do famoso Jabes Branderham, baseado no texto *Setenta vezes sete*; e algum de nós — Joseph, o pastor ou eu — havia cometido o "primeiro do septuagésimo primeiro", e estava prestes a ser publicamente exposto e excomungado.

Chegamos à capela. Eu já passei por ali antes, nas minhas caminhadas, duas ou três vezes; a capela fica em um vale entre duas colinas: um vale elevado, perto de um pântano, cujo lodo, dizem, calha de embalsamar os cadáveres ali depositados. O teto permanece intacto até o presente momento; mas, uma vez que a remuneração do clérigo é de apenas vinte libras por ano e uma casa com dois cômodos, que ameaçam reduzir a apenas um, nenhum clérigo está disposto a assumir o cargo do pastor, sobretudo porque correm as más-línguas que seu rebanho preferiria deixá-lo passar fome a oferecer mais um mísero centavo de seus próprios bolsos. Contudo, em meu sonho, Jabes contava com a congregação cheia e atenta, e pregava — por Deus, e que sermão! Dividido em *quatrocentas e noventa* partes, cada uma com a mesma duração de uma pregação habitual sobre o púlpito, e cada uma discutindo um pecado diferente! De onde ele tinha tirado todos aqueles pecados, não sei dizer. Interpretava o texto de um jeito muito particular, e parecia necessário que o irmão cometesse pecados diferentes a cada ocasião. Era um mais curioso que o outro: estranhas transgressões que eu jamais imaginara.

Ah, fui ficando tão cansado. Eu me contorcia, e bocejava, e cochilava, e despertava de repente! E me beliscava, e esfregava os olhos, e me levantava, e tornava a sentar, e cutucava Joseph para perguntar quando acabaria aquilo. Estava fadado a ouvir tudo, tim-tim por tim-tim, até que, finalmente, ele chegou ao "primeiro do septuagésimo primeiro". Naquele momento crucial, uma súbita inspiração recaiu sobre mim; senti-me impelido a me erguer e denunciar Jabes Branderham como o pecador do pecado que nenhum cristão haveria de perdoar.

— Senhor — exclamei —, sentado entre estas quatro paredes, suportei e perdoei de uma só vez os quatrocentos e noventa pontos do seu sermão. Setenta vezes sete vezes apanhei meu chapéu e estive prestes a me retirar... Setenta vezes sete vezes o senhor me forçou a retomar o meu assento. Um absurdo! Quatrocentas e noventa e uma vezes é demais para mim. Irmãos mártires, atacar! Arrastem-no, reduzam-no a átomos, para que sua casa jamais o conheça!

— *Tu* és o homem! — bradou Jabes, depois de uma pausa solene, debruçado em seu púlpito. — Setenta vezes sete vezes contorceste o semblante, pasmado. Setenta vezes sete vezes aconselhei-me com minh'alma. Eis a fraqueza humana, que também há de ser absolvida! É chegada a hora do primeiro do septuagésimo primeiro. Irmãos, façam nele o juízo escrito. Terão esta honra todos os santos!

E, com esse desfecho, a congregação brandiu seus cajados e prontamente se reuniu à minha volta, em massa; e eu, sem armas para empunhar em legítima defesa, engalfinhei-me com

Joseph, o agressor mais próximo e feroz, para tomar-lhe a dele. Na confluência da multidão, vários porretes se chocaram, e bordoadas destinadas a mim atingiram outros bastiões. Não demorou muito, golpes e contragolpes retumbavam pela capela: os homens se voltavam uns contra os outros; e Branderham, recusando-se a ficar parado, despejou todo o seu fervor em uma torrente de batidas nas tábuas do púlpito, as quais responderam com tanta presteza que, finalmente, para o meu grande alívio, acordaram-me. Mas o que havia provocado aquela tremenda confusão? De onde surgira aquele Jabes? Era um mero galho de abeto que roçava na treliça da janela, com as rajadas de vento, e chacoalhava suas pinhas secas contra a vidraça! Por um instante escutei, desconfiado, então detectei a raiz do problema, virei-me, adormeci e tornei a sonhar — um sonho ainda pior, se é que era possível.

Desta vez, eu lembrava que estava deitado na arca de carvalho, e ouvia claramente a ventania e a nevasca; também ouvia o ramo do abeto insistindo com sua provocação. Contudo, por mais que soubesse a origem do ruído, fiquei tão irritado que resolvi tentar silenciá-lo; levantei-me e tentei abrir a janela. A lingueta estava soldada na argola: circunstância esta que eu observara quando acordado, mas apagara da memória.

— Preciso dar um jeito nisso, seja como for — murmurei, dando batidinhas no vidro e esticando o braço para agarrar o galho inoportuno.

Eis que, no lugar do ramo, meus dedos se fecharam sobre os dedos de uma pequena mão gélida! Um terror intenso se abateu sobre mim. Tentei puxar de volta o braço, mas a mão se agarrara a mim, e uma voz melancólica lamuriou-se:

— Deixe-me entrar... Deixe-me entrar!

— Quem é você? — perguntei, tentando me desvencilhar.

— Catherine Linton — respondeu-me, com uma voz trêmula (por que pensei em *Linton*? Eu tinha lido vinte vezes mais *Earnshaw* que Linton). — Voltei para casa. Estava perdida na charneca!

Enquanto a criatura se manifestava, pude discernir na penumbra um rosto de criança olhando pela janela. O pavor me fez cruel; e, convencido de que era inútil continuar lutando para me soltar, puxei seu punho pela vidraça quebrada, e serrei-o até escorrer sangue e encharcar a roupa de cama, e ela ainda suplicava:

— Deixe-me entrar! — E ainda segurava firme, levando-me à beira da loucura.

— Mas como? — indaguei, por fim. — Se quiser entrar, primeiro me solte.

Os dedos relaxaram. Puxei os meus de volta, empilhei os livros em uma pirâmide, depressa, a fim de barrar a abertura da repartição, e tampei os ouvidos para abafar aquele apelo choroso. Mantive-os tampados por quinze minutos ou mais; contudo, assim que parei para escutar de novo, lá estava a lamúria! Ainda insistia.

— Vá embora! — gritei. — Jamais irei deixá-la entrar, nem que implore por vinte anos.

— Já faz vinte anos — lamentou a voz. — Vinte anos. Estive fora por vinte anos!

Pude ouvir um tênue arranhado lá fora, e a pilha de livros se moveu, como se a empurrassem. Tentei me levantar, mas não consegui mover um músculo, então berrei, em um frenesi de medo. Para meu desespero, logo percebi que o berro não era a alternativa ideal. Alguém se aproximava de meu cômodo, às pressas; escancararam a porta, e uma luz incidiu pelas aberturas quadradas no alto da arca. Eu me sentei, ainda trêmulo, e enxuguei o suor da testa. O intruso hesitou e murmurou qualquer coisa para si. Por fim, inquiriu, quase sussurrando, como se não esperasse resposta:

— Tem alguém aí?

Achei melhor confessar minha presença, pois conhecia os trejeitos de Heathcliff e temi que fosse investigar mais a fundo se eu permanecesse em silêncio. Foi com essa intenção que abri os painéis da repartição. Não me esquecerei tão cedo dos efeitos que minha ação desencadeou.

Heathcliff estava à porta, de calça e camisa, um candelabro com a vela escorrendo nos dedos, e o rosto tão branco quanto a parede atrás dele. O primeiro rangido do carvalho sobressaltou-o como um choque elétrico! A lamparina voou para longe, e ele ficou tão agitado, que mal conseguia pegá-la de volta.

— É seu hóspede, senhor — anunciei, desejando poupá-lo da humilhação de expor ainda mais sua covardia. — Tive a infelicidade de gritar durante um terrível pesadelo. Peço perdão por tê-lo incomodado.

— Que Deus o castigue, sr. Lockwood! Que o senhor vá para o... — disparou o meu anfitrião, pousando o candelabro

em uma cadeira, pois não conseguia segurá-lo sem tremer.
— E quem foi que o acomodou neste aposento? — prosseguiu ele, fincando as unhas na palma das mãos e rangendo os dentes para conter os tremores maxilares. — Quem foi? Expulsarei desta casa o responsável agora mesmo, sem pestanejar!

— Foi a sua criada, Zillah — respondi, saltando da cama e vestindo-me às pressas. — Eu entenderia se o senhor a expulsasse, sr. Heathcliff. Bem que ela merece. Presumo que estivesse buscando provas de que este quarto é mal-assombrado, às minhas custas. Pois bem, sabe que ela pode estar certa? Está infestado de fantasmas e goblins! O senhor tem motivos de sobra para mantê-lo fechado, garanto. Ninguém jamais será grato ao senhor por dormir neste antro!

— O que o senhor está insinuando? — perguntou Heathcliff. — E o que está fazendo? Deite-se. Fique até raiar o dia, uma vez que já está aí. Mas, pelo amor de Deus, não repita esses seus barulhos horrendos... Não há nada que justifique, a não ser que estivessem lhe cortando a garganta!

— Se aquela criaturinha tivesse entrado pela janela, era capaz que me estrangulasse mesmo! — retruquei. — Não me sujeitarei mais às perseguições de seus ancestrais hospitaleiros. O reverendo Jabes Branderham não era parente seu por parte de mãe? E aquela víbora da Catherine Linton, ou Earnshaw, ou qualquer que fosse o nome dela... Decerto não era humana... Uma alma perversa! Ela me contou que vaga por estas bandas já faz vinte anos, um castigo justo para suas transgressões terrenas, não tenho dúvidas!

Mal terminei de pronunciar essas palavras, recordei-me da associação entre os nomes de Heathcliff e Catherine no livro, detalhe que me escapara à memória, até ser evocado, então, de súbito. Corei com minha indiscrição; todavia, sem demonstrar maior consciência da ofensa, apressei-me em acrescentar:

— A verdade, senhor, é que passei boa parte da noite...
— Detive-me. Estava prestes a dizer "folheando aqueles tomos antigos", perigando, assim, revelar meu conhecimento de seus conteúdos manuscritos e impressos, então corrigi-me e prossegui: —... lendo e relendo o nome rabiscado no parapeito da janela. Um passatempo monótono para me fazer dormir, como contar, ou...

— Aonde o senhor quer chegar, falando assim *comigo*? — vociferou Heathcliff, com uma impetuosidade feroz. — Como *ousa*, em minha própria casa? Meu Deus, esse homem perdeu a cabeça! — E esmurrou a própria testa, furioso.

Eu não sabia se me ressentia de suas palavras ou se buscava uma explicação, mas ele parecia tão profundamente afetado que me compadeci e continuei a narrar meus sonhos; garanti que jamais tinha ouvido o nome "Catherine Linton" antes, mas a leitura repetitiva me causara certa impressão que se manifestou quando minha imaginação não estava mais sob controle. Enquanto eu falava, Heathcliff deixou-se cair na cama, vagarosamente, até que se sentou, quase escondido atrás da repartição. Presumi, no entanto, por sua respiração descompassada, que estivesse se esforçando para vencer um arroubo violento de emoção. Sem querer demonstrar que notara o conflito interno, prossegui com a minha toalete, fazendo bastante barulho, olhei para meu relógio e discorri sobre a duração da noite:

— Não são nem três horas ainda! Eu podia jurar que já eram seis. O tempo parece estagnar por aqui... Quando nos recolhemos, era o quê? Oito?

— No inverno, é sempre às nove, e nos levantamos às quatro — disse meu anfitrião, reprimindo um grunhido e, a julgar pelo movimento da sombra de seu braço, enxugando uma lágrima. — Sr. Lockwood — acrescentou —, pode ficar em meu quarto. Se descer a esta hora, será um estorvo, e seu grito pueril mandou meu sono para o inferno.

— O meu também — comentei. — Vou caminhar pelo pátio até o sol raiar, e então voltarei para casa. E não se preocupe, que minha intrusão não se repetirá. Estou totalmente curado da busca pelo prazer em sociedade, seja no interior ou na área urbana. Um homem sensato há de se contentar com a própria companhia.

— Uma companhia encantadora... — murmurou Heathcliff. — Pegue o castiçal e vá para onde quiser. Logo me juntarei ao senhor. Só não vá para o pátio, que os cachorros estão soltos. E evite a sala, que Juno fica de sentinela por lá, e... Não, é melhor se ater às escadas e corredores. Enfim, trate de ir logo! Devo descer em dois minutos!

Obedeci, saindo do aposento; no entanto, sem saber onde davam os estreitos corredores, fiquei parado e vislumbrei, sem querer, uma demonstração de superstição por parte de meu senhorio, contradizendo sua aparente sensatez. Ele subiu na cama e escancarou a janela, debulhando-se então em uma incontrolável torrente de lágrimas.

— Entre! Entre! — chorou ele. — Cathy, por favor. Por favor, que seja *só* mais uma vez! Ah, minha amada! Ouça-me desta vez! Catherine, até que enfim!

O espectro demonstrou um capricho típico de espectros: não deu sinal nenhum de sua presença; mas neve e vento fundiram-se em um torvelinho e invadiram a alcova, alcançando o lugar onde eu estava e apagando a vela.

Essa enxurrada de dor veio acompanhada de tanta angústia que senti pena e ignorei aquele desvario, e então recuei, um pouco irritado por ter escutado aquilo tudo, e encabulado por ter relatado meu pesadelo ridículo, visto que causara tamanha agonia — ainda que o *porquê* estivesse além de minha compreensão. Desci com cautela até o andar inferior e fui parar na cozinha, onde o lume do fogo, já reduzido, permitiu-me reacender a vela. Não havia sinal de movimento, exceto por um gato cinza tigrado, que emergiu da borralha e me cumprimentou com um miado queixoso.

Dois bancos curvos circundavam a fornalha quase inteira; estiquei-me em um deles, e o monstrinho subiu no outro. Estávamos os dois cochilando quando alguém invadiu nosso retiro; era Joseph, descendo uma escada de madeira que pendia do teto, de um alçapão: o acesso ao sótão, presumo. Ele lançou um olhar sombrio à modesta labareda que eu instigara na grelha da lareira, enxotou o gato e, tomando-lhe o lugar, deu início à operação de encher um cachimbo de fumo. A minha presença em seu santuário foi tomada como desaforo, sem dúvida, indigna de qualquer comentário. Em silêncio, ele levou a piteira aos lábios, cruzou os braços e se pôs a fumar. Deixei que desfrutasse de seu luxo sem perturbações; e depois da última baforada, com um suspiro profundo, levantou-se e deixou o recinto com a mesma solenidade de quando entrara.

Logo surgiu mais alguém, a passos largos; desta vez abri a boca para um "bom dia", mas logo a fechei, sem efetivar a saudação, pois Hareton Earnshaw estava fazendo suas orações em voz baixa: uma série de imprecações, dirigidas a todo objeto que ele tocava, enquanto vasculhava um canto, atrás de uma pá para remover a neve do terreno. Ele espiou por cima do banco, dilatando as narinas, e não fez a menor questão de trocar cortesias comigo ou com meu companheiro felino. Presumi, por seus movimentos, que já era permitido sair e, deixando aquele leito duro, fiz menção de segui-lo. Assim que percebeu minha intenção, ele bateu em uma porta interna com a ponta da pá, indicando com o som vago que era por ali que eu deveria seguir, caso pretendesse deixar o aposento.

A porta dava para a sala, onde as mulheres da casa já estavam em rebuliço. Zillah soprava o braseiro pela chaminé com um fole colossal, e a sra. Heathcliff, ajoelhada diante da lareira, lia um livro à luz das chamas. Estava com a mão erguida entre o calor da fornalha e os olhos, e parecia absorta na própria compostura; renunciava à pose somente para repreender a criada por cobri-la de faíscas, ou afastar o cachorro que, vez por outra, enfiava o focinho em seu rosto. Fiquei surpreso ao notar que Heathcliff também se encontrava ali. Estava diante do fogo, de costas para mim, terminando de armar um escândalo com a pobre Zillah, que volta e meia interrompia os afazeres para levantar a barra do avental e bufar, indignada.

— E você, sua... — descarregou ele quando entrei, voltando-se para a nora, prestes a lhe dirigir uma alcunha inofensiva, algo como "pata" ou "pulga", mas geralmente substituído por reticências. — Aí está você, com as suas ladainhas, para variar! Todos os outros fazem por merecer, para ganhar o pão. Agora você... Você vive da minha caridade! Largue essa porcaria e trate de arrumar algo para fazer. Ainda vai me pagar pela praga que é tê-la eternamente por perto... Está me ouvindo, megera dos infernos?

— Vou deixar esta porcaria de lado, mas é só porque o senhor pode me obrigar, se eu me recusar — respondeu a mocinha, fechando o livro, largando-o numa cadeira. — Mas pode praguejar o quanto quiser, até queimar a língua, que daqui para a frente vou fazer o que bem entender.

Heathcliff ergueu a mão, e a interlocutora recuou a uma distância mais segura, claramente familiarizada com seu peso. Avesso à possibilidade de ser entretido por aquele embate de gato e rato, dei um passo brusco à frente, como se quisesse partilhar do calor da lareira e estivesse completamente alheio à briga interrompida. Os dois tiveram o decoro de suspender hostilidades futuras: Heathcliff enfiou os punhos nos bolsos para não cair em tentação; a sra. Heathcliff crispou os lábios e se retirou para uma cadeira afastada, onde cumpriu sua promessa, fazendo papel de estátua durante o restante de minha estadia. O que não durou muito, diga-se de passagem. Recusei o convite para me sentar com eles no desjejum e, à primeira luz da aurora, escapei para o ar livre; o céu já estava aberto, e o tempo, calmo e frio como gelo impalpável.

Antes que eu pudesse chegar ao outro lado do jardim, meu senhorio gritou para que eu parasse e se ofereceu para cruzar a charneca comigo. A companhia foi oportuna, pois os morros formavam um oceano branco, nebuloso, e as ondas e rebentações não correspondiam às elevações e depressões do solo. As valas estavam cheias até o talo e os outeiros — refugo das pedreiras — tinham sido completamente riscados do mapa que a caminhada de ida desenhara em minha mente. Na beira da estradinha, em intervalos de cinco ou seis metros, por toda a extensão dos morros, eu notara uma fileira de pedras altas: haviam sido dispostas de pé e demarcadas com cal para servir de referência no escuro, ou para quando uma nevasca como aquela embaralhasse os profundos pântanos às margens com a terra firme da trilha. Exceto por um ponto aqui e acolá, no entanto, tinham desaparecido todos os indícios da existência dessas pedras, e coube ao meu companheiro me alertar delas, a todo momento, para eu desviar pela direita ou esquerda, quando imaginei que estava seguindo corretamente as curvas da estrada. Trocamos poucas palavras, e ele se deteve na entrada do terreno da Granja da Cruz dos Tordos, assegurando-me que dali não havia como errar. A nossa despedida se limitou a uma breve mesura, e então segui adiante, confiando em minhas próprias aptidões, pois o porteiro ainda não estava na guarita. São três quilômetros de distância do portão à Granja; creio que fiz o caminho em quatro, depois de me perder entre as árvores e afundar até o pescoço na neve, um apuro que só aqueles que já viveram entenderão. Em todo caso, qualquer que tenha sido meu trajeto, o relógio anunciava o meio-dia quando entrei em casa, o que dava uma hora para cada quilômetro e meio desde o Morro dos Ventos Uivantes.

A criada da casa e os satélites que a rondavam correram para me receber, esbravejando, no maior alvoroço, que já haviam me tomado por desaparecido; todos conjecturavam que eu tinha perecido na noite anterior, e estavam se perguntando como fariam para procurar meus restos mortais. Pedi que se aquietassem, agora que eu estava de volta, e, dominado pelo torpor, arrastei-me escadaria acima. Após vestir roupas secas e andar de um lado para outro por trinta ou quarenta minutos para recobrar o calor animal, recolhi-me em meu escritório, fraco como um gatinho; quase fraco demais para aproveitar o fogo alegre da lareira e o café fumegante que a criada havia preparado para mim.

## Capítulo 4

Como somos volúveis e vaidosos! Eu, que estava decidido a manter distância de todo tipo de convívio, e agradecia às estrelas por terem enfim me apontado um recanto onde era praticamente impossível socializar — eu, um miserável, passei a tarde toda me debatendo com o desânimo e a solidão, até que por fim me dei por vencido. Sob o pretexto de me informar sobre as necessidades da casa, solicitei à sra. Dean, quando ela me trouxe o jantar, que se sentasse à mesa enquanto eu comia, na esperança de que fosse afeita a um bom papo capaz de elevar meus ânimos ou embalar meu sono.

— A senhora mora aqui faz tempo — comecei. — Se não me engano, dezesseis anos, não é?

— Dezoito, senhor. Vim com a patroa quando ela casou. E quando ela morreu, o patrão pediu para eu ficar como governanta.

— Certo.

Fez-se uma pausa. Como eu temia, ela não era de falar muito, exceto sobre a própria vida, que pouco me interessava. Depois de meditar um instante, contudo, com um punho cerrado em cada joelho e uma nuvem de ponderação pairando sobre a face corada, ela exclamou:

— Ah, como as coisas mudaram!

— Imagino — comentei. — A senhora decerto testemunhou muitas transformações, suponho?

— Muitas. E problemas também.

*Vou aproveitar para desviar a conversa para a família do meu senhorio!*, pensei. *É um bom ponto por onde começar! E aquela bela mocinha viúva... Gostaria de saber qual é sua história, se é desta província ou, o mais provável, uma estrangeira que os rudes nativos não reconhecem como igual.* Com esse intuito, indaguei à sra. Dean por que Heathcliff deixara a Granja da Cruz dos Tordos e optara por viver em uma situação e uma residência muito inferiores.

— Ele não tem recursos suficientes para manter a propriedade em bom estado? — inquiri.

— Dinheiro, senhor? — retrucou ela. — Só Deus sabe a fortuna que ele tem, e aumenta a cada ano. Sim, sim, ele poderia muito bem morar em uma casa melhor do que esta, mas é um tanto... avarento. E mesmo que pensasse em se mudar para a Granja da Cruz dos Tordos, assim que ouvisse falar de um bom inquilino, não ousaria perder a chance de ganhar umas centenas a mais. Estranho que as pessoas sejam tão gananciosas, ainda que estejam sozinhas no mundo!

— Parece que ele teve um filho, não?

— Teve um único filho, sim, mas ele morreu.

— E aquela moça, a sra. Heathcliff, é a viúva?

— É.

— De onde ela é?

— Ora, senhor, é a filha do meu finado patrão. Seu nome de solteira era Catherine Linton. Cuidei dela pequena, pobrezinha! Eu bem que gostaria que o sr. Heathcliff se mudasse para cá para vivermos juntas outra vez.

— O quê? Catherine Linton? — perguntei, estupefato. Mas, com uma breve reflexão, convenci-me de que não era a Catherine fantasmagórica do meu causo. — Então — prossegui —, o nome do meu predecessor era Linton?

— Era.

— E quem é aquele Earnshaw, Hareton Earnshaw, que mora com o sr. Heathcliff? Eles têm algum parentesco?

— Não. É sobrinho da falecida sra. Linton.

— Primo da mocinha, então?

— Isso, e o marido dela era primo também... Um por parte de mãe, e o outro por parte de pai... Heathcliff casou com a irmã do sr. Linton.

— Notei que a casa no Morro dos Ventos Uivantes tem o nome "Earnshaw" entalhado na entrada. É uma família antiga?

— Muito antiga, senhor. E Hareton é o último da linhagem, assim como a srta. Cathy é a última da nossa... quero dizer, dos Linton. O senhor esteve no Morro dos Ventos Uivantes? Perdoe a intromissão, mas gostaria de saber como ela está.

— A sra. Heathcliff? Pareceu-me muito bem e muito bonita, mas não muito feliz, creio eu.

— Oh, céus! Não me espanta! O que o senhor achou do patrão?

— Um sujeito áspero, sra. Dean. Ele costuma ser assim?

— É áspero feito serrote e duro feito pedra. Quanto menos o senhor se envolver com ele, melhor.

— Imagino que ele tenha passado por altos e baixos na vida para ser assim, tão grosseiro. A senhora sabe alguma coisa da história dele?

— É como uma ave parasita, senhor... Sei de tudo, exceto onde nasceu, quem são seus pais e de onde vem sua fortuna. E pensar que Hareton foi expulso do ninho! O pobre rapaz é o único em toda a paróquia que não desconfia do quanto foi enganado.

— Bom, sra. Dean, seria caridoso de sua parte partilhar comigo um pouco dessa história. Sinto que não vou conseguir cair no sono se for me deitar agora, então me faça o favor de ficar aqui conversando mais um pouco.

— Mas é claro, senhor! Vou só buscar meu material de costura, e então converso com o senhor o quanto quiser. Mas o senhor está gripado... Notei que está tremendo. Precisa de um mingau para recobrar as forças!

A formidável sra. Dean saiu às pressas, e me aninhei mais perto do fogo. Sentia a cabeça quente e o resto do corpo frio. Além disso, estava empolgado, meus nervos e meu cérebro beirando o desvario. Mais do que desconforto, isso me trazia um receio (que ainda sinto) de que os incidentes de ontem e hoje tivessem surtido efeitos graves. Ela logo retornou, com uma tigela fumegante e um cesto de costura. Pousou a tigela na beirada da lareira e puxou uma cadeira, visivelmente contente por encontrar em mim uma companhia agradável.

Antes de vir morar aqui, ela começou, sem que eu precisasse pedir duas vezes, eu passava boa parte do tempo no

Morro dos Ventos Uivantes, pois minha mãe cuidava do sr. Hindley Earnshaw, pai de Hareton, e me acostumei a brincar com as crianças. Cuidava de um afazer ou outro, ajudava a preparar o feno, e ficava de prontidão na fazenda, para fazer o que quer que ordenassem. Em uma bela manhã de verão — era o início da colheita, lembro bem —, o sr. Earnshaw, o antigo patrão, desceu vestido para uma viagem. Depois de inteirar Joseph do que haveria de ser feito naquele dia, virou-se para Hindley e Cathy e para mim — pois eu estava à mesa, comendo meu mingau com eles — e disse ao filho:

— Meu caro rapaz, estou de partida para Liverpool. O que você quer que eu traga? Pode escolher o que quiser, desde que seja algo pequeno, pois vou e volto a pé. São cem quilômetros de ida, mais outros cem de volta, uma longa jornada!

Hindley pediu um violino, e então o sr. Earnshaw fez a mesma pergunta à srta. Cathy; ela mal tinha completado seis anos, mas montava qualquer cavalo da estrebaria, e pediu um chicote. O patrão não se esqueceu de mim, pois tinha um bom coração, embora fosse bastante severo às vezes. Prometeu-me trazer um punhado de maçãs e peras, beijou os filhos, despediu-se e partiu.

Os três dias de sua ausência pareceram uma eternidade, e a pequena Cathy não cansava de me perguntar quando ele estaria de volta. A sra. Earnshaw o esperava para jantar no terceiro dia e, hora após hora, adiava a refeição; o tempo foi passando, contudo, sem sinal do patrão, e as crianças por fim cansaram de correr até o portão para espiar. Caiu a noite, e a sra. Earnshaw fez menção de colocar as crianças na cama, mas elas choraram para que as deixasse esperar o pai. O relógio dava quase onze horas quando o trinco da porta se abriu, sem fazer barulho, e o patrão entrou em casa. Jogou-se em uma cadeira e, entre risos e grunhidos, pediu que lhe dessem espaço, pois estava morto de cansaço — jamais faria uma caminhada daquela outra vez, nem em nome de todo o Reino Unido.

— E como se não bastasse, ainda levei um susto que quase me matou do coração! — disse ele, abrindo o sobretudo que trazia amarrotado nos braços. — Veja só, mulher! Nunca antes recebi tamanho castigo; mas você deve tomá-lo como um presente de Deus, ainda que pareça ter vindo do inferno, de tão escuro.

Amontoamo-nos ao redor do patrão e, por cima da cabeça da srta. Cathy, entrevi uma criança suja e maltrapilha, de cabelo preto, já grandinha o bastante para andar e falar. Pelo rosto, parecia mais velho que Catherine, mas, quando o puseram de pé, apenas olhou ao redor e ficou repetindo palavras confusas, que ninguém conseguiu entender. Fiquei assustada, e a sra. Earnshaw estava a ponto de atirá-lo porta afora: estourou com o marido, perguntando como ele ousava trazer aquele fedelho cigano para casa, quando tinham as próprias crianças para alimentar e amparar. O que pretendia fazer com a criança? Teria enlouquecido? O patrão tentou se explicar, mas estava mesmo morto de cansaço, e tudo que consegui assimilar, em meio à reprimenda da sra.

Earnshaw, foi que ele o encontrara faminto e sem teto, perambulando confuso pelas ruas de Liverpool, onde o tomara nos braços e perguntara a quem ele pertencia. Nenhuma alma viva soubera responder, contou o patrão; e com tempo e dinheiro limitados, julgou melhor trazê-lo para casa logo em vez de arcar com despesas inúteis por lá — pois estava decidido a não largá-lo como o encontrara. Bem, o resultado foi que minha patroa ficou resmungando até se acalmar, e o sr. Earnshaw ordenou a mim que o lavasse, lhe desse roupas limpas e o deixasse dormir com as crianças.

Hindley e Cathy se contentaram em ficar olhando e escutando até a paz se restaurar. Em seguida, começaram a vasculhar os bolsos do pai à procura dos presentes que ele prometera. Hindley já era um rapaz de catorze anos, mas, quando puxou o que outrora tinha sido um violino, espatifado no sobretudo, chorou de soluçar. Cathy, quando ficou sabendo que o patrão perdera o chicote enquanto cuidava do estranho, manifestou seu desgosto mostrando os dentes e cuspindo naquela coisinha ridícula, o que lhe rendeu um safanão sonoro do pai, com o intuito de lhe ensinar bons modos. Recusaram-se terminantemente a compartilhar a cama com o menino, ou mesmo o quarto; sem saber o que fazer, deixei-o no patamar da escada, na esperança de que já tivesse ido embora no dia seguinte. Eis que, por acaso, ou guiado pela voz, ele se esgueirou até a porta do sr. Earnshaw, que topou com ele ao sair do quarto. O patrão quis saber como ele tinha ido parar ali; fui obrigada a confessar e, como recompensa pela minha covardia e impiedade, fui expulsa da casa.

Assim Heathcliff foi apresentado à família. Quando voltei, uns dias depois (pois presumi que meu banimento não fosse perpétuo), soube que o haviam batizado de "Heathcliff": era o nome de um filho dos Earnshaw que morrera na infância, e passou a lhe servir de nome e sobrenome. A srta. Cathy e ele ficaram muito próximos nesse meio-tempo, mas Hindley o detestava. E, para dizer a verdade, eu também. Nós o azucrinávamos sem o menor pudor, pois eu não tinha juízo, não tinha a menor noção de injustiça, e a patroa nunca movia um dedo para defendê-lo.

Heathcliff parecia ser uma criança taciturna e paciente; endurecido, talvez, por maus-tratos. Aturava as bordoadas de Hindley sem piscar ou derrubar uma lágrima, e os meus beliscões só o faziam respirar fundo e abrir os olhos, como se tivesse se machucado sozinho, por acidente, e não houvesse culpados. Essa resistência deixava o velho sr. Earnshaw furioso, quando via que seu filho perseguia o pobre órfão, como costumava se referir a ele. Nutria uma estranha afeição por Heathcliff — acreditava em tudo que o menino dizia (o que era muito pouco, e quase sempre verdade, vale dizer), e o mimava muito mais que a Cathy, que era travessa e malcriada demais para o posto de favorita.

Assim, desde o princípio, o menino deixou uma atmosfera pesada na casa. Na ocasião da morte da sra. Earnshaw, menos de dois anos depois, o jovem patrão já havia aprendido a ver o pai mais como opressor do que amigo, e Heathcliff, como usurpador do afeto de seus pais e dos próprios privilégios; e foi ficando cada vez mais amargo, remoendo as mágoas. Por um tempo tomei suas dores, mas, quando as crianças sucumbiram ao sarampo, e precisei cuidar delas, assumindo de uma vez por todas as responsabilidades de uma mulher, mudei de ideia. Heathcliff ficou gravemente enfermo e, nos piores momentos, pedia a minha companhia junto ao leito: acho que sentia o quanto eu me dedicava a ele, e não tinha o discernimento para entender que eu estava cumprindo ordens. No entanto, preciso admitir, ele provou ser a criança mais comportada de que já se teve notícia. A diferença entre ele e os outros me forçou a ser menos parcial. Cathy e o irmão eram terríveis, e *ele* era pacato como um cordeiro, embora fosse a sisudez, e não uma doçura, que o fizesse dar tão pouco trabalho.

Por fim, Heathcliff se recuperou, e o médico elogiou meus cuidados e disse que a melhora se devia em grande parte a mim. Senti-me lisonjeada, e enternecida pela criaturinha que me rendera os elogios, de modo que Hindley perdeu sua última aliada. Ainda assim, não consegui me afeiçoar de todo, e volta e meia me perguntava o que o patrão via naquele menino taciturno que, até onde me lembro, jamais demonstrava qualquer sinal de gratidão. Não chegava a ser insolente com seu benfeitor, apenas insensível, embora soubesse perfeitamente o lugar que ocupava em seu coração, e tivesse consciência de que bastava abrir a boca e a casa inteira seria obrigada a se dobrar a seus caprichos. Lembro-me de o sr. Earnshaw uma vez comprar um par de potros em uma feira da paróquia, um para cada um dos rapazes. Heathcliff ficou com o mais bonito, mas o cavalo logo começou a mancar e, quando ele percebeu, disse a Hindley:

— Quero trocar os cavalos! Não gosto do meu. Se não trocar comigo, vou contar para seu pai das três surras que você me deu essa semana, e vou mostrar a ele o meu braço, que está roxo até o ombro.

Hindley mostrou a língua e deu um safanão na orelha dele.

— Vamos! Anda! — insistiu Heathcliff, fugindo para o alpendre (estavam na estrebaria). — Você não tem escolha. Se eu contar das suas surras, você vai apanhar em dobro.

— Fora, cachorro! — bradou Hindley, ameaçando-o com um peso de ferro usado para pesar batatas e feno.

— Se atirar esse peso em mim — retrucou ele, sem sair do lugar —, vou contar que você ficou se vangloriando por aí, dizendo que vai me expulsar de casa assim que seu pai morrer. Veremos se ele não expulsa *você* na mesma hora.

Hindley atirou o peso, acertando-o no peito, e Heathcliff caiu, mas prontamente se pôs de pé, pálido e esbaforido; e se eu não tivesse impedido, ele teria corrido para o patrão e se vingado, deixando seu estado falar por si só, dando a entender quem era o culpado.

— Fique com meu cavalo, então, cigano! — disse o jovem Earnshaw. — Tomara que ele quebre seu pescoço. Fique com ele e vá direto para o inferno, intruso miserável! Arranque tudo o que puder de meu pai, e então mostre a ele o que você é, cria de Satanás! E pegue o cavalo... Espero que arranque fora seus miolos com um coice!

Heathcliff tinha ido soltar o animal para conduzi-lo à própria cocheira. Estava passando por trás do potro quando Hindley terminou a bravata e o empurrou para debaixo de suas patas e, sem olhar para trás para ver se seu desejo tinha se realizado, correu o mais rápido que pôde. Admirou-me a frieza com que o menino se levantou e seguiu a vida. Trocou as selas e tudo mais, depois se sentou em um feixe de feno para se recuperar do mal-estar que o golpe violento ocasionara, antes de entrar em casa. Não foi difícil convencê-lo a me deixar botar a culpa por seus hematomas no cavalo: ele pouco se importava com a história a ser contada, uma vez que tinha conseguido o que queria. Na verdade, reclamava tão pouco de escarcéus como aquele que não imaginei que fosse vingativo. Estava completamente enganada, como o senhor logo vai ver.

## Capítulo 5

Com o passar do tempo, o sr. Earnshaw começou a dar sinais de fraqueza. Era um homem ativo e saudável, mas perdeu o vigor de repente e, confinado a um canto da lareira, foi ficando cada vez mais irritadiço. Qualquer bobagem o aborrecia, e qualquer suspeita de afronta a sua autoridade quase o fazia perder as estribeiras. Era assim sobretudo quando alguém tentava oprimir seu favorito: não permitia que lhe dirigissem uma única palavra atravessada, e teimava em crer que, por ele gostar de Heathcliff, todos os demais o odiavam e lhe desejavam o mal. Esse zelo todo era desvantajoso para o rapaz, pois os mais piedosos entre nós buscavam poupar o patrão de chateações, de modo que fazíamos suas vontades; e esses caprichos serviam de alimento farto para o orgulho e o temperamento sombrio do menino.

Ainda assim, era necessário, de certa forma; duas ou três vezes, as demonstrações de escárnio por parte de Hindley, na presença do pai, despertaram a fúria do patrão. Ele chegou a pegar a bengala para bater no filho e tremeu de raiva por não conseguir fazê-lo.

Por fim, o nosso pároco (tínhamos um pároco, que ganhava a vida lecionando para os pequenos Linton e Earnshaw, e cultivando ele próprio um pedacinho de terra) aconselhou mandar o rapaz para a universidade; e o sr. Earnshaw concordou, ainda que com certo pesar.

— Hindley nunca foi ninguém. Jamais será bem-sucedido, aonde quer que vá — disse.

Eu esperava, do fundo do coração, que fôssemos ter paz. Era uma lástima pensar que o patrão sofria pela própria boa ação. Eu achava que os problemas de velhice e saúde decorriam das discórdias familiares, como ele mesmo dava a entender — sabe, senhor, ele de fato estava definhando. Todavia, poderíamos ter convivido bem, se não fosse por duas pessoas: a srta. Cathy e o criado Joseph. O senhor já o conheceu, arrisco dizer, lá no alto do Morro. Ele era, e muito provavelmente ainda é, o fariseu mais moralista e enfadonho que já pôs as mãos na Bíblia, querendo acumular sozinho as dádivas, enquanto roga as pragas aos próximos. Sempre levou jeito para pregar sermões, e assim conseguiu causar uma forte impressão no sr. Earnshaw; e quanto mais frágil ficava o patrão, mais influência ele ganhava. Não perdia a oportunidade de adverti-lo sobre questões da alma e a carência de uma educação rígida para as crianças. Encorajava-o a ver Hindley como um condenado; e, noite após noite, queixava-se sem parar de Heathcliff e Catherine — tomando sempre o cuidado de respeitar o ponto fraco do sr. Earnshaw ao atribuir quase toda a culpa à mocinha.

Verdade seja dita, se algum dia existiu uma criança mais turrona que ela, desconheço. Testava a paciência de todos nós pelo menos cinquenta vezes por dia. Do momento em que deixava seus aposentos até a hora de ir dormir, não tínhamos um minuto de sossego. Andava sempre animada, não fechava a boca um segundo — cantarolava, gargalhava e azucrinava quem não se juntasse a ela. Era uma peste, mas tinha os olhos mais belos, o sorriso mais doce e os pés mais ligeiros da paróquia. No fim das contas, acredito que não agia por mal, pois, quando fazia alguém chorar, raramente não ficava por perto fazendo companhia até a pessoa se acalmar para reconfortá-la de volta. Ela gostava muito de Heathcliff. O castigo mais drástico que arrumamos para ela foi separar os dois, mas ela acabava sendo mais repreendida do que qualquer um de nós por conta dele. Adorava bancar a patroa nas brincadeiras, gesticulava e mandava nos companheiros — fazia o mesmo comigo, mas eu não tolerava suas ordens e deixava isso claro para ela.

Pois bem, o sr. Earnshaw não entendia as brincadeiras das crianças: era sempre severo com elas; e Catherine, por sua vez, não entendia por que o pai ficava mais zangado e impaciente na doença do que na saúde. As repreendas inflamadas dele despertaram nela um prazer perverso em tirá-lo do sério. A maior alegria de Catherine era quando ralhávamos com ela, todos ao mesmo tempo, e ela nos afrontava com seu olhar atrevido e as palavras que mantinha na ponta da língua; ridicularizava as pragas religiosas de Joseph, me provocava e fazia justamente o que o pai mais detestava: mostrava como sua insolência fingida, que ele julgava ser verdadeira, exercia mais poder sobre Heathcliff que o afeto do velho; que o menino fazia o que *ela* queria em qualquer ocasião, e o que *ele* pedia apenas quando lhe convinha. Depois de se comportar da pior maneira possível o dia todo, por vezes tentava uma reaproximação manhosa à noite, para fazer as pazes. "Não, Cathy", dizia o velho. "Não posso amá-la assim. Você é pior que seu irmão. Trate de fazer suas orações, filha, e peça o perdão de Deus. Sua mãe e eu ainda vamos nos arrepender de ter trazido você ao mundo!" Isso a fazia chorar, a princípio, mas, com o tempo, a bronca contínua a endureceu, e ela passou a rir quando eu dizia que devia assumir a culpa por seus erros e pedir perdão.

No entanto, chegou o momento que pôs fim às aflições do sr. Earnshaw neste mundo. Ele morreu tranquilo em sua cadeira, certa noite de outubro, ao pé da lareira. Um vento forte soprava em torno da casa e rugia pela lareira: soava bravio e tempestuoso, mas não estava frio, e estávamos todos na sala — eu, um pouco afastada do fogo, ocupada com o meu tricô, ao passo que Joseph lia a Bíblia junto à mesa (pois os criados costumavam se sentar à mesa depois de terminado o trabalho). A srta. Cathy estava doente, e isso a deixara mais tranquila; estava recostada no joelho do pai, e Heathcliff, deitado no chão, com a cabeça no colo dela. Lembro que, antes de cair no sono, o patrão acariciava as lindas madeixas da filha; apreciava os raros momentos em que a via mais sossegada.

— Por que você não é uma boa mocinha assim sempre, Cathy? — disse.

E ela virou o rosto para ele e retrucou, rindo:

— Por que você não é um bom homem assim sempre, pai?

Mas, assim que o viu zangado outra vez, beijou a mão dele e disse que cantaria para embalar seu sono. Começou a cantarolar baixinho, até que os dedos do pai se soltaram de sua mão, e a cabeça dele caiu sobre o peito. Então pedi que ela ficasse quietinha, por receio de acordá-lo. Ficamos todos em silêncio absoluto por meia hora, e ficaríamos ainda mais tempo se não fosse por Joseph, que, ao terminar seus versículos, levantou-se e comentou que precisava acordar o patrão para que fizesse suas orações e fosse para a cama. Aproximou-se e o chamou pelo nome, com a mão em seu ombro, mas o patrão não se mexeu, então Joseph pegou o castiçal e o contemplou. Presumi que algo estava errado quando ele pousou a vela, tomou cada criança por um braço e sussurrou para que subissem e não dessem um pio — podiam rezar a sós, ele tinha outra coisa para fazer.

— Vou dar boa noite para o pai antes — disse Catherine, abraçando-o, antes que pudéssemos detê-la. A pobrezinha imediatamente se deu conta da perda e se pôs a berrar: — Ah, ele morreu, Heathcliff! Ele morreu! — E os dois se debulharam em lágrimas, uma cena de cortar o coração.

Juntei-me a eles no pranto sonoro e amargurado, mas Joseph perguntou onde estávamos com a cabeça para urrar daquele jeito por um santo que chegava ao céu. Ordenou que eu vestisse o manto e corresse até Gimmerton para chamar o médico e o pároco. De nada serviria nenhum dos dois, imaginei, mas parti para a vila mesmo assim, debaixo de vento e chuva, e trouxe comigo o médico; o outro disse que viria na manhã seguinte. Deixei Joseph encarregado de lhe explicar a situação e corri para o quarto das crianças. A porta estava entreaberta; vi que não tinham se deitado ainda, embora já passasse da meia-noite, mas estavam mais calmos, e não precisavam do meu consolo. Aquelas pequenas almas reconfortavam uma à outra com palavras mais pertinentes do que eu seria capaz de conceber. Pároco nenhum no mundo jamais imaginou o paraíso de modo tão belo quanto elas, em sua conversa inocente, e enquanto eu soluçava e entreouvia, não pude deixar de desejar que estivéssemos todos lá, juntos e a salvo.

## Capítulo 6

O sr. Hindley voltou para casa na ocasião do velório; e para nosso espanto, e deixando a vizinhança em polvorosa, trouxe consigo uma esposa. Quem era ela e de onde vinha, ele jamais nos informou: provavelmente não tinha fortuna nem nome que a precedessem, do contrário ele não teria mantido a união em segredo do pai.

Ela não era do tipo que, sozinha, perturbaria a dinâmica da casa. Todo objeto que via, desde o instante em que pusera o pé na porta, parecia encantá-la, bem como toda circunstância que a rodeava, salvo pelos preparativos do enterro e a presença dos enlutados. Achei-a meio bobinha, a julgar por seu comportamento no evento. Correu para o quarto e me arrastou junto, embora eu ainda precisasse vestir as crianças; e ali se sentou, abalada, com as mãos entrelaçadas, e ficou me perguntando, incessantemente:

— Já foram embora?

Então começou a descrever, histérica, o que sentia quando via todos de preto, e sobressaltou-se, e estremeceu, até que caiu em prantos; e quando perguntei o que havia de errado, respondeu-me que não sabia, mas tinha muito medo de morrer! Achei que a morte dela era tão improvável quanto a minha. Era bem mirradinha, mas jovem, viçosa e com olhos que cintilavam feito diamantes. De fato, eu bem reparei que subir as escadas a deixava ofegante, que qualquer ruído abrupto a estarrecia, e que às vezes tossia muito, mas não fazia a menor ideia de que presságio traziam aqueles sintomas, e não tive o menor ímpeto de me solidarizar. Não costumamos nos afeiçoar a forasteiros por aqui, sr. Lockwood, a não ser que se afeiçoem a nós primeiro.

O jovem Earnshaw tinha mudado bastante naqueles três anos fora. Estava mais magro, tinha perdido o vigor, e se portava e se vestia de outro jeito, completamente diferente. No próprio dia de sua chegada, disse a mim e a Joseph que devíamos nos restringir à copa, e deixar a sala para ele. Por certo, tinha planos para acarpetar e forrar com papel de parede um pequeno cômodo para usar de sala de estar, mas sua esposa estava tão maravilhada com o piso branco e a enorme lareira reluzente, com os pratos de estanho e o guarda-louça, com o canil e o amplo espaço da sala costumeira, que ele julgou desnecessário prosseguir com a mudança para deixá-la mais confortável, e desistiu da ideia.

Ela também se mostrou alegre por encontrar uma irmã entre os novos companheiros; e tagarelava com Catherine, e a beijava, e andava com ela para lá e para cá, e a enchia de presentes, no início. Seu afeto logo se esgotou, no entanto, e quanto mais enjoada ela se mostrava, mais tirânico ficava Hindley. Bastou ela destilar umas poucas palavras de aversão por Heathcliff, para despertar nele o velho ódio pelo menino. Afastou-o da companhia da família, isolando-o com os criados, privou-o das aulas do pároco e insistiu que trabalhasse no campo, exigindo que desse duro como qualquer outro rapaz da fazenda.

A princípio, Heathcliff lidou bem com a humilhação, pois Cathy lhe ensinava o que aprendia, e trabalhava e brincava com ele no campo. Os dois cresciam feito selvagens, e o jovem patrão negligenciava completamente o modo como se comportavam ou o que faziam, contanto que mantivessem distância. Não se importava nem mesmo em saber se iam à igreja aos domingos, mas Joseph e o pároco condenavam seu descaso quando os dois faltavam à missa; e isso o lembrava de mandar bater em Heathcliff e deixar Catherine sem comer no almoço ou no jantar. Contudo, era um dos passatempos favoritos dos dois fugir para a charneca de manhã e passar o dia todo por lá, e o castigo que sucedia virava motivo de piada. O pároco podia mandar Catherine decorar quantos capítulos quisesse, e Joseph podia surrar Heathcliff até quase lhe arrancar o braço; esqueciam-se de tudo no instante em que ficavam juntos outra vez, ou quando arquitetavam algum plano maldoso de vingança; muitas vezes chorei sozinha por vê-los mais desajuizados a cada dia, e não ousava dizer uma palavra, por medo de perder o tênue poder que eu ainda exercia sobre aquelas criaturas sem amigos. Em uma tarde de domingo, aconteceu que foram banidos da sala por fazer barulho, ou qualquer transgressão banal do tipo; e, quando fui chamá-los para jantar, não os encontrei em parte alguma. Vasculhamos a casa de cima a baixo, o pátio e a estrebaria — eles estavam invisíveis —, até que, por fim, em um arroubo de fúria, Hindley nos fez trancar as portas e jurar que ninguém os deixaria entrar naquela noite. A criadagem se retirou para dormir;

ansiosa demais para me deitar, abri a janela, coloquei a cabeça para fora e fiquei à espreita, embora estivesse chovendo. Estava decidida a admiti-los caso retornassem, apesar da proibição. Um tempo depois, pude ouvir passos vindo da estradinha, e a luz de uma lamparina reluziu no portão. Joguei um xale no pescoço e corri para impedi-los de acordar o sr. Earnshaw com as batidas na porta. Eis que Heathcliff vinha sozinho, o que me deixou assustada.

— Onde está a srta. Catherine? — logo perguntei. — Nenhum acidente, espero.

— Na Granja da Cruz dos Tordos — respondeu ele. — Eu estaria por lá também, se eles tivessem a decência de me convidar para ficar.

— Ora, vamos ver se aprende algo, então! — exclamei. — Você nunca sossega até ser enxotado. Mas o que deu na cabeça de vocês para saírem perambulando pela Granja da Cruz dos Tordos?

— Só vou tirar essas roupas molhadas, e então conto tudo, Nelly.

Aconselhei-o a tomar cuidado para não acordar o patrão, e, enquanto ele se despia e eu esperava para apagar a vela, ele continuou:

— Cathy e eu fugimos do lavadouro para divagar por aí em liberdade. Vimos as luzes da Granja acesas e pensamos em correr até lá para ver se os Linton também passavam as noites de domingo tiritando de frio em um canto, enquanto o pai e a mãe comiam e bebiam à mesa, e riam e cantavam com os olhinhos brilhando diante da lareira. Você acha que eles vivem assim? Ou ficam lendo sermões, catequizados pelo criado, e são obrigados a memorizar uma coluna inteira de nomes das Escrituras se não responderem direito?

— Provavelmente não — respondi. — São boas crianças, sem dúvida, e não merecem o tratamento que vocês recebem por se comportarem mal.

— Não me venha com essa, Nelly! — disse ele. — Que bobagem! Apostamos corrida do topo do Morro até o terreno da Granja, sem parar. Catherine perdeu feio, porque estava descalça. Você vai ter que procurar pelos sapatos dela no pântano amanhã. Nós rastejamos por uma abertura na cerca-viva, seguimos tateando pelo passeio e ficamos plantados debaixo da janela da sala de estar deles. Era de onde vinha a luz. Eles não tinham fechado as venezianas, nem as cortinas. De pé, apoiados na beirada da janela, conseguimos espiar lá dentro, e vimos... Nossa, como era lindo... Um lugar esplêndido, com carpete carmesim e cadeiras e mesas forradas em carmesim, e um teto todo branco, contornado a ouro, com uma cascata de gotas de cristal no centro, pendendo de elos de prata, com pequenas velas cintilantes. O sr. e a sra. Linton não estavam. Edgar e a irmã tinham a sala toda só para eles. Não deviam estar contentes? Seria o Paraíso para nós! Mas, então, sabe o que as boas crianças estavam fazendo? Isabella, que acredito ter onze anos, só um a menos do que Cathy, espernava em um canto da sala, berrando como se bruxas a espetassem com agulhas incandescentes. Edgar estava de pé, junto à lareira, choramingando baixinho; e, em cima da mesa, um cachorrinho tremia e gania. Pela acusação mútua dos dois, concluímos que quase tinham partido o bicho ao meio. Imbecis! Era essa a diversão deles... Brigar para ver quem ficaria com uma bola quente de pelos no colo! Então começaram a chorar e, depois da confusão toda, ninguém mais queria pegá-lo. Não seguramos o riso... Eram tão mimados! Como os desprezamos! Você já me viu cobiçar algo que Catherine deseja? Já nos flagrou gritando, soluçando e rolando pelo chão, um em cada canto da sala? Eu não trocaria minha vida aqui com a de Edgar Linton na Granja da Cruz dos Tordos por nada neste mundo, nem se tivesse a oportunidade de empurrar Joseph do telhado mais alto, ou pintar a fachada da casa com o sangue de Hindley!

— Pssst! — interrompi. — Você ainda não me contou, Heathcliff, como foi que Catherine ficou para trás.

— Comentei com você que demos risada — respondeu ele. — Os Linton ouviram e correram em disparada para a porta. Ficaram quietos por um tempinho, então começaram a berrar: "Mamãe, mamãe! Papai! Mamãe, venha cá! Papai!". Ladraram qualquer coisa assim. Fizemos barulhos terríveis para assustá-los ainda mais, depois nos agachamos, porque alguém estava destrancando a porta, e achamos melhor arredar o pé. Eu estava de mãos dadas com Cathy, e tentava fazê-la apressar o passo, quando de repente ela caiu. "Corra, Heathcliff, corra!", sussurrou ela. "Soltaram o buldogue, e ele me pegou!" O demônio a segurava pelo tornozelo, Nelly. Eu podia ouvir a respiração abominável dele. E Cathy não gritou. Não teria gritado nem se fosse empalada pelos chifres de uma vaca louca. Mas eu gritei! Roguei pragas o suficiente para aniquilar qualquer demônio na cristandade. Então peguei uma pedra e soquei-a entre as mandíbulas do buldogue, e tentei com todas as forças empurrá-la goela abaixo. Um criado monstruoso surgiu com uma lamparina, por fim, aos berros: "Pega, Sombra, pega!". Mudou de tom, no entanto, quando viu a presa capturada por Sombra. Esganou o cão e arrastou-o para longe, sua imensa língua roxa para fora e os lábios murchos, babando sangue. O homem pegou Cathy no colo; estava abatida, não por medo, tenho certeza, mas por dor. Levou-a para a casa, e eu fui atrás, resmungando imprecações e jurando vingança. "O que está havendo, Robert?", inquiriu o sr. Linton, da porta de entrada. "Sombra avançou em uma menina, senhor", respondeu ele. "E temos um rapaz aqui", acrescentou, agarrando-me, "que mais parece um bárbaro! Aposto que os ladrões queriam que os dois pulassem a janela e abrissem a porta para todos entrarem assim que fôssemos dormir, para depois nos matarem sem grandes dificuldades. Trate de calar essa boca suja, seu ladrãozinho de uma figa! Você merece a forca por isso. Sr. Linton, não baixe a guarda." "Não, não, Robert", disse o velho tolo. "Essas pestes sabiam que ontem era dia de receber o dinheiro do aluguel. Achavam que levariam a melhor. Entre. Vou providenciar a devida recepção para eles. Faça-me o favor, John, feche o trinco. Dê um pouco de água para o Sombra, Jenny. Ora, essa! Afrontar um magistrado em seu refúgio, e em pleno domingo! Até onde vai a insolência desses bandidos? Ah, minha querida Mary, venha ver! Não tenha medo, não passa de um menino... Mas a vilania está estampada em seu rosto. Não seria uma bênção para o país enforcá-lo de uma vez por todas, antes que manifeste sua natureza também em seus atos, e não só nas feições?" Ele me puxou para debaixo do lustre, e a sra. Linton ajeitou os óculos no nariz e ergueu as mãos, horrorizada. As crianças covardes também se aproximaram; Isabella balbuciava: "Coisa pavorosa! Tranque-o no porão, papai. É igualzinho ao filho do adivinho que roubou o meu faisão de estimação, não é, Edgar?". Enquanto me examinavam, Cathy voltou a si. Ouviu a última parte da conversa e riu. Edgar Linton, por sua vez, encarou-a com um olhar inquisitivo até ligar os pontos e reconhecê-la. Ele nos vê na igreja, como você sabe, embora seja raro nos encontrarmos em qualquer outro lugar. "É a srta. Earnshaw!", sussurrou para a mãe. "Vejam como Sombra a mordeu... Está com o pé sangrando!" "A srta. Earnshaw? Impossível!", bradou a madame. "Andando pelos campos com um cigano? De qualquer forma, querido, a criança está chateada, posso ver... E talvez fique aleijada por toda a vida!" "Quanto descaso por parte do irmão dela!", exclamou o sr. Linton, voltando-se para Catherine. "Pelo que Shielders me conta," — (Shielders era o nosso pároco, senhor) — "ele a deixa crescer no mais absoluto paganismo. Mas quem é esse? Onde ela arrumou esse companheiro? Ah! Imagino que seja aquela estranha aquisição que meu finado vizinho fez em sua jornada a Liverpool... Um pequeno lascarim[4], ou um órfão americano, ou espanhol." "Um menino terrível, em todo caso", observou a senhora, "totalmente indigno de um lar decente! Você notou o linguajar dele, Linton? E pensar que as crianças ouviram tudo... Que ultraje!" Tornei a praguejar... Não fique brava, Nelly... E então ordenaram a Robert que me levasse embora. Recusei-me a ir sem Cathy; ele me arrastou até o jardim, empurrou a lamparina para cima de mim, assegurou-me que o sr. Earnshaw seria informado do meu comportamento e, apressando-me a partir, trancou a porta de volta. As cortinas ainda estavam enroladas em um canto, e retomei o meu posto de espião; pois, se Catherine quisesse voltar, eu seria capaz de partir as vidraças daqueles janelões em mil pedacinhos, caso não a deixassem sair. Estava sentada no sofá, em silêncio. A sra. Linton pegou o manto cinza que havíamos tomado emprestado para a nossa excursão, balançando a cabeça e ralhando com ela, suponho. Cathy é uma moça, então fizeram uma distinção entre o trato com ela e comigo. A criada trouxe uma vasilha de água morna e lavou seus pés, o sr. Linton preparou uma dose de vinho quente, e Isabella despejou uma bandeja de bolo em seu colo, e Edgar ficou observando à distância. Em seguida, secaram-na e pentearam seu lindo cabelo, ofereceram-lhe um par de enormes pantufas e empurraram

---

4 *Lascar*, em inglês, é uma palavra derivada do português "lascarim", nome dado a soldados e marinheiros vindos da Ásia, em especial da Índia ou de regiões muçulmanas. [N. de E.]

sua poltrona até a lareira; e assim a deixei, mais contente, impossível, dividindo os petiscos com o cachorrinho e o Sombra, cujo focinho ela apertava enquanto comia, e fazendo reluzir um brilho vivaz nos opacos olhos azuis dos Linton, um suave reflexo do próprio rosto encantador. Notei que estavam estupefatos; ela é infinitamente superior a eles... a todo mundo na terra, não é, Nelly?

— Essa história ainda vai render mais do que você imagina — respondi, cobrindo-o e soprando a vela. — Você é um caso perdido, Heathcliff. O sr. Hindley vai recorrer a medidas extremas, pode apostar!

As minhas palavras se provaram mais verdadeiras do que eu gostaria. Aquela desventura deixou o sr. Earnshaw furioso. E então, para remendar a situação, o sr. Linton nos fez uma visita na manhã seguinte, e deu um sermão tão profundo ao jovem patrão sobre os rumos que ditava à sua família, que o sr. Hindley se viu obrigado a tomar prumo. Heathcliff não levou uma surra, mas disseram-lhe que bastaria ele dirigir uma só palavra à srta. Catherine para o expulsarem da casa; e a sra. Earnshaw se comprometeu a manter a cunhada fechada em casa depois que ela voltasse; na base da astúcia, e não da coerção, ou jamais daria conta.

## Capítulo 7

Cathy passou cinco semanas na Granja da Cruz dos Tordos: ficou lá até o Natal. A essa altura, seu tornozelo já estava totalmente curado, e seus modos, muito mais apurados. A patroa a visitava com frequência na Granja, e começou um projeto de reforma tentando elevar sua autoestima com roupas finas e bajulação, que a menina aceitou de bom grado. Assim, em vez de regressar uma criaturinha selvagem e desgrenhada, saltitando pela casa e correndo para nos abraçar com força, até ficarmos sem ar, quem saltou do belo corcel negro foi uma pessoa muito distinta, com cachos castanhos pendendo de um chapéu com plumas, e uma longa sobrecasaca de montaria que ela foi obrigada a segurar com as duas mãos para poder se locomover.

Hindley a ergueu do cavalo, exclamando, fascinado:

— Ora, Cathy, como você está linda! Mal a reconheci; é uma dama agora. Isabella Linton nem se compara a ela, não é mesmo, Frances?

— Isabella não tem essa beleza natural — respondeu a esposa —, mas Cathy precisa se cuidar para não voltar àquela vida selvagem. Ellen, ajude a srta. Catherine com suas coisas. Não se mexa, querida, ou vai desarrumar os cachos. Deixe-me desenlaçar seu chapéu.

Tirei sua sobrecasaca, e então resplandeceu, por baixo, um magnífico vestido de seda xadrez, com culotes brancos e sapatos de verniz; e, embora seus olhos tenham brilhado de alegria quando os cachorros vieram recebê-la, não ousou tocar neles, com receio de que fossem se esfregar em seu traje suntuoso. Cumprimentou-me com um beijo suave. Eu estava coberta de farinha do preparo do bolo de Natal, e não cabia um abraço; e então ela olhou ao redor, à procura de Heathcliff. O sr. e a sra. Earnshaw observavam o encontro, ansiosos, imaginando que lhes permitiria avaliar, em certa medida, se a esperança de separar os dois amigos tinha algum fundamento.

Heathcliff não se encontrava em parte alguma, a princípio. Se já era desleixado antes da ausência de Catherine, desde então andava dez vezes pior.

Ninguém além de mim se prestava à gentileza de avisar que ele estava sujo e precisava se lavar uma vez por semana; e crianças dessa idade não costumam ser lá muito dadas a água e sabão. Portanto, sem nem entrar no mérito de suas roupas, que acumulavam três meses de labuta em meio a lama e poeira, ou de seu cabelo grosso e despenteado, a superfície do rosto e das mãos estava bastante encardida. Talvez ele tivesse se escondido atrás do encosto do banco depois de ver uma donzela formosa e radiante entrar na casa, em vez de uma versão análoga de si, como ele esperava.

— Heathcliff não está? — inquiriu ela, tirando as luvas e mostrando os dedos maravilhosamente brancos de tanto fazer nada e ficar dentro de casa.

— Heathcliff, pode vir — bradou o sr. Hindley, divertindo-se com o desconforto do rapaz, grato pelo aspecto deplorável com que ele seria obrigado a se apresentar. —

Venha dar as boas-vindas à srta. Catherine, como os demais criados.

Então Cathy avistou o amigo em seu esconderijo e correu para abraçá-lo; tascou-lhe sete ou oito beijos na bochecha de uma só vez e então se deteve, deu um passo para trás, caiu na gargalhada e exclamou:

— Minha nossa! Como você está imundo! E que carranca é essa? Engraçado... É que estou acostumada com Edgar e Isabella Linton. Ah, Heathcliff! Esqueceu de mim, foi?

Ela tinha seus motivos para fazer a pergunta, pois a vergonha e o orgulho lançaram uma sombra redobrada sobre a expressão do rapaz, e o deixaram paralisado.

— Aperte a mão dela, Heathcliff — disse o sr. Earnshaw, condescendente. — De vez em quando pode.

— Não! — retrucou o rapaz, enfim abrindo a boca. — Não vou tolerar que riam de mim. Não vou!

Ele ameaçou deixar a roda, mas a srta. Cathy o segurou mais uma vez.

— Não foi minha intenção rir de você — disse ela. — Não consegui segurar. Heathcliff, pelo menos aperte a minha mão! Para que ficar emburrado assim? Achei você esquisito, só isso. Se lavar o rosto e escovar o cabelo, vai ficar tudo bem. É que você está tão sujo!

Preocupada, ela fitou os dedos escuros entrelaçados com os seus e o próprio vestido, cuja beleza ela temia estragar com o contato.

— Não precisava ter encostado em mim! — respondeu ele, seguindo o movimento dos olhos dela e puxando a mão de volta. — Serei sujo como bem entender. Eu gosto de ficar sujo, e vou ficar sujo.

Com isso, saiu correndo da sala, para o divertimento do patrão e da patroa e a consternação de Catherine, que não entendia como seus comentários poderiam ter surtido tamanha demonstração de raiva.

Depois de fazer as vezes de dama de companhia para a recém-chegada e colocar os bolos no forno, e alegrar a casa e a cozinha com um fogo alto, digno de véspera de Natal, preparei-me para sentar e me distrair sozinha, entoando canções natalinas, a despeito das reclamações de Joseph, que achava as minhas músicas quase profanas. Ele havia se retirado para fazer as orações em seus aposentos, ao passo que o sr. e a sra. Earnshaw entretinham a senhorita com as diversas lembrancinhas compradas para ela presentear os pequenos Linton, como reconhecimento de sua gentileza. Tinham convidado os Linton para passar o dia de Natal no Morro dos Ventos Uivantes, e o convite fora aceito sob uma condição: a sra. Linton ordenou que mantivessem seus anjinhos longe daquele "menino malcriado e boca-suja".

Dadas as circunstâncias, permaneci sozinha em meu canto. Sentia o rico aroma das especiarias cozinhando, e admirava os utensílios reluzentes da cozinha, o relógio polido, enfeitado com ramos de azevinho, as canecas de prata arranjadas em uma bandeja, prontas para receber a tradicional cerveja aquecida na ceia; e contemplava, acima de tudo, a pureza impecável da minha especialidade: o piso lavado e varrido. Em meu íntimo, aplaudi cada objeto, e me lembrei de como o velho sr. Earnshaw costumava vir até a cozinha quando estava tudo arrumado, me chamava de moça esforçada, e colocava um xelim em minha mão como caixinha de Natal; então me pus a pensar em seu afeto por Heathcliff, e em como ele temia que abandonassem o menino quando a morte o levasse; e, naturalmente, isso me fez ponderar a situação do pobre rapaz, e da cantoria passei ao choro. Logo me ocorreu, no entanto, que faria mais sentido tentar reparar algumas injustiças do que verter lágrimas por elas: levantei-me e fui procurá-lo no pátio. Não tinha ido muito longe; encontrei-o alisando a pelagem lustrosa do novo cavalo na estrebaria, e alimentando os outros animais, como de costume.

— Venha comigo, Heathcliff! — falei. — A cozinha está tão aconchegante... E Joseph está lá em cima... Venha logo! E deixe-me vesti-lo com roupas boas antes que a srta. Cathy apareça. Assim vocês podem se sentar juntos, com a lareira só para vocês, e bater um bom papo até a hora de dormir.

Ele prosseguiu com sua tarefa, sem sequer virar o rosto para mim.

— Você vem? — insisti. — Preparei um bolinho para cada um, e você vai precisar de meia hora para se arrumar.

Esperei cinco minutos, mas, sem obter resposta, deixei-o. Catherine almoçou com o irmão e a cunhada, e Joseph e eu comemos juntos: uma refeição nada sociável, temperada com reprimendas de um lado e insolência do outro. O pedaço de bolo e a fatia de queijo de Heathcliff ficaram na mesa a noite toda, para as fadas. Ele continuou trabalhando até as nove horas, e então marchou para seus aposentos de cara fechada. Cathy ficou acordada até tarde, às voltas com os preparativos para receber seus novos amigos. Entrou na cozinha uma vez para falar com o velho amigo, mas ele já tinha se retirado. Ela se ateve a perguntar o que havia de errado com ele e logo retornou à sala. De manhã, Heathcliff se levantou cedo; e, como era feriado, levou o mau humor para dar um passeio na charneca, e só reapareceu quando a família já debandara para a igreja. O jejum e a reflexão pareciam ter reavivado seus ânimos. Rodeou-me por um tempo e, depois de juntar coragem, exclamou de súbito:

— Nelly, dê um trato na minha aparência. Prometo me comportar.

— Até que enfim, Heathcliff — falei. — Você magoou Catherine. Ela se arrependeu de ter voltado para casa, arrisco dizer. Parece até que você está com inveja, pois dão mais atenção a ela.

A noção de invejar Catherine não fazia sentido para Heathcliff, mas a ideia de magoá-la ele entendeu bem.

— Ela comentou que estava magoada? — inquiriu, muito sério.

— Ela chorou esta manhã, quando eu comentei que você estava fora de novo.

— Bem, *eu* chorei ontem à noite — retrucou ele —, e tinha mais motivo do que ela.

— Ora, seu motivo foi ir para a cama com o coração inflado e o estômago vazio — respondi. — Orgulho só traz desgosto. Agora, se você estiver envergonhado de sua atitude, peça perdão quando ela aparecer de novo na copa. Ofereça um beijo e diga... Você sabe melhor que ninguém o que dizer... Mas fale de coração, e não como se achasse que ela se tornou uma estranha com seus trajes pomposos. Ainda preciso preparar a ceia, mas vou arranjar um tempo para arrumá-lo de modo que Edgar Linton pareça um bonequinho ao seu lado, pois parece mesmo. Você é mais novo, mas é mais alto e tem os ombros duas vezes mais largos. Poderia nocauteá-lo em um piscar de olhos, não acha?

O semblante de Heathcliff se iluminou por um instante, mas logo tornou a se fechar, e ele bufou:

— Mas, Nelly, eu poderia derrubá-lo vinte vezes, que ele não ficaria mais feio, ou eu, mais bonito. Quem me dera ter cabelo claro e pele clara, e me vestir e me portar bem, e ter a chance de ser tão rico quanto ele ainda vai ser!

— E chamar a mamãe toda hora, é isso que você quer? — acrescentei. — E estremecer toda vez que um garoto do campo mostrar os punhos? E passar o dia prostrado em casa quando chove? Ora, Heathcliff, você está sendo leviano! Venha até o espelho, que vou lhe mostrar o que deseja. Está vendo essas duas linhas entre seus olhos; e essas sobrancelhas grossas que, em vez de se arquearem, afundam no meio; e esse par de comparsas negros, enterrados fundo, que nunca abrem suas janelas com afinco, mas cintilam à espreita atrás delas, feito espiões do diabo? Aprenda a suavizar essas rugas amargas, erguer as pálpebras com franqueza e transformar os dois demônios em anjos inocentes, seguros de si, que jamais suspeitam ou duvidam de nada, e sempre veem amigos onde a inimizade é incerta. Não fique com essa cara de vira-lata agressivo, que parece saber que os pontapés que toma são sua sina, e que detesta todo mundo como detesta quem desfere os pontapés.

— Em outras palavras, devo cobiçar os grandes olhos azuis e o rosto uniforme de Edgar Linton — retrucou ele. — É o que eu desejo mesmo, mas de nada adianta.

— Um bom coração o ajudaria a ter um rosto bonito, meu rapaz — continuei —, ainda que você seja um negro comum. Já um mau coração transforma até os mais belos em algo hediondo. E agora que você tomou um banho, penteou o cabelo e deixou de birra, diga-me se não acha que é um belo de um rapaz? Para mim é. Parece até um príncipe disfarçado. Quem sabe seu pai não era imperador da China, e sua mãe, uma rainha indiana, e cada um deles não era capaz de comprar, com os ganhos de uma única semana, o Morro dos Ventos Uivantes e a Granja da Cruz dos Tordos? De repente, você foi raptado por marujos cruéis e trazido à Inglaterra. Se eu fosse você, idealizaria um nascimento em berço esplêndido, e com isso reuniria a coragem e a dignidade para suportar as opressões de um fazendeirozinho de uma figa!

Continuei falando, e Heathcliff aos poucos foi baixando a guarda, e começava a parecer bem-apessoado, quando de repente a nossa conversa foi interrompida por um ruído que vinha da estrada e entrava no pátio. Ele correu para a janela e eu, para a porta, bem a tempo de ver os dois Linton descendo da carruagem da família, soterrados em mantos e casacos de pele, e os Earnshaw descendo da montaria: costumavam ir à igreja a cavalo no inverno. Catherine estendeu uma mão para cada criança, conduziu-as até a casa e as acomodou diante da lareira, que logo conferiu cor a seus rostos pálidos.

Insisti para o meu companheiro se apressar e se mostrar amigável, e ele obedeceu prontamente; mas, por azar, quando abriu a porta da copa de um lado, Hindley abriu do outro. Depararam-se um com o outro, e o patrão, irritado por vê-lo asseado e alegre, ou talvez agarrado à promessa feita à sra. Linton, empurrou-o de volta com força e, zangado, ordenou a Joseph:

— Mantenha esse sujeitinho longe da sala. Deixe-o no sótão até acabar o almoço. Vai enfiar o dedo nas tortas e roubar as frutas se o deixarmos sozinho com elas por um minuto que seja.

— Não, senhor — respondi, sem me conter. — Ele não vai encostar em nada, não. E imagino que tenha direito a uma parcela de guloseimas, como todos nós.

— Vou lhe dar uma parcela de safanões, isso sim, se eu o pegar aqui embaixo antes de escurecer — esbravejou Hindley. — Saia daqui, miserável! Ora, essa! Está querendo se pavonear, é? Espere só até eu botar a mão nesses cachos elegantes... Quer ver eu deixá-los mais compridos?

— Já estão compridos o bastante — observou o jovem Linton, espiando da porta. — Não sei como não lhe causam dor de cabeça. É como uma crina de cavalo por cima dos olhos!

O rapaz não tinha o intuito de insultar, mas a natureza violenta de Heathcliff não estava preparada para tolerar um sinal sequer de impertinência de quem ele parecia odiar, já naquela época, como um rival. Pegou uma terrina com purê de maçã quente (a primeira coisa a seu alcance) e a jogou no rosto e no pescoço do interlocutor, que imediatamente se pôs a berrar, fazendo com que Isabella e Catherine viessem correndo. O sr. Earnshaw agarrou o culpado de pronto e arrastou-o até o quarto, onde, sem sombra de dúvida, administrou-lhe um duro corretivo para acalmar os próprios nervos, pois quando retornou estava vermelho e ofegante. Peguei o pano de prato e, com certo desprezo, esfreguei o nariz e a boca de Edgar, dizendo que tinha merecido a lição por meter o bedelho onde não era chamado. A irmã começou a chorar, dizendo que queria voltar para casa, e Cathy ficou em choque, ruborizando por tudo aquilo.

— Você não devia ter falado com ele! — disse ela, censurando o jovem Linton. — Ele estava de mau humor, e agora você estragou a visita, e ele vai levar uma surra. Detesto quando ele leva surra! Não vou conseguir comer. Por que você foi falar com ele, Edgar?

— Mas eu não falei — choramingou o rapaz, escapando de minhas mãos e terminando o ritual de purificação com o próprio lencinho de cambraia. — Eu prometi para a minha mãe que não dirigiria uma palavra a ele, e cumpri minha promessa.

— Ora, não chore — respondeu Catherine, com desdém. — Não é como se você tivesse morrido. Agora chega de aprontar, que o meu irmão está vindo. Quieto! Silêncio! Isabella, alguém a machucou?

— Pronto, crianças... Sentem-se! — bradou Hindley, surgindo na roda, afoito. — Aquele garoto sem educação me deixou com o sangue quente. Da próxima vez, caro Edgar, recomendo fazer justiça com os próprios punhos... Vai abrir seu apetite!

A paz tornou a reinar à vista do banquete aromático. Estavam todos famintos depois da cavalgada e foram consolados com facilidade, uma vez que nada muito grave lhes sucedera de fato. O sr. Earnshaw serviu pratos fartos, e a patroa alegrou a todos com uma conversa animada. Fiquei a postos atrás de sua cadeira e senti o coração pesar quando observei Catherine, com os olhos secos e o ar indiferente, cortando uma asa de ganso. *Menina insensível*, pensei. *Que facilidade tem em esquecer o sofrimento do velho amigo. Jamais imaginei que fosse tão egoísta*. Ela levou uma garfada à boca, mas logo a devolveu ao prato; ficou com a face corada e lágrimas escorreram por ela. Deixou o garfo cair no chão e mergulhou depressa sob a toalha para esconder as emoções. Não a julguei mais insensível, pois entendi que passara o dia todo no purgatório, esperando uma oportunidade para ficar sozinha ou fazer uma visita a Heathcliff, que fora trancafiado pelo patrão, conforme descobri ao tentar surrupiar um pouco de comida para ele.

À noite, tivemos um baile. Cathy implorou para que o liberassem, uma vez que Isabella Linton não tinha par, mas seu apelo foi em vão, e fui designada para suprir a deficiência.

A melancolia toda se dissipou com o entusiasmo da dança, e vibramos com a chegada da banda de Gimmerton, que reunia quinze instrumentos: um trompete, um trombone, clarinetes, fagotes, trompas e uma viola da gamba, além de cantores. Todo Natal, eles seguem um itinerário pelas casas de respeito da região e angariam contribuições, e para nós foi um privilégio e tanto ouvi-los. Depois das tradicionais canções natalinas, pedimos músicas populares e performances *a capella*. A sra. Earnshaw estava adorando, então deram muitas canjas.

Catherine também estava se divertindo, mas disse que a acústica era melhor no topo da escada, e subiu no escuro; fui atrás. Fecharam a porta lá embaixo sem dar pela nossa ausência, de tão apinhada de gente que estava a casa. Ela não parou no topo da escada, seguiu até o sótão em que Heathcliff fora confinado e chamou-o. Por teimosia, a princípio, ele se recusou a responder; ela insistiu até que, por fim, persuadiu-o a travar uma conversa através das tábuas. Deixei os pobrezinhos a sós, até me parecer que a cantoria estava prestes a acabar, e os cantores, a comer alguma coisa, então subi para alertá-la. Eis que, em vez de encontrá-la do lado de fora, ouvi sua voz lá dentro. A macaquinha tinha se esgueirado pela claraboia de um dos cômodos do sótão, passado pelo telhado e entrado pela claraboia do outro, e foi com muita lábia que consegui tirá-la de lá. Quando enfim saiu, trouxe Heathcliff junto e teimou para que eu o levasse até a cozinha, aproveitando que o meu colega de trabalho tinha se retirado para a casa de um vizinho, para se poupar dos "salmos do diabo", como ele mesmo se referia à cantoria. Deixei claro que não pretendia, de maneira alguma, encorajar as artimanhas dos dois, mas como o prisioneiro estava em jejum desde o almoço da véspera, faria vista grossa à desobediência às ordens do sr. Hindley só dessa vez. Heathcliff desceu; ajeitei uma banqueta diante da fornalha e ofereci-lhe um bocado de guloseimas, mas ele estava indisposto e mal conseguiu comer, e meus esforços para entretê-lo provaram-se infrutíferos. Ele apoiou os cotovelos sobre os joelhos e o queixo nas mãos e permaneceu absorto, em silêncio. Quando perguntei em que tanto pensava, respondeu com gravidade:

— Estou tramando a minha vingança contra Hindley. Não me importa quanto esperarei, terei o meu momento de triunfo. Ele que não ouse morrer antes!

— Que horror, Heathcliff! — respondi. — Cabe a Deus castigar as pessoas ruins. Temos que aprender a perdoar.

— Não, Deus não vai ter essa satisfação. Eu é que vou! — retrucou ele. — Se ao menos eu soubesse qual é a melhor revanche... Deixe-me em paz, que preciso traçar os meus planos. Quando penso nisso, não sinto dor.

Mas, sr. Lockwood, esqueço que esses causos não lhe interessam. Que vergonha, tagarelar assim! Seu mingau já esfriou, e o senhor está pregando os olhos! Eu poderia ter contado a história de Heathcliff, tudo que o senhor precisa saber, em meia dúzia de palavras.

* * *

Depois de interromper a história, a governanta se levantou e começou a juntar o material de costura, mas não tive forças para me afastar da lareira, e estava longe de cair no sono.

— Sente-se, sra. Dean — protestei. — Por favor, fique mais meia hora! Fez bem em contar a história em detalhes. É o método que me agrada, e peço que termine no mesmo estilo. Tenho interesse em todos os personagens que a senhora mencionou... alguns mais, outros menos.

— O relógio beira as onze horas, senhor.

— Não tem problema... Não estou acostumado a dormir cedo. Uma ou duas da manhã está de bom tamanho para quem fica na cama até as dez.

— O senhor não deveria levantar assim tão tarde. Acaba perdendo a melhor parte da manhã. Quem não faz metade do trabalho que tem para o dia até as dez corre o risco de deixar a outra parte por fazer.

— Sente-se, sra. Dean. Prevejo uma gripe insistente... Então, de qualquer modo, não sairei tão cedo da cama amanhã.

— Espero que não piore, senhor. Mas, então, permita-me pular uns três anos... Nessa janela de tempo, a sra. Earnshaw...

— Não, não vou permitir nada do tipo! Sabe aquele estado de espírito quando estamos sentados sozinhos, vendo uma gata lamber um filhote no tapete, tão absortos, que um mero descuido com uma orelha pode nos tirar do sério?

EMILY BRONTË

— É um estado de espírito um tanto preguiçoso, devo dizer.

— Pelo contrário, é tão enérgico, que cansa. É meu humor no momento. Portanto, peço que continue a história nos mínimos detalhes. Noto que as pessoas daqui atentam mais umas para as outras do que as pessoas da cidade, assim como uma aranha em uma masmorra chama mais atenção do que uma aranha em uma cabana, aos olhos dos ocupantes; todavia, essa atração profunda não se deve apenas à situação do observador. De fato, levam a vida mais a sério, mais voltada para si, e não focam tanto em mudanças superficiais e frivolidades externas. Aqui chego a acreditar que um amor para a vida é quase possível, e sempre fui cético quanto a qualquer amor que durasse mais do que um ano. Um lado é como servir a um homem faminto um único prato, no qual ele pode concentrar todo seu apetite e lhe fazer justiça; o outro é como oferecer-lhe uma mesa posta por cozinheiros franceses: ele pode até desfrutar do todo, mas cada parte fica na memória como um mero átomo.

— Ah! Somos os mesmos aqui e em qualquer outro lugar, o senhor vai ver — observou a sra. Dean, um pouco confusa com meu monólogo.

— Ora, ora! — retruquei. — A senhora, minha cara amiga, é prova cabal contra essa alegação. Salvo por alguns provincianismos irrelevantes, a senhora não tem os trejeitos peculiares que costumo observar na sua classe. Tenho certeza de que dedica muito mais tempo aos pensamentos do que a média da criadagem. Vê-se que foi compelida a cultivar suas faculdades intelectuais, por falta de brechas para desperdiçar a vida em bobagens.

A sra. Dean riu.

— Sem dúvida, eu me considero uma pessoa equilibrada e sensata — disse —, não exatamente por viver nas colinas e ver sempre os mesmos rostos e os mesmos acontecimentos, ano após ano, mas porque me submeto a uma disciplina rigorosa, que me traz sabedoria. Também li mais do que o senhor imagina. Não há um livro nesta biblioteca que eu não tenha lido e do qual não tenha tirado proveito, a não ser que esteja em grego ou latim, ou francês... Pelo menos sei distinguir um idioma do outro: é o máximo que se pode esperar da filha de um homem pobre. Contudo, se for continuar minha história nos mínimos detalhes, é melhor continuar logo. Em vez de saltar três anos, eu me contentarei em passar para o verão seguinte: o verão de 1778, isto é, quase vinte e três anos atrás.

## Capítulo 8

Em uma bela manhã de junho, nasceu o primeiro bebê de quem cuidei, o último do antigo clã Earnshaw. Estávamos ocupados com o feno em um campo distante quando a menina que costumava trazer o café da manhã veio correndo pela pradaria, uma hora antes do habitual, chamando meu nome.

— Ah, é um bebê magnífico! — anunciou ela, ofegante. — O rapazinho mais lindo que já existiu! Mas o médico disse que a patroa não vai resistir: passou esses meses todos tísica. Ouvi ele comentar com o sr. Hindley... E agora que ela não tem mais nada a que se agarrar, não resistirá até o inverno. Você precisa voltar para casa o quanto antes, Nelly, para tomar conta do pequeno. Tem que alimentá-lo com leite e açúcar e cuidar dele noite e dia. Quem me dera estar no seu lugar... Vai ser todo seu quando a patroa se for!

— Ela está tão doente assim? — perguntei, largando o rastelo e amarrando minha touca.

— Parece que sim, mas está aguentando firme — respondeu a menina. — Ela fala como se fosse viver para vê-lo crescer. Está fora de si, de tão contente. O bebê é tão lindo! Se eu fosse ela, certamente não morreria. Ficaria melhor só de olhar para o pequeno, apesar de Kenneth. Fiquei muito brava com ele. A sra. Archer levou o anjinho para o patrão ver, lá na sala, e justo quando o rosto dele começou a se iluminar, aquele velhaco deu um passo à frente e disse: "Earnshaw, é uma bênção sua esposa ter sido poupada para lhe deixar este filho. Quando ela chegou aqui, eu estava convencido de que não viveria muito tempo. Agora devo informar que o inverno provavelmente será o fim dela. Não se aflija, não há muito o que fazer. Além disso, o senhor deveria ter pensado duas vezes antes de escolher uma moça murchinha assim!".

— E o que o patrão respondeu? — indaguei.

— Acho que praguejou, mas não prestei muita atenção. Estava tentando ver o menino. — E começou a descrevê-lo com fervor. Tomada por seu entusiasmo, corri para a casa, ansiosa para admirar o pequeno com meus próprios olhos, embora estivesse muito triste por Hindley. O coração do patrão só tinha espaço para dois ídolos: a esposa e ele próprio. Venerava-os, e adorava-a, e não consegui imaginar como ele suportaria a perda.

Quando chegamos ao Morro dos Ventos Uivantes, lá estava ele, na porta.

— Como está o bebê? — perguntei ao entrar.

— Logo, logo, estará correndo pela casa — respondeu-me, juntando forças para sorrir.

— E a patroa? — arrisquei perguntar. — O médico disse que ela...

— Dane-se o médico! — interrompeu ele, ficando vermelho. — Frances passa bem. Em uma semana, estará totalmente curada. Você vai subir? Diga a ela que vou lhe fazer companhia, se ela prometer ficar em silêncio. Deixei-a sozinha pois não parava de falar, e ela precisa... Reforce as recomendações do sr. Kenneth a ela, diga que precisa de repouso.

Dei o recado à sra. Earnshaw. Ela parecia animada e respondeu, contente:

— Eu mal abri a boca, Ellen, e já é a segunda vez que ele sai do quarto aos prantos. Bom, prometo não ficar de conversa, mas isso não me impede de rir dele!

Pobrezinha! Até a semana de sua morte, seguiu de coração alegre, enquanto o marido insistia, teimoso — ou melhor, furioso —, que o estado de saúde dela melhorava a cada dia. Quando Kenneth avisou que os remédios já não fariam mais efeito naquele estágio da doença, e que não convinha gastar mais com suas consultas, o patrão retrucou:

— Sei que o senhor não precisa mais vir... Ela está bem... E está farta de seus cuidados! Nunca esteve tísica. Era só uma febre, e já passou. O pulso dela está calmo como o meu, e a temperatura também abrandou.

Ele contou a mesma história à esposa, e ela pareceu acreditar. Certa noite, porém, quando estava recostada no ombro dele, comentando que achava que conseguiria se levantar no dia seguinte, foi tomada por um acesso de tosse — uma tosse leve. Ele a ergueu no colo; ela envolveu o pescoço do marido nos braços, sua expressão mudou, e ela morreu.

Conforme previra a menina, o pequeno Hareton foi entregue a meus cuidados. O sr. Earnshaw, contanto que o visse com saúde e nunca o ouvisse chorar, dava-se por satisfeito, no que lhe concernia. Quanto a si próprio, entrou em desespero, e sua tristeza era do tipo que não se manifestava em lamentos. Não chorava nem rezava; esbravejava e rogava pragas, execrava Deus e o homem, e sucumbiu às piores tentações. Os criados não aguentaram sua conduta tirânica e perversa por muito tempo: Joseph e eu fomos os únicos dispostos a ficar. Não tive coragem de deixar o pequeno; e, como o senhor já sabe, fomos criados juntos, e eu perdoava o comportamento dele com mais facilidade do que um desconhecido o faria. Joseph ficou para administrar os arrendatários e trabalhadores, e porque era sua vocação estar onde tivesse perversidade para repreender.

Os maus modos e as más companhias do patrão serviam de exemplo para Catherine e Heathcliff. O tratamento que ele dispensava ao rapaz transformaria qualquer santo em demônio. E, verdade seja dita, Heathcliff parecia estar mesmo possuído por algo diabólico na época. Achava graça em ver Hindley chafurdar em um caminho sem salvação, e ficava notavelmente mais genioso e ferino a cada dia. Faltam-me palavras para descrever quão infernal era a casa em que vivíamos. O pároco parou de fazer visitas e chegou um ponto em que nenhuma pessoa decente ousava se aproximar de nós, salvo pelas visitas de Edgar Linton à srta. Cathy, se é que podem ser consideradas uma exceção. Aos quinze anos, era a rainha da província; ninguém se igualava a ela, e acabou se tornando uma criatura arrogante e obstinada! Admito que, passada a infância, eu já não gostava mais dela, e a provocava com frequência, tentando abalar sua postura arrogante, mas Catherine nunca se melindrou comigo. Era admirável como se mantinha fiel aos antigos afetos; até Heathcliff preservou o lugar no coração dela sem abalos; e o jovem Linton, com toda aquela superioridade, teve dificuldades para causar uma impressão igualmente profunda. Linton era meu finado patrão; é o retrato dele ali, em cima da lareira. Antigamente, ficava pendurado de um lado, e o retrato da esposa, do outro; mas o outro quadro foi removido, do contrário o senhor teria um vislumbre dela. Consegue vê-lo?

A sra. Dean ergueu o castiçal, e pude discernir o rosto de traços delicados de um homem muito parecido com a moça que conheci no Morro dos Ventos Uivantes, embora mais pensativo e amigável. Era um retrato encantador. Suas longas madeixas loiras encaracolavam-se de leve sobre as têmporas; os olhos eram grandes e sérios; e a figura, como um todo, beirava o excesso em sua beleza. Não me surpreendia que Catherine Earnshaw tivesse trocado seu primeiro amigo por um indivíduo como aquele. O que me surpreendia, e muito, era pensar que ele, com o intelecto que possuía, pudesse ter se afeiçoado por Catherine Earnshaw, a julgar pela ideia que eu fazia dela.

— É um retrato muito simpático — comentei com a governanta. — Parece mesmo com ele?

— Parece — respondeu-me. — Era mais bonito quando ficava de bem com a vida. Esse era seu semblante cotidiano... Faltava-lhe ânimo em geral.

Catherine manteve contato com os Linton depois de sua estadia de cinco semanas. E como não tinha a menor intenção de mostrar seu lado selvagem à família, fosse por bom senso ou vergonha, não fazia malcriação naquele ambiente onde sempre a tratavam com cortesia. Acabou impondo sua presença à sra. e ao sr. Linton com sua cordialidade sagaz. Conquistou a admiração de Isabella, assim como a alma e o coração do irmão — aquisições que a encheram de orgulho desde o princípio, pois era muito ambiciosa, e que a fizeram adotar uma dupla personalidade, sem exatamente querer enganar ninguém. Onde ouvia Heathcliff ser chamado de "marginalzinho vulgar" e "pior que um animal", tomava o cuidado de não agir como ele, mas em casa não costumava praticar a polidez, que seria motivo de piada, tampouco reprimia sua índole bravia, uma vez que isso não lhe renderia crédito ou elogios.

Foram raras as vezes em que o sr. Edgar criou coragem para visitar o Morro dos Ventos Uivantes abertamente. Tinha pavor da reputação de Earnshaw e não queria encontrá-lo. Ainda assim, nós nos esforçávamos ao máximo para recebê-lo com civilidade. O patrão evitava ofendê-lo, sabendo o motivo de suas visitas; e, quando não conseguia ser cordial, mantinha distância. Acho que essas visitas eram desagradáveis para Catherine. Ela não era ardilosa, jamais se prestava ao papel de coquete e, evidentemente, tinha ressalvas quanto ao encontro de seus dois amigos. Quando Heathcliff manifestava desdém por Linton na presença dele, ela não concordava, como fazia em sua ausência; e quando Linton nutria asco e antipatia por Heathcliff, ela não ousava tratar esses sentimentos com indiferença, como se a depreciação de seu amigo de infância não significasse nada para ela. Dei muita risada de seus embaraços e problemas secretos, que ela em vão tentava esconder do meu deboche. Pode soar cruel de minha parte, mas ela era tão orgulhosa, que era quase impossível compadecer-se de suas angústias enquanto não aprendesse a ser mais humilde. Por fim, passou a me confessar seus segredos. Não havia nenhuma outra vivalma que pudesse lhe servir de conselheira.

Uma tarde, o sr. Hindley deu uma saída, e Heathcliff aproveitou para tirar o dia de folga. Já estava com dezesseis anos, se não me engano, e embora não tivesse feições desagradáveis nem lhe faltasse intelecto, conseguia causar uma impressão de repulsa física e espiritual, da qual já não resta mais vestígio, hoje. Para começo de conversa, não fazia jus à educação que recebera mais novo: o trabalho duro contínuo, que começava cedo e terminava tarde, extinguira toda a curiosidade que um dia ele nutrira pelo conhecimento, e toda sua paixão por livros e aprendizado. O senso de superioridade da infância, incutido nele pelos caprichos do velho sr. Earnshaw, havia se dissipado. Por muito tempo esforçou-se para acompanhar Catherine nos estudos, até que desistiu, com um pesar profundo, ainda que silencioso. Desistiu por completo, e nada nem ninguém era capaz de convencê-lo a progredir quando ele achava que a única saída era afundar ainda mais. Então sua aparência física passou a corresponder à deterioração mental: andava todo curvado, com um aspecto asqueroso. Seu temperamento, reservado por natureza, degringolou em um excesso quase ridículo de morosidade antissocial, e ele parecia ter encontrado um prazer sinistro em despertar a aversão, e não a estima, de seus poucos conhecidos.

Catherine e Heathcliff ainda andavam juntos quando ele tinha um respiro da labuta, mas ele não verbalizava mais o carinho que tinha por ela, e recuava, com uma desconfiança bravia, de seus carinhos pueris, como se soubesse que não lhe cabia desfrutar de todas aquelas demonstrações de afeto. Na ocasião que comentei, ele entrou na sala e anunciou a intenção de não fazer nada, enquanto eu ajudava a srta. Cathy a arrumar o vestido. Ela não imaginava que Heathcliff fosse tirar o dia de folga e, imaginando que teria a casa toda para si, dera um jeito de informar o sr. Edgar da ausência do irmão, e estava se preparando para recebê-lo.

— Cathy, você tem planos para hoje à tarde? — inquiriu Heathcliff. — Vai sair?

— Não, está chovendo — respondeu ela.

— Então por que está com esse vestido de seda? Não me diga que vai receber alguém.

— Não que eu saiba — gaguejou a senhorita —, mas você deveria estar no campo agora, Heathcliff. Faz uma hora que almoçamos. Achei que já tivesse ido embora.

— Não é sempre que Hindley nos alivia de sua maldita presença — observou o rapaz. — Não vou mais trabalhar hoje, vou ficar aqui com você.

— Ah, mas Joseph vai dar com a língua nos dentes! É melhor você ir — aconselhou ela.

— Joseph está cuidando de um carregamento de cal no outro extremo do penhasco de Penistone. Não volta antes de escurecer, não vai ficar sabendo.

E com isso, dirigiu-se à lareira e se sentou. Catherine refletiu por um instante, com a testa franzida, e julgou necessário preparar o terreno para uma intrusão.

— Isabella e Edgar Linton falaram em fazer uma visita hoje à tarde — disse ela, após um minuto de silêncio. — Como está chovendo, acho que não vêm, mas é uma possibilidade, e se aparecerem, você corre o risco de levar um sermão à toa.

— Peça para Ellen dizer que você está ocupada, Cathy — insistiu ele. — Ora, não dispense minha companhia para ficar com aqueles seus amiguinhos patéticos! Às vezes preciso me segurar para não reclamar que eles... Ah, deixe para lá!

— Eles o quê? — bradou Catherine, encarando-o, incomodada. — Ai, Nelly! — acrescentou, em um tom petulante, tirando a cabeça de minhas mãos. — Você desmanchou meus cachos com esse penteado! Chega! Quero ficar sozinha. Que reclamação é essa que está entalada, Heathcliff?

— Não é nada, não... Apenas olhe para o calendário na parede. — Ele apontou para uma folha emoldurada, pendurada junto à janela, e prosseguiu: — As cruzes marcam os fins de tarde que você passou com os Linton, e os pontos, comigo. Está vendo? Marquei todos os dias.

— Mas que bobagem! Como se eu reparasse nessas coisas! — retrucou Catherine, nervosa. — Qual é o intuito disso?

— Mostrar que *eu* reparo — disse Heathcliff.

— Quer dizer, então, que é para eu passar o tempo todo com você? — perguntou ela, cada vez mais irritada. — O que eu ganho com isso? Sobre o que você fala comigo? Parece até que é mudo, ou um bebê, a julgar pelo pouco que diz ou faz por mim!

— Você nunca tinha me dito que falo pouco, ou que desprezava minha companhia, Cathy! — exclamou Heathcliff, exasperado.

— De que vale uma companhia quando as pessoas não sabem de nada e não dizem nada? — murmurou ela.

Heathcliff se pôs de pé, mas não teve tempo para continuar despejando seus sentimentos, pois o trote de um cavalo se fez ouvir nos ladrilhos e, depois de bater de leve à porta, entrou o jovem Linton, radiante pelo convite inesperado que recebera. Sem dúvida Catherine notou a diferença entre seus amigos, enquanto um entrava e o outro saía. O contraste era como deixar uma jazida de carvão, desolada e acidentada, para adentrar um lindo vale fértil; e a voz e a saudação de Linton opunham-se tanto à postura de Heathcliff como seu aspecto físico. Tinha um jeito calmo e doce de falar, e pronunciava as palavras como o senhor: menos brusco e mais suave do que a gente daqui.

— Não cheguei cedo demais, cheguei? — inquiriu ele, lançando um olhar em minha direção. Eu tinha começado a limpar um prato e arrumar umas gavetas na extremidade do aparador.

— Não! — disse Catherine. — O que está fazendo aí, Nelly?

— O meu trabalho, senhorita — respondi. (O sr. Hindley havia me dado ordens para estar presente em qualquer visita particular que Linton fizesse.)

Ela se aproximou e sussurrou às minhas costas, contrariada:

— Saia já daqui, e leve seus espanadores com você! Quando estamos com visitas, os criados não devem ficar esfregando e limpando os cômodos onde as recebemos!

— É um momento oportuno para faxina, agora que o patrão não está — respondi em voz alta. — Ele detesta quando eu mexo nessas coisas na presença dele. Tenho certeza de que o sr. Edgar compreenderá.

— Detesto quando você mexe nessas coisas na minha presença — exclamou a mocinha, imperiosa, sem dar à visita a chance de falar. Ainda não tinha recobrado a compostura depois do desentendimento com Heathcliff.

— Sinto muito, srta. Catherine — respondi, e segui com meus afazeres, diligentemente.

Imaginando que Edgar não estivesse vendo, ela arrancou o pano da minha mão e me deu um beliscão demorado no braço, tomada pelo rancor. Comentei com o senhor que não morria de amores por ela, que me divertia com afrontas a sua vaidade de vez em quando; além disso, o beliscão tinha doído bastante, então me levantei e esbravejei:

— Ora, que malcriação é essa? A senhorita não tem o direito de me beliscar, e não vou tolerar isso.

— Não encostei em você, criatura mentirosa — bradou ela, com comichão nos dedos, doida para repetir o beliscão, e as orelhas vermelhas de raiva. Ela nunca foi boa em disfarçar seus arroubos de fúria, que sempre a deixavam com a face em chamas.

— O que é isto, então? — retruquei, mostrando o hematoma para refutá-la.

Ela bateu o pé, esperou um instante e então, incapaz de resistir à índole maliciosa, deu-me um tapa na bochecha: um golpe ardente que encheu meus olhos de água.

— Catherine, querida! Catherine! — interrompeu Linton, chocado com a falta dupla que seu ídolo tinha cometido: falsidade e violência.

— Saia daqui, Ellen! — repetiu ela, tremendo da cabeça aos pés.

Ao ver minhas lágrimas, o pequeno Hareton, que me seguia por toda parte e estava sentado a meu lado, no chão, começou ele próprio a chorar e, entre soluços, reclamar da "malvada tia Cathy", o que fez ela descontar a fúria nele: agarrou-o pelos ombros e chacoalhou-o até o pobrezinho ficar branco. Sem pensar duas vezes, Edgar segurou as mãos de Catherine para que ele se desvencilhasse. Em um piscar de olhos, uma das mãos se soltou, e o rapaz, atônito, sentiu-a atingir a orelha dele, de um jeito que não podia ser confundido com brincadeira. Ele recuou, consternado. Peguei Hareton no colo e me retirei para a cozinha com ele, deixando a porta aberta, pois estava curiosa para ver como se acertariam. O visitante insultado dirigiu-se ao lugar onde tinha deixado o chapéu. Estava lívido, com um tremelique nos lábios.

*Faz muito bem!*, comentei comigo mesma. *Abra os olhos e vá embora enquanto é tempo! Considere uma bênção poder vislumbrar quem ela é de verdade.*

— Aonde você vai? — inquiriu Catherine, avançando até a porta.

Linton desviou e tentou passar.

— Você não pode ir embora assim! — bradou ela, exaltada.

— Não só posso, como vou — respondeu ele, com a voz embargada.

— Não — insistiu ela, segurando a maçaneta. — Ainda não, Edgar Linton. Sente-se. Não me deixe aqui desse jeito. Eu passaria a noite muito mal, e não quero sofrer por você!

— Como espera que eu fique aqui, depois de me dar um tapa? — indagou Linton.

Catherine ficou calada.

— Você me deixou assustado e constrangido — prosseguiu ele. — Não volto mais!

Os olhos dela cintilavam, as pálpebras tremiam.

— E você faltou com a verdade, deliberadamente — pontuou ele.

— Não! — exclamou ela, recobrando a fala. — Não foi de propósito. Mas então vá, se é isso o que você quer. Vá embora! Agora só me resta chorar... Vou chorar até adoecer!

Ela caiu de joelhos ao lado de uma cadeira, e começou a chorar copiosamente. Edgar se manteve firme até chegar ao pátio, onde hesitou. Resolvi encorajá-lo.

— Ela é terrível, senhor — vociferei. — Uma criança mimada como qualquer outra. É melhor o senhor voltar para casa, ou ela é capaz de ficar mesmo doente, só para nos aborrecer.

O coitado olhou de esguelha pela janela; tinha o poder de partir, assim como um gato tem o poder de deixar um rato à beira da morte, ou de largar um pássaro comido pela metade. Ah, pensei, ele não tem salvação! Está condenado, e se lança ao destino! E assim foi: virou-se abruptamente, correu de volta para a casa e fechou a porta; e quando entrei um pouco depois para informá-los que Earnshaw tinha voltado para casa bêbado e colérico, querendo arrancar nossa cabeça (como era de costume naquele estado), notei que o desentendimento tinha na verdade estreitado a intimidade entre os dois — baixara as defesas da timidez pueril, permitindo que abandonassem o disfarce da amizade e se confessassem amantes.

A descoberta da chegada do sr. Hindley fez Linton correr para seu cavalo, e Catherine, para seus aposentos. Quanto a mim, corri para esconder o pequeno Hareton e descarregar a espingarda do patrão, com a qual o homem gostava de brincar em momentos de euforia e insanidade, colocando em risco a vida de qualquer um que o provocasse ou simplesmente chamasse sua atenção. Meu plano era tirar o cartucho para mitigar os danos caso ele chegasse a atirar.

## Capítulo 9

Hindley entrou em casa jorrando pragas terríveis e me flagrou no ato de esconder seu filho no armário da cozinha. Hareton estava aterrorizado. Temia tanto o afeto selvagem como a ira maníaca do pai, pois, por um lado, corria o risco de morrer sufocado, coberto de beijos e abraços, e por outro, de ser atirado ao fogo, ou lançado contra a parede. O pobre coitado ficava quietinho onde quer que eu resolvesse ajeitá-lo.

— Aí está! Até que enfim o encontrei! — bradou Hindley, puxando-me pela nuca, feito cachorro. — Por Deus e o diabo, vocês fizeram um juramento para matar essa criança! Só pode! Agora entendi por que nunca o vejo. Com a ajuda de Satanás, vou fazê-la engolir a faca de trinchar, Nelly. Não ouse dar risada. Agora mesmo, empurrei Kenneth de cabeça no pântano de Blackhorse. Uma vítima, duas... Dá no mesmo! Quero matar alguns de vocês, e não vou descansar enquanto não fizer isso!

— A faca de trinchar não me agrada, sr. Hindley — respondi. — Usamos para cortar arenque. Prefiro levar um tiro, se possível.

— Ora, queime no inferno! — disse ele. — Pois é para lá mesmo que vai! Não há lei na Inglaterra que impeça um homem de manter a decência no lar, e esta casa está abominável! Abra a boca.

Ele empunhou a faca e forçou a ponta da lâmina entre meus dentes, mas nunca senti medo de suas maluquices, e não seria agora que sentiria. Cuspi e comentei que o gosto era terrível. Não engoliria aquilo, de maneira alguma.

— Ah! — disse ele, e me soltou. — Vejo que essa criatura tenebrosa não é Hareton. Sinto muito, Nell. Pois se for, merece ser esfolado vivo por não correr para me receber, e por ficar gritando como se eu fosse um goblin. Venha aqui, criaturinha desnaturada! Vou ensiná-lo a valorizar um pai desiludido e bem-intencionado. Não acha que o rapazinho ficaria mais bonito com um novo corte? Um corte deixa qualquer cão mais destemido, e adoro um cão destemido... Traga uma tesoura... Um corte destemido! É uma afetação dos infernos, não? Uma vaidade diabólica, se apegar às orelhas... Já seríamos ridículos o bastante sem elas. Quieto, menino, quieto! Ora! É mesmo meu menino! Enxugue essas lágrimas... Coloque um sorriso no rosto e venha me dar um beijo. O quê? Vai se recusar? Venha e me dê um beijo, Hareton! Maldito seja! Um beijo! Por Deus, eu me recuso a acreditar que criei esse monstro! Juro que ainda quebro o pescoço dele.

O pobre Hareton berrava e esperneava com todas as forças nos braços do pai, e redobrou o berreiro quando foi carregado escadaria acima e erguido sobre o corrimão. Gritei que ele mataria o menino de medo e corri para resgatá-lo. Quando cheguei perto, Hindley se debruçou sobre o corrimão para escutar melhor um ruído que vinha lá de baixo, quase esquecendo o que tinha em mãos.

— Quem vem lá? — perguntou, ouvindo alguém se aproximar do sopé da escada. Debrucei-me também, na intenção de dar um sinal a Heathcliff, cujos passos reconheci, para que não avançasse mais; e, no instante em que tirei os olhos de Hareton, em um espasmo repentino, ele se soltou das mãos descuidadas que o seguravam e caiu.

Mal tivemos tempo de absorver o frio na espinha antes de nos certificarmos de que o menino estava a salvo. Heathcliff surgiu no momento crítico; por instinto, amparou o pequeno e, depois de colocá-lo no chão, ergueu os olhos para desvendar o autor do acidente. Nem um sovina que tivesse jogado fora um bilhete premiado de loteria, e descoberto no dia seguinte que perdera cinco mil libras com isso, ficaria com o rosto tão pálido quanto ele ao se deparar com a figura do sr. Earnshaw lá em cima. O rosto de Heathcliff expressava melhor do que qualquer palavra a mais profunda angústia por ter ele próprio boicotado sua vingança. Se estivesse escuro, ouso dizer, tentaria remediar o erro esmagando o crânio de Hareton contra os degraus, mas nós testemunhamos a salvação; e no momento eu já estava com o precioso menino aninhado em meu peito. Hindley desceu mais calmo, de repente sóbrio e envergonhado.

— É culpa sua, Ellen — disse ele. — Não devia ter deixado eu botar os olhos nele, que dirá as mãos! Ele está machucado?

— Machucado? — gritei, furiosa. — Se sobreviver, periga crescer tonto! Ah! Fico admirada que a mãe ainda não tenha ressuscitado para ver como o senhor o trata. É pior que um herege... Tratando o próprio sangue desse jeito!

Ele tentou encostar no menino, que, seguro em meus braços, já não chorava mais de medo. Ao primeiro toque do pai, no entanto, abriu um berreiro ainda mais sonoro e se debateu como se estivesse em convulsão.

— Não ouse mexer com ele! — prossegui. — Ele detesta o senhor. Todos eles detestam. Eis a verdade! Que família feliz o senhor tem, hein! Veja a que ponto chegou!

— E vai ficar melhor ainda, Nelly — debochou aquele homem perdido, recobrando a rispidez. — Até lá, sumam da minha frente, os dois. Você também, Heathcliff! Chispa! Quero você longe. Eu não ousaria matá-lo esta noite... A não ser, talvez, que eu ateasse fogo na casa... Não tenho muita imaginação.

Enquanto falava, abriu um frasco de conhaque do aparador e encheu um copo.

— Não faça isso! — insisti. — Sr. Hindley, preste atenção. Tenha piedade do pobrezinho, ainda que não se importe consigo!

— Qualquer um o criaria melhor do que eu — retrucou ele.

— Tenha piedade de sua alma! — falei, tentando arrancar o copo de sua mão.

— Longe de mim! Pelo contrário, será um prazer e tanto fadar minha alma à perdição e assim punir o Criador — exclamou o blasfemo. — Um brinde à sua grande danação!

Virou o conhaque e expulsou-nos da sala, impaciente, concluindo a ordem com uma sequência de imprecações horrendas demais para eu repetir ou lembrar.

— É uma pena que ele não se mate com a bebida — comentou Heathcliff, tendo ecoado de volta as imprecações assim que a porta se fechou. — Não é por falta de esforço, mas seu organismo é forte. O sr. Kenneth disse que apostaria sua égua na longevidade de Hindley, que decerto vai viver mais que qualquer homem por estas bandas de Gimmerton, e vai para o túmulo já bem grisalho, com uma coleção de pecados, a não ser que, por uma feliz obra do destino, algo lhe aconteça.

Sentei-me na cozinha para ninar meu carneirinho. Heathcliff seguiu direto para o celeiro, ou assim pensei. Depois fiquei sabendo que se deteve em um banco, encostado na parede, afastado da fornalha, onde permaneceu em silêncio.

Eu estava com Hareton no colo, começando a cantarolar uma canção que dizia:

*"Noite adentro, os pequenos choravam,
E a mãe, a sete palmos, escutava..."*

Então a srta. Cathy, que escutara o alvoroço de seu quarto, enfiou a cabeça na porta e sussurrou:
— Você está sozinha, Nelly?
— Sim, senhorita.

Ela entrou e se aproximou da fornalha. Presumindo que fosse dizer algo, levantei o rosto. Pela expressão, parecia perturbada, ansiosa. Seus lábios estavam ligeiramente entreabertos, como se ela estivesse prestes a falar, e chegou a tomar fôlego, mas deixou escapar um suspiro em vez de uma frase. Retomei a canção; não tinha me esquecido de seu comportamento recente.

— Por onde anda Heathcliff? — interrompeu ela.

— Cuidando de seus afazeres na estrebaria — foi minha resposta.

Ele não me contradisse, talvez tivesse adormecido. Fez-se mais uma longa pausa, durante a qual percebi uma gota ou outra pingar das bochechas de Catherine, sobre os ladrilhos. Será que ela se arrependeu de sua conduta vergonhosa?, perguntei-me. Seria uma novidade, mas ela tem plena condição de se resolver... Não vou ajudá-la! Não, pois ela não tinha o menor pudor em abordar o assunto que fosse. Só não falava das próprias questões.

— Por Deus! — lamuriou-se enfim. — Como sou infeliz!

— Que pena! — comentei. — É tão difícil agradá-la! A senhorita tem tantos amigos e tão poucas preocupações, e mesmo assim nunca se contenta!

— Nelly, você pode guardar um segredo? — inquiriu ela, ajoelhando-se a meus pés e erguendo os olhinhos encantadores, com aquela expressão capaz de desarmar qualquer animosidade, mesmo a mais justificada.

— Vale a pena guardá-lo? — indaguei.

— Vale, e está me corroendo. Preciso desabafar! Quero saber o que devo fazer. Hoje, Edgar Linton me pediu em casamento, e dei minha resposta. Agora, antes de lhe dizer se aceitei ou recusei, diga-me você o que acha.

— Ora, srta. Catherine, como eu vou saber? — respondi. — Para ser sincera, a julgar pela cena que a senhorita fez na presença dele hoje à tarde, eu diria que faria bem em recusá-lo. Sabendo que ele fez o pedido depois daquilo tudo, imagino que seja um palerma incurável ou um tolo destemido.

— Se for para falar assim comigo, vou parar por aqui — retrucou ela, aborrecida, e se pôs de pé. — Eu aceitei, Nelly. Agora, ande! Diga-me se cometi um erro!

— A senhorita já aceitou. De que adianta debater o assunto? Já deu sua palavra, não pode voltar atrás.

— Mas me diga se agi bem. Quero saber! — exclamou ela, irritada, esfregando uma mão na outra e franzindo o cenho.

— Há muito o que considerar antes que eu possa responder a essa pergunta devidamente — sentenciei. — Antes de mais nada, a senhorita ama o sr. Edgar?

— Quem resiste a ele? É claro que amo — respondeu-me.

Então a submeti ao seguinte interrogatório (que, para uma moça de vinte e dois anos, não era descabido):

— E por que o ama, srta. Cathy?

— Mas que bobagem! Eu o amo e ponto! Isso já basta.

— De maneira alguma... A senhorita precisa dizer por quê.

— Ora, porque ele é lindo, uma companhia agradável.

— Resposta fraca — foi o meu comentário.

— E porque é jovem e alegre.

— Fraca também.

— E porque me ama.

— Não vem ao caso.

— E ainda vai ficar rico, e serei a mulher mais importante da região, e meu marido será motivo de orgulho.

— Piorou. Agora me diga: como a senhorita o ama?

— Como qualquer pessoa, ora... Mas que coisa, Nelly!

— Não me venha com essa! Responda.

— Amo a terra em que ele pisa, o ar que o envolve, tudo que ele toca, toda palavra que diz. Amo todos os seus trajes e todas as suas ações, e ele todo, em absoluto. Pronto!

— Mas por quê?

— Chega! Você está fazendo pouco caso dos meus sentimentos. Isso é maldade! Não estou de brincadeira! — disse a mocinha, ralhando comigo e voltando o rosto para o fogo.

— Longe de mim fazer troça, srta. Catherine — respondi. — A senhorita ama o sr. Edgar porque ele é jovem e formoso e alegre e rico, e porque ama a senhorita. Essa última razão, no entanto, não conta. A senhorita o amaria igual, mesmo que ele não cultivasse o mesmo sentimento, provavelmente. E não o amaria se ele não tivesse os outros quatro atrativos.

— Nada disso. Eu só teria pena dele, e talvez o detestasse, se fosse feio e estúpido.

— Mas existem outros rapazes bonitos e ricos no mundo. Talvez até mais bonitos e mais ricos do que ele. O que a impede de amá-los?

— Se existem mesmo, nunca vi! Não conheço ninguém como Edgar.

— Capaz que ainda venha a conhecer... E ele não vai ser jovem e formoso para sempre... Nem mesmo rico, se bobear.

— Ele é rico agora, e só quero saber do presente. Seja mais racional, por favor.

— Bem, está resolvido! Se a senhorita só quer saber do presente, pois então case com o sr. Linton.

— Não preciso da sua permissão para isso... Eu *vou* me casar com ele. Mas você ainda não me disse se estou certa.

— Se a coisa certa a se fazer for casar pensando no presente, a senhorita está certíssima. E agora, conte-me o que a aflige. Seu irmão vai ficar contente, e o sr. e a sra. Linton não vão se opor, creio eu. A senhorita vai trocar uma casa desregrada e sem conforto por um lar abastado, de respeito. E ama Edgar, e Edgar a ama. Está tudo nos trinques, pelo visto. Onde está o obstáculo?

— *Aqui*! E *aqui*! — respondeu Catherine, batendo com uma das mãos na testa, e a outra no peito. — Onde quer que viva a alma. Na alma, no coração, tenho certeza de que estou errada!

— Que estranho! Não consigo entender.

— É meu segredo. Se você prometer não fazer troça, explico. Não consigo colocar em palavras, mas vou tentar passar uma ideia de como me sinto.

Ela se sentou a meu lado de novo, com a expressão ainda mais triste e severa, e as mãos entrelaçadas tremiam.

— Nelly, você costuma ter sonhos esquisitos? — perguntou-me de súbito, após alguns minutos de reflexão.

— De vez em quando — respondi.

— Eu também. Carrego alguns sonhos comigo por toda a vida, e eles mudaram como eu vejo o mundo. Atravessaram-me, feito vinho derramado na água, e alteraram a cor da minha mente. E este é um deles. Vou lhe contar, tente não rir de nenhuma parte.

— Ora! Não faça isso comigo, srta. Catherine! — supliquei. — A vida já é sombria o bastante sem conjurar fantasmas e visões para nos desconcertar. Vamos, vamos! Quero ver aquele sorriso de sempre! Veja o pequeno Hareton... Ele não está sonhando nada sombrio. Como é doce o sorriso dele enquanto dorme!

— E como são doces as pragas que o pai dele roga, em sua solidão! Imagino que você ainda se lembre dele bebê, quando era assim gorducho, quase tão pequeno e inocente... Mas, Nelly, exijo que escute. Não foi um sonho demorado, e estou sem forças para sorrir hoje.

— Não quero saber! Não quero saber — repeti, impaciente.

Eu era supersticiosa com sonhos, e ainda sou; Catherine estava com um aspecto funesto incomum, e eu temia algo que interpretei como profecia, antevendo uma catástrofe tenebrosa. Ela ficou aborrecida, mas não prosseguiu. Parecendo que mudaria de assunto, logo em seguida retomou a conversa.

— Se eu fosse para o céu, Nelly, seria extremamente infeliz.

— Pois a senhorita não se encaixa lá — respondi. — Todos os pecadores seriam infelizes no céu.

— Não é essa a questão. Uma vez sonhei que estava lá.

— Não quero saber dos seus sonhos, srta. Catherine! Já deu minha hora de dormir — interrompi de novo.

Ela deu risada e me segurou, pois fiz menção de me levantar.

— Não é nada — bradou ela. — Só queria dizer que o céu não parecia ser meu lar, e fiz das tripas coração de tanto que chorei, implorando para voltar para a terra, e os anjos ficaram tão bravos que me largaram bem no meio da charneca, no alto do Morro dos Ventos Uivantes, onde acordei soluçando de alegria. O sonho explica esse meu segredo, e também um outro. Não me convém casar com Edgar Linton mais do que ir para o céu, e se aquele maldito homem lá dentro não tivesse renegado tanto Heathcliff, eu nem pensaria nisso. Seria uma humilhação para mim casar com Heathcliff agora, então ele jamais há de saber o quanto o amo, e não porque ele é bonito, Nelly, mas porque é mais eu do que eu mesma. Seja qual for a substância da alma, a minha e a dele são a mesma; e a alma de Linton é tão diferente quanto o luar é de um relâmpago, ou a geada é do fogo.

Antes daquele monólogo chegar ao fim, dei-me conta da presença de Heathcliff. Ao sinal de um movimento discreto, virei o rosto e avistei-o levantando do banco e se retirando sem fazer barulho. Tinha escutado até Catherine dizer que casar-se com ele a degradaria, e então não quis ouvir mais. Minha companheira, sentada no chão, ofuscada pelo encosto do banco, não notou sua presença nem sua partida, mas me sobressaltei e pedi que ficasse quieta!

— Por quê? — indagou ela, olhando ao redor, nervosa.

— Joseph chegou — respondi, aproveitando que tinha escutado a condução da carroça estrada acima —, e Heathcliff vem com ele. Capaz que esteja à porta agora mesmo.

— Ah, nunca que ele conseguiria me entreouvir da porta! — disse ela. — Deixe que eu fique com Hareton enquanto você prepara o jantar. Quando estiver pronto, venha me chamar para eu comer com você. Estou com a consciência pesada. Preciso esfriar a cabeça e me assegurar de que Heathcliff não faz ideia dessa história toda. Ou faz? Ele não sabe como é estar apaixonado, sabe?

— Se a senhorita sabe, não vejo por que ele não saberia — retruquei. — E se ele também a escolheu para amar, vai ser a criatura mais infeliz que já pôs o pé na terra! Assim que a senhorita se tornar a sra. Linton, ele vai perder uma amiga, um amor, vai perder tudo! Já pensou em como ele vai lidar com a separação, em como ele vai conseguir suportar o fato de ficar sozinho no mundo? Porque, srta. Catherine...

— Sozinho no mundo? Separação? — exclamou ela, em um tom de indignação. — Quem ousaria nos separar, diga-me? Ora, seja quem for, estará sujeito ao mesmo destino que Mílon[5]! Ninguém vai ficar entre nós, não enquanto eu viver, Ellen. Nenhuma criatura mortal. Os Linton vão desaparecer da face da terra antes que eu cogite esquecer Heathcliff. Não... Não pretendo jamais... Não me tornaria a sra. Linton se precisasse pagar um preço tão alto! Heathcliff será para mim o que sempre foi. Edgar há de superar sua antipatia e ao menos tolerá-lo. E assim

---

[5] Referência a Mílon de Crotona (século VI a.C.), atleta grego famoso por sua força física. Diz-se que um dia encontrou uma árvore cujo tronco, semicortado, estava dividido por uma cunha. Ele removeu a cunha para tentar quebrar a árvore com as mãos, mas apesar de sua força acabou com a mão presa dentro do tronco, e foi devorado por lobos selvagens. [N. de E.]

será feito, quando ele compreender meus verdadeiros sentimentos por Heathcliff. Nelly, você me vê como uma tratante, eu sei, mas nunca lhe ocorreu que, se eu e Heathcliff nos casássemos, viveríamos como dois mendigos? Em contrapartida, se me casar com Linton, posso ajudar Heathcliff a subir na vida e tirá-lo das garras do meu irmão.

— Com o dinheiro do seu marido, srta. Catherine? — perguntei. — Capaz que ele não se mostre tão compreensivo quanto a senhorita imagina... E longe de mim julgar, mas acho que esse é o pior motivo que a senhorita deu para se casar com o jovem Linton.

— Não é, não — retorquiu ela. — É o melhor! Listei os outros motivos por capricho meu, e em respeito a Edgar também, para contemplá-lo. Este diz respeito a alguém que abarca os sentimentos por Edgar e por mim. Não tenho palavras para explicar, mas com certeza você e todo mundo acreditam que há ou deveria haver uma existência para além de nós. De que valeria minha criação, se eu ficasse enclausurada aqui? Meus maiores tormentos neste mundo foram os tormentos de Heathcliff, e testemunhei e senti cada um deles desde o princípio: boa parte dos meus pensamentos é dedicada a ele. Se tudo mais perecesse e restasse apenas ele, eu continuaria a existir; e se tudo mais restasse e ele fosse aniquilado, o universo passaria a ser um completo desconhecido para mim, e eu não me sentiria parte dele. Meu amor por Linton é como a folhagem do bosque: o tempo há de transformá-lo, sei bem, assim como o inverno transforma as árvores. Meu amor por Heathcliff se compara às eternas rochas sob a superfície: fonte de uma alegria pouco evidente, mas necessária. Nelly, eu sou Heathcliff! Ele *sempre* está nos meus pensamentos, e não como fonte de prazer, assim como nem sempre sou um prazer para mim mesma, mas como meu próprio ser. Então, não me venha mais com essa história de separação. Seria impraticável, e...

Ela se deteve e enterrou o rosto nas dobras do meu vestido, mas eu a repeli à força. Tinha perdido a paciência com aquela tolice toda!

— Se é possível tirar qualquer conclusão desse seu disparate — disse-lhe —, é que a senhorita ignora as responsabilidades que deveria assumir ao casar, ou então que é uma moça cruel e sem princípios. Mas não me importune mais com segredos. Não prometo guardá-los.

— Mas esse você vai guardar, não? — perguntou ela, ansiosa.

— Não prometo nada — reiterei.

Ela estava prestes a insistir, quando Joseph apareceu e pôs fim à conversa. Catherine afastou sua cadeira para um canto e tratou de embalar o pequeno Hareton enquanto eu preparava o jantar. Quando ficou pronto, meu colega de criadagem e eu começamos a discutir para ver quem levaria a refeição ao sr. Hindley; quando chegamos a um acordo, a comida estava quase fria. Combinamos que esperaríamos o patrão pedir, caso ficasse com fome, pois temíamos inquietá-lo quando já tinha passado um bom tempo sozinho.

— E aquele infeliz, que ainda tá no campo uma hora dessa? O que ele tanto faz? Ô imprestável! — praguejou Joseph.

— Vou chamá-lo — respondi. — Deve estar no celeiro.

Fui lá chamá-lo, mas não tive resposta. Quando retornei, sussurrei para Catherine que Heathcliff certamente tinha escutado boa parte da nossa conversa; e contei que o vi sair da cozinha justo quando ela estava reclamando da conduta do irmão em relação a ele. Ela deu um pulo, tamanho o susto! Largou Hareton no banco e saiu correndo para procurar o amigo por conta própria, sem se perguntar por que estava tão aflita, ou como suas palavras o teriam afetado. Demorou-se tanto, que Joseph sugeriu que não esperássemos mais. Astuto que era, ele suspeitava que estivessem fugindo de seus sermões. Era "típico daquele bando de malcriados", afirmou. E, em nome dos dois, acrescentou uma oração especial a seus habituais quinze minutos de preces antes do jantar, e teria acrescentado ainda mais quinze ao fim, se a jovem patroa não o tivesse interrompido com uma ordem expressa para correr até a estrada e encontrar Heathcliff, onde quer que estivesse, e trazê-lo de volta imediatamente!

— Eu quero falar com ele! *Preciso* falar, antes de deitar — disse ela. — O portão está aberto. Ele deve estar longe, pois já não me ouve. Chamei e chamei, gritei com todas as forças do alto do morro, e ninguém me respondeu.

Joseph protestou, a princípio, mas ela falava a sério demais para ser contrariada. Então ele colocou o chapéu e saiu, resmungando. Enquanto isso, Catherine ficou andando de um lado para o outro, clamando:

— Onde será que ele está? Onde? O que foi que eu disse, Nelly? Já esqueci. Será que ficou chateado com meu mau humor hoje à tarde? Por Deus! O que foi que eu disse para aborrecê-lo? Só queria que ele voltasse! Queria tanto!

— Quanto barulho por nada! — exclamei, embora eu também estivesse um tanto nervosa. — Qualquer coisinha já deixa a senhorita de cabelo em pé! Vai se desesperar só porque Heathcliff resolveu perambular pela charneca à luz do luar? Talvez esteja amuado demais para conversar com a gente e tenha se fechado no celeiro... Aposto que está escondido por lá! Vamos ver se não o arranco da toca!

Saí para retomar as buscas; os resultados foram frustrantes, e a missão de Joseph também não deu em nada.

— Ô cria dos infernos! Cada dia pior... — observou ele ao entrar de volta. — Fechou nem o portão! O cavalo da senhorita saiu pisoteando o milho e agora tá pra lá do prado! Amanhã o patrão vai descer a lenha em todo mundo, e com razão! Ele é muito paciente co'aquele imprestável... Até demais! Vocês vão ver só! Ficam mexendo c'o patrão à toa, arre!

— Encontrou Heathcliff, seu jumento? — interrompeu Catherine. — Procurou por ele, como eu mandei?

— Prefiro ir atrás do cavalo — retrucou ele. — Ô se não prefiro... Mas não dá pra ficar atrás de cavalo nem de homem nenhum numa noite dessa. Tá um breu! E Heathcliff não é do tipo que vem quando eu assobio... Mais fácil vocês chamarem...

Estava mesmo muito escuro para um fim de tarde de verão; ameaçava trovejar, e comentei que o melhor a se fazer era sentar e aguardar, que a chuva por vir certamente o traria para casa, sem maiores problemas. Catherine, no entanto, não sossegou. Continuava andando de um lado para o outro, do portão até a porta, em um estado de agitação que não lhe permitia relaxar; por fim, postou-se junto ao muro, perto da estrada. Ignorando minhas reprimendas e o rugido dos trovões, e as gotas pesadas que começaram a cair, ali permaneceu; chamava de tempos em tempos, depois parava para escutar, depois debulhava-se em lágrimas. Os berreiros de Hareton, ou de qualquer outra criança, não chegavam aos pés de suas crises de choro.

Por volta da meia-noite, quando ainda estávamos acordados, uma tempestade desabou em plena fúria sobre o Morro. Precipitavam-se rajadas violentas e relâmpagos, e um ou outro partiu uma árvore ao meio sobre um canto da casa. Um galho enorme despencou sobre o telhado e derrubou um pedaço da chaminé da ala leste, provocando uma avalanche de pedras e fuligem pela fornalha. Era como se um raio tivesse caído entre nós. Joseph levantou-se de sobressalto, implorando ao Senhor que se lembrasse dos patriarcas Noé e Ló, e que, como nos velhos tempos, poupasse os justos, ainda que flagelasse os hereges. Também fiquei com a sensação de que o Senhor estava nos julgando, e de que o nosso Jonas punido era o sr. Earnshaw. Sacudi a maçaneta de seu quarto para me certificar de que ele ainda estava vivo. Respondeu-me com uma queixa qualquer, de modo que fez meu colega vociferar, com ainda mais clamor, que um abismo se abria entre os santos como ele e os pecadores como o patrão.

Porém, o alvoroço passou em vinte minutos, deixando todos ilesos, à exceção de Cathy, que estava encharcada da cabeça aos pés, por sua recusa de se abrigar — tinha saído ao relento sem touca e sem xale e acabou sujeitando o cabelo e a roupa ao pé-d'água. Assim que entrou em casa, deitou-se no banco — do jeito que estava mesmo, toda ensopada —, com o rosto virado para o encosto, enterrado nas mãos.

— Ora, essa! — exclamei, pegando-a pelo ombro. — A senhorita por acaso está empenhada em morrer? Sabe que horas são? Já passa da meia-noite. Vamos, acompanho a senhorita até a cama. De nada adianta ficar esperando por aquele rapaz irresponsável! Imagino que esteja em Gimmerton e vá pernoitar por lá. Ele sabe muito bem que não nos cabe esperar a esta hora! Deve achar que só o sr. Hindley está acordado, e prefere que não seja o patrão a lhe receber na porta.

— Até parece! — disse Joseph. — Não me espantaria se o infeliz tivesse no fundo dum pântano. Essa tempestade não foi à toa, não. Acho melhor tomar cuidado, senhorita... Ou vai ser a próxima. Louvado seja Deus! Corre tudo bem para os escolhidos, içados do lixo terreno. Tá nas Escrituras! — E começou a recitar textos bíblicos, indicando os capítulos e versículos onde poderíamos encontrá-los.

Depois de muito implorar, em vão, para a mocinha se levantar e tirar as roupas molhadas, resolvi deixá-los ali — ele apregoando e ela tiritando de frio — e me retirar para os meus aposentos com o pequeno Hareton, que desfrutava de um sono profundo, como se todos ao seu redor também estivessem dormindo. Ouvi Joseph com suas orações até tarde, então distingui seus passos pesados na escada para o sótão, e caí no sono.

Desci mais tarde do que de costume e logo notei, pelas réstias de sol que invadiam a cozinha através das frestas das venezianas, que a srta. Catherine ainda estava sentada junto à fornalha. A porta da frente também estava entreaberta, e a luz se esgueirava pelas janelas abertas. Hindley já tinha descido e se encontrava ao pé da fornalha, abatido e sonolento.

— O que tanto a atormenta, Cathy? — dizia ele quando entrei. — Está parecendo um filhotinho que caiu na água, ensopada desse jeito, e tão pálida! O que aconteceu?

— Ah, eu me molhei — respondeu ela, hesitante —, e estou com frio, nada de mais.

— Mas é muito malcriada mesmo! — exclamei, depois de me certificar de que o patrão estava razoavelmente sóbrio. — Ela tomou chuva ontem e passou a noite inteira aí sentada. Não consegui convencê-la a sair do lugar.

O sr. Earnshaw nos fitava, surpreso.

— A noite inteira — repetiu ele. — Mas por que ficou acordada? Não me diga que foi por medo das trovoadas! Já passaram há horas.

Nenhuma de nós pretendia mencionar a ausência de Heathcliff, enquanto pudéssemos escondê-la, então respondi que não sabia o que lhe dera na cabeça, e ela não disse nada. A manhã estava fresca e calma. Escancarei a janela, e a cozinha logo foi tomada pelos doces aromas do jardim, mas Catherine chamou minha atenção, irritada:

— Ellen, feche a janela. Estou morrendo de frio!

Ela batia os dentes, toda encolhida, e tentava se aproximar ainda mais da brasa quase extinta.

— Ela está doente — disse Hindley, medindo seu pulso. — Imagino que seja por isso que não tenha ido dormir. Maldição! Não quero ser atormentado por mais doenças por aqui. Por que raios você saiu na chuva?

— Foi atrás de homem, pra variar! — grasnou Joseph, na primeira brecha de hesitação de nossa parte, aproveitando a oportunidade para dar com a língua nos dentes. — Fosse você, patrão, fechava a porta na cara de todo mundo, simples assim! Não tem um dia na sua ausência que aquele Linton não vem aqui na moita! E a srta. Nelly, ah, só se faz de moça direita! Ela monta a guarda na cozinha e fica de butuca... O senhor entra por uma porta, ele sai pela outra. Daí a madame fica de namorico por aí... Arre, mas que belo exemplo! Vê se pode, sair assim pelo campo, depois da meia-noite, co'aquele maldito cigano, o Heathcliff! Pensam que *eu* sou cego, mas não sou... Não mesmo! Eu vi o Linton pra lá e pra cá, e vi você, ô! — (dirigindo-se a mim). — Você não vale nada, bruxa desleixada! Veio correndo pra casa assim que ouviu o cavalo do patrão subindo a estrada.

— Quieto, seu bisbilhoteiro! — gritou Catherine. — Não admito essa sua insolência! Por acaso Edgar Linton fez uma visita ontem, Hindley, e fui *eu* que o mandei embora, pois sabia que você não iria querer vê-lo.

— Você está mentindo, Cathy, não tenho dúvida — respondeu o irmão —, e é uma tola! Mas Linton não interessa. Conte para mim, você não estava com Heathcliff na noite passada?

Fale a verdade agora. Não precisa ter medo de fazer mal a ele. Embora eu o deteste mais do que nunca, ele me fez um grande favor que deixa minha consciência mais pesada em relação à vontade de quebrar o pescoço dele. Para me poupar disso, vou mandá-lo tomar conta da própria vida nesta manhã mesmo e, depois que partir, aconselho a todos que fiquem atentos. Capaz que eu acabe descontando o mau humor em vocês.

— Não cheguei a ver Heathcliff na noite passada — respondeu Catherine, começando a verter lágrimas amargas —, e se você o expulsar de casa, vou com ele. Mas talvez você nunca tenha essa oportunidade. Talvez ele já tenha ido embora. — Então ela caiu em prantos, e o restante de suas palavras saíram indistintas.

Hindley despejou para cima dela uma torrente de insultos, e mandou-a se retirar para o quarto imediatamente, se ia ficar chorando à toa. Eu a fiz obedecer, e nunca vou me esquecer da cena que ela fez quando entrou no quarto — me assustou. Achei que ela estava perdendo a cabeça e implorei para que Joseph corresse atrás do médico. Era o início de um delírio. O sr. Kenneth, assim que a viu, declarou-a gravemente enferma; estava com febre. Sangrou-a[6] e

---

[6] A sangria, abertura de uma veia para retirada de sangue, era uma prática medicinal muito difundida no século XIX, usada como tratamento para as mais diversas doenças. Por vezes, eram até utilizadas sanguessugas para esse trabalho. A prática milenar provavelmente teve origem no Egito Antigo, e hoje em dia é utilizada para tratamento de poucas doenças. [N. de E.]

me aconselhou a mantê-la em uma dieta a base de trigo e mingau feito com água, para que ela não se jogasse escada abaixo, ou pela janela, e então foi embora, pois ainda tinha muito o que fazer na paróquia, onde a distância comum entre uma cabana e outra era de quatro a cinco quilômetros.

Embora eu não possa dizer que fui uma enfermeira gentil, e Joseph e o patrão não fossem muito melhores, e apesar de nossa paciente dar bastante trabalho, ela resistiu. A sra. Linton a visitava sempre, para ver se tudo corria bem, e ajeitar as coisas, e nos repreendia e nos dava ordens, e quando Catherine apresentou melhoras, ela insistiu em levá-la para a Granja da Cruz dos Tordos — livramento pelo qual ficamos muito agradecidos. No entanto, a pobre senhora teve suas razões para se arrepender da gentileza: ela e o marido pegaram a febre, e morreram com poucos dias de diferença.

Nossa mocinha regressou, mais atrevida e impetuosa, e mais arrogante que nunca. Ninguém teve mais notícias de Heathcliff desde a tempestade; e, um dia, quando as provocações dela passaram dos limites, tive a infelicidade de colocar nela a culpa pelo desaparecimento dele — o que era verdade, como ela bem sabia. Dali em diante, por vários meses, ela se recusou a travar qualquer comunicação comigo, afora no papel de mera criada. Joseph também era desprezado. Ele dizia o que pensava e dava sermões do mesmo jeito, como se ela ainda fosse uma menininha; e ela se considerava mulher feita, agia feito patroa, e achava que a doença lhe dava o direito de ser levada a sério. Então o médico atestou que faria mal contrariá-la e recomendou fazermos as vontades da mocinha; passou a ser crime, aos olhos dela, quando alguém se atrevia a levantar a voz e contradizê-la. Ela mantinha distância do sr. Earnshaw e do círculo social dele; e o irmão, seguindo as orientações de Kenneth, sob a ameaça de ataques de nervos, cedia a todos os caprichos dela e evitava agravar seu temperamento explosivo. Era indulgente até demais, não por afeto, mas por orgulho; desejava, mais do que tudo, vê-la honrar a família aliando-se com os Linton e, contanto que o deixasse em paz, ela podia nos humilhar, nos tratar como escravos. Ele simplesmente não se importava! Já Edgar Linton, como tantos antes dele e tantos depois, estava apaixonado; e acreditava ser o homem mais feliz do mundo no dia em que a conduziu pela Capela de Gimmerton, três anos depois da morte do pai dele.

Contra minha vontade, fui convencida a deixar o Morro dos Ventos Uivantes e me mudar com ela para cá. O pequeno Hareton tinha quase cinco anos e eu estava começando a alfabetizá-lo. Nossa despedida foi triste, mas as lágrimas de Catherine pesaram mais. Quando me recusei a vir, e ela percebeu que suas súplicas não me comoviam, queixou-se com o marido e o irmão. O primeiro ofereceu-me uma remuneração magnânima, e o segundo me mandou fazer as malas — disse que não queria mulher nenhuma na casa, agora que Catherine ia embora; e quanto a Hareton, o pároco cuidaria de sua educação. Não me restou escolha, então, senão seguir as ordens. Falei para o patrão que ele estava se livrando de todas as pessoas decentes só para se arruinar mais depressa; dei um beijo em Hareton e disse adeus. Desde então, ele é um estranho para mim. É triste pensar assim, mas não tenho dúvida de que ele tenha se esquecido de Ellen Dean, e que ele era tudo para ela, e ela para ele!

* * *

Nesse ponto da história, a governanta por acaso olhou de relance para o relógio sobre a chaminé e ficou espantada ao ver que os ponteiros mostravam uma e meia. Ela não quis saber de ficar mais um segundo que fosse. Na verdade, eu mesmo pensava em deixar a sequência da narrativa para depois. E agora que ela já se retirou para seus aposentos, e fiquei imerso em pensamentos por uma ou duas horas, vou reunir forças para descansar também, apesar das dores e do marasmo que tomam conta de minha cabeça, braços e pernas.

## Capítulo 10

Que bela introdução à vida de eremita! Quatro semanas de tortura, inquietação e mal-estar! Ah, essa ventania desoladora e esse céu sombrio do norte, e essas estradas intransitáveis, e esses cirurgiões provincianos demorados! Ah, e essa escassez de figuras humanas! E, pior de tudo, a terrível ordem médica de Kenneth, de que eu não devo sair de casa até a primavera.

O sr. Heathcliff acabou de me conceder a honra de uma visita. Cerca de sete dias atrás, enviou-me um par de faisões — os últimos da temporada de caça. Crápula! Ele não está isento de culpa por esta minha enfermidade, e eu pretendia lhe falar isso. Mas, ai de mim! Como eu poderia ofender um homem que foi caridoso o bastante para passar uma hora sentado à beira do meu leito e tratar de outros assuntos, que não pílulas e elixires, pústulas e sanguessugas? O repouso não é de todo mau.

Estou fraco demais para ler, mas sinto que uma distração cairia bem. Por que não chamar a sra. Dean e pedir para ela terminar a história? Lembro-me bem dos principais incidentes até o ponto em que ela parou. Bom, lembro que o herói tinha debandado, e não se ouvia falar dele havia três anos, e a heroína se casara. Vou tocar o sino; ela vai ficar contente ao me ver disposto a bater um bom papo. A sra. Dean veio.

— Ainda faltam vinte minutos para o senhor tomar o remédio — ela vinha dizendo.

— Deixe isso para lá! — respondi. — Eu queria mesmo...
— O médico disse que o senhor precisa tomar os comprimidos.
— Peço de coração! Não me interrompa. Venha e sente-se comigo. Não ouse encostar nesse exército de frascos impiedosos! Tire seu tricô do bolso, isso, sim, e continue a história do sr. Heathcliff, de onde a senhora parou. Ele concluiu a educação no continente e voltou para casa transformado em lorde, por acaso? Ganhou bolsa acadêmica? Fugiu para a América e colheu louvores extraindo o sangue da ex-colônia? Ou fez fortuna de uma hora para outra com as rodovias inglesas?
— Ele pode ter feito um pouco de tudo, sr. Lockwood, mas eu não saberia lhe dizer. Comentei com o senhor que não sei de onde ele tirou o dinheiro que tem, tampouco como foi que resgatou a mente da ignorância bestial na qual estava afundada. Enfim... Com sua licença, prosseguirei à minha maneira, se acha mesmo que assim vai se distrair, e não for um aborrecimento. O senhor está se sentindo melhor esta manhã?
— Muito melhor.
— Que boa notícia!

* * *

Vim para a Granja da Cruz dos Tordos com a srta. Catherine, e, para minha grata surpresa, ela se comportou infinitamente melhor do que eu jamais esperaria. Parecia afeiçoada até demais ao sr. Linton, e demonstrava muito afeto até pela irmã dele. Os dois faziam de tudo para que ela se sentisse à vontade. Não era o espinheiro que se curvava às madressilvas, mas as madressilvas que abraçavam o espinheiro. Não havia concessões mútuas; o espinheiro seguia empertigado, e as madressilvas cediam. E *quem* é capaz de agir com mau humor e grosseria quando não encontra nem oposição nem indiferença? Notei que o sr. Edgar tinha um medo profundamente enraizado de irritá-la. Disfarçava o pavor diante dela, mas, se me ouvisse responder atravessado, ou visse qualquer outro criado fechar a cara perante uma ordem imperiosa da esposa, manifestava o desgosto franzindo o cenho de um jeito sombrio que nunca fazia por outros motivos. Muitas vezes repreendeu minha insolência com palavras duras, e confessou que levar uma punhalada não lhe causaria tanta dor quanto ver sua amada exasperada. Para não aborrecer meu gentil patrão, aprendi a ser menos melindrosa; e, no decorrer de seis meses, a pólvora permaneceu tão inofensiva quanto areia, pois nenhum fogo chegou perto de fazê-la explodir. Catherine tinha seus momentos de melancolia e introspecção de vez em quando. O marido mostrava respeito com um silêncio solidário e atribuía esses momentos a alguma desordem no temperamento da esposa, em decorrência de sua gravíssima doença, uma vez que nunca fora propensa a grandes apatias. Quando o sol tornava a raiar para ela, ele irradiava junto. Parece-me razoável dizer que partilhavam de uma profunda e crescente felicidade.

Mas acabou. No fim das contas, *precisamos* cuidar de nós mesmos; os moderados e generosos são apenas mais compreendidos em seu egoísmo do que os soberanos. A felicidade acabou quando as circunstâncias fizeram cada um deles achar que seus interesses não eram a principal consideração nos pensamentos do outro. Em um fim de tarde tranquilo, em setembro, eu estava voltando do pomar com o cesto cheio de maçãs. Já tinha escurecido, e a lua espreitava por cima do muro alto do pátio, projetando sombras difusas nos cantos imponentes da casa. Larguei o fardo nos degraus da entrada e fiz uma horinha para descansar e respirar um pouco a doce brisa; estava com os olhos fixos na lua, de costas para a casa, quando ouvi alguém atrás de mim:

— Nelly, é você?

Era uma voz grave, estranha, mas havia algo no modo como pronunciava meu nome que a fez soar familiar. Virei-me para ver quem falava, assustada, pois as portas estavam fechadas, e eu não vira ninguém se aproximar dos degraus. Alguma coisa se mexeu no alpendre. Aproximei-me e distingui um homem alto, de roupas escuras, rosto escuro e cabelo escuro. Estava escorado na porta, com os dedos no trinco, como se pretendesse abri-la para si mesmo. *Quem será?*, pensei. *O sr. Earnshaw? Não pode ser... A voz não se parece com a dele.*

— Faz uma hora que estou aqui esperando — ele voltou a falar, enquanto eu ainda o fitava —, e nesse tempo todo, não vi movimento algum. Faz um silêncio sepulcral. Não ousei entrar. Não está me reconhecendo? Olhe bem para mim! Não sou um estranho!

Um feixe de luz incidiu sobre suas feições; as bochechas estavam esquálidas e encobertas pelas costeletas pretas, e as sobrancelhas pendiam sobre olhos fundos e singulares. Lembrei-me daqueles olhos.

— Ora, essa! — exclamei, sem saber se era mesmo um visitante deste mundo, e ergui os braços, admirada. — Não me diga! Você voltou! É você mesmo?

— Sou eu, Heathcliff — respondeu ele, desviando o olhar para as janelas, que refletiam luas cintilantes, mas não irradiavam luz de dentro. — Eles estão em casa? Cadê ela? Nelly, você não está contente? Não tem por que ficar assim agitada! Ela está aqui? Diga-me! Quero ter uma palavrinha com sua patroa. Vá e diga que uma pessoa de Gimmerton deseja vê-la.

— Como ela vai reagir? — questionei. — O que vai fazer? Se a surpresa me deixou desnorteada, que dirá ela! É você mesmo, Heathcliff! Mas está mudado! Não consigo nem conceber como... Você serviu como soldado?

— Vá e dê meu recado — interrompeu ele, impaciente. — Não vou sossegar enquanto não fizer isso por mim!

Ele levantou o trinco e eu entrei, mas, quando cheguei à sala onde estavam o sr. e a sra. Linton, não consegui proceder. Por fim, resolvi pedir licença para perguntar se não queriam que eu acendesse as velas, e abri a porta.

Estavam sentados junto a uma janela aberta, com vista que se estendia para além das árvores do jardim e do parque verdejante, mostrando o vale de Gimmerton, coberto por um denso nevoeiro, quase até o topo (pois, logo depois de passar a capela, como o senhor já deve ter notado, o fosso que corre dos pântanos deságua em um riacho que acompanha as curvas do vale). As imediações do Morro dos Ventos Uivantes se erguiam sobre a névoa prateada, mas a nossa velha casa estava invisível, imersa no outro lado do vale. Tanto a sala como seus ocupantes, assim como a cena que contemplavam, pareciam maravilhosamente plácidos. Senti-me relutante em repassar o recado, e estava prestes a deixar o recinto sem dizer nada, depois de perguntar das velas, quando um disparate me compeliu a dar meia-volta e murmurar:

— Uma pessoa de Gimmerton deseja ver a senhora.

— De que se trata? — questionou a sra. Linton.

— Não perguntei.

— Bom, feche a cortina, Nelly — disse ela. — E traga um chá. Já venho.

Ela saiu da sala, e o sr. Edgar, sem pensar duas vezes, indagou quem era.

— Alguém que a patroa não está esperando — respondi. — Aquele Heathcliff... O senhor deve se lembrar dele, que morava na casa do sr. Earnshaw...

— Mas o quê? Aquele cigano... Aquele lavrador? — bradou ele. — Por que você não avisou Catherine?

— Acalme os ânimos, senhor! Não se refira a ele como cigano ou lavrador — disse eu. — Catherine ficaria muito chateada se o ouvisse falar assim. Quando ele desapareceu, ela ficou arrasada. Imagino que seu retorno será a mais pura alegria para ela.

O sr. Linton se dirigiu a uma janela do outro lado da sala, que dava para o pátio. Abriu-a e se debruçou no parapeito. Acho que estavam lá embaixo, pois ele logo esbravejou:

— Não fique aí fora, querida! Convide o visitante para entrar, se for alguém conhecido.

Pouco depois, ouvi o clique do trinco, e Catherine subiu correndo, esbaforida, agitada demais para demonstrar alegria. Na verdade, pela expressão no rosto, parecia até que lhe acontecera uma calamidade terrível.

— Ah, Edgar, Edgar! — disse ela, ofegante, atirando os braços no pescoço do marido. — Ah, Edgar, meu querido! Heathcliff voltou! Ele voltou! — Ela apertou ainda mais o abraço, quase esmagando-o.

— Ora, essa! — bradou o marido, nervoso. — Não vá me estrangular por isso. Ele nunca me pareceu ser flor que se cheire. Não tem por que fazer esse estardalhaço todo!

— Sei que você nunca simpatizou muito com ele — respondeu ela, reprimindo um pouco a intensidade de sua alegria. — Mas vocês precisam se tornar amigos agora. Por mim. Peço para ele subir?

— Aqui? — disse ele. — Na sala?

— Onde mais? — perguntou ela.

Ultrajado, o patrão sugeriu a cozinha como local mais adequado. A sra. Linton o fitou com uma expressão jocosa — em parte chateada, em parte rindo de seu rancor.

— Não — acrescentou ela, depois de um tempo. — Eu me recuso a recebê-lo na cozinha. Arrume duas mesas aqui, Ellen: uma para o patrão e a sra. Isabella, os aristocratas, e outra para Heathcliff e eu, das castas mais baixas. Está bom pra você, querido? Ou devo mandar acender a lareira de algum outro cômodo? Se for o caso, dê as devidas orientações. Vou descer, antes que a visita vá embora. Estou tão contente... Parece bom demais para ser verdade!

Ela estava a ponto de sair correndo de novo quando Edgar a deteve.

— Convide-o para a sala, sim — disse ele, dirigindo-se a mim. — E você, Catherine, tente guardar um pouco dessa alegria para si. Não seja ridícula! Não quero que a casa toda a veja receber um criado fugido como se fosse um irmão.

Desci e encontrei Heathcliff no alpendre, evidentemente esperando um convite para entrar. Acompanhou-me sem desperdiçar palavras, e eu o conduzi até onde estavam o patrão e a patroa, cujas faces coradas denunciavam uma discussão acalorada. Contudo, o rosto da patroa irradiou outra emoção quando seu amigo surgiu à porta. Ela correu até ele, pegou-o pelas duas mãos e o levou até Linton; então pegou os dedos relutantes de Linton e forçou a saudação. Perante o fogo da lareira e à luz das velas, fiquei ainda mais fascinada com a transformação de Heathcliff. Tornara-se um homem alto, de porte atlético e harmonioso; a seu lado, o patrão ficava franzino, parecia apenas um jovenzinho. A postura ereta sugeria que tinha passado uma temporada no exército. Seu semblante era de um homem mais velho e mais decidido que o sr. Linton; denotava inteligência, e não tinha nenhum sinal de degradação. Uma ferocidade ainda espreitava em sua tez carregada e olhos cheios de fogo negro, mas estava domada, meio civilizada; e seus modos tinham certa dignidade, despidos da antiga rudeza, ainda que não chegassem a ser elegantes. A surpresa do patrão se igualou ou se excedeu à minha. Ficou paralisado por um instante, aturdido, sem saber como tratar o lavrador, como o chamara. Heathcliff puxou de volta a mão do leve aperto e o encarou com um olhar frio até ele decidir abrir a boca.

— Sente-se, senhor — disse o patrão, enfim. — Pelos velhos tempos, a sra. Linton deseja que eu lhe ofereça uma recepção cordial. E, claro, fico agradecido quando acontece qualquer coisa que a agrade.

— Eu também — respondeu Heathcliff —, sobretudo quando contribuo para o agrado. Ficarei por uma ou duas horas, com prazer.

Ele se sentou de frente para Catherine, que cravou os olhos nele como se temesse que ele fosse desaparecer caso ela se distraísse. Heathcliff não a fitou de volta com a mesma avidez; ateve-se a espiadas pontuais, que refletiam, cada vez mais confiantes, o prazer descarado que sentia com o olhar fixo dela. Estavam absortos demais em sua alegria mútua para sentir qualquer tipo de constrangimento. Quanto ao sr. Edgar, era outra história. Foi ficando mais e mais lívido de irritação, sentimento que atingiu o clímax quando a esposa se levantou, cruzou o tapete, pegou nas mãos de Heathcliff mais uma vez e se pôs a gargalhar, fora de si.

— Amanhã, vou achar que foi tudo um sonho! — exclamou. — Duvidarei do que vi com meus próprios olhos. Não vou nem acreditar que enfim pude tocá-lo e falar com você mais uma vez. Mas... Heathcliff, como você foi cruel! Não merece essas boas-vindas. Como ousa ficar ausente e em silêncio por três anos, sem nunca pensar em mim?

— Pensei um pouco mais em você do que você em mim — murmurou ele. — Eu soube do seu casamento, Cathy, não faz muito tempo, e enquanto esperava no pátio lá embaixo, recapitulava meu plano: ver seu rosto uma única vez, com uma expressão de surpresa talvez, e prazer fingido, então acertar as contas com Hindley, e impedir a Justiça de cumprir a sentença, realizando eu mesmo minha execução. Suas boas-vindas me fizeram mudar de ideia... Mas tome cuidado com os modos nos próximos encontros! Não, você não vai me afastar mais uma vez. Aposto que ficou com pena de mim, não ficou? Bom, não foi à toa. Passei por maus bocados desde a última vez que ouvi sua voz, e devo dizer que, se batalhei todo esse tempo, nessa vida dura, foi por você!

— Catherine, a menos que a intenção seja tomarmos chá frio, por favor, venha para a mesa — interrompeu Linton, esforçando-se para manter seu tom habitual e a dose mínima de etiqueta. — O sr. Heathcliff ainda tem uma longa caminhada pela frente, onde quer que vá pernoitar, e estou com sede.

Ela assumiu seu posto diante do bule, e a srta. Isabella apareceu, convocada pela sineta. Então, depois de ajeitá-los em suas cadeiras, deixei a sala. A refeição não durou dez minutos. A xícara de Catherine permaneceu vazia; ela não conseguia comer nem beber. Edgar derramou seu chá no pires, mal tomou um gole. O convidado não prolongou muito a estadia — não ficou mais de uma hora na Granja. Quando ele estava de partida, perguntei se ia para Gimmerton.

— Não, vou para o Morro dos Ventos Uivantes — respondeu ele. — Fiz uma visita ao sr. Earnshaw hoje de manhã, e ele me ofereceu a hospedagem.

O sr. Earnshaw convidara *ele*? E *ele* tinha feito uma visita ao sr. Earnshaw? Tentei digerir aquela história toda depois que ele foi embora. *Será um hipócrita? Será que regressou à província sob um manto de mentiras para fazer maldade?*, pensei comigo mesma. Estava com um pressentimento ruim, no fundo do coração, de que seria melhor ele se manter afastado.

No alto da madrugada, fui acordada pela sra. Linton. Ela entrou às escondidas no meu quarto, sentou-se na beira da cama e me puxou pelos cabelos para me despertar.

— Não consigo dormir, Ellen — disse ela, a título de desculpas. — Preciso de uma criatura viva para me fazer companhia na felicidade! Edgar está amuado, porque me alegrei com algo que não lhe interessa. Recusa-se a abrir a boca, exceto para dar uns sermões bobos e mesquinhos, e me acusou de ser cruel e egoísta por querer conversar quando ele estava indisposto, morrendo de sono. Qualquer coisinha, ele já inventa uma indisposição! Fiz alguns elogios a Heathcliff, e ele, por dor de cabeça ou uma pontada de inveja, desatou a chorar, então me levantei e o deixei sozinho.

— Mas para que elogiar Heathcliff assim, diante dele? — protestei. — Ora... Quando eram rapazinhos, tinham aversão um pelo outro, a senhora sabe. Heathcliff também ficaria chateado se a ouvisse enaltecer Linton. É a natureza humana, faz parte. Deixe o sr. Linton em paz, a não ser que queira vê-los brigar abertamente.

— Mas isso não é um sinal de fraqueza? — indagou ela. — *Eu* não sou invejosa. Nunca me melindro com o brilho do cabelo loiro de Isabella, ou com a alvura de sua pele, ou seu garbo e esplendor, nem mesmo com o carinho que a família toda demonstra ter por ela. Até você, Nelly... Quando por acaso discutimos, você toma o lado de Isabella sem pensar duas vezes, e eu fico quieta, como uma mãe complacente. Chamo-a de querida e a bajulo até ficarmos de bem. O irmão dela fica contente quando nos entendemos, e isso me agrada. Mas os dois são bem parecidos. São crianças mimadas e acham que o mundo gira em torno deles. E, embora eu faça as vontades de ambos, acho que um castigo efetivo de vez em quando seria bom para aprenderem.

— A senhora está redondamente enganada — respondi. — São eles que fazem as suas vontades. Sei muito bem o que aconteceria se não fizessem. E a senhora só satisfaz os caprichos deles porque antecipam todos os seus desejos. Mas, quem sabe, agora a senhora sinta na pele as agruras de um desentendimento de verdade, com consequências para os dois lados... Quem sabe, aqueles que acusa de fraqueza talvez se mostrem tão obstinados quanto a senhora...

— E então vamos duelar até a morte, Nelly? — retrucou ela, rindo. — Nada disso! Escute... Tenho tanta fé no amor de Linton, que acho que, mesmo se o matasse, ele não retaliaria.

Aconselhei-a a valorizá-lo ainda mais por esse afeto.

— Valorizo — respondeu-me. — Ele só não precisava choramingar por bobagens. É infantil! Em vez de se debulhar em lágrimas porque eu disse que Heathcliff agora é digno de estima, e que seria honrado de sua parte, enquanto cavalheiro, construir uma amizade com ele, deveria ter tomado essa iniciativa por conta própria e ter ficado contente por mim. Edgar vai ter de se acostumar com ele. Talvez, quem sabe, até comece a simpatizar... Levando em conta os motivos que Heathcliff tem para se opor a ele, acho até que se comportou muito bem!

— O que a senhora acha da visita dele ao Morro dos Ventos Uivantes? — indaguei. — Heathcliff passou por uma transformação e tanto, pelo visto! Um cristão exemplar, estendendo a mão direita da camaradagem assim a todos os inimigos que o rodeiam!

— Ele me explicou — respondeu ela. — Também estranhei. Disse que foi até o Morro atrás de você, para saber de mim. Imaginou que você ainda morasse lá. Joseph contou a Hindley, que foi até a porta e quis saber do paradeiro dele nos últimos anos, e como andava vivendo, e então o convidou a entrar. Havia algumas pessoas jogando cartas à mesa, e Heathcliff se juntou a elas. Meu irmão perdeu algum dinheiro para ele e, ao reparar em seus bolsos cheios, pediu que voltasse à noite. Heathcliff consentiu. Hindley não toma o menor cuidado com suas companhias, não pensa. Veja você, sequer desconfia de um homem que estorvou no passado. Mas Heathcliff garante que o principal motivo para retomar contato com seu antigo algoz é o desejo de se instalar a uma curta distância da Granja, e um apego à casa onde morávamos juntos. Também diz que, assim, terei mais oportunidades de vê-lo do que se ele ficasse em Gimmerton. Pretende pagar pela permissão para se hospedar no Morro. Sem dúvida, meu irmão, cobiçoso que é, vai aceitar esses termos; a cobiça não é de hoje, embora ele tenda a agarrar com uma das mãos o que joga fora com a outra.

— É um bom lugar para um rapaz estabelecer residência — comentei. — Mas a senhora não teme as consequências?

— Para o meu amigo, não — respondeu. — Seu temperamento férreo vai mantê-lo fora de perigo. Temo um pouco por Hindley, mas não tem como ele se degradar mais, e não vou permitir que levantem um dedo contra ele. Os eventos de hoje me reconciliaram com Deus e a humanidade! Eu tinha me rebelado contra a Providência. Ah, sofri tanto, Nelly! Tanto! Que amargor! Se aquela criatura soubesse quanto, ficaria com vergonha de acabar com a minha alegria por uma bobagem assim. Foi uma gentileza que lhe fiz, sofrer sozinha. Se eu tivesse expressado a minha angústia, ele teria desejado o alívio tão ardentemente quanto eu. Mas agora já passou. Não vou me vingar da criancice dele. Que venha o que vier! Aturo qualquer coisa, daqui para a frente. Se a criatura mais perversa do mundo me estapeasse agora, eu não só lhe daria a outra face, como pediria perdão por provocá-la. E, como prova, vou fazer as pazes com Edgar imediatamente. Boa noite! Sou um anjo!

E com essa convicção complacente, ela partiu; e o sucesso de sua resolução ficou claro na manhã seguinte. O sr. Linton não só deixara de lado a irritação (embora ainda parecesse derrotado diante da exuberante vivacidade de Catherine), como permitiu, sem pestanejar, que ela levasse Isabella, à tarde, a uma excursão para o Morro dos Ventos Uivantes. Catherine recompensou-o com muito afeto e uma doçura solar, fazendo da casa um paraíso por vários dias, e tanto o patrão como os criados desfrutaram daquele verão perene.

Heathcliff — o sr. Heathcliff, conforme eu passaria a chamá-lo — usou com cautela, a princípio, a liberdade de visitar a Granja da Cruz dos Tordos: parecia estar testando até que ponto o proprietário toleraria sua intrusão. Catherine, por sua vez, julgou prudente moderar as manifestações de alegria por tê-lo em casa, e aos poucos ele estabeleceu o direito de ser recebido. Heathcliff ainda se portava de maneira bastante reservada, como na infância, e isso servia para reprimir toda e qualquer demonstração alarmante de sentimentos. O desconforto do patrão passou por um período de trégua, até ser redirecionado a outro canal por novas circunstâncias.

A fonte de preocupação da vez era Isabella Linton, que teve a infelicidade de nutrir uma paixão abrupta e irresistível pelo visitante tolerado. Ela era, à época, uma moça formosa, no alto de seus dezoito anos — infantil nos modos, porém dotada de uma inteligência voraz, sentimentos vorazes e um temperamento igualmente voraz, quando alguém a irritava. O irmão, que a amava com muita ternura, ficou horrorizado com aquela predileção absurda. Além da degradação de uma aliança com um homem sem sobrenome, e das chances de a propriedade, na falta de um herdeiro homem, cair nas garras de alguém como ele, Edgar ligou os pontos e compreendeu as intenções de Heathcliff — ele podia ter mudado por fora, mas sua mente ainda era e sempre seria a mesma. E Edgar temia aquela mente, que lhe causava revolta. Só de pensar em confiar Isabella à guarda dele, estremecia inteiro. Teria estremecido ainda mais se soubesse que Isabella se afeiçoara ao homem por livre e espontânea vontade, e que não era correspondida. No instante em que Linton soube dos sentimentos da irmã, jogou a culpa em Heathcliff, como se fosse tudo de caso pensado.

Com o passar do tempo, todos nós notamos que algo afligia a srta. Linton. Andava cada vez mais irritadiça e petulante; gritava com Catherine e provocava-a sem parar, sob o risco iminente de esgotar sua cota de paciência. Perdoávamos o comportamento dela, até certo ponto, atribuindo-o a problemas de saúde — ela murchava e desbotava diante dos nossos olhos. Entretanto, um dia, quando estava particularmente turrona, rejeitando o café da manhã, reclamando que os criados não faziam o que ela mandava, que a patroa não reconhecia seu posto de autoridade na casa, que Edgar a negligenciava, que ela tinha apanhado um resfriado por conta das portas que nós largávamos abertas, que deixávamos a lareira da sala se apagar de propósito para aborrecê-la, e outras mil acusações ainda mais frívolas, a sra. Linton deu ordens terminantes para que ela fosse se deitar; e, depois de uma bronca vigorosa, ameaçou chamar o médico. A menção de Kenneth fez Isabella esbravejar que gozava de perfeita saúde, e que era apenas a rispidez de Catherine que a deixava infeliz.

— Como ousa dizer que sou ríspida, menina malcriada? — bradou a patroa, aturdida com aquela declaração descabida. — Não tem juízo mesmo. Quando fui ríspida, diga-me?

— Ontem — choramingou Isabella —, e agora!

— Ontem? — disse a cunhada. — Em que ocasião?

— Quando caminhávamos pela charneca... Você disse para eu dar uma volta, e foi passear com o sr. Heathcliff!

— E essa é sua noção de rispidez? — questionou Catherine, rindo. — Não foi uma indireta para dispensar sua companhia. Se seguíssemos os três juntos ou não, tanto fazia. Só imaginei que a conversa com Heathcliff não seria de seu interesse.

— Nada disso! — choramingou a mocinha. — Você tentou me afastar, porque sabia que eu queria ficar por perto!

— Ela está bem da cabeça? — perguntou a sra. Linton, dirigindo-se a mim. — Ora, Isabella! Vou recitar a minha conversa com ele, tim-tim por tim-tim para você pinçar o que poderia ter agradado você.

— Pouco me importa a conversa — respondeu. — Eu queria passar um tempo com...

— Com...? — disse Catherine, percebendo sua hesitação para concluir a frase.

— Com ele! E não vou mais permitir que você me expulse! — continuou, inflamada. — Você é um cachorro na manjedoura, Cathy![7] Quer todo o amor do mundo só para você!

— Ora! Você é uma pirralha insolente! — exclamou a sra. Linton, surpresa. — Mas que tolice! Não acredito! Está me dizendo que deseja a admiração de Heathcliff? Que o considera uma pessoa agradável? Espero ter entendido errado, Isabella.

— É isso mesmo — disse a menina apaixonada. — Eu o amo mais do que você jamais amou Edgar, e ele poderia me amar, se ao menos você permitisse!

— Eu é que não queria estar no seu lugar, então! Por nada nesse mundo! — declarou Catherine, enfática, e parecia estar falando com sinceridade. — Nelly, ajude-me a convencê-la de que isso é loucura. Diga a ela! Heathcliff não passa de uma criatura selvagem, sem refinamento, sem cultura. É uma terra árida, só de arbustos de tojo e pedras escuras. Eu preferiria soltar um canarinho no parque, em um dia de inverno, a deixá-la entregar o coração a ele! Foi a deplorável ignorância sobre o caráter dele, mocinha, e nada mais, que meteu essa ilusão na sua cabeça. Escute...

---

[7] Referência a uma das fábulas de Esopo sobre um cão egoísta que, mesmo sem interesse em se alimentar do que havia na manjedoura, impediu bois de se aproximarem para comer. [N. de E.]

Não fique achando que ele esconde um poço de benevolência e afeto por trás da carcaça severa! Ele não é um diamante bruto, uma ostra com uma pérola dentro. É um lobo, um homem impiedoso e feroz. Nunca digo a ele "Deixe este ou aquele inimigo em paz, porque seria mesquinho ou cruel de sua parte lhe fazer mal". Eu digo "Deixe-o em paz, porque *eu* detestaria vê-lo ser injustiçado". Ele não hesitaria em esmagá-la, Isabella, como se você fosse um ovinho de pardal, quando se cansasse de sua companhia. E ele jamais seria capaz de amar um Linton, sei bem, mas se casaria com sua fortuna e suas expectativas! O pecado da avareza o contaminou. Esse é Heathcliff para mim, e olha que sou amiga dele... Tanto é que, se ele realmente pensasse em conquistá-la, talvez eu tivesse ficado de boca fechada, e deixado você cair na arapuca dele.

A srta. Linton fitava a cunhada com indignação.

— Que vergonha! Que vergonha! — repetiu ela, com raiva. — Grande amiga, você! Com esse veneno todo, é pior que vinte inimigos!

— Ora! Não acredita em mim? — disse Catherine. — Acha que estou dizendo isso por egoísmo? Por maldade?

— Eu não acho, tenho certeza! — retrucou Isabella. — Você me dá calafrios!

— Ótimo! — bradou a outra. — Veja com os próprios olhos, então, se é isso que quer. Já falei o que tinha para falar, dou-me por vencida pela sua insolência.

— Estou fadada a sofrer, por puro egoísmo dela! — choramingou a mocinha, quando a sra. Linton deixou a sala.

— Tudo e todos estão contra mim. Ela acabou com o meu único consolo. Mas só disse mentiras, não? O sr. Heathcliff não é um demônio. É uma alma honrada e leal, do contrário como teria se lembrado dela?

— Afaste-o de seus pensamentos, senhorita — respondi. — É um pássaro de mau agouro, não está à sua altura. A sra. Linton usou palavras duras; no entanto, não tenho como contradizê-la. Ela conhece o coração dele melhor do que eu, ou do que qualquer outra pessoa, e jamais o retrataria pior do que é. Pessoas honestas não escondem suas façanhas. Do que ele vive? Como ficou rico? Por que está instalado no Morro dos Ventos Uivantes, a casa de um homem que abomina? Dizem que o sr. Earnshaw piora a cada dia que passa, desde que ele chegou. Passam a noite em claro juntos, Hindley chegou a hipotecar suas terras e não faz nada além de jogar e beber. Semana passada mesmo eu ouvi... Foi Joseph quem me contou, quando o encontrei em Gimmerton. "Nelly", disse ele, "qualquer dia aparece um legista lá em casa pr'uma autópsia. Um deles quase teve o dedo cortado fora, tentando impedir que o outro o degolasse feito bezerro. E sabe o que mais? É o patrão que vai acabar no banco do réu. Ele não teme juiz nenhum, Paulo, Pedro, João ou Mateus, não quer saber de nada nem ninguém! Quer mesmo é provocá-los, ô se quer! E aquele gaiato do Heathcliff, tem que ficar de olho... Fica rindo à toa, parece até que fez pacto c'o diabo. Quando visita a Granja, ele não fala nada da vida boa que leva? Arre, pois conto eu! Ele levanta quando o sol se põe, e então é jogatina, conhaque, janelas fechadas e luz de velas até a metade do dia seguinte. Depois o energúmeno vai pro quarto, praguejando e delirando a ponto de querer fazer a gente decente tapar os ouvidos de tanta vergonha, e só quer saber de contar dinheiro e comer e dormir, e tocar pra casa do vizinho pra fofocar c'a esposa dele. E claro, ele conta pra sra. Catherine que tá embolsando todo o ouro do pai dela, e que o filho do pai dela segue a galope pela estrada da perdição, enquanto ele corre à frente pra abrir a porteira!" Veja bem, srta. Linton, Joseph é um velho patife, mas não é nenhum mentiroso. Se o que ele diz da conduta de Heathcliff for verdade, a senhorita jamais desejaria se casar com ele, não é mesmo?

— Vocês estão conspirando contra mim, Ellen! — retrucou. — Eu me recuso a dar ouvidos a essas calúnias. É muito maldoso de sua parte querer me convencer de que não existe felicidade no mundo!

Se ela viria a superar aquela fantasia por conta própria, ou se viria a cultivá-la para todo o sempre, não sei dizer — mal teve tempo para refletir. No dia seguinte, houve um julgamento na cidade vizinha, e meu patrão foi obrigado a comparecer; e o sr. Heathcliff, ciente de sua ausência, apareceu bem mais cedo do que de costume. Catherine e Isabella estavam sentadas na biblioteca, cismadas uma com a outra, em silêncio: a senhorita, aflita com sua recente indiscrição, a confissão de seus sentimentos secretos em um arroubo momentâneo de paixão; e a patroa, depois de muito ruminar a discussão, chateada com a mocinha. Se Catherine ainda achava graça na audácia da cunhada, tentava disfarçar. Contudo, riu quando viu Heathcliff passar pela janela. Eu estava varrendo a lareira e notei um sorriso malicioso no rosto dela. Isabella estava imersa em pensamentos, ou em um livro, e assim permaneceu até a porta se abrir, quando já era tarde demais para tentar escapar, o que ela teria feito de bom grado, se pudesse.

— Entre, vamos! — exclamou a patroa, animada, puxando uma cadeira para junto do fogo. — Estávamos mesmo precisando de uma terceira pessoa para quebrar o gelo. E você é justamente quem nós duas escolheríamos. Heathcliff, é com orgulho que enfim apresento a você alguém que o estima ainda mais do que eu. Que lisonja, não? Não, não é a Nelly. Não olhe para ela! A pobrezinha da minha cunhada fica de coração partido só de contemplar sua beleza física e moral. Está em suas mãos o poder de se tornar irmão de Edgar! Não, Isabella! Não fuja, não — prosseguiu ela, segurando, com falsos ares de brincadeira, a mocinha que se levantara transtornada e indignada. — Brigamos feito gatos por sua causa, Heathcliff, e fui derrotada pelas declarações de devoção e admiração de Isabella. Além do mais, fui informada de que, se eu tivesse a graça de sair do caminho, a minha rival, como ela mesma se intitula, acertaria uma flechada em seu coração que o prenderia a ela para sempre, e lançaria a minha imagem ao abismo do esquecimento eterno!

— Catherine! — disse Isabella, zelando pela própria dignidade, sem apelar para a força para se desvencilhar. — Eu agradeceria se você se comprometesse com a verdade e não me caluniasse, nem mesmo de brincadeira! Sr. Heathcliff, faça-me a gentileza de pedir para sua amiga me soltar. Ela esquece que eu e o senhor não somos amigos íntimos, e que o divertimento dela me machuca tanto que me faltam palavras.

Uma vez que o visitante não respondeu, apenas se sentou e fez pouco caso de qualquer sentimento que Isabella pudesse nutrir por ele, ela se virou e sussurrou à torturadora um apelo para que a soltasse.

— De jeito nenhum! — bradou a sra. Linton. — Não vou tolerar que me chamem de cachorro na manjedoura de novo. Você *vai* ficar aqui! Ora! Heathcliff, você não parece muito contente com as boas notícias que lhe dei. O que há? Isabella jura que o amor que Edgar tem por mim não é nada perto do que ela sente por você. Se me lembro bem, ela disse algo nessa linha, não disse, Ellen? E não come nada desde o passeio de anteontem, tamanha a tristeza e a raiva por eu tê-la privado de sua companhia. Acha que a minha postura não teve o menor cabimento.

— Parece que você está contrariando a moça — disse Heathcliff, virando a cadeira para ficar de frente para elas. — Agora mesmo, tudo que ela quer é ficar longe de mim!

E cravou o olhar no objeto da discussão, como se fosse um estranho animal repugnante: uma centopeia das Índias, por exemplo, que, por curiosidade, o observador examina, apesar da aversão que desperta. A pobrezinha não aguentou. Ficou pálida e corada em rápida sucessão e, enquanto lágrimas se perolavam em seus cílios, juntou forças nos dedinhos para puxar as garras de Catherine. Mas, percebendo que, assim que soltava um dedo, outro se fechava, e que não daria conta de se desvencilhar, resolveu fazer uso das unhas afiadas, ornamentando a captora com meias-luas vermelhas.

— Mas que tigresa! — exclamou a sra. Linton, libertando-a e chacoalhando a mão de dor. — Por Deus! Vá embora, então, e suma com essa sua cara de megera! Tem que ser muito tola mesmo, para revelar essas garras a ele. Imagine as conclusões que ele vai tirar! Veja, Heathcliff! São instrumentos de execução... Cuidado com os olhos!

— Eu as arrancaria dos dedos dela, se me ameaçassem — respondeu ele, brutal, assim que a porta se fechou atrás de Isabella. — Mas aonde você queria chegar, Cathy, provocando a criatura desse jeito? Você não estava falando a verdade, estava?

— Juro que estava — retrucou ela. — Já faz semanas que ela vem sofrendo por você, e esta manhã mesmo despejou uma torrente de insultos só porque eu falei de seus defeitos com o intuito de amenizar a paixonite. Mas deixe isso para lá. Eu queria puni-la pela insolência, só isso. Gosto demais dela, meu caro Heathcliff, para deixar que você a agarre e a devore sem dó.

— E eu a desprezo demais para tentar qualquer aproximação — disse ele —, afora uma relação vampiresca. Você ouviria histórias estranhas se eu morasse sozinho com aquela carinha enjoada e abatida. Nas mais triviais, eu pintaria a alvura da pele dela com as cores do arco-íris, e deixaria roxos aqueles olhos azuis, dia sim, dia não. São abjetos, de tanto que lembram os olhos do irmão.

— Ora! São adoráveis! — observou Catherine. — São os olhos de um pombinho, de um anjo!

— Ela é a herdeira do irmão, não é? — perguntou ele, após um momento de silêncio.

— Acho que é, infelizmente — retorquiu a companheira. — Meia dúzia de sobrinhos ainda vão arrancar esse título dela, se Deus quiser! Mas esqueça o assunto por ora, que você tende a cobiçar os bens do próximo. Lembre-se de que os bens *desses* próximos são meus.

— Se fossem *meus*, não seriam menos seus — disse Heathcliff. — Mas, por mais tola que seja Isabella Linton, louca ela não é. Enfim... Mudemos de assunto, claro.

E não falaram mais nisso. Catherine deve ter tirado a história da cabeça. Mas Heathcliff, tenho certeza, recordou-se dela ao longo da noite. Notei que sorria sozinho — de orelha a orelha — e se perdia em devaneios nefastos toda vez que a sra. Linton se ausentava da biblioteca.

Resolvi ficar de olho nos movimentos dele. Meu coração invariavelmente pendia para o lado do patrão, em detrimento de Catherine. E com razão, eu julgava, pois ele era bondoso, confiável e honrado, enquanto ela... Eu não diria que era o *oposto*, mas parecia tomar liberdades demais, de modo que eu não botava muita fé em seus princípios, e tinha ainda menos compaixão por seus sentimentos. Queria que acontecesse algo que livrasse tanto o Morro dos Ventos Uivantes como a Granja da presença do sr. Heathcliff, deixando-nos como estávamos antes de seu regresso. As visitas que ele fazia eram um pesadelo constante para mim, e eu suspeitava que para o patrão também. Sua estadia no Morro era tão opressiva, que me faltam palavras. Senti que Deus havia relegado sua ovelha perdida à própria sorte, e uma fera maligna rondava as terras entre ela e o rebanho, esperando o momento certo para dar o bote e destruir.

## Capítulo 11

Às vezes, quando refletia sozinha sobre isso tudo, eu me levantava em um súbito ataque de terror, e colocava minha touca para ir ver como estavam as coisas na fazenda. Estava convencida de que era meu dever alertá-lo sobre o que diziam a seu respeito, mas então me lembrava dos maus hábitos incorrigíveis dele e, sem a menor esperança de poder ajudar, hesitava em retornar àquela casa sombria, imaginando que talvez eu não fosse sequer levada a sério.

Certa vez, a caminho de Gimmerton, desviei do meu trajeto e passei pelo velho portão. Foi na mesma época em que parei a história: uma tarde fria e clara, com a terra despida, e a estrada dura e seca. Cheguei a um ponto onde uma ramificação segue para a charneca à esquerda, e uma estaca rústica de arenito indica o caminho para o Morro, a Granja e a vila: as letras M.V.U. entalhadas na face norte, G. a leste e G.C.T. a sudoeste.

O sol incidia amarelo sobre o ponto de referência cinzento, trazendo recordações de verão. Não sei explicar por quê, mas de repente uma enxurrada de sensações infantis inundou meu coração. Era um dos lugares em que mais brincávamos vinte anos antes, Hindley e eu. Fitei aquele bloco de pedra desgastado pela ação do tempo e, ao me aproximar, notei um buraco perto da base, ainda cheio de conchas de caramujo e pedrinhas, que gostávamos de armazenar ali com outras coisas mais perecíveis. Eis que vislumbrei meu amigo de infância como se estivesse ali em carne e osso, sentado na grama ressequida, com seu cabelo escuro, o rosto anguloso virado para o chão e a mãozinha cavoucando a terra com um pedaço de ardósia.

— Pobre Hindley! — exclamei, sem dar por mim.

Levei um susto. Por um instante, por alguma ilusão de ótica, fui levada a crer que a criança levantou o rosto e olhou bem nos meus olhos! A visão se desfez em um lampejo, mas imediatamente senti uma vontade incontrolável de visitar o Morro. A superstição me instigou a obedecer a esse impulso. *E se ele estiver morto?*, pensei, *Ou talvez esteja à beira da morte?* Tomei como um presságio. Quanto mais eu me aproximava da casa, mais agitada ficava; e, assim que a avistei, tremi da cabeça aos pés. A aparição tinha sido mais rápida do que eu: estava ali, e encarava-me através do portão. Ao menos, foi a primeira conclusão que tirei ao ver um menino com cachinhos de elfo, olhos castanhos e a face rosada, colado à grade. Ao pensar melhor, conclui que devia ser Hareton, *meu* Hareton, que pouco tinha mudado desde que eu o deixara, dez meses antes.

— Deus o abençoe, meu querido! — exclamei, esquecendo no mesmo instante os meus medos infundados. — Hareton, é a Nelly! Sua babá!

Ele recuou até ficar fora de meu alcance e pegou um pedregulho do chão.

— Vim ver seu pai, Hareton — acrescentei, depreendendo do gesto que, se ele ainda se lembrava de alguma Nelly, não a associara a mim.

Ele ergueu o projétil para atirar; tentei acalmá-lo, em vão. A pedra atingiu minha touca; e os lábios trêmulos do rapazinho despejaram uma torrente de insultos, que, quer ele os compreendesse, quer não, foram proferidos com traquejo e distorceram suas feições pueris, deixando-o com um semblante chocante de perversidade. Juro para o senhor, aquilo mais me entristeceu do que irritou. Segurando o choro, tirei uma laranja do bolso e ofereci a ele, na tentativa de aplacá-lo. Ele hesitou um instante e arrancou-a da minha mão, como se imaginasse que minha intenção era apenas ludibriá-lo e frustrá-lo. Mostrei-lhe mais uma, mantendo-a fora de seu alcance.

— Quem lhe ensinou esse palavreado, menino? — indaguei. — O pároco, foi?

— Dane-se o pároco! Você também! Me dá logo isso! — retrucou ele.

— Responda a minha pergunta, que eu dou — insisti. — Quem é seu mestre?

— Meu pai, aquele capeta! — foi sua resposta.

— E o que você aprende com seu pai? — continuei.

Ele avançou para tentar pegar a fruta; levantei mais o braço.

— O que ele ensina a você? — perguntei.

— Nada — disse ele —, só que é para deixar ele em paz. Mas ele é que não chega perto porque eu xingo ele.

— Ah! E é o próprio capeta que ensina você a usar esse palavreado com seu pai? — observei.

— Não é, não.

— Quem, então?

— Heathcliff.

Perguntei se ele gostava do sr. Heathcliff.

— Gosto! — respondeu-me.

Eu quis saber por quê, mas só consegui arrancar algumas frases soltas:

— Não sei. Ele faz meu pai pagar pelo jeito que me trata... Xinga meu pai quando meu pai me xinga. Diz que posso fazer o que eu quiser.

— E o pároco não ensina você a ler e escrever? — inquiri.

— Não. Me disseram que, se o pároco puser os pés na casa, vão socar os dentes dele goela abaixo. Heathcliff jurou!

Entreguei-lhe a laranja e pedi para dizer ao pai que uma mulher chamada Nelly Dean aguardava para falar com ele no portão. Ele correu até a casa, mas, em vez de Hindley, quem apareceu na soleira de pedra foi Heathcliff. Sem pensar duas vezes, virei-me e disparei estrada abaixo; corri o mais rápido que pude e só parei quando cheguei à estaca. Estava apavorada, como se tivesse um goblin em meu encalço. Esse incidente não tem muita relação com a história da srta. Isabella, salvo pelo fato de que me deixou ainda mais determinada a ficar de sentinela e fazer o meu máximo para impedir que a má influência de Heathcliff contaminasse a Granja — ainda que eu corresse o risco de provocar uma tempestade no lar, ao minar a alegria da sra. Linton.

Quando Heathcliff apareceu para uma nova visita, a senhorita estava alimentando os pombos no pátio. Não dirigia a palavra à cunhada havia três dias, mas também não fazia mais pirraça, um consolo e tanto para todos nós. Eu sabia que Heathcliff não costumava tratar a srta. Linton com mesuras desnecessárias. Dessa vez, assim que a viu, tomou a precaução de esquadrinhar a fachada da casa. Eu estava junto à janela, mas me escondi. Ele cruzou o pátio, aproximou-se dela e disse alguma coisa. Isabella parecia encabulada, querendo sair dali; para impedi-la, ele a segurou pelo braço. Ela afastou o rosto — ao que tudo indicava, ele tinha feito uma pergunta que ela não queria responder. Eis que, depois de espiar a casa mais uma vez, imaginando que ninguém estivesse vendo, o crápula teve a audácia de agarrá-la.

— Judas! Traidor! — exclamei. — Quer dizer, então, que você é um hipócrita, além de tudo? Um tratante?

— Quem, Nelly? — disse a voz de Catherine, atrás de mim. Eu estava tão empenhada em observar os dois lá fora, que não atinei para a presença dela.

— Aquele seu amigo imprestável! — respondi, exaltada. — O pilantra lá fora! Aquele canalha! Ah, ele nos viu... E está vindo aqui! Quero só ver se vai ter a audácia de inventar uma desculpa para se engraçar com a senhorita, depois de ter dito que a detestava.

A sra. Linton viu Isabella se soltar e correr para o jardim; logo em seguida, Heathcliff abriu a porta. Não contive a indignação, mas Catherine se zangou e insistiu no silêncio, e ameaçou me expulsar da cozinha, se eu me atrevesse a abrir minha boca insolente.

— Quem vê até pensa que você é a senhora da casa! — exclamou ela. — Coloque-se em seu lugar! Heathcliff, que alvoroço todo é esse? Já falei para deixar Isabella em paz! Eu imploro, a não ser que esteja farto de ser recebido nesta casa e deseje que Linton tranque as portas para você!

— Vamos ver se ele se atreve! — respondeu o vilão. Detestei-o naquele instante. — Que Deus o conserve manso e paciente! A cada dia que passa, tenho mais e mais vontade de mandá-lo para o céu!

— Chega! — disse Catherine, fechando a porta para a sala. — Não me aborreça. Por que você ignorou meu pedido? Foi ela que ficou no seu caminho?

— Não é da sua conta! — rosnou ele. — Tenho o direito de beijá-la, se ela desejar, e você não tem direito de protestar. Não sou *seu* marido, não precisa ficar com ciúme!

— Não estou com ciúme de você — retrucou a patroa. — Eu zelo por você. E sem carranca para cima de mim! Se você gosta da Isabella, pois então que se casem. Mas gosta dela, afinal? Fale a verdade, Heathcliff! Está vendo? Você se recusa a responder. Tenho certeza de que não gosta!

— E o sr. Linton por acaso aprovaria o casamento da irmã dele com esse homem? — indaguei.

— Creio que sim — retorquiu a patroa, segura de si.

— Ele nem precisaria se dar ao trabalho — disse Heathcliff. — Eu poderia muito bem fazer isso sem a aprovação dele. E quanto a você, Catherine, vou lhe dizer umas coisas. Saiba que tenho *claro* para mim que é um inferno como você me tratou! Está me ouvindo? Um inferno! E se você se vangloria por eu não perceber, é uma tola; e se acredita mesmo que posso ser consolado por palavras doces, é uma idiota; e se acha que vou sofrer sem me vingar, logo a convencerei do contrário! Enquanto isso, obrigado por ter me contado o segredo da sua cunhada. Juro que vou tirar o máximo proveito da situação. E não se meta!

— Mas que nova fase do seu caráter é essa? — exclamou a sra. Linton, abismada. — Quer dizer, então, que fiz da sua vida um inferno? E você vai se vingar? Posso saber como, seu ingrato? E o que foi que eu fiz exatamente?

— Não pretendo me vingar de você — respondeu Heathcliff, com menos veemência. — Não é esse o plano. Quando o tirano esmaga seus escravos, eles não se voltam contra o tirano; esmagam quem está abaixo deles. Você pode me torturar até a morte, por pura diversão, apenas permita que eu me divirta um pouco à mesma maneira. E me poupe de seus insultos. Ora! Você derrubou meu palácio, agora quer erguer um casebre para ficar se congratulando pela caridade. Se eu achasse que você quer mesmo que eu me case com Isabella, cortaria a minha própria garganta!

— Ah, então a grande questão é que eu *não* sinto ciúmes! É isso? — bradou Catherine. — Bem, não vou lhe ofertar a esposa de novo. Seria tão grave quanto oferecer uma alma perdida a Satanás. Assim como ele, você só quer saber de fazer os outros sofrerem. Está mais do que comprovado.

Edgar se recuperou do mau humor que o acometeu com sua chegada. Estou começando a me sentir segura e tranquila. Então você aparece, incomodado com a nossa paz, determinado a semear discórdia. Brigue com Edgar, se é isso que tanto quer, Heathcliff. Engane a irmã dele. É o método mais eficiente para se vingar de mim.

A conversa se encerrou. A sra. Linton se sentou junto à fornalha, com um semblante colérico e sombrio. Não conseguia domar os ânimos, que pareciam cada vez mais inflexíveis. Heathcliff ficou ali parado, de braços cruzados, ruminando suas ideias perversas; e assim os deixei para ir atrás do patrão, que se perguntava por que Catherine demorava tanto lá embaixo.

— Ellen — disse ele, quando entrei —, por acaso sabe onde está a patroa?

— Ela está na cozinha, senhor — respondi. — Está arrasada com a conduta do sr. Heathcliff. A bem da verdade, senhor, acho que é hora de rever essas visitas. Tolerância tem limite... Veja a que ponto chegamos.

Relatei a cena no pátio e, até onde cabia, a discussão toda que se seguiu. Imaginei que não faria mal à sra. Linton, a não ser que ela própria se colocasse em maus lençóis, saindo em defesa de seu convidado. Edgar Linton mal conseguiu escutar até o fim. Suas primeiras palavras revelaram que não isentava a esposa da culpa.

— Isso é inadmissível! — exclamou. — É uma vergonha ver que ela o toma por amigo, e ainda me obriga a aturar a companhia dele! Vá chamar dois homens, Ellen. Catherine não vai mais ficar discutindo com aquele bandido. Já cedi demais a seus caprichos.

Ele desceu e, depois de mandar dois criados esperarem no corredor, seguiu comigo até a cozinha. Os ocupantes haviam retomado a discussão acalorada. A sra. Linton, pelo menos, brigava com vigor renovado; Heathcliff tinha se aproximado da janela, e estava cabisbaixo, assustado com as reprimendas violentas dela, pelo que parecia. Foi o primeiro a ver o patrão e fez um sinal para que ela se calasse; ela obedeceu assim que entendeu o motivo.

— O que está acontecendo aqui? — disse Linton, dirigindo-se a ela. — Que falta de decoro é essa? Sujeitar-se assim a esse crápula, depois do linguajar que ele usou para falar com você... Imagino que, por serem os modos habituais dele, você julgue que não é nada demais... Está acostumada com essa vulgaridade, e deve achar que eu vou me acostumar também!

— Você estava nos escutando atrás da porta, Edgar? — perguntou a patroa, em um tom friamente calculado para provocar o marido, demonstrando indiferença e desprezo pela irritação dele.

Heathcliff, que já tinha revirado os olhos com o discurso do patrão, soltou uma risada desdenhosa — de propósito, ao que tudo indicava, para chamar a atenção do sr. Linton. E conseguiu, mas Edgar não tinha a menor intenção de entretê-lo com arroubos de fúria.

— Tenho sido tolerante com o senhor — disse ele, mantendo a calma. — Não que ignore seu caráter sórdido e miserável, mas não julgava o senhor de todo culpado, e como Catherine queria estreitar os laços, consenti... Tolice minha! Sua presença é um veneno moral capaz de contaminar até os mais virtuosos. Portanto, antes que a situação desande de vez, não quero mais o senhor nesta casa, e exijo que se retire agora mesmo. Uma demora de três minutos, que seja, resultará em uma partida involuntária e humilhante.

Heathcliff mediu a envergadura do interlocutor com um olhar cheio de escárnio.

— Cathy, esse seu cordeirinho está achando que é touro! — disse. — Corre o risco de rachar o crânio contra meus punhos. Por Deus! Sr. Linton, lamento muito que não seja um adversário digno de um murro!

O patrão lançou um olhar para o corredor e fez sinal para que eu trouxesse os homens — não tinha a intenção de sujar de sangue as próprias mãos. Obedeci, mas a sra. Linton, desconfiada, veio logo atrás. Quando tentei chamá-los, ela me puxou de volta, bateu a porta e virou a chave.

— Assim é mais justo! — disse ela, em resposta à expressão surpresa e raivosa do marido. — Se não tem coragem de atacá-lo, peça desculpas, ou deixe que lhe dê uma surra. Assim aprende a não pavonear mais coragem do que tem. Eu engulo a chave, se for preciso, para impedi-lo de pôr as mãos nela! É assim que vocês recompensam a minha bondade? O tempo todo, eu aturo a natureza fraca de um e a natureza vil do outro, para vocês me retribuírem com essas demonstrações de ingratidão cega e estapafúrdia? Um absurdo! Edgar, eu estava defendendo você e os seus. Agora espero que Heathcliff o espanque até você cair de joelhos por ousar pensar mal de mim!

O castigo não seria necessário para surtir tal efeito no patrão. Ele tentou arrancar a chave da mão de Catherine que, por segurança, atirou-a na parte mais quente do fogo, ao que o sr. Linton reagiu com uma tremedeira nervosa; ficou pálido como um defunto. Nem que lhe custasse a vida teria sido capaz de refrear aquele acesso de emoção — um misto de angústia e humilhação o arrebatou. Escorou-se no espaldar de uma cadeira e cobriu o rosto.

— Oh, céus! Em tempos idos, você seria consagrado um cavaleiro por isso! — exclamou a sra. Linton. — Fomos vencidos! Fomos vencidos! Você acha que Heathcliff ergueria um dedo contra você? Seria mais provável um rei enviar seu exército para combater uma colônia de ratos. Ânimo! Não se preocupe, você não será ferido! Sua natureza não é de um cordeiro, mas de um filhotinho de lebre que nem sequer desmamou.

— Desejo-lhe felicidade ao lado desse covarde com sangue de barata, Cathy! — disse o amigo dela. — Parabéns pelo bom gosto. Esse é o babão frouxo que você preferiu a mim! Eu não ergueria os punhos para surrá-lo, mas o chutaria de bom grado. Ele está chorando? Vai desmaiar de medo?

O sujeito se aproximou e deu um empurrão na cadeira em que Linton se escorava. Teria sido melhor ele manter distância: o patrão se pôs de pé em um salto, todo empertigado, e desferiu um soco em seu pescoço, um murro que teria derrubado um homem menos robusto. Heathcliff ficou sem ar por um instante e, enquanto sufocava, o sr. Linton saiu pela porta dos fundos, contornou o pátio e seguiu até a entrada principal da casa.

— Pronto! Agora você não vai mais ser admitido aqui! — bradou Catherine. — Vá embora! Ande! Antes que ele volte com um par de pistolas e meia dúzia de capangas. Se nos ouviu, jamais vai perdoá-lo. Você só me trouxe desgraça, Heathcliff! Vá... Depressa! Antes ver Edgar enrascado do que você.

— Acha que eu vou embora assim, com aquele golpe ainda queimando na goela? — trovejou ele. — Nem pensar! Só arredo o pé desta casa depois que estraçalhar as costelas dele como se fossem nozes podres. Se não o derrubar agora, capaz que eu o mate em um próximo encontro. Então, se você preza pela vida dele, deixe-me partir para cima!

— Ele não vai voltar — intervim, arriscando uma mentirinha. — Lá estão o cocheiro e os dois jardineiros! Seguramente, o senhor não quer ser atirado na estrada! Cada um deles traz um porrete; e o patrão, provavelmente, vai assistir da janela da sala, para se certificar de que cumpram as ordens dele.

Os jardineiros e o cocheiro estavam mesmo lá fora, mas Linton os acompanhava. Cruzavam o pátio. Heathcliff pensou bem e resolveu evitar o atrito com os três subalternos; pegou o atiçador, rebentou o trinco da porta para a sala e tratou de escapar justo quando entravam no recinto.

A sra. Linton, muito agitada, ordenou que eu subisse com ela. Mal sabia que eu tinha contribuído para aquele escarcéu, e por mim jamais descobriria.

— Estou ficando louca, Nelly! — exclamou ela, atirando-se no sofá. — Mil marretas estão batendo em minha cabeça! Diga a Isabella para ficar longe de mim. Esse transtorno todo é culpa dela e, se ela ou qualquer outra pessoa me tirarem ainda mais do sério, vou perder as estribeiras. E, Nelly, diga a Edgar, caso o veja ainda esta noite, que corro o risco de ficar gravemente enferma. Desejo ficar mesmo. Ele acabou comigo! Quero deixá-lo assustado. Além do mais, temo que ele venha aqui e comece a despejar uma série de insultos ou queixas; sei que eu não deixaria barato, e só Deus sabe onde isso terminaria! Você me faz esse favor, minha cara Nelly? Pois sabe que não tenho culpa nessa história. O que deu nele para ficar escutando atrás da porta? Heathcliff disse coisas terríveis depois que você nos deixou, mas eu planejava convencê-lo a se afastar de Isabella. O restante pouco importa. Meus esforços foram em vão, graças a esse desejo tolo de ouvir maledicências sobre si que assombra certas pessoas como um demônio! Se Edgar não tivesse ouvido a conversa, teria sido melhor para ele. Juro, quando ele abriu a porta com aquele tom de desgosto, depois que ralhei com Heathcliff até quase ficar rouca, em defesa *dele*, pouco me importei com o que fariam um ao outro, ainda mais porque eu sentia que, independentemente do desfecho, acabaríamos todos afastados, e só Deus sabe por quanto tempo! Bem, se não posso mais ter Heathcliff como amigo, e se Edgar faz mesmo questão de ser mesquinho e ciumento, tentarei partir os corações dos dois partindo o meu próprio. Vai ser um jeito rápido de acabar com tudo, se me levarem a tomar medidas extremas! Mas deixo o plano reservado como minha tábua da salvação. Linton não se surpreenderia. Até agora, ele vinha evitando me provocar; você precisa alertá-lo para o perigo de abdicar dessa política, e lembrá-lo de meu temperamento impetuoso, que, quando instigado, beira o delírio. Gostaria que você tirasse essa apatia do rosto e se mostrasse mais preocupada comigo.

A postura impassível com que recebi aquelas instruções foi, sem dúvida, exasperante, pois me foram dadas com a mais absoluta sinceridade. Contudo, presumi que uma pessoa capaz de tramar acessos de emoção, por força de vontade, e relatá-los de antemão, poderia muito bem se controlar um pouco, mesmo durante os acessos; e eu não queria deixar o patrão "assustado", como ela mesma dissera, e somar aborrecimentos só para satisfazer o egoísmo dela. Portanto, não falei nada quando me deparei com o patrão a caminho da sala, mas tomei a liberdade de dar meia-volta para ouvir se retomariam a discussão.

Ele falou primeiro.

— Fique onde está, Catherine — disse, sem a menor raiva no tom de voz, apenas um profundo pesar. — Não vou me demorar. Não vim aqui para jogar lenha na fogueira, nem me reconciliar. Só quero saber se, depois do ocorrido, você pretende cultivar uma amizade com...

— Tenha piedade de mim! — interrompeu a patroa, batendo o pé. — Pelo amor de Deus, chega dessa história! Com esse seu sangue-frio, você não sabe o que é arder de febre.

Nas suas veias corre água gelada, mas as minhas estão fervendo, e se contorcem quando vejo tamanha frieza!

— Para se ver livre de mim, responda à pergunta — persistiu o sr. Linton. — Você tem de me responder. Essa violência toda não me espanta. Já percebi que você pode ser tão estoica quanto qualquer um, quando bem entende. Vai abrir mão de Heathcliff daqui para a frente, ou vai abrir mão de mim? Não tem como ser amiga *minha* e *dele* ao mesmo tempo, e *exijo* saber qual dos dois você escolhe.

— E eu exijo que me deixem em paz! — bradou Catherine, furiosa. — Estou mandando! Não vê que mal consigo me levantar? Edgar... Deixe-me sozinha!

Ela tocou a sineta até quebrá-la, ecoando um zunido. Entrei sem pressa, como se não fosse nada demais. Seus arroubos insensatos de fúria seriam o bastante para testar a paciência de um santo. Ali estava ela, estirada, batendo a cabeça contra o braço do sofá e rangendo os dentes — parecia até que os estilhaçaria. O sr. Linton ficou olhando para ela, tomado por uma onda repentina de remorso e medo. Pediu que eu buscasse um copo de água. Catherine estava sem fôlego, não conseguia sequer falar.

Ofereci-lhe um copo cheio e, como ela se recusou a beber, respinguei um pouco em seu rosto. Em poucos segundos, ela se esticou toda, com o corpo rijo, e revirou os olhos, enquanto a face, ao mesmo tempo pálida e lívida, assumia um aspecto de morte. Linton parecia aterrorizado.

— Não é nada — sussurrei. Não queria que ele cedesse, embora no fundo eu também sentisse medo.

— Ela está com sangue nos lábios — apontou ele, estremecido.

— Não se aflija! — respondi, mordaz. E contei-lhe como, antes de sua chegada, ela se propusera a encenar um ataque de nervos. Confesso que fui um tanto incauta, pois fiz o relato em voz alta, e ela me ouviu. Levantou-se de sobressalto, com o cabelo revolto sobre os ombros, os olhos relampejantes, e os músculos do pescoço e dos braços tão saltados que pareciam sobrenaturais. Imaginei que estivesse, no mínimo, com os ossos quebrados. No entanto, ela apenas olhou ao redor por um instante e saiu às pressas. O patrão me mandou segui-la; obedeci, até a porta de seu quarto. Ela me impediu de entrar, trancando-a por dentro.

Como não se dispôs a descer para o café da manhã no dia seguinte, fui perguntar se queria ser servida no quarto.

— Não! — respondeu-me, categórica.

Repeti a pergunta na hora do almoço e do chá; e de novo no dia seguinte, sempre com a mesma resposta. O sr. Linton, por sua vez, passava o tempo na biblioteca, e não perguntava da esposa. Ele teve uma conversa de uma hora com Isabella, durante a qual tentou extrair dela algum sentimento de repulsa pelos avanços de Heathcliff, mas nada pôde fazer com as respostas evasivas da irmã, e então se viu obrigado a encerrar o interrogatório sem nenhuma conclusão satisfatória. Acrescentou, porém, uma advertência solene: de que, se ela cometesse a loucura de encorajar aquele pretendente desprezível, todos os laços que os uniam seriam dissolvidos.

## Capítulo 12

Enquanto a srta. Linton se arrastava pelo terreno e pelo jardim, sempre em silêncio e quase sempre em lágrimas, e seu irmão se trancafiava com livros que nunca abria — desgastado, parecia-me, e com a vaga esperança de que Catherine, arrependida de sua conduta, viesse pedir perdão e fazer as pazes por livre e espontânea vontade —, e ao mesmo tempo *ela* teimava em seguir jejuando, provavelmente sob a impressão de que, a cada refeição, Edgar quase sufocava de saudade, e apenas o orgulho o impedia de se atirar a seus pés... Enquanto isso, eu seguia com os meus afazeres domésticos, convencida de que entre as paredes da Granja residia somente uma alma sensata, e de que esta encontrava-se alojada em meu corpo.

Não desperdicei condolências com a senhorita, nem reprimendas com a patroa; tampouco dei muita atenção às bravatas do patrão, que ansiava por ouvir o nome da esposa, uma vez que não ouvia a voz dela. Resolvi que seria melhor deixá-los vir atrás de mim, se assim quisessem; e, embora fosse um processo exaustivamente lento, comecei a me animar com uma tênue faísca de progresso. Ou pelo menos foi o que pensei que estava acontecendo, a princípio.

No terceiro dia, a sra. Linton destrancou a porta do quarto e, como já tinha tomado toda a água da jarra e do frasco, pediu uma nova provisão e uma tigela de mingau, pois acreditava estar morrendo. Imaginei que fosse um drama destinado aos ouvidos de Edgar e não dei atenção; guardei para mim e me ative a servir-lhe um pouco de chá e torradas. Ela bebeu e comeu com vontade, e afundou de volta no travesseiro, cerrando os punhos e gemendo.

— Ah, eu vou morrer — exclamou —, já que ninguém se importa comigo! Não devia ter aceitado o desjejum.

Então, um bom tempo depois, ouvi-a murmurar:

— Não, não vou morrer... Ele ficaria contente... Não me ama... Jamais sentiria minha falta!

— Deseja alguma coisa, senhora? — inquiri, mantendo a compostura, apesar de seu aspecto terrível e de seu jeito estranho e exagerado.

— O que aquela criatura apática está fazendo? — quis saber ela, afastando as madeixas embaraçadas do rosto esquálido. — Por acaso está letárgico? Morreu?

— Nem um, nem outro — retorqui. — Isto é, se a senhora se refere ao sr. Linton. Ele até que vai bem, creio eu, embora os estudos o ocupem mais do que deveriam. Vive enterrado nos livros, uma vez que não tem outra companhia.

Eu não teria falado assim, se soubesse de sua verdadeira condição, mas não conseguia me desfazer da ideia de que aquele padecimento era fingido, pelo menos em parte.

— Enterrado nos livros? — esbravejou, confusa. — E eu aqui morrendo! Com o pé na cova! Por Deus! Ele não sabe que estou doente? — continuou, fitando o próprio reflexo em um espelho pendurado na parede oposta. — Aquela ali é Catherine Linton? Ele deve achar que estou brincando, inventando. Você poderia dizer a ele que é sério, que a situação é grave? Nelly, se não for tarde demais, assim que eu souber como ele se sente, escolherei uma das opções: ou morro de fome logo, o que só seria castigo se ele tivesse coração, ou me recupero e deixo esta província. Você está falando a verdade? Cuidado com o que diz. Ele não se importa com a minha vida? Está tão indiferente assim?

— Ora! — respondi. — O patrão não faz ideia de quão transtornada a senhora está. Evidentemente, não teme que se permita morrer de fome.

— Acha mesmo que ele não acredita? Não pode dizer a ele? — retrucou ela. — Convença-o! Fale de coração, diga que tem certeza de que vou morrer!

— Não, sra. Linton — resolvi argumentar. — A senhora acabou de se alimentar, já esqueceu? A comida vai dar sustância e amanhã a senhora vai acordar outra.

— Se ao menos eu tivesse a certeza de que assim o mataria — interrompeu ela —, eu *me* mataria agora mesmo! As últimas três noites foram pavorosas, não preguei os olhos... Nossa, que tormenta! Vi assombrações, Nelly! Mas estou começando a achar que você não gosta de mim. Que estranho! Achava que, embora as pessoas daqui se odiassem e tratassem umas às outras com desprezo, não poderiam deixar de me amar. E pensar que, de um dia para o outro, todos se tornaram inimigos. É assim que as pessoas *desta casa* se veem, tenho certeza. Como é triste encontrar a morte rodeada por rostos frios! Isabella, agoniada, com receio de entrar no quarto, pois seria terrível demais ver Catherine partir. E Edgar, solene, à beira do leito, presente até o fim, para então agradecer a Deus por restabelecer a paz na casa, e mergulhar de volta nos *livros!* Em nome de tudo que é mais sagrado, como ele ousa se ater aos *livros* quando estou morrendo?

Ela não suportava a ideia que eu lhe pusera na cabeça, da resignação filosófica do sr. Linton. Debateu-se na cama até que a confusão febril beirou a loucura. Rasgou o travesseiro com os dentes, então se levantou, ardente, e pediu que eu abrisse a janela. Estávamos em pleno inverno, o vento nordeste soprava forte, e me neguei a abrir. Tanto as expressões fugazes de seu rosto como as oscilações de humor me deixaram muito alarmada; recordei-me de sua antiga enfermidade, e da recomendação médica de não contrariá-la. Em um instante, estava violenta; no outro, apoiada em um braço, sem notar minha recusa em obedecê-la, parecia ter encontrado um prazer infantil em tirar as penas dos travesseiros que acabara de rasgar, e organizá-las sobre o lençol, de acordo com as diferentes espécies. Sua mente se voltara para outras associações.

— Esta é de peru — murmurou para si mesma —, esta é de pato-real, e esta, de pombo. Quer dizer que colocam penas de pombos nos travesseiros? Agora entendi por que eu não conseguia morrer![8] Tomarei o cuidado de jogá-lo no chão quando me deitar! Esta aqui é de perdiz, e esta... eu reconheceria de longe... esta é de um abibe. Um belo pássaro! Voava

---

8 Superstições locais da época diziam que penas de pombos tinham o poder de impedir as almas de deixar seus corpos. [N. de E.]

sobre as nossas cabeças, no meio da charneca. Queria chegar ao ninho, pois as nuvens já tinham tocado os morros, e ele sentia a chuva chegando. Esta pena eu coletei no urzal, não foi prêmio de caça... Encontramos o ninho em pleno inverno, cheio de esqueletinhos de filhotes. Heathcliff preparou uma arapuca sobre o ninho, mas os pais não se atreveram a chegar perto. Fiz ele prometer que jamais atiraria em um abibe, depois disso, e ele não atirou mesmo. Ah, ainda há mais penas! Não me diga que ele atirou nos meus abibes, Nelly! Alguma dessas penas é vermelha? Deixe-me ver.

— Pare com essa criancice! — interrompi, tomando-lhe o travesseiro e virando os rasgos para o colchão, pois ela não parava de arrancar chumaços do estofo. — Deite-se e feche os olhos. A senhora está delirando. Ora, mas que bagunça! As penas estão caindo feito neve.

Juntei uma por uma.

— Nelly — continuou ela, em seu devaneio —, vejo em você uma velha de cabelo grisalho e ombros curvados. A cama é a Gruta das Fadas, que fica debaixo do Penhasco de Penistone, e você está coletando flechas élficas para atirar em nossas novilhas, fingindo, em minha presença, que são apenas tufos de lã. É o que vai ser de você daqui a cinquenta anos. Sei que não é assim agora. Não estou delirando; você é que se engana. Do contrário eu estaria achando que você é *mesmo* uma bruxa caquética, e que estou *de fato* sob o Penhasco de Penistone, mas tenho plena consciência de que agora é noite, e de que há duas velas em cima da mesa, fazendo o guarda-roupa preto brilhar feito azeviche.

— Guarda-roupa? Onde? — perguntei. — A senhora está falando enquanto dorme.

— Encostado na parede, onde sempre esteve — respondeu ela. — Mas que coisa estranha... Vejo um rosto nele!

— Não há guarda-roupa algum no quarto, nem nunca houve — falei, tornando a me sentar e abrindo o cortinado para poder observá-la.

— Você não está vendo o rosto? — indagou ela, fitando o espelho, séria.

De nada adiantaria argumentar. Jamais conseguiria fazê-la entender que era seu próprio rosto, então me levantei e cobri o espelho com um xale.

— Ainda está ali atrás! — insistiu, afoita. — Agora mesmo, se mexeu. Quem é? Espero que não saia dali quando você for embora! Ah, Nelly! Este quarto é mal-assombrado! Estou com medo de ficar sozinha!

Peguei a mão dela e pedi que acalmasse os ânimos, pois uma série de tremores agitou seu corpo, e ela não tirava os olhos do espelho por nada.

— Não há ninguém ali! — insisti. — É a senhora mesma, não percebe?

— Eu mesma — disse ela, ofegante. — E o relógio está dando meia-noite! Então é verdade! Que horror!

Ela fincou os dedos no lençol e, com ele, tapou os olhos. Tentei correr até a porta, no intuito de chamar seu marido, mas fui invocada por um grito estridente. O xale tinha caído.

— Ora, o que houve? — bradei. — Que medo é esse agora? Acorde! É só o espelho, sra. Linton... O espelho! A senhora está vendo a si mesma nele, e ali estou eu também, a seu lado.

Trêmula e confusa, ela me agarrou com força, mas o terror aos poucos deixou seu semblante, e a palidez deu lugar ao rubor da vergonha.

— Céus! Achei que estava na minha antiga casa — suspirou. — Achei que estava deitada em meu quarto, no Morro dos Ventos Uivantes. Como estou fraca, tive uma confusão mental e gritei sem perceber. Não diga nada, mas fique aqui comigo. Tenho muito medo de dormir, meus sonhos me apavoram.

— Uma boa noite de sono lhe cairia bem, senhora — respondi —, e espero que esse sofrimento todo a faça desistir de jejuar até morrer.

— Ah, quem me dera estar em minha própria cama, na minha velha casa! — continuou, amargurada, retorcendo as mãos. — Ouvir o vento uivar entre os abetos, à janela! Deixe-me sentir o vento que sopra da charneca... Uma lufada, que seja!

A fim de acalmá-la, abri uma fresta por alguns segundos. Um frio percorreu minha espinha, fechei-a e retornei a meu posto. Ela se aquietara, e estava com o rosto banhado em lágrimas. A exaustão do corpo havia subjugado o espírito; a impetuosa Catherine agora não passava de uma criança chorosa.

— Quanto tempo faz que estou aqui, trancada? — perguntou, de repente revigorada.

— A senhora se fechou no quarto na segunda-feira à noite — respondi —, e agora é quinta, ou melhor, já é a madrugada de sexta.

— O quê? Da mesma semana? — exclamou ela. — Faz tão pouco tempo assim?

— É bastante tempo para quem está vivendo à base de água gelada e mau humor — observei.

— Bem, sinto-me consumida por muitas e muitas horas — murmurou, desconfiada. — Deve ter sido mais que isso. Lembro que estava na sala, depois que eles discutiram, e que Edgar me provocou, com requintes de crueldade, então corri para o quarto, desesperada. Assim que tranquei a porta, um breu absoluto tomou conta de mim e desabei no chão. Faltaram-me palavras para explicar a Edgar minha certeza de que acabaria surtando ou enlouquecendo, caso ele teimasse em me atormentar. Perdi o domínio da fala, o controle dos pensamentos, e ele não se deu conta da minha agonia, pelo jeito. Quase não me restaram forças para me abstrair da presença e da voz dele. Eu ainda não tinha recobrado os sentidos quando o sol começou a nascer, e, Nelly, vou lhe dizer o que se passou pela minha cabeça, e o que fiquei imaginando, sem parar, a ponto de temer pela minha sanidade. Ainda estirada no chão, com a cabeça escorada no pé da mesa e a visão turva, mal discernindo o quadrado cinza da janela, pensei que estava fechada na arca de carvalho, em casa; e senti um profundo pesar no coração, que, ao acordar, escapou-me à memória. Ponderei bastante, tentando entender o que significava aquilo, e aconteceu a coisa mais estranha: os últimos sete anos da minha vida haviam se apagado! Não me lembrava de nada. Eu era criança... Meu pai tinha acabado de ser enterrado, e eu estava sofrendo com a separação que Hindley havia imposto entre Heathcliff e eu. Deitei-me sozinha pela primeira vez; e, depois de uma péssima noite de choro, ergui a mão para abrir os painéis da arca, e eis que bati no tampo da mesa! Passei a mão no tapete e as comportas da memória se abriram: minha angústia culminou em desespero. Não sei dizer por que me senti tão infeliz. Deve ter sido um transtorno passageiro, pois não faz muito sentido. Contudo, imagine que, com doze anos, tivessem me arrancado à força do Morro, dos meus afetos e de tudo que me era mais sagrado, como fizeram com Heathcliff na época, para me transformar de supetão em sra. Linton, senhora da Granja da Cruz dos Tordos, esposa de um estranho: uma exilada, uma pária, alienada de tudo que outrora tinha sido meu mundo. Isso é só um vislumbre do abismo pelo qual rastejei! Balance a cabeça o quanto quiser, Nelly, mas *você* contribuiu com a minha inquietação! Devia ter falado com Edgar! Devia ter insistido para ele me deixar em paz! Ah, estou ardendo! Quem me dera estar ao ar livre! Quem me dera ser menina de novo, selvagem e destemida, e livre; e rir das injúrias, em vez de enlouquecer por elas! Por que estou tão diferente? Por que diabos meu sangue ferve tanto com meras palavras? Tenho certeza de que eu tornaria a ser eu mesma se estivesse entre as urzes, naquelas colinas. Abra a janela de novo, escancare-a! Depressa! Por que não se mexe?

— Não quero que a senhora morra com a friagem — expliquei.

— Você não quer me dar a chance de viver! — retrucou, aborrecida. — Mas ainda não estou inválida. Abrirei eu mesma.

Ela se esgueirou da cama antes que eu pudesse impedi-la, titubeou até a janela, abriu-a com tudo e pôs a cabeça para fora, sem se importar com a brisa gélida que cortava seus ombros feito faca.

Supliquei, e por fim tentei puxá-la de volta. Mas logo percebi que o delírio lhe conferia uma força muito maior do que a minha (ela estava mesmo delirando, dei-me por convencida diante de suas ações e devaneios subsequentes). Não havia lua, e tudo lá embaixo estava envolto em uma escuridão nebulosa. Não brilhava uma única luz nas casas; perto ou longe, todas tinham sido apagadas já fazia muito tempo; e nunca dava para ver as luzes do Morro dos Ventos Uivantes — ainda assim, ela jurava que as via radiar.

— Está vendo? — disse, animada. — Aquele cômodo ali, à luz de velas, é o meu quarto, com as árvores balançando na frente. O outro cômodo aceso é o sótão de Joseph. Ele fica acordado até tarde, não fica? Está esperando eu voltar para casa para trancar o portão. Bem, e ainda vai esperar um bom tempo. É uma jornada árdua até lá, pesa no coração percorrê-la, e precisamos passar pelo cemitério de Gimmerton no caminho, junto à igreja! Muitas vezes enfrentamos juntos seus fantasmas, e desafiamos um ao outro a andar entre os túmulos e chamá-los de volta. E se eu desafiá-lo agora, Heathcliff? Você se aventura? Eu lhe faço companhia, prometo. Não quero ficar sozinha. Podem me enterrar a catorze palmos e derrubar a igreja em cima de mim... Não vou descansar enquanto você não estiver comigo. Jamais!

Ela fez uma pausa e tornou a falar com um sorriso estranho.

— Ele está pensando no caso... Prefere que eu vá ao seu encontro! Ora, trace um caminho você, então, sem passar pelo cemitério! Mas que enrolação! Você sempre me segue, agora aproveite!

Percebendo que de nada adiantaria argumentar com aquele desvario, comecei a pensar em como poderia agasalhar a patroa sem soltá-la (pois não ousaria deixá-la sozinha à beira da janela), quando, para minha surpresa, ouvi a maçaneta chocalhar, e o sr. Linton entrou. Só então é que ele tinha saído da biblioteca. Ao passar pelo corredor, entreouvira nosso falatório e fora impelido, por curiosidade, ou medo, a averiguar o que se passava àquela hora da noite.

— Ah, senhor! — antecipei-me, notando que ele estava prestes a abrir a boca diante da cena e da atmosfera inóspita do quarto. — Minha pobre patroa está enferma e não me escuta. Não sei o que fazer. Peço-lhe, por favor, que a convença a se deitar. Deixe a raiva de lado... Ela tem um gênio difícil mesmo.

— Catherine, enferma? — disse ele, correndo até nós.
— Feche a janela, Ellen! Catherine! Mas o quê...?

Então calou-se. A sra. Linton estava tão abatida, que o deixou sem chão, sem palavras. Ele ficou olhando de uma para a outra, pasmo.

— Ela está inquieta — continuei. — Faz dias que não come quase nada, mas não estava se queixando e não deixou ninguém entrar no quarto até esta noite. Portanto, não tínhamos como informar o senhor de seu estado de saúde, visto que nós mesmos não estávamos a par. Mas não é nada.

Senti que não me expressei bem; o patrão franziu o cenho.

— Não é nada, é, Ellen Dean? — disse, severo. — Você me deve explicações por me manter alheio! — E tomou a esposa nos braços, e olhou para ela, aflito.

A princípio, ela não o reconheceu. O marido estava invisível a seu olhar vidrado. O delírio, no entanto, oscilava; ela afastou o olhar do breu absoluto lá fora e, aos poucos, acostumou-se de volta com a luz e fixou a atenção nele, enfim se dando conta de quem a amparava.

— Ora! Resolveu dar o ar da graça, Edgar Linton? — disse, exaltada. — Você é uma dessas coisas que aparecem quando menos queremos e, quando queremos, não aparecem de jeito nenhum! Bem, lamentem o quanto quiserem... Paciência... Ninguém vai me impedir de partir para a minha singela morada... Meu retiro, onde hei de estar antes de acabar a primavera! Lá está: não entre os Linton, ou sob o teto da capela, mas ao ar livre, com uma lápide. E você faça como bem entender, seja ficar com eles ou vir comigo!

— Catherine, o que foi que você fez? — começou o patrão. — Não significo mais nada para você? Quer dizer que ama o maldito Heath...?

— Silêncio! — bradou a sra. Linton. — Silêncio, agora! Pronuncie esse nome, que encerro o assunto no mesmo instante, pulando da janela! Isto que você está segurando agora pode até lhe pertencer, mas minha alma estará no topo daquela colina antes que ponha as mãos em mim de novo. Não quero mais você, Edgar. Foi-se o tempo em que o queria. Retorne aos seus livros. Fico contente que tenha algum consolo, pois o que você tinha em mim já se foi.

— Ela está delirando, senhor — comentei. — Passou a noite toda falando coisas sem sentido, mas, com repouso e os devidos cuidados, vai se recuperar. Daqui para a frente, precisamos tomar cuidado para não a aborrecer.

— Não quero mais conselhos seus — respondeu o sr. Linton. — Você conhece muito bem o temperamento de sua patroa e me encorajou a importuná-la. E, nesses três dias, não me deu um aviso sequer sobre o estado de saúde dela! É muita maldade! Nem se passasse meses enferma, ela teria se abatido tanto!

Comecei a me defender, pois não me cabia levar a culpa por caprichos alheios.

— Eu sabia que a sra. Linton tendia a ser obstinada e mandona! — exclamei. — Mas não sabia que o senhor pretendia dar corda a esse temperamento colérico! Não sabia que deveria ceder às vontades dela e fazer vista grossa para o sr. Heathcliff. Cumpri o dever de uma criada leal ao lhe relatar tudo, e é assim que me paga? Bem, isso vai me ensinar a ser mais cautelosa da próxima vez. O senhor que se informe por conta própria!

— Da próxima vez que vier com uma história dessas, Ellen Dean, seus serviços serão dispensados — retrucou ele.

— O senhor prefere não saber de nada, então? — falei. — Heathcliff tem sua permissão para cortejar a senhorita e aparecer aqui quando o senhor se ausenta, no intuito de envenenar a patroa contra o senhor?

Por mais confusa que estivesse, Catherine prestava atenção à nossa conversa.

— Ah! Quer dizer, então, que foi Nelly quem me traiu? — vociferou ela, furiosa. — Nelly é minha inimiga oculta... Sua bruxa! Você está mesmo em busca de flechas élficas para nos ferir! Solte-me, que vou fazê-la se arrepender! Vou fazê-la se retratar aos berros!

Uma fúria maníaca cintilava em seu olhar. Ela se debatia, aflita, tentando se desvencilhar dos braços de Linton. Eu não estava disposta a prolongar a cena; deixei o quarto, decidida a buscar ajuda médica por minha conta e risco.

Ao passar pelo jardim, a caminho da estrada, onde há um gancho no muro para pendurar rédeas, avistei um vulto branco em movimentos irregulares, sem dúvida instigado por outro agente que não o vento. Apesar da pressa, detive-me para averiguar o que era e assim me poupar de nutrir, para todo o sempre, a convicção de que era uma criatura de outro mundo. Qual não foi minha surpresa ao descobrir, mais pelo toque do que pela visão, que se tratava de Fanny, a springer spaniel da srta. Isabella, suspensa por um lenço, à beira do último suspiro? Tratei de soltá-la depressa e carreguei-a até o jardim. Tinha visto a cachorrinha subir as escadas atrás da dona, quando ela foi se deitar, e então me perguntei como fora parar ali, e que pessoa maldosa teria feito aquilo com ela. Enquanto desatava o nó em torno do gancho, tive a impressão de ouvir galopes distantes, mas estava com a cabeça tão cheia, que não dei muita atenção, embora fosse um barulho estranho para se ouvir por aquelas bandas às duas da manhã.

Por sorte, cruzei com o sr. Kenneth na rua quando ele estava de saída para ver um paciente no vilarejo; e meu relato da enfermidade de Catherine Linton o induziu a me acompanhar de volta imediatamente. Era um homem simplório e, sem cerimônia, manifestou suas dúvidas quanto às chances de Catherine sobreviver a um segundo ataque, a menos que, dessa vez, se mostrasse mais disposta a seguir as orientações dele.

— Nelly Dean — disse ele. — Sinto que há alguma outra causa para isso. O que tem se passado na Granja? Ouvimos rumores estranhos por aqui. Uma moça forte e robusta como Catherine não adoece por besteira... Pessoas como ela nem deveriam adoecer. É difícil tratá-las de febres e moléstias do tipo. Como foi que começou?

— O patrão pode inteirá-lo — respondi —, mas o senhor conhece bem a disposição violenta dos Earnshaw, e a sra. Linton é a pior. Só lhe digo uma coisa: começou com uma discussão. Ela foi acometida por uma espécie de surto durante um arroubo de fúria. Pelo menos é essa a versão dela da história, pois, no calor do momento, saiu correndo e se trancou no quarto. Desde então, recusa-se a comer, e agora oscila entre o furor e o delírio. Reconhece as pessoas ao redor, mas em sua mente vigoram as mais estranhas ideias e ilusões.

— O sr. Linton lamentaria a perda? — inquiriu Kenneth.

— Se lamentaria? Ficaria de coração partido se algo acontecesse a ela! — observei. — Evite alarmá-lo para além do necessário.

— Eu bem que o alertei! — disse ele. — Que arque com as consequências agora! Ele tem andado com o sr. Heathcliff ultimamente?

— Heathcliff visita a Granja com frequência — respondi —, mas só porque é amigo de infância da patroa, e não porque o patrão aprecie sua companhia. As visitas dele foram dispensadas por ora, devido às pretensões que mostrou ter com a srta. Linton. Duvido que o recebam novamente.

— E a srta. Linton o recusa? — foi a pergunta seguinte do médico.

— Ela não confidencia comigo — retorqui, relutante em prosseguir com o assunto.

— Não, ela é astuta — observou, balançando a cabeça. — Guarda tudo para si! Mas é também uma tolinha. Fiquei sabendo, por uma fonte confiável, que ontem à noite (e que bela noite!) ela e Heathcliff passaram mais de duas horas caminhando juntos pela plantação atrás da casa; e ele insistiu para que ela não entrasse de volta, mas montasse em seu cavalo e fugisse com ele! Meu informante disse que ela só conseguiu fazê-lo mudar de ideia com a palavra de honra de que estaria pronta para a fuga na próxima vez que se vissem. Minha fonte não ouviu quando seria o encontro, mas diga ao sr. Linton para ficar de olhos bem abertos!

Com a notícia, somaram-se novos medos a minha conta. Disparei na frente do dr. Kenneth e corri quase todo o trajeto de volta. A cachorrinha ainda latia no jardim. Tirei um minuto para abrir o portão para ela, mas, em vez de correr para a porta da casa, ficou andando de cima a baixo, farejando a grama, e teria fugido para a estrada, se eu não a tivesse apanhado e levado lá para dentro comigo. Quando subi para o quarto de Isabella, as minhas suspeitas se confirmaram: estava vazio. Se ao menos eu tivesse me antecipado algumas horas... A enfermidade da sra. Linton talvez tivesse atravancado aquela decisão precipitada. Mas o que fazer, então? Ainda havia uma ínfima chance de alcançá-los, se alguém saísse em seu encalço de imediato. *Eu* é que não iria atrás deles, no entanto; não queria alarmar a família e instigar confusão na casa. Tampouco me propus a contar tudo ao patrão, absorto que estava com a situação calamitosa de Catherine, sem condições de lidar com um segundo baque! Restava-me apenas ficar de bico calado e deixar que as coisas seguissem o próprio rumo. Quando Kenneth chegou, anunciei-o com uma expressão grave. Catherine dormia um sono agitado; o marido tinha conseguido aplacar um pouco o frenesi, e agora estava debruçado no travesseiro, de sentinela, observando cada nuance e alteração de suas feições perturbadoras.

O médico, após examinar o caso, deu-lhe esperanças de um prognóstico favorável, contanto que mantivessem paz absoluta em torno dela. Pelo que entendi, ele quis dizer que a grande ameaça não era tanto a morte mas a perda incontornável da razão.

Não preguei os olhos naquela noite, tampouco o sr. Linton — na verdade, não chegamos sequer a nos retirar para nossos aposentos. Os criados todos se levantaram bem antes da hora, movendo-se pela casa a passos furtivos e trocando sussurros conforme se encontravam, entre afazeres. Estavam todos de pé, salvo pela srta. Isabella, e comentavam como ela dormia pesado. O irmão também perguntou se ela já tinha acordado. Parecia estar impaciente para vê-la, e chateado por ela demonstrar tão pouca preocupação com a cunhada. Estremeci só de pensar que me mandariam chamá-la, mas fui poupada do suplício de ser a primeira a proclamar a fuga. Uma das criadas, uma mocinha sem muito juízo que estivera em Gimmerton logo cedo para tratar de um assunto qualquer, subiu a escada esbaforida, de queixo caído, e entrou no quarto aos berros:

— Ai, meu Deus! Só faltava essa... Patrão! Patrão! A nossa senhorita!

— Quieta! — precipitei-me em ordenar, irritada com aquela algazarra.

— Fale mais baixo, Mary... O que houve? — disse o sr. Linton. — O que aflige a sua senhorita?

— Ela fugiu! Fugiu! Heathcliff foi com ela — balbuciou a mocinha.

— Mas que mentira! — exclamou Linton, levantando-se, agitado. — Não pode ser! De onde você tirou essa ideia? Ellen Dean, vá buscá-la. Inacreditável! Não pode ser!

Enquanto falava, conduziu a criada até a porta e insistiu em saber o que a levara a dizer aquilo.

— Ah, eu estava na estrada, quando topei com o rapaz que vem buscar o leite — gaguejou ela —, e ele perguntou se a gente estava passando por maus bocados na Granja. Pensei que ele estava falando do mal-estar da patroa e respondi que sim. Então ele disse: "Já foram atrás deles, é?". Fiquei olhando para a cara do rapaz... Ele viu que eu não sabia de nada e me contou que um cavalheiro e uma moça tinham parado na oficina de um ferreiro, três quilômetros depois de Gimmerton, para apertar a ferradura de um cavalo... Isso pouco depois da meia-noite! E que a filha do ferreiro se levantou para espiar quem era, e logo reconheceu os dois. E notou que o homem (ela teve certeza de que era Heathcliff; todo mundo conhece ele) botou uma moeda na mão do pai, como pagamento. A moça estava com um véu cobrindo o rosto, mas pediu um copo de água e, quando foi beber, deixou-o cair para trás, e a filha do ferreiro pôde vê-la direito. Heathcliff tomou as rédeas dos dois cavalos e eles partiram na direção contrária do vilarejo, cavalgando o mais rápido que dava naquela estrada acidentada. A mocinha da oficina não disse nada ao pai na hora, mas contou a história para toda Gimmerton hoje de manhã.

Corri para espiar o quarto de Isabella, por mera formalidade, confirmando, ao retornar, o relato da criada. O sr. Linton tornara a se sentar junto à cama. Quando reapareci, ele ergueu os olhos, entendeu o recado pela minha expressão pasmada, e baixou-os sem dar ordens ou dizer uma palavra.

— Devemos tomar alguma medida para ir atrás deles e trazê-la de volta? — indaguei. — O que o senhor pretende fazer?

— Ela foi embora por livre e espontânea vontade — respondeu o patrão. — Era direito dela, se assim desejasse. Não me importune mais com isso. Daqui em diante, considero-a minha irmã apenas por nome, não porque eu a deserdei, mas porque ela me deserdou.

E foi tudo o que falou sobre o assunto. Não perguntou mais nada, sequer tornou a mencioná-la, exceto para me orientar a enviar os bens que ela tinha deixado na casa para seu novo lar, onde quer que fosse, assim que eu soubesse o local.

## Capítulo 13

Por dois meses, os fugitivos continuaram ausentes. Nesse meio-tempo, a sra. Linton enfrentou e superou o pior baque daquilo que fora diagnosticado como delírio. Mãe nenhuma teria cuidado de um filho único com mais devoção do que Edgar cuidou dela. Dia e noite, montou guarda e aturou, pacientemente, todas as chateações que nervos à flor da pele e uma mente abalada poderiam infligir; e, embora Kenneth o tivesse avisado que quem ele salvava do túmulo não retribuiria seus cuidados com nada além de preocupações futuras — e que a força e a saúde dele estavam sendo sacrificadas em prol de uma mera ruína humana —, Edgar não podia sentir mais gratidão e felicidade quando o médico declarou que a vida de Catherine estava fora de perigo. Ele passava horas a fio sentado à beira da cama, acompanhando a recuperação gradual da esposa e nutrindo esperanças fervorosas, na ilusão de que o juízo dela também recobraria o equilíbrio, e ela logo voltaria a ser o que era antes.

A primeira vez que ela saiu do quarto foi no começo de março. O sr. Linton colocara em seu travesseiro, de manhã, um ramo de flores douradas de açafrão; e os olhos de Catherine, havia muito desacostumados com qualquer lampejo de prazer, depararam-se com as flores ao despertar, e brilharam, maravilhados, quando ela tomou-as nos braços.

— É a primeira floração da primavera no Morro — exclamou ela. — Isso me faz lembrar do vento suave do fim do inverno, o sol quente e a neve quase derretida. Edgar, o vento sul não está soprando já? A neve não está indo embora?

— Já parou de nevar por estes lados, minha querida — respondeu o marido. — Vejo apenas dois pontos brancos em toda a extensão da charneca. O céu está azul, as cotovias estão cantando e os riachos estão cheios. Catherine, na primavera passada, tudo que eu queria era tê-la sob este teto; agora queria que você estivesse a dois ou três quilômetros daqui, no alto daquelas colinas. Sinto que a doce brisa poderia curá-la.

— Voltarei lá só mais uma vez — disse a inválida —, e então você vai me deixar, e ficarei lá para todo o sempre. Na primavera que vem, você vai me querer sob este teto de novo, e vai olhar para trás e ver que era feliz hoje.

Linton encheu-a de carinho e tentou animá-la com palavras afetuosas, mas, enquanto ela contemplava as flores com um olhar vago, Catherine deixou lágrimas brotarem nos cílios e correrem pelas faces. Sabíamos que ela estava melhor, portanto, concluímos que o longo período de confinamento a um único cômodo era responsável, em grande parte, por aquele desalento, que talvez se abrandasse com uma mudança de cenário.

O patrão ordenou que eu acendesse a lareira da sala, deserta fazia semanas, e ajeitasse uma poltrona ao sol, junto à janela. Então desceu com ela, com cuidado, e ela passou um bom tempo sentada, desfrutando do calor agradável, bem como esperávamos, revigorada pelos objetos ao redor, que, embora fossem familiares, poupavam-na das associações sombrias de seu abominável quarto de enferma. De noite, parecia exausta; no entanto, nenhum argumento foi capaz de convencê-la a regressar ao quarto, e precisei arrumar o sofá da sala para ela dormir, até que outro cômodo pudesse ser preparado. Para poupá-la do cansaço de subir e descer as escadas, ajeitamos este cômodo, onde o senhor agora se encontra, no mesmo andar que a sala. Logo ela ganhou forças para se movimentar de um lado para o outro, recostada no braço de Edgar. Ah, eu podia jurar que ela iria se recuperar, com aqueles cuidados todos. E havia uma expectativa redobrada, pois de sua existência dependia outra — nutríamos a esperança de que, em pouco tempo, o coração do sr. Linton se acenderia, e suas terras seriam protegidas das garras de um estranho, com o nascimento de um herdeiro.

É importante mencionar que, cerca de seis semanas após partir, Isabella enviou ao irmão uma breve nota anunciando o casamento com Heathcliff. Parecia fria e seca, mas no rodapé, a lápis, havia um pedido obscuro de desculpas, e uma súplica para que o irmão se lembrasse dela com afeto e se reconciliassem, caso sua conduta o tivesse ofendido. Dizia que não pudera evitá-la na época e, uma vez que estava feito, não tinha como voltar atrás. Linton não respondeu, até onde sei; e, duas semanas depois, recebi uma longa carta, o que julguei um tanto estranho, vindo de uma noiva que acabara de sair da lua de mel. Vou ler para o senhor, aproveitando que ainda a tenho comigo. Todas as relíquias dos mortos são preciosas, ao menos daqueles que foram estimados em vida. Começa assim:

*Cara Ellen,*

*Cheguei ao Morro dos Ventos Uivantes ontem à noite e ouvi, pela primeira vez, que Catherine esteve — e ainda está — gravemente enferma. Não seria de bom tom escrever uma carta a ela, julgo eu, e meu irmão está bravo demais, ou aflito demais, para se dignar a responder à que lhe enviei. Ainda assim, preciso escrever para alguém, e a única escolha que me resta é você.*

*Diga a Edgar que eu daria o mundo para ver seu rosto mais uma vez, que meu coração retornou à Granja da Cruz dos Tordos vinte e quatro horas depois que parti, e que, agora mesmo, está cheio de carinho por ele, e por Catherine! E, no entanto, não posso seguir meu coração...* (essas palavras estão sublinhadas) *Eles não devem esperar por mim, e podem tirar as conclusões que quiserem, contanto que não atribuam nada disso a má vontade ou falta de afeto.*

*O restante da carta diz respeito somente a você. Quero lhe fazer duas perguntas. A primeira é... Como você conseguiu preservar as afinidades comuns à natureza humana quando residiu aqui? Não reconheço os sentimentos que as pessoas ao meu redor partilham comigo.*

*A segunda pergunta, que muito me interessa, é... O sr. Heathcliff é um homem? Se for mesmo um homem, é louco? Se não, é um demônio? Não revelarei os motivos que me levam a fazer essas indagações, mas imploro que explique para mim, se assim puder, que criatura é essa com a qual me casei — isto é, quando você vier me visitar. E precisa vir, Ellen, o quanto antes. Não escreva, venha, e traga uma resposta de Edgar, uma palavrinha, que seja.*

*Agora vou lhe contar como fui recebida em minha nova casa, tal como imagino que o Morro virá a ser. É com o intuito de arrumar uma distração que me debruço sobre assuntos como a falta de confortos externos. Nunca ocupam meus pensamentos, salvo quando sinto falta deles. Eu gargalharia e dançaria de felicidade, se essa falta fosse minha única fonte de sofrimento, e o resto não passasse de um pesadelo!*

*O sol se punha atrás da Granja quando pegamos a estrada para a charneca — estimo que fossem seis horas. Meu companheiro se deteve por meia hora para inspecionar o terreno e os jardins da propriedade, e o lugar como um todo, muito provavelmente, nos mínimos detalhes, de modo que já estava escuro quando ele desmontou do cavalo no pátio da casa e seu velho colega, Joseph, saiu para nos receber à luz de uma lamparina. E nos recebeu com uma mesura que fez jus a sua reputação. Antes de mais nada, ergueu a lamparina na altura do meu rosto, apertou os olhos com certa malícia, arqueou o lábio inferior e nos deu as costas. Então pegou os dois cavalos e conduziu-os até a estrebaria; e retornou para trancar o portão, como se vivêssemos em um antigo castelo. Heathcliff ficou para falar com ele, e eu entrei na cozinha: um covil. Duvido que você reconheceria o local, de tanto que mudou desde que estava sob seus cuidados! Junto à fornalha estava uma criança que mais parecia um rufião, de corpo robusto e roupas esfarrapadas, com traços de Catherine nos olhos e na boca.*

Deve ser o sobrinho de Edgar, *pensei*. Não deixa de ser meu sobrinho também, de certa forma. Hei de cumprimentá-lo com um aperto de mão e, sim, um beijo. Respeito mútuo é sempre um bom ponto de partida.

*Aproximei-me e, tentando pegar seu punho rechonchudo, falei:*
*— Como vai, querido?*
*Ele respondeu com um linguajar que não compreendi.*
*— Vamos ser amigos, Hareton? — ensaiei uma conversa mais uma vez.*
*Um xingamento e a ameaça de mandar Veloz avançar em mim caso eu não "arredasse" foram as recompensas pela minha perseverança.*
*— Ei, Veloz! Ei, garoto! — sussurrou o pirralho endiabrado, despertando um buldogue mestiço de um covil em um canto. — Vai dar no pé ou não vai? — inquiriu ele, em tom autoritário.*
*O amor à vida me impeliu a ceder; retirei-me do recinto e esperei que os demais entrassem. O sr. Heathcliff não estava em parte alguma; e Joseph, a quem segui até a estrebaria e pedi que entrasse comigo, apenas me fitou e murmurou qualquer coisa para si mesmo, até que por fim torceu o nariz e respondeu:*
*— Arre! Cristão que sou, mereço ouvir uma coisa dessas? A senhora papagaiando assim... Não entendo, não.*
*— Estava pedindo que me acompanhasse até a casa — bradei, julgando-o surdo, embora estivesse ofendida com sua grosseria.*
*— Isso não é comigo, não! Tenho mais o que fazer — respondeu ele, e seguiu com o trabalho, rangendo os dentes, analisando, com um desdém soberano, meu vestido e meu rosto (o primeiro era muito fino; já o segundo, tenho certeza, estava tão triste quanto ele poderia desejar).*
*Contornei o pátio, passei por um portão e encontrei outra porta, à qual tomei a liberdade de bater, torcendo para que um criado mais civilizado atendesse. Após um breve suspense, quem abriu*

*a porta foi um homem alto e esquálido, sem lenço de pescoço, bastante desleixado. Suas feições se perdiam em meio à massa de cabelo desgrenhado, que pendia até a altura dos ombros; e os olhos também lembravam os de Catherine: uma versão fantasmagórica, com toda sua beleza aniquilada.*

*— Pois não? — inquiriu ele, sombrio. — Quem é você?*

*— Meu nome era Isabella Linton — respondi. — O senhor já me viu antes. Casei-me com o sr. Heathcliff faz pouco tempo, e ele me trouxe aqui... Com sua permissão, suponho.*

*— Quer dizer que ele está de volta? — perguntou o eremita, com os olhos reluzentes, iguais aos de um lobo faminto.*

*— Sim, acabamos de chegar — falei —, mas ele me deixou à porta da cozinha e, quando tentei entrar, seu filho se fez de sentinela e me espantou com a ajuda de um buldogue.*

*— Acho bom mesmo que aquele larápio dos infernos tenha mantido a palavra! — grunhiu meu futuro anfitrião, esquadrinhando o breu atrás de mim, na expectativa de encontrar Heathcliff à espreita, e então pôs-se a rogar pragas e elencar as ameaças do que faria se o "demônio" o tivesse ludibriado.*

*Arrependi-me de tentar entrar na casa pela segunda vez e quase me esgueirei para longe enquanto ele ainda praguejava, mas, antes que eu pudesse levar a cabo o plano, ele ordenou que eu entrasse, e fechou e trancou a porta.*

*Um fogo alto crepitava na lareira, e essa era toda a luz daquele vasto cômodo, cujo piso estava todo cinza. Os pratos de estanho, outrora brilhantes, que tanto atraíam meu olhar quando eu era pequena, partilhavam do mesmo tom obscuro, cobertos de manchas e poeira. Perguntei se poderia chamar a criada, para que me indicasse um quarto. O sr. Earnshaw se absteve de me responder. Andava para cima e para baixo, com as mãos nos bolsos, e pareceu se esquecer de minha presença; estava visivelmente absorto, com uma aura tão misantrópica, que fiquei com receio de perturbá-lo mais uma vez.*

*Não será nenhuma surpresa para você, Ellen, mas me bateu um desânimo, ali sentada, numa fossa mais profunda que a solidão, junto àquele fogo inóspito, lembrando que, a seis quilômetros de distância, ficava o aconchego do meu lar, com as únicas pessoas que eu amava na face da terra. Poderia muito bem haver um Atlântico entre nós, para além dos seis quilômetros, pois eu não conseguiria transpor a distância! Questionei-me: onde encontrarei algum conforto? E — por favor, não comente nada com Edgar ou Catherine — entre todas as aflições, pesava sobretudo o desespero por não encontrar ninguém que poderia ou estaria disposto a se aliar a mim contra Heathcliff! Busquei abrigo no Morro dos Ventos Uivantes quase de bom grado, pois, com esse arranjo, eu me resguardaria de morar a sós com ele; mas ele conhecia as pessoas com quem viveríamos, e não temia que fossem se intrometer.*

*Sentei-me e fiquei imersa em pensamentos, enquanto o tempo se arrastava. O relógio deu oito horas, depois nove, e meu companheiro seguia andando de um lado para outro, cabisbaixo, em silêncio absoluto, afora um grunhido ou urro amargurado que escapavam de tempos em tempos. Fiquei atenta, procurando escutar a voz de uma mulher na casa e, nesse ínterim, remoí arrependimentos pungentes e conjecturas desoladoras, que por fim se fizeram ouvir em suspiros e prantos irrefreáveis.*

*Só fui perceber que eu chorava assim quando Earnshaw parou de repente diante de mim, interrompendo os passos ritmados, e lançou-me um olhar pasmo. Aproveitando que recobrei sua atenção, exclamei:*

*— A jornada foi cansativa, quero me deitar! Por onde anda a criada? Leve-me até ela, já que ela não vem até mim!*

*— Não temos criada — respondeu ele. — Aqui é cada um por si!*

*— Mas onde é que vou dormir? — perguntei, ainda soluçando. Eu já tinha perdido todo o senso de dignidade, de tão exausta e consternada que estava.*

*— Joseph vai lhe mostrar os aposentos de Heathcliff — disse ele. — Abra aquela porta... Ele está lá dentro.*

*Fiz menção de seguir a orientação, mas ele me deteve e acrescentou, em um tom estranhíssimo:*

*— Faça o favor de virar a chave e passar o ferrolho... Não esqueça!*

*— Está bem! — disse eu. — Mas por quê, sr. Earnshaw? — Não gostava da ideia de me trancar com Heathcliff deliberadamente.*

*— Veja só! — respondeu ele, sacando do colete uma pistola engenhosa, com uma baioneta de dois gumes, retrátil, presa ao cano. — É uma tentação e tanto para um homem desesperado, não acha? Não resisto... Subo com ela toda noite e tento abrir a porta dele. Se por acaso encontrá-la aberta, acabo com ele! Sigo a rotina religiosamente, ainda que, no último instante, recapitule mil motivos para desistir. É um demônio que me instiga a sabotar meus próprios planos e matá-lo. Lute com esse demônio por amor... Lute o quanto quiser, pelo tempo que for... Quando chegar a hora, nem todos os anjos do céu conseguirão salvá-lo!*

*Examinei a arma, por curiosidade. Ocorreu-me uma ideia*

*horrenda: como eu seria poderosa em posse de um instrumento como aquele! Tomei-a de suas mãos e encostei na lâmina. Ele pareceu surpreso com a expressão que meu rosto assumiu por uma fração de segundo; não era horror, era cobiça. Apanhou a pistola de volta, enciumado; fechou a baioneta e guardou a arma de volta no coldre.*

*— Não me importo se contar para ele — declarou. — Alerte-o para que mantenha a guarda, e zele por ele. Imagino que saiba em que pé estamos. O perigo que ele corre não a espanta.*

*— Que mal Heathcliff lhe fez? — inquiri. — O que foi que suscitou esse ódio terrível? Não seria mais sensato despejá-lo?*

*— Não! — esbravejou Earnshaw. — Se ele resolver me deixar, é um homem morto. E se por acaso convencê-lo a tentar, é uma assassina! Hei de perder tudo, sem uma chance de reparação sequer? Hareton há de viver como um mendigo? Maldição! Recuperarei tudo, sim! E ainda tomarei o ouro dele, depois o sangue. A alma, relegarei ao inferno... que ficará dez vezes mais sombrio com o novo hóspede!*

*Você já tinha me falado dos hábitos de seu antigo patrão, Ellen. É evidente que ele está à beira da loucura; ou estava ontem à noite, pelo menos. Estremeci só de ficar por perto, e a má vontade do criado me pareceu agradável, em comparação. Ele retomou a andança nervosa, e eu levantei o trinco e fugi para a copa. Joseph estava curvado sobre a fornalha, espiando o cozido de uma panelona que balançava sobre o fogo; no banco ao lado, havia uma tigela de madeira, repleta de aveia. O conteúdo da panela começou a ferver, e ele se virou para mergulhar a mão na tigela. Imaginei que fossem os preparativos para o jantar e, faminta como estava, queria que saísse minimamente decente, então vociferei:*

*— Eu vou preparar o mingau! — Afastei a panela dele, e fui logo tirando meu chapéu e traje de montaria. — O sr. Earnshaw disse para eu me arranjar sozinha. Muito que bem! Não vou bancar a dama entre vocês, pois temo morrer de fome.*

*— Deus! — murmurou ele, sentando-se e alisando as meias caneladas do joelho ao tornozelo. — Não posso mais co'ordem! Já me bastam dois patrões... Se for pra arcar com uma patroa em cima de mim, melhor dar no pé. Nunca pensei que viveria pra ver o dia de deixar essa velha casa, mas parece que tá pra chegar!*

*O drama não me comoveu. Comecei a trabalhar de imediato, suspirando ao me lembrar de um período em que tudo era a mais pura alegria, mas logo me forcei a afastar a memória. A recordação dos bons tempos era um tormento e, quanto mais eu perigava conjurá-los, mais rápido a colher de pau se mexia na panela, e mais rápido os punhados de aveia caíam na água. Joseph observava o meu jeito de cozinhar com cada vez mais indignação.*

*— Arre! — exclamou. — Hareton, o mingau vai ficar intragável! Empelotado, c'uns coalhos do tamanho do meu punho... Ó lá! Por que não joga logo a aveia na panela, tigela e tudo? Agora é tirar a nata do leite, e pronto. Colher não é porrete, não, ô! É um milagre que o fundo da panela não tenha despencado!*

*O grude não ficou muito apetitoso mesmo, admito. A mesa estava posta com quatro tigelas e um galão de leite fresco, que foram buscar na leiteria, e que Hareton pegou e bebeu direto do gargalo, derramando tudo. Repreendi-o e ordenei que tomasse o leite em uma caneca, explicando que eu não seria capaz de beber algo tratado com tanta imundície. O velho cínico optou por ficar profundamente ofendido com minha etiqueta; assegurou-me, repetidas vezes, que "o menino era tão bom" e "tão saudável" quanto eu, e perguntou como eu ousava ser tão arrogante. O pequeno rufião, por sua vez, ainda se lambuzava com o jarro, enquanto me encarava, afrontoso.*

*— Vou jantar em outro cômodo — falei. — Vocês não têm um lugar a que chamem sala de estar?*

*— Sala de estar? — ecoou ele, com desdém. — Arre! Sala de estar... Não tem nada disso aqui. Se não gosta da gente, pode se juntar ao patrão. E se não gosta do patrão, tem a gente.*

*— Se é assim, vou subir! — respondi. — Leve-me até um quarto. Coloquei minha tigela em uma bandeja e fui eu mesma buscar mais leite. Com resmungos de protesto, Joseph se pôs de pé e seguiu à minha frente, escadaria acima. Subimos até o sótão e, de quando em quando, ao longo do corredor, ele abria uma porta para dar uma olhada nos cômodos.*

*— Pronto, um quarto — disse ele, por fim, escancarando uma portinhola de dobradiças rangentes. — Pra comer mingau, tá bom. Tem uma saca de milho ali no canto, ó, que até que tá limpa. Não tem nem que chiar que vai sujar o vestidão de seda. É só estender um lenço.*

*O "quarto" parecia mais um depósito, com um forte cheiro de malte e cereais, e várias sacas empilhadas ao redor, deixando um amplo espaço vazio no meio.*

*— Mas o que é isso? — exclamei, lançando-lhe um olhar fulminante. — É impossível dormir aqui! Quero ver meus aposentos.*

— *Aposentos?* — repetiu ele, em um tom de chacota. — *A senhora já viu todos os aposentos da casa. Aquele ali é o meu.*
Ele apontou para um segundo cômodo no sótão, que se diferenciava do primeiro apenas por estar mais vazio e ter uma cama larga e baixa, sem cortinado, coberta por uma manta azul anil.
— *De que me vale o seu quarto?* — retruquei. — *Imagino que o sr. Heathcliff não durma no topo da casa, ou dorme?*
— *Arre! É o quarto do sr. Heathcliff que a senhora quer?* — exclamou ele, como se fizesse uma nova descoberta. — *Por que não falou logo? Eu teria me poupado dessa trabalheira e dito à senhora que esse tá fora de questão... Fica sempre trancado, só o patrão entra.*
— *Que bela casa, Joseph!* — não pude deixar de comentar. — *E que belos residentes ela tem! Parece que a essência concentrada de toda a loucura do mundo se alojou em minha mente no dia em que atrelei meu destino ao deles! Mas isso não vem ao caso agora... Há outros quartos. Pelo amor de Deus, ande logo! Preciso de uma acomodação!*
Ele não respondeu ao apelo; apenas desceu os degraus de madeira vagarosamente e se deteve diante de um cômodo que, a julgar pela solenidade do criado e pela qualidade superior da mobília, presumi ser o melhor da casa. Tinha um tapete de qualidade, embora a poeira houvesse obliterado a padronagem, uma lareira decorada com recortes de papel caindo aos pedaços, e uma bela cama de carvalho com um amplo cortinado carmesim, de tecido caríssimo e corte moderno, tudo com marcas visíveis de descuido. As saias das cortinas pendiam em grinaldas, arrancadas dos ganchos, e o varão de ferro que as sustentava estava

*envergado de um lado, deixando o tecido se arrastar pelo chão. As cadeiras também estavam danificadas, muitas delas severamente, e sulcos profundos haviam empenado as paredes. Eu estava tomando coragem para entrar e me instalar, quando o palerma do meu guia anunciou:*

*— Ó, o quarto do patrão.*

*A essa altura, meu jantar estava frio, eu tinha perdido o apetite, e minha paciência se esgotara. Insisti que me providenciasse um teto e um meio de repouso imediatamente.*

*— Diabo! Onde? — disse o velho religioso. — Que o Senhor nos abençoe! Que o Senhor nos perdoe! Onde diabos a senhora quer ficar? Mas que peste! Já viu tudo, menos o quarto do Hareton. Não tem mais buraco onde se enfiar!*

*Fiquei tão aborrecida, que joguei a bandeja no chão, com a tigela e tudo; então me sentei no topo da escada, afundei o rosto nas mãos e desatei a chorar.*

*— Arre! — exclamou Joseph. — Muito bem, srta. Cathy! Muito bem, srta. Cathy! Agora o patrão vai pisar nos cacos, e vamos ver só! Ô infeliz! Doida varrida! Merece passar fome até o Natal, por jogar dádivas de Deus no chão com essa raiva toda! Vamos ver até onde vai... Acha que Heathcliff vai tolerar esses modos, é? Queria ver se ele pegasse a senhora fazendo cena. Queria só ver!*

*E assim seguiu, praguejando, para seu antro lá embaixo, levando consigo o castiçal; e eu fiquei no escuro. O período de reflexão que sucedeu a meus atos impensados levou-me a reconhecer a necessidade de sufocar meu orgulho e esganar minha ira, e não medir esforços para aliviar os danos que tinha causado. Uma ajuda inesperada logo apareceu, na figura de Veloz, que então reconheci como cria do nosso velho Feroz — ele viveu na Granja quando era filhote, e foi presente do meu pai para o sr. Hindley. Imagino que tenha me reconhecido. Encostou o focinho no meu nariz, como saudação, e tratou de devorar o mingau depressa, enquanto eu tateava degrau por degrau, juntando os pedaços da louça e secando os respingos de leite no corrimão com meu lencinho de bolso. Mal tínhamos concluído o trabalho quando ouvi os passos de Earnshaw no corredor; meu assistente pôs o rabo entre as pernas e se encolheu junto à parede; corri para a porta mais próxima. O empenho do cachorro em evitá-lo foi malsucedido, pelo que pude inferir da movimentação, seguida de um longo ganido penoso. Eu tive mais sorte! Earnshaw passou pelo cômodo sem me notar, entrou em seus aposentos e fechou a porta. Logo em seguida, Joseph surgiu com Hareton, para colocá-lo na cama. Eu tinha me abrigado no quarto do menino, e o velho, ao me ver, disse:*

*— Acho que agora tem espaço de sobra pra senhora e esse seu orgulho. A casa tá vazia. Somente Ele lhe faz companhia, ainda que a senhora não faça jus.*

*Tirei proveito da situação sem pensar duas vezes; atirei-me em uma poltrona à beira da lareira e, no mesmo instante, baixei a cabeça e adormeci. Meu sono foi doce e profundo, só não durou muito. O sr. Heathcliff me acordou; tinha acabado de entrar e quis saber, à sua maneira gentil de sempre, o que eu estava fazendo ali. Contei-lhe por que ficara acordada até tão tarde: ele estava com a chave do nosso quarto no bolso.*

*O pronome "nosso" foi uma ofensa mortal. Ele jurou que o quarto não era e nunca haveria de ser meu, e que... Não... Não vou*

*reproduzir seu linguajar, tampouco descrever sua conduta habitual; atenho-me a dizer que é um homem ardiloso e incansável nos esforços para conquistar minha aversão! Às vezes penso nele com uma intensidade que abranda meu medo, mas garanto a você que um tigre ou uma serpente venenosa não despertariam terror maior. Ele me contou da enfermidade de Catherine e acusou meu irmão de causá-la; e jurou que me faria sofrer no lugar de Edgar enquanto não pusesse as mãos nele.*
*Eu o odeio... Sou uma infeliz... Como fui tola! Não diga uma palavra sobre isto a nenhuma vivalma na Granja. Dia após dia, estarei a sua espera... Não me desaponte!*

*Isabella*

## Capítulo 14

Assim que terminei de ler a carta, informei ao patrão que sua irmã chegara ao Morro e me escrevera, expressando tristeza pela condição da sra. Linton, bem como um desejo fervoroso de vê-lo, e a esperança de que ele lhe enviaria, o quanto antes, algum sinal de perdão por meu intermédio.

— Perdão? — disse Linton. — Não tenho nada o que perdoar, Ellen. Você pode visitá-la no Morro dos Ventos Uivantes hoje à tarde, se quiser, e dizer que não estou *bravo*, mas *lamento* tê-la perdido, sobretudo porque acho que jamais será feliz. Visitá-la está fora de cogitação para mim, no entanto. Cortamos relações para todo o sempre; e se ela faz mesmo questão de me agradar, que convença, então, o vilão com quem se casou a deixar a província.

— E o senhor não vai lhe escrever uma nota sequer? — supliquei.

— Não — respondeu ele. — Não há necessidade. Minha comunicação com a família de Heathcliff será tão esparsa quanto a dele comigo. Isto é, nula!

A frieza do sr. Edgar cortou meu coração; e, ao longo de todo o trajeto da Granja até o Morro, fiquei me perguntando como poderia colocar mais emoção em suas palavras, quando as transmitisse, e como suavizaria sua recusa em oferecer o mínimo consolo a Isabella. Atrevo-me a dizer que ela estava à minha espera desde cedo. Notei-a olhando pela janela, enquanto eu atravessava o passadiço do jardim, e cumprimentei-a balançando a cabeça. Ela se recolheu, como se temesse ser vista. Entrei sem bater. Eis que me deparei com a cena mais sombria e desoladora que já tinha visto em toda minha vida. E pensar que, antigamente, era uma casa tão alegre! Confesso que, se estivesse no lugar da mocinha, teria pelo menos varrido a lareira e espanado as mesas. No entanto, ela já tinha se deixado levar pelo espírito do descaso que a cercava. Seu belo rosto estava triste e abatido, e o cabelo, despenteado — alguns cachos pendiam sem forma, outros viraram um emaranhado só. Provavelmente não ajeitava o vestido desde a véspera. Hindley não se encontrava. O sr. Heathcliff estava sentado à mesa, revirando uns papéis na carteira; levantou-se quando entrei, perguntou como eu estava e ofereceu-me uma cadeira, muito afável. Ele era a única coisa ali que parecia decente — diga-se de passagem, eu nunca o vira tão bonito. As circunstâncias tinham mudado tanto, que os dois pareciam ter trocado de lugar. Um estranho decerto o tomaria por um cavalheiro de berço e formação, e a esposa, puro trapo! Ela veio me cumprimentar, afoita, e estendeu a mão para receber a tão esperada carta. Balancei a cabeça, mas ela não entendeu a deixa. Seguiu-me até uma cômoda, onde guardei minha touca, e ficou cochichando para que eu entregasse logo o que lhe trouxera. Heathcliff decifrou suas manobras e disse:

— Se tiver algo para Isabella, e certamente tem, pode entregar a ela. Não precisa acobertar. Não temos segredos entre nós.

— Ah, eu não trouxe nada — respondi, julgando melhor falar a verdade de uma vez por todas. — O patrão me pediu para dizer à irmã que não espere carta nem visita dele por ora. Ele mandou lembranças, senhora, e votos de felicidade, e lhe concedeu perdão pelo sofrimento que causou, mas acha que, depois de tudo, as duas casas devem cortar relações, pois nada de bom poderia vir desse vínculo.

Os lábios da sra. Heathcliff tremeram de leve, e ela tornou a se sentar à janela. O marido se aproximou da lareira, parou a meu lado e começou a fazer perguntas acerca de Catherine. Contei-lhe da enfermidade até onde achei apropriado e, valendo-se de um interrogatório, ele conseguiu arrancar de mim quase todos os fatos ligados à origem da doença. Culpei-a, bem como ela merecia, por causar todo aquele mal a si mesma, e terminei o sermão pedindo que ele seguisse o exemplo do sr. Linton e evitasse intrusões futuras, fosse para o bem ou para o mal.

— Só agora a sra. Linton está começando a se recuperar — falei. — Nunca mais será a mesma, mas pelo menos está viva; e se o senhor de fato tem alguma consideração por ela, não vai mais cruzar seu caminho... Ou melhor, vai deixar a província. E para que o senhor possa ir sem olhar para trás, informo-lhe que Catherine Linton está tão diferente de sua velha amiga Catherine Earnshaw quanto esta mocinha aqui é diferente de mim. Está com a aparência muito mudada, e o temperamento, mais ainda; e o homem que é obrigado, por necessidade, a fazer o papel de seu companheiro só continua a nutrir afeto por ela pela recordação de quem ela foi um dia, por solidariedade e por um senso de dever!

— É bem plausível mesmo — observou Heathcliff, esforçando-se para parecer calmo. — É bem plausível que seu patrão se ancore em solidariedade e senso de dever. Mas acha que vou deixar Catherine à mercê do *senso de dever* e da *solidariedade* de Linton? E como ousa comparar meus sentimentos por Catherine com os dele? Antes de deixar esta casa, quero que me prometa que me arranjará um encontro com ela. De uma maneira ou de outra, eu vou vê-la! O que me diz?

— Sr. Heathcliff — contestei-o —, estou lhe dizendo que é uma péssima ideia. Se depender de mim, não vai chegar perto dela. Um novo confronto entre o senhor e o patrão a mataria de vez.

— Com a sua ajuda, esse infortúnio pode ser evitado — prosseguiu ele. — E se porventura corrermos o risco... Se ele gerar ainda mais sofrimento na vida dela... Ora, nesse caso, creio que medidas extremas seriam justificadas! Gostaria que ao menos me dissesse, com sinceridade, se Catherine sentiria muito a perda dele. O receio de vê-la sofrer é o que me detém. Eis a diferença entre os meus sentimentos e os dele: se ele estivesse no meu lugar, e eu, no dele, por mais que meu ódio amargasse a vida, eu jamais levantaria a mão contra ele. Duvide o quanto quiser, mas eu jamais o baniria, se ela quisesse sua companhia. No instante em que ela não o estimasse mais, arrancaria o coração do homem e beberia todo seu sangue! Mas, até lá... Se não acredita em mim, então não me conhece... Até lá, eu morreria lentamente, mas não encostaria em um só fio de cabelo dele!

— E, no entanto — interrompi —, o senhor não tem o menor escrúpulo em arruinar as esperanças de plena recuperação de Catherine, invadindo os pensamentos dela, justo agora que ela quase o esqueceu, envolvendo-a em mais um tumulto de discórdia e angústia.

— Acha mesmo que ela quase me esqueceu? — disse ele. — Ah, Nelly! Você sabe que não! Sabe tão bem quanto eu que, para cada vez que ela pensa em Linton, pensa mil vezes em mim! Tive um devaneio desses quando estava no fundo do poço, e tornou a me assombrar quando regressei à província, no verão passado. Agora somente uma confissão da parte dela me faria conceber essa ideia terrível mais uma vez. E então Linton não seria nada, nem Hindley, nem todos os sonhos que já sonhei. Meu futuro se resumiria a duas palavras: *morte* e *inferno*. Continuar existindo depois de perdê-la seria um inferno. Cheguei um dia a pensar que ela dava mais valor ao afeto de Edgar Linton do que ao meu. Como fui tolo! Ainda que a amasse com todas as forças de seu mísero ser, ele não a amaria em oitenta anos o tanto que eu sou capaz de amá-la em um dia. E o coração de Catherine é tão profundo quanto o meu: Linton teria mais chances de comportar o mar em um cocho do que de monopolizar o afeto dela! Ora! Ele é tão caro a ela quanto o cachorro, ou o cavalo... Se tanto! Não cabe a ele ser amado como eu. Como ela poderia amar nele o que ele não tem?

— Catherine e Edgar amam um ao outro como qualquer outro casal — exclamou Isabella, com uma súbita vivacidade. — Ninguém tem o direito de falar assim, e não vou tolerar que meu irmão seja depreciado!

— Seu irmão também gosta muito de você, não gosta? — comentou Heathcliff, com escárnio. — Deixou-a à deriva no mundo sem pestanejar. Que coisa, não?

— Ele não sabe o quanto estou sofrendo — retrucou ela. — Isso eu não lhe contei.

— Mas contou algo a ele? Anda escrevendo cartas, por acaso?

— Escrevi para comunicar que me casei. Você viu o bilhete.

— E não escreveu nada depois?

— Nada.

— A jovem senhora me parece mais abatida desde o casamento — observei. — No caso dela é que falta amor, pelo jeito. E até imagino de quem, mas talvez não deva dizer.

— Presumo que seja amor-próprio — disse Heathcliff. — É uma degenerada! Cansou de tentar me agradar em pouquíssimo tempo. Você não vai acreditar, mas, no primeiro dia de casados, já estava chorando para voltar para casa. Pelo menos assim, sem cerimônias, adequa-se melhor ao ambiente. Cuidarei para que não me desonre perambulando por aí.

— Bem — retorqui —, espero que o senhor leve em conta que a sra. Heathcliff está acostumada a receber agrados e serventia. Foi criada como filha única, a quem todos atendiam de prontidão. O senhor há de lhe conceder uma criada, para manter tudo em ordem, e há de tratá-la bem.

Qualquer que seja sua opinião sobre o sr. Edgar, não pense que Isabella não é capaz de formar laços, do contrário não teria renunciado à pompa, ao conforto e aos afetos de sua antiga casa para se estabelecer de bom grado em um fim de mundo como este, com o senhor.

— Ela se deixou levar por uma fantasia — respondeu ele —, imaginando que eu fosse um herói romântico e esperando de mim caprichos infinitos, uma devoção cavalheiresca. Mal a considero uma criatura racional, de tanto que insiste em ver algo de esplendoroso em meu caráter e viver nessa farsa que ela mesma criou. Mas acho que está começando a me conhecer, enfim: não noto mais os sorrisinhos bobos e melindres que me provocavam no início; nem a cegueira perante a opinião que expus sobre ela e sua paixonite. Foi preciso um esforço extraordinário de perspicácia para entender que eu não a amava. Cheguei a pensar que lição nenhuma a faria aprender! E ela ainda não assimilou tudo, pois hoje cedo anunciou, como se fosse um grande escândalo, que fui bem-sucedido em fazê-la me odiar! Um trabalho hercúleo, isso eu lhe garanto! Se consegui mesmo essa façanha, tenho muito o que agradecer. Posso confiar, Isabella? Tem certeza de que me odeia? Se eu a deixar sozinha por umas horas, não vai chorar a meus pés de novo depois? Arrisco dizer que, se dependesse dela, eu teria encenado o mais puro afeto na sua frente, Nelly; fere o orgulho dela ter a verdade exposta. Mas não me importo que saibam que era uma paixão inteiramente unilateral; nunca menti sobre isso. Não lhe dei um pingo de esperança, disso ela não pode me acusar. A primeira coisa que me viu fazer, ao sair da Granja, foi enforcar sua cachorrinha; e quando implorou por misericórdia, as palavras que proferi em resposta expressaram meu desejo de enforcar todos os seus entes queridos, salvo uma pessoa. Isabella deve ter pensado que era ela própria a exceção. E, veja bem, nenhuma brutalidade dessas lhe causou repulsa... Imagino que tenha uma admiração nata por perversidade, contanto que ela própria, a preciosidade em pessoa, seja poupada! Ora! Não é o cúmulo do absurdo, a imbecilidade em seu estado bruto, que essa cadela desprezível, vil e submissa tenha sonhado que eu poderia amá-la? Diga a seu patrão, Nelly, que, em toda minha vida, nunca vi coisa mais abjeta. Até o nome Linton ela consegue desonrar... Às vezes, por pura falta de ideias, relaxei em meus experimentos para ver até onde ela aguenta, e todas as vezes ela voltou se arrastando para mim! Mas diga a Linton, para tranquilizar seu coração fraterno e magisterial, que me mantenho estritamente dentro dos limites da lei. Só não concedi a ela o direito de pedir a separação, mas ela mesma não iria querer que ninguém nos separasse. Agora eu lhe digo, é livre para partir, se assim desejar. O estorvo de viver em sua companhia não compensa o prazer que sinto em atormentá-la!

— Sr. Heathcliff — falei —, mas que disparate! Sua esposa deve achar que o senhor enlouqueceu; não vejo outra razão para suportá-lo. Mas agora que está dizendo que ela é livre, aposto que vai usufruir da permissão. A senhora não está enfeitiçada a ponto de continuar com ele por livre e espontânea vontade, está?

— Cuidado, Ellen! — respondeu Isabella, com os olhos brilhando de raiva; pela expressão em seu rosto, estava claro que Heathcliff conseguira mesmo se tornar objeto de ódio. — Não acredite em uma só palavra que ele diz. É um demônio mentiroso! Um monstro, não um ser humano! Não é a primeira vez que ouço que posso deixá-lo, e até já tentei, mas não ousarei arriscar uma nova investida! Apenas me prometa, Ellen, que não vai mencionar uma sílaba sequer desta infame conversa a meu irmão ou Catherine. É tudo fachada... O que Heathcliff quer mesmo é levar Edgar ao desespero. Diz que casou comigo de propósito, para obter poder sobre ele, mas não vai conseguir: morrerei antes! Só peço a Deus que ele abdique dessa prudência diabólica e me mate! O único prazer que sou capaz de conceber é morrer, ou então vê-lo morto!

— Muito bem, já chega! — disse Heathcliff. — Se um dia for intimada a depor em um tribunal, Nelly, lembre-se das palavras dela! E veja a cara que ela faz... Fica difícil me conter. Não, você não é apta a cuidar de si, Isabella; e na condição de guardião legal, preciso mantê-la sob minha custódia, por mais desagradável que seja essa obrigação. Vá lá para cima. Preciso conversar com Ellen Dean a sós. Não é esse o caminho. Mandei *subir*. Ora, é por aqui que subimos, criatura!

Ele a agarrou e empurrou para fora da sala, e retornou murmurando:

— Não tenho piedade! Não tenho piedade! Quanto mais os vermes se contorcem, mais vontade eu tenho de esmagar suas entranhas! É como se meus dentes estivessem nascendo, e eu os rangesse com cada vez mais vontade, à medida que piorasse a dor: assim é minha moral.

— O senhor sabe o significado da palavra "piedade"? — falei, apressando-me para vestir a touca. — Por acaso sentiu uma ponta de piedade alguma vez na vida?

— Largue isso! — interrompeu ele, ao perceber minha intenção de partir. — Você ainda não vai embora. Venha cá, Nelly. Vou convencê-la, ou mesmo obrigá-la, a colaborar com minha resolução de ver Catherine o quanto antes. Juro que não quero fazer mal. Não pretendo gerar transtorno, ou exasperar ou insultar o sr. Linton; só quero ouvir da própria Catherine como ela está e por que ficou doente, e perguntar se há qualquer coisa que eu possa fazer para ajudá-la. Ontem à noite, passei seis horas no jardim da Granja, e voltarei hoje. Todos os dias e todas as noites, assombrarei o lugar, até surgir uma oportunidade para entrar. Se Edgar Linton me descobrir, não hesitarei em investir contra ele e garantir que aceite minha visita. Se os criados me hostilizarem, vou ameaçá-los com estas pistolas. Mas não seria melhor evitar que eu deparasse com eles ou com seu patrão? Seria uma tarefa tão simples para você! Eu avisaria quando estivesse à espreita, e você me deixaria entrar despercebido assim que ela estivesse sozinha, e ficaria de sentinela até eu partir, com a consciência tranquila por evitar estripulias.

Protestei contra aquele plano de desempenhar um papel traiçoeiro na casa do meu patrão, e condenei-o por ser cruel e egoísta a ponto de acabar com a tranquilidade da sra. Linton a seu bel-prazer.

— Qualquer coisinha a apavora! — falei. — Anda com os nervos à flor da pele e não resistiria à surpresa, tenho certeza. Não insista, senhor! Do contrário, serei obrigada a informar meu patrão de suas intenções. E ele vai tomar as devidas providências para proteger a casa e seus habitantes contra intrusões descabidas!

— Nesse caso, serei obrigado a detê-la! — esbravejou Heathcliff. — Não vou permitir que deixe o Morro dos Ventos Uivantes até amanhã de manhã. Essa história de que Catherine não suportaria me ver é bobagem, e quanto a surpreendê-la, não é minha intenção: cabe a você prepará-la. Pergunte se posso fazer uma visita. Você diz que ela nunca menciona meu nome, e que nunca falam de mim na frente dela. Para quem ela vai mencionar meu nome, se sou assunto proibido na casa? Ela acha que vocês todos são espiões a serviço do marido. Ah, não tenho dúvidas de que vive um inferno entre vocês! O silêncio dela diz tudo... Imagino o quanto esteja sofrendo. Você diz que ela anda inquieta, que parece ansiosa. Isso é tranquilidade? Menciona também o desequilíbrio mental dela... Como poderia ser diferente, naquele isolamento tenebroso? Com aquela reles criatura insípida cuidando dela por *senso de dever* e *solidariedade*! Por *pena* e *caridade*! Seria mais plausível plantar um carvalho em um vaso de flores e esperar que crescesse do que imaginar Catherine recuperando o viço no solo dos cuidados superficiais dele! Resolva-se logo: vai ficar aqui e me fazer mesmo lutar contra Linton e seus lacaios para ver Catherine? Ou vai ser minha amiga, como sempre foi, e fazer o que lhe peço? Decida-se! Pois não faz sentido perder mais um minuto sequer, se for para você insistir nessa cisma!

Bem, sr. Lockwood, protestei o quanto pude, recusei-me terminantemente cinquenta vezes ou mais, mas no fim das contas ele me forçou a um acordo. Comprometi-me a entregar uma carta a minha patroa e, caso ela consentisse, prometi que lhe deixaria a par das idas e vindas de Linton, informando-o quando poderia comparecer à Granja sem grandes dificuldades. Eu não estaria presente, tampouco os demais criados. Agi bem ou mal? Temo ter agido mal, ainda que não fosse minha intenção. Imaginei que, colaborando com ele, evitaria uma nova explosão, e imaginei também que poderia desencadear uma mudança favorável ao quadro de Catherine. Lembrei-me, então, de como o sr. Edgar me repreendera pelo leva e traz, e tentei amenizar minha inquietação garantindo a mim mesma, reiteradas vezes, que aquela traição de confiança, se é que merecia uma rotulação assim tão dura, seria a última. Todavia, meu trajeto de volta para casa foi mais triste que o trajeto de ida; eu tinha muitas reticências quanto a passar o recado às mãos da sra. Linton.

Bem, Kenneth vem lá. Vou descer e avisá-lo que o senhor está bem melhor. Minha história é sofrida, e ainda vai dar pano para manga, como costumamos dizer por aqui.

*Realmente... haja sofrimento!*, pensei, enquanto aquela mulher bondosa descia para receber o médico. Não é o tipo de história que costumo escolher para me entreter, mas não vem ao caso! Farei das ervas amargas da sra. Dean meu elixir; e, acima de tudo, tomarei cuidado com o fascínio que espreita nos olhos cintilantes de Catherine Heathcliff. Que embaraço seria se eu rendesse meu coração àquela jovem, e a filha se revelasse uma segunda edição da mãe!

## Capítulo 15

Mais uma semana se passou. A cada dia, sinto-me mais próximo da saúde restabelecida e da primavera! Ouvi a história toda do meu vizinho, em pedaços — sempre que a governanta arranjava um tempo livre entre ocupações mais importantes. Prosseguirei em suas próprias palavras, apenas um pouco condensadas. É uma ótima contadora de histórias, de modo geral, e não há nada que eu possa fazer para aperfeiçoar seu estilo, creio eu.

Naquela mesma noite, disse ela... Na noite da minha visita ao Morro, tive a certeza, como se pudesse vê-lo com meus próprios olhos, de que o sr. Heathcliff estava nas imediações. Evitei sair, pois ainda trazia sua carta no bolso e já estava farta de ameaças e importunações. Eu havia decidido que só a entregaria quando o patrão se ausentasse, uma vez que não tinha como prever a reação de Catherine.

Por consequência, só chegou à destinatária após um lapso de três dias. O quarto dia era um domingo; levei a carta a seus aposentos quando a família saiu para a igreja. Durante a missa, ficava apenas mais um criado para cuidar da casa comigo. Costumávamos trabalhar de portas trancadas, mas aquele dia estava quente e agradável, e deixei-as abertas; e, para cumprir minha promessa, pois sabia quem estava prestes a fazer uma visita, disse a meu colega que a patroa estava com muita vontade de comer laranjas, e pedi que corresse até o vilarejo e lhe trouxesse algumas, a ser reembolsadas no dia seguinte. Ele partiu e eu subi as escadas.

A sra. Linton estava sentada sob a janela aberta, como de costume, em um vestido branco e largo, com um xale leve nos ombros. Haviam cortado um tanto de seu cabelo cheio e longo quando ela adoecera, e agora pendia em cachos naturais sobre as têmporas e o pescoço, com um penteado simples. Sua aparência estava mudada, como eu descrevera a Heathcliff, mas, quando ficava calma, emanava uma beleza sublime. O brilho de seus olhos dera lugar a uma mansidão onírica e melancólica; não davam mais a impressão de enxergar objetos ao redor, pareciam contemplar além, muito além — um outro mundo, por assim dizer. A palidez de seu rosto — cujo aspecto abatido se dissipava conforme ela recuperava o viço — e a expressão peculiar decorrente de seu estado mental, embora fossem indicativos atrozes da doença, exacerbavam o interesse comovente que ela despertava; e — invariavelmente para mim, e para qualquer pessoa que a visse, imagino — refutavam as provas tangíveis de recuperação e assinalavam que estava fadada a definhar.

Havia um livro aberto no parapeito da janela, e o vento quase imperceptível fazia as folhas esvoaçarem de tempos em tempos. Presumo que Linton o tivesse deixado ali, pois ela nunca se distraía com leituras ou passatempos de qualquer espécie, e ele passava horas a fio tentando prender a atenção dela com assuntos que outrora a entretinham. Catherine tinha plena consciência do empenho do marido e, quando estava de bom humor, tolerava-o com placidez, atendo-se a demonstrar só de vez em quando o quão inócuo era, suprimindo um suspiro cansado, ou interrompendo-o com os sorrisos e beijos mais tristes. Em outras ocasiões, dava-lhe as costas, petulante, e escondia o rosto nas mãos, ou mesmo o empurrava com raiva; e então ele tomava o cuidado de deixá-la sozinha, pois tinha certeza de que não lhe fazia bem.

Os sinos da capela de Gimmerton ainda badalavam; e o suave rumor do riacho correndo cheio no vale reconfortava nossos ouvidos. Era um doce substituto para o murmúrio ainda ausente da folhagem de verão, que abafava toda a paisagem sonora da Granja quando as árvores rebentavam, frondosas. No Morro dos Ventos Uivantes, as águas sempre ressoavam nos dias tranquilos que se seguiam ao degelo ou a uma temporada de chuva incessante. E era no Morro dos Ventos Uivantes que Catherine pensava enquanto ouvia, isto é, se é que pensava ou ouvia — tinha o olhar vago e distante que mencionei antes, que não expressava o menor reconhecimento de coisas materiais, fosse pelos olhos ou pelos ouvidos.

— Chegou uma carta em seu nome, sra. Linton — falei, pousando-a delicadamente na mão que ela apoiava no joelho. — Quanto antes ler, melhor, pois requer uma resposta. Devo romper o lacre?

— Sim — respondeu ela, sem desviar o olhar.

Abri. Era bem curta.

— Pronto — prossegui. — Agora pode ler.

Ela afastou a mão e deixou a carta cair. Recoloquei-a em seu colo, e esperei até lhe convir olhar para baixo, mas o movimento demorou tanto que por fim continuei:

— A senhora quer que eu leia? É do sr. Heathcliff.

Catherine foi tomada por um sobressalto e um lampejo conturbado de recordação, e fez um esforço para organizar as ideias. Ergueu a carta e pareceu examiná-la; quando chegou à assinatura, soltou um suspiro. Percebi, no entanto, que ela não dimensionara muito bem o que dizia a carta, pois, quando perguntei de sua resposta, ela simplesmente apontou para o nome e me fitou com um olhar aflito, um olhar triste e inquisitivo.

— Bom, ele deseja ver a senhora — expliquei, imaginando que precisasse de uma intérprete. — A esta altura deve estar no jardim, ávido para saber qual resposta lhe levarei.

Enquanto falava, vi um cão enorme deitado na relva ensolarada lá embaixo levantar as orelhas, como se estivesse prestes a latir, e então baixá-las de volta, anunciando, com o abano do rabo, a aproximação de alguém que não considerava um estranho. A sra. Linton se debruçou no parapeito e se pôs a escutar, sua respiração em suspenso. Um minuto depois, ouvimos passos no corredor. Heathcliff não resistira à tentação da casa aberta — provavelmente supôs que eu não manteria a promessa e preferiu recorrer à própria audácia. Com uma expectativa descomunal, Catherine cravou os olhos na porta do quarto. Ele não entrou no cômodo certo de primeira, e ela gesticulou para que eu o admitisse, mas ele encontrou o caminho antes mesmo que eu pudesse chegar à porta e, com um ou dois passos largos, já estava à beira da cama, com Catherine nos braços.

Não disse uma palavra, nem afrouxou o abraço, por uns bons cinco minutos, e nesse ínterim agraciou-a com mais beijos que já dera em toda a sua vida, ouso dizer. Todavia, minha patroa o beijara primeiro, e notei que ele mal aguentava olhar para o rosto dela, tamanha a agonia! No instante em que a viu, foi acometido pela mesma convicção que eu: a de que não havia perspectiva de recuperação, e ela estava fadada a morrer.

— Ah, Cathy! Ah, minha vida! O que será de mim? — foi a primeira sentença que ele enunciou, em um tom que não disfarçava o desespero. Fitava-a com tanto fervor, tanta intensidade, que achei que brotariam lágrimas; mas seus olhos ardiam de angústia e não derretiam.

— O que foi? — disse Catherine, recostando-se na cadeira e retribuindo o olhar com o semblante de repente anuviado: seu humor estava à mercê de suas cismas inconstantes. — Você e Edgar partiram meu coração, Heathcliff! E os dois vêm lamentar o infortúnio comigo, como se fossem dignos de pena! Eu é que não vou me compadecer! Vocês me mataram... E prosperam com isso, creio eu. Como são fortes! Quantos anos pretendem viver depois que eu me for?

Heathcliff havia se ajoelhado para abraçá-la; tentou se levantar, mas ela não deixou, agarrou-o pelos cabelos.

— Quem me dera poder abraçá-lo — continuou, amargurada — até morrermos os dois! Não quero saber do seu sofrimento. Não me importo com a sua dor. Por que você não haveria de sofrer? *Eu* sofro! Vai se esquecer de mim? Vai ficar contente quando eu estiver debaixo da terra? Vai dizer, daqui vinte anos, "Este é o túmulo de Catherine Earnshaw. Amei-a muito tempo atrás e fiquei desolado ao perdê-la, mas são águas passadas. Amei muitas outras desde então. Meus filhos são mais preciosos para mim do que ela jamais foi... No meu leito de morte, não celebrarei por ir ao encontro dela; lamentarei deixá-los!"? Você vai dizer isso, Heathcliff?

— Não me torture assim, ou enlouquecerei junto — suplicou ele, desvencilhando a cabeça e rangendo os dentes.

Para um observador frio, eles compunham um quadro estranho e assombroso. Catherine tinha razão em achar que o céu seria um exílio para ela, a não ser que, além do corpo mortal, também se desfizesse de seu caráter moral. O desejo de vingança pulsava no semblante dela, na face pálida, nos lábios murchos e nos olhos cintilantes; e, com o punho cerrado, ainda segurava um tufo do cabelo que agarrara. Quanto a Heathcliff, enquanto se apoiava em uma das mãos para se levantar, tomou-lhe um braço com a outra; e sua noção de gentileza estava tão aquém das necessidades de Catherine, que, quando a soltou, divisei quatro marcas azuladas na pele descorada dela.

— Por acaso foi possuída por um demônio — continuou ele —, para falar assim comigo à beira da morte? Não entende que todas essas palavras ficarão marcadas a ferro e fogo em minha memória, corroendo-me para todo o sempre, depois que me deixar? Catherine, você sabe que está mentindo quando diz que a matei. Sabe que eu me esqueceria da minha própria existência antes de me esquecer de você! Já não sacia o seu egoísmo diabólico saber que estará em paz, enquanto eu agonizarei nas tormentas do inferno?

— Jamais estarei em paz — lamentou Catherine, trazida de volta à realidade de sua fraqueza pela palpitação violenta e inconstante do coração, que batia visível e sonoro sob aquela agitação exacerbada. Ela não disse mais nada até o espasmo passar, então prosseguiu, em um tom mais dócil: — Não desejo a você tormento pior que o meu, Heathcliff. Faço votos apenas para que nunca nos separemos, e se de agora em diante qualquer palavra minha lhe causar dor, lembre-se de que estarei sofrendo junto sob a terra e, pelo meu bem, me perdoe! Venha, ajoelhe-se de novo! Você nunca me fez mal na vida. Ora! Se alimentar a raiva, vai se remoer mais com isso do que com minhas palavras duras! Não quer mais ficar perto de mim? Venha!

Heathcliff se aproximou e se debruçou no espaldar da cadeira, de modo que não a deixava ver seu rosto, lívido de emoção. Ela se contorceu toda para olhar para ele, mas ele não permitiu. Virou-se abruptamente e foi até a lareira, onde permaneceu em silêncio, de costas para nós. A sra. Linton o seguiu com o olhar, desconfiada — cada movimento despertava nela um novo sentimento. Passou um tempo em silêncio, com os olhos fixos nele, até que tornou a falar, dirigindo-se a mim em um tom indignado de decepção:

— Está vendo, Nelly? Ele não moveria um dedo sequer para me manter longe do túmulo. Isso é que é amor! Bem, não importa. Esse não é o *meu* Heathcliff. O meu, eu seguirei amando, e hei de levá-lo comigo... Jaz na minha alma.

No fim — acrescentou, pensativa —, o que mais me incomoda é esta prisão decrépita. Estou farta desta clausura. Só me resta escapar para aquele mundo glorioso e ficar lá para todo o sempre, não com olhos de quem o contempla por entre lágrimas, entre os muros de um coração pesaroso; mas de alguém que está de fato junto a ele, nele. Nelly, você pensa que é melhor e mais afortunada que eu, em plena saúde, com vigor. Sente pena de mim... Mas logo isso vai mudar. Eu é que vou ter pena de *você*. Estarei muito além e muito acima de todos vocês. Fico *admirada* que ele não chegue perto de mim! — Ela continuou falando sozinha. — Não era isso que queria, Heathcliff, meu querido? Não fique amuado assim. Venha, Heathcliff.

No calor do momento, ela se levantou e se apoiou no braço da cadeira. Ante o apelo sincero, ele se virou para ela, com uma expressão de desespero absoluto. Os olhos de Heathcliff, arregalados e mareados, por fim se cravaram nela com ardor; o peito dele arfava convulsivamente. Em um instante estavam afastados e, no outro, já se entrelaçavam, nem sei bem como — Catherine deu um salto e ele a amparou, e ficaram os dois travados em um abraço do qual pensei que a patroa jamais se soltaria em vida. Na verdade, a meu ver, ela parecia ter perdido a consciência. Ele se atirou na cadeira mais próxima e, quando corri para ver se ela tinha desmaiado, mostrou os dentes para mim, espumando feito cachorro louco, e apertou ainda mais o abraço, com um ciúme voraz. Senti estar na presença de uma criatura que não pertencia à minha própria espécie. Parecia não me entender, embora eu estivesse falando com ele, então me afastei e fiquei calada, atônita.

Para meu alívio, ainda que momentâneo, Catherine se mexeu. Estendeu a mão para se agarrar ao pescoço de Heathcliff e trazer o rosto dele mais junto ao seu, ao passo que, enquanto a cobria de afagos exaltados, ele esbravejou:

— Você está me mostrando o quanto é cruel. Cruel e falsa. *Por que* me desprezou? *Por que* traiu seu próprio coração, Cathy? Não tenho uma só palavra de conforto a oferecer. Você merece passar por isso. Matou a si mesma. Pode me beijar, pode chorar, arrancar beijos e lágrimas de mim... Que lhe caiam como praga! Serão sua perdição. Você me amava... Então, que direito tinha de me deixar? Responda-me, que *direito* tinha de me preterir, em favor de um mísero sentimento por Linton? Pois nem a tristeza, nem a degradação, nem a morte, nem nada que Deus ou Satanás pudessem infligir teria nos separado; *você* nos separou, por vontade própria. Eu não parti o seu coração. Foi *você* quem o partiu e, ao parti-lo, partiu o meu. Minha sina é ser forte. Se quero viver? Que vida levarei quando você... Por Deus! *Você* gostaria de viver depois de sepultar a própria alma?

— Deixe-me em paz. Deixe-me em paz — disse Catherine, em lágrimas. — Se errei, hei de morrer por isso. Agora basta! Você também me deixou, mas não vou perturbá-lo! Eu o perdoo. Peço que me perdoe também!

— É difícil perdoar e olhar para esses olhos e sentir essas mãos mirradas — respondeu ele. — Beije-me outra vez, e não me deixe ver os seus olhos! Perdoo o que você fez comigo. Amo a *minha* assassina... Mas a *sua*? Como poderia amá-la?

Eis que ficaram em silêncio. Enterraram o rosto um no outro, banhados em lágrimas. Parecia que ambos estavam chorando — pelo jeito, Heathcliff era capaz de chorar em uma ocasião solene como aquela.

Quanto a mim, sentia-me cada vez mais desconfortável, pois a tarde ia embora depressa. O criado que eu enviara ao vilarejo já estava de volta, e pude distinguir, pelo brilho do sol poente no vale, as pessoas se apinhando em frente à capela de Gimmerton.

— A missa terminou — anunciei. — O patrão chega em meia-hora.

Heathcliff resmungou uma imprecação qualquer e apertou Catherine com ainda mais força; ela não moveu um músculo.

Não tardou muito até que eu avistasse a comitiva de criados subindo a estrada, rumo à entrada da copa. O sr. Linton não estava muito atrás. Abriu ele mesmo o portão e seguiu vagaroso, provavelmente desfrutando daquela tarde agradável, com uma brisa suave, digna de verão.

— Ele chegou! — exclamei. — Por Deus, desça logo! Vai acabar topando com alguém na entrada. Depressa! Fique entre as árvores, e só saia quando ele já estiver dentro de casa.

— Preciso ir, Cathy — disse Heathcliff, tentando se desvencilhar dos braços da companheira. — Mas, eu juro, venho vê-la de novo antes de você cair no sono. Não me afastarei mais do que cinco metros de sua janela.

— Não vá! — respondeu ela, agarrando-o com todas as suas forças. — Estou mandando!

— É só por uma hora — pleiteou ele, sério.

— Nem por um minuto — retrucou ela.

— Eu *preciso*... Linton vai chegar a qualquer momento — insistiu o intruso, alarmado.

Ele fez menção de se levantar e soltar os dedos dela, mas ela segurou firme, com uma determinação fervorosa estampada no rosto.

— Não! — gritou ela. — Ah, não! Não vá! É a última vez! Edgar não vai nos machucar. Heathcliff, eu vou morrer! Eu vou morrer!

— Dane-se aquele patife! Lá vem ele! — bradou Heathcliff, afundando de volta na cadeira. — Silêncio, querida! Acalme-se! Eu fico. Se ele atirasse em mim agora, eu me despediria deste mundo com uma bênção nos lábios.

E se entrelaçaram de volta. Ouvi o patrão subindo a escada. O suor frio escorria de minha testa; eu estava apavorada.

— Vai dar ouvidos a esses desvarios? — falei, nervosa. — Ela não sabe o que está dizendo. Vai aproveitar que ela não tem mais juízo e arruiná-la? Levante-se! O senhor só não se liberta porque não quer. É a coisa mais diabólica que já fez. Estamos todos arruinados: patrão, patroa e criada.

Juntei as mãos e clamei aos céus; e o sr. Linton apressou o passo ao escutar o alvoroço. Em meio àquela agitação toda, fiquei genuinamente feliz por ver que Catherine tinha relaxado — os braços e a cabeça pendiam soltos.

*Ou desmaiou, ou morreu*, pensei. *Que assim seja. Antes morrer do que ser para sempre um fardo e um suplício para todos ao redor.*

Edgar partiu para cima do visitante indesejado, lívido de espanto e fúria. O que ele pretendia fazer, não sei dizer; contudo, o outro deteve suas investidas, colocando a figura inerte em seus braços.

— Olhe bem para ela! — disse. — A menos que seja um demônio, ajude-a primeiro... Conversamos depois!

Ele se retirou para a sala e se sentou. O sr. Linton me chamou e, com muita dificuldade, após recorrer a todos os meios possíveis, conseguimos reanimá-la, mas estava desconcertada: suspirava e gemia e não reconhecia ninguém. No alto de sua ansiedade, Edgar se esqueceu do amigo malquisto da esposa. Eu, não. Na primeira oportunidade, abordei-o e pedi que fosse embora, assegurando que Catherine estava melhor, e que pela manhã lhe enviaria notícias sobre o decorrer da noite.

— Não me recusarei a deixar a casa — respondeu ele. — Mas ficarei de prontidão no jardim, Nelly. Não deixe de cumprir sua palavra. Estarei debaixo dos pinheiros. Se você não aparecer, farei uma nova visita, e não me darei ao trabalho de evitar Linton.

Heathcliff olhou de relance pela porta entreaberta do quarto e, assim que se certificou de que minha declaração procedia, livrou a casa de sua presença desafortunada.

## Capítulo 16

Por volta da meia-noite, nasceu a Catherine que o senhor conheceu no Morro dos Ventos Uivantes, um bebê franzino, de sete meses; e duas horas depois, morreu a mãe, sem nunca recobrar a consciência a ponto de sentir a falta de Heathcliff, ou reconhecer Edgar. A dor do patrão diante da perda foi um baque, não convém entrar muito em detalhes; as sequelas que deixou mostraram quão profundo era seu pesar. Um forte agravante, a meu ver, foi o fato de ter sido deixado sem herdeiro. Eu lamentava por ele quando via a pequena órfã, e em pensamento amaldiçoava o velho Linton por sua parcialidade, por legar a propriedade à filha, em vez da filha do filho. Era uma criança tão indesejada, a pobrezinha! Poderia ter chorado até morrer em suas primeiras horas de vida, que ninguém teria dado a mínima. Compensamos a negligência depois, mas sua chegada ao mundo foi tão solitária quanto a partida promete ser.

A manhã seguinte — iluminada e alegre lá fora —, esgueirou-se pelas persianas do quarto silencioso e banhou o sofá e seu ocupante em um brilho suave e agradável. Edgar Linton estava deitado no travesseiro, de olhos fechados. Suas feições jovens e alvas estavam tão fúnebres quanto as da figura a seu lado, e quase tão inertes também; mas a placidez *dele* era fruto de um esgotamento nervoso, e a dela, de paz absoluta. Tez relaxada, pálpebras cerradas, um sorriso nos lábios — nenhum anjo no céu poderia ser mais belo do que ela. Deixei-me contagiar pela calma infinita em que se encontrava, e jamais estive em um estado de espírito mais sagrado do que quando contemplei aquela imagem inabalável de descanso divino. Ecoei por instinto as palavras que ela tinha proferido algumas horas antes: "Muito além e muito acima de todos nós! Seja na terra ou no céu, seu espírito agora está em comunhão com Deus!".

Não sei se é uma peculiaridade minha, mas raramente sinto algo que não felicidade em um velório, na câmara da morte, contanto que nenhum enlutado escandaloso ou aflito esteja presente. Vejo um repouso que nem a terra nem o inferno podem perturbar, e tenho a convicção de que existe um além infinito e imaculado: a Eternidade em que o espírito ingressa, onde a vida é perene em sua duração, e o amor, em sua compaixão, e a alegria, em sua plenitude. Notei, na ocasião, quanto egoísmo está contido até em um amor como o do sr. Linton, que tanto lamentou a libertação abençoada de Catherine! Verdade seja dita, há quem se pergunte, depois da existência rebelde e precipitada que ela levou, se merecia enfim um refúgio de paz. O questionamento vem em momentos de fria reflexão... Mas não ali, na presença do corpo. Irradiava uma tranquilidade própria, que parecia refletir a paz de espírito de quem outrora o habitara.

O senhor acredita que pessoas como ela são felizes no outro mundo? Eu daria tudo para saber.

Recusei-me a responder a pergunta da sra. Dean, pois me pareceu um tanto heterodoxa. Ela prosseguiu:

Recapitulando a vida de Catherine Linton, temo não ter o direito de pensar que ela seja, mas deixemos a cargo do Criador.

O patrão parecia ter adormecido; assim que o sol raiou, aproveitei para tomar um ar fresco lá fora. Os criados devem ter achado que saí para rebater o torpor da longa vigília. Meu intuito, entretanto, era ver o sr. Heathcliff. Se tivesse passado a noite entre os pinheiros, dificilmente teria atinado para o rebuliço na Granja, a menos que tivesse escutado o galope do mensageiro a caminho de Gimmerton. Se tivesse espreitado a casa mais de perto, provavelmente teria notado, pela movimentação das luzes e o abrir e fechar de portas, que algo não corria bem. Eu queria e, ao mesmo tempo, temia encontrá-lo. Sentia que era meu dever dar-lhe a terrível notícia, e pretendia acabar logo com aquilo, só não sabia *como*. Lá estava ele — a alguns metros, no terreno, escorado em um velho freixo, segurando o chapéu, com o cabelo embebido no orvalho que se acumulara nos galhos cheios de botões e pingava nele. Fazia um bom tempo que estava ali parado, a julgar pelo casal de melros revoando a menos de um metro dele, dedicados à construção de um ninho, como se ele não passasse de um mero toco de madeira. Debandaram quando me aproximei, e ele ergueu o rosto e disse:

— Ela morreu! E passei todo esse tempo aqui, para quê? Guarde esse lenço... Poupe-me do drama. Que se danem todos! Ela não quer saber das lágrimas de *vocês!*

Eu chorava tanto por ele como por ela. Às vezes nos apiedamos de criaturas que não têm piedade de si próprias, que dirá dos outros! Assim que vi o rosto dele, percebi que estava a par da catástrofe, e fiquei com a impressão disparatada de que seu coração se confortara e ele rezava, pois seus lábios se moviam, e ele não tirava os olhos do chão.

— Ela morreu, é verdade! — respondi, segurando os soluços e enxugando o rosto. — Foi para o céu, assim espero, onde todos nós a reencontraremos, se aprendermos a lição e deixarmos o mau caminho para fazer o bem!

— Quer dizer, então, que *ela* aprendeu a lição? — perguntou Heathcliff, ensaiando desdém. — Morreu como uma santa? Conte-me como aconteceu de verdade. Como foi que...

Ele tentou proferir o nome, mas não conseguiu; crispando os lábios, travou um combate silencioso com a agonia interna, enquanto desafiava minha compaixão com um olhar feroz, sem piscar.

— Como foi que ela morreu? — retomou enfim, grato, apesar da valentia, por ter um apoio às costas; pois, por mais que tentasse se conter, estremeceu até a ponta dos dedos.

*Pobre criatura!*, pensei. *Tem coração e nervos como qualquer outro homem! Por que faz tanta questão de escondê-los? Seu orgulho não escapa aos olhos de Deus. Muito pelo contrário, instiga Deus a testá-lo até arrancar dele um grito de humilhação.*

— Tranquila como um cordeirinho! — respondi em voz alta. — Soltou um suspiro e se estirou, qual uma criança acordando e tornando a cair no sono; e, cinco minutos depois, senti uma única palpitação branda em seu coração, e mais nada!

— E... Ela disse qualquer coisa a meu respeito? — perguntou ele, hesitante, como se temesse que a resposta fosse trazer à tona detalhes que não suportaria ouvir.

— Não chegou a recobrar os sentidos. Não reconheceu ninguém desde que o senhor a deixou — comentei. — Agora repousa com um doce sorriso no rosto. No leito de morte, recordou-se dos dias felizes de infância. Sua vida se encerrou com um sonho sereno... Que ela desperte com a mesma paz no outro mundo!

— Que acorde em um tormento! — bradou ele, com uma veemência assustadora, batendo o pé e resmungando, em um arroubo de paixão. — Ora, ela mentiu até o fim! Onde está ela? *Lá* é que não está... No céu, não... Não partiu... Onde, então? Ah, você disse que não se importa com minha dor! Faço uma única oração... Hei de repeti-la até não sentir mais a língua... Catherine Earnshaw, que você não encontre descanso enquanto eu estiver vivo! Você disse que eu a matei... Pois, então, assombre-me! É o que fazem as vítimas, creio eu: assombram seus assassinos. Sei que fantasmas perambulam pela terra. Esteja sempre comigo, assuma a forma que quiser, enlouqueça-me! Só não me relegue a este abismo, onde não posso encontrá-la! Por Deus! Não há palavras... *Não posso* viver sem minha vida! *Não posso* viver sem minha alma!

Ele bateu a cabeça contra o tronco nodoso; e, erguendo os olhos, uivou, não como um homem, mas como uma fera selvagem abatida com facas e lanças. Notei respingos de sangue no tronco da árvore, e suas mãos e tez ensanguentadas;

o drama que testemunhei devia ser uma repetição de outros vividos durante a noite. Não me comoveu muito. Deixou-me estarrecida; ainda assim, relutei em deixá-lo daquele jeito. Contudo, assim que se recompôs o bastante para perceber que eu assistia à cena, esbravejou para que eu o deixasse, e obedeci. Eu não seria capaz de acalmá-lo ou consolá-lo!

O enterro da sra. Linton foi marcado para a sexta-feira após o falecimento; até lá, o caixão permaneceu aberto, repleto de flores e folhas perfumadas, na sala de estar. Linton a velava dia e noite, um guardião insone, enquanto Heathcliff — em segredo, exceto para mim — passava pelo menos as noites do lado de fora, igualmente alheio ao repouso. Eu não me comunicava com ele, mas sabia que pretendia entrar assim que conseguisse. Na terça-feira, pouco depois de cair a noite, quando o cansaço obrigou o patrão a se recolher por algumas horas, abri uma das janelas, enternecida pela perseverança de Heathcliff, para lhe oferecer a chance de dar o derradeiro adeus à imagem apagada de seu ídolo. Ele não hesitou em abraçar a oportunidade, agiu rápido e com cautela — tanta cautela que não denunciou sua presença com o menor ruído. De fato, só percebi que ele se fizera presente pelo véu desarrumado sobre o rosto do cadáver, e uma mecha de cabelo claro que encontrei no chão, amarrada com um fio prateado, e que, examinada de perto, descobri ter sido tirada de um pingente que pendia do pescoço de Catherine. Heathcliff tinha aberto o pingente e removido o conteúdo, substituindo-o por uma madeixa preta sua. Entrelacei as duas e fechei-as juntas.

O sr. Earnshaw, naturalmente, foi convidado para acompanhar os restos mortais da irmã até a sepultura; não enviou um pedido sequer de desculpas e não apareceu, de modo que, além do marido, os enlutados resumiam-se aos arrendatários e criados. Isabella não foi convidada.

Para a surpresa do vilarejo todo, Catherine não foi enterrada no mausoléu dos Linton dentro da capela, nem junto aos túmulos de seus parentes, no lado de fora. Jaz em um aclive verdejante no canto do cemitério, onde o muro é tão baixinho que as trepadeiras da charneca se esparramam sobre o túmulo, e o musgo o encobre quase por inteiro. Hoje o marido se encontra no mesmo lugar, cada um com uma lápide modesta e um bloco de pedra cinza para demarcar o túmulo.

## Capítulo 17

Aquela sexta-feira foi o último dia bonito do mês. À noite, o tempo virou: o vento sul foi embora, e chegou o vento nordeste, trazendo chuva, depois granizo e neve. No dia seguinte, mal dava para imaginar que tinham se passado três semanas de verão. As prímulas e flores de açafrão foram encobertas pelas geadas de inverno; as cotovias ficaram em silêncio, e as folhas das árvores, outrora frescas, foram arrebatadas, ressequidas. Assim sombrio e gélido e desolador arrastou-se o novo dia! O patrão não saía do quarto, então me apossei da sala de estar desabitada e transformei-a em um quarto de criança. E ali estava eu, sentada com a bonequinha chorosa no colo, embalando-a, enquanto acompanhava, pela janela descortinada, os flocos de neve se acumularem, quando a porta se abriu e entrou alguém dando risada, sem fôlego! Por um instante, minha raiva foi maior que a surpresa. Achei que fosse uma das criadas e bradei:

— Quieta! Onde já se viu? Essa farra toda no quarto da menina... O que diria o sr. Linton se a ouvisse?

— Perdão! — respondeu uma voz familiar. — Sei que Edgar está dormindo e não me contive.

E com isso, aproximou-se da lareira, ofegante, com as mãos junto ao corpo.

— Vim correndo do Morro dos Ventos Uivantes! — prosseguiu ela, depois de uma pausa. — Praticamente voei!

Perdi a conta dos tombos que levei. Estou com dor no corpo todo! Não se alarme! Explicarei tudo assim que conseguir. Por ora, poderia me fazer o favor de solicitar uma carruagem para me levar a Gimmerton, e pedir para uma criada pegar algumas roupas em meu armário?

A intrusa era a sra. Heathcliff, e não parecia estar em uma situação passível de riso. Seu cabelo escorria pelos ombros, pingando neve, e ela trajava o vestidinho pueril de costume, mais adequado à sua idade do que à sua posição: uma peça decotada, de mangas curtas, sem nada para cobrir a cabeça ou o pescoço. O vestido era de seda leve e, molhado daquele jeito, ficava agarrado ao corpo; os pés estavam protegidos apenas por chinelas fininhas. Acrescente à cena um corte profundo sob uma orelha, que somente por conta do frio não jorrava sangue, um rosto pálido, arranhado e cheio de hematomas, e um corpo que mal se segurava de pé sozinho, tamanha fadiga, e o senhor pode imaginar que meu susto inicial não foi atenuado quando a examinei de perto.

— Minha jovem senhora! — exclamei. — Não arredarei o pé daqui e não ouvirei mais uma palavra sequer enquanto a senhora não vestir uma roupa seca. A senhora não vai para Gimmerton hoje à noite, de jeito nenhum! Então não será preciso solicitar a carruagem.

— Ora! Vou, sim — disse ela —, seja a pé ou a cavalo. Mas não me oponho a vestir um traje decente. E... Nossa, meu pescoço... Quanto sangue! Parece que o fogo instiga.

Ela insistiu para que eu seguisse suas instruções antes de me deixar encostar nela. Só depois que o cocheiro recebeu ordens para se aprumar, e uma criada arrumou uma trouxa de roupas, obtive o consentimento para fazer um curativo e ajudá-la a se trocar.

— Agora, Ellen — falou, quando concluí a missão e ela já estava sentada em uma poltrona junto à lareira, com uma xícara de chá —, sente-se comigo e deixe a pobrezinha no berço. Não quero vê-la! Sei que a desrespeitei quando cheguei, agora há pouco, mas não pense que faço pouco caso de Catherine. Eu também choro, amargamente... Juro, mais do que cabe a qualquer pessoa chorar. Eu e ela não chegamos a fazer as pazes, você sabe, e nunca me perdoarei por isso. Mas, apesar dos pesares, não vou me solidarizar com ele... Aquele monstro brutal! Ah, passe para cá o atiçador! Esta é a única coisa dele que ainda carrego comigo. — Ela tirou a aliança e jogou-a no chão. — Vou destruí-la! — prosseguiu, golpeando-a com um rancor infantil. — E depois queimá-la! — Então pegou o anel esfacelado e atirou-o às brasas. — Pronto! Ele que compre outro, se um dia me arrastar de volta. Capaz que venha atrás de mim só para provocar Edgar. Não arriscarei ficar aqui, por receio de ocorrer essa ideia àquela mente doentia! Além disso, Edgar não tem sido lá muito gentil, tem? Não pedirei ajuda, tampouco trarei mais problemas para ele. Busquei abrigo nesta casa por necessidade e, se não tivesse por certo que ele está fechado em seus aposentos, teria ficado na cozinha, lavado o rosto, esquentado o corpo, pedido a você para trazer minhas coisas e partido outra vez para longe do meu maldito... daquele goblin encarnado! Ah, ele estava tão furioso! Ai de mim se tivesse me alcançado! É uma pena que Earnshaw não esteja à altura da força dele. Eu permaneceria por lá até vê-lo cair em desgraça, se Hindley fosse páreo!

— Ora, não fale tão depressa, mocinha! — interrompi. — Vai desarrumar o lenço que amarrei em torno de seu rosto e fazer o corte sangrar de novo. Beba o chá, respire e pare de rir. O riso não orna com esta casa, nem com a sua situação!

— Uma verdade incontestável — respondeu ela. — Escute só a criança! Não para de chorar... Mantenha-a longe de mim por uma hora apenas, não vou estender minha estadia para além disso.

Toquei o sinete e entreguei o bebê aos cuidados de uma criada, então inquiri o que a levara a fugir do Morro dos Ventos Uivantes naquele estado, e aonde pretendia ir, uma vez que se recusava a ficar conosco.

— Eu deveria ficar aqui, e bem que eu gostaria — respondeu ela —, para alegrar Edgar e cuidar do bebê, é claro, e porque a Granja é meu verdadeiro lar. Mas já lhe disse, ele não permitiria! Você acha que ele suportaria me ver rechonchuda e feliz? Que suportaria saber que vivemos com tranquilidade, sem envenenar nosso conforto? Bem, tenho o prazer de saber que ele me detesta a ponto de se irritar profundamente com minha presença, ou mesmo com minha voz. Já notei que, quando estou por perto, os músculos do rosto dele se contraem de maneira involuntária em uma expressão de ódio, em parte por saber que tenho bons motivos para nutrir um sentimento mútuo por ele, em parte por sua aversão original. É tanta raiva, que tenho certeza de que ele não ficaria me perseguindo país afora, caso eu conseguisse escapar; portanto, preciso sumir. Recuperei-me de meu desejo inicial de ser morta por ele: preferiria que se matasse! Ele deu conta de extinguir meu amor, então estou em paz. Ainda me lembro de como o amava, e imagino que ainda pudesse amá-lo, se... Não, não! Mesmo se ele me admirasse, seu caráter demoníaco teria vindo à tona, de uma maneira ou de outra. Era uma perversão e tanto da parte de Catherine estimá-lo daquele jeito, conhecendo-o tão bem. Monstro! Queria que fosse apagado da existência e da minha memória!

— Acalme-se! Ele é um ser humano — falei. — Seja mais caridosa. Existem homens piores!

— Ele não é humano — retrucou ela —, e não é digno da minha caridade. Entreguei-lhe meu coração, e ele o torturou até a morte, então atirou-o de volta para mim. As pessoas sentem com o coração, Ellen, e como ele destruiu o meu, não tenho como sentir mais nada por ele, nem que eu quisesse... Nem que ele sofresse pelo resto da vida e derramasse lágrimas de sangue por Catherine. Não! Não tenho como!

Isabella desatou a chorar, mas logo conteve as lágrimas e recomeçou:

— Você perguntou o que me trouxe até aqui. Fui obrigada a arriscar a fuga, pois despertei nele uma ira mais potente que sua perversidade. Cutucar os nervos com uma pinça de ferro quente requer mais frieza que desferir um único golpe na cabeça do adversário. Provoquei-o a ponto de fazê-lo esquecer a prudência diabólica de que tanto se gabava e apelar para a violência assassina. Senti prazer em exasperá-lo, e com o prazer veio o instinto de autopreservação, então fugi; e se um dia eu cair naquelas garras mais uma vez, ele não me poupará de uma vingança inclemente.

"Ontem, como você bem sabe, o sr. Earnshaw deveria ter comparecido ao enterro. Ele se manteve sóbrio para a ocasião... Razoavelmente sóbrio... Isto é, não foi se deitar colérico às seis nem acordou bêbado ao meio-dia. Por consequência, levantou-se com um desânimo suicida, tão apropriado para a igreja quanto para um baile, e optou por ficar sentado ao pé da lareira, afogando as mágoas em gim e conhaque.

"Heathcliff... Estremeço só de dizer esse nome... Não aparecia em casa desde domingo. Se foram os anjos que o alimentaram, ou seus semelhantes subterrâneos, não sei dizer, mas ele não faz uma refeição conosco há quase uma semana. Esses dias todos, chegava junto com o raiar do sol, subia direto para o quarto e se trancava lá dentro. Ora, como se alguém sonhasse com a companhia dele! E lá permanecia, rezando como um cristão metodista, mas a divindade à qual suplicava não passa de pó e cinzas; e Deus, quando invocado, era curiosamente confundido com o senhor das trevas! Após concluir suas preciosas orações, que se prolongavam até ele quase ficar rouco e sua voz entalar na garganta, ele partia mais uma vez, sempre direto para a Granja! Não sei por que Edgar não chamou logo as autoridades e mandou prendê-lo! Para mim, mesmo triste como estava com a perda de Catherine, foi impossível não tomar como um período festivo esses dias de descanso da opressão degradante.

"Recobrei os ânimos a ponto de ouvir os sermões intermináveis de Joseph sem chorar, e de andar pela casa sem me esgueirar mais na ponta dos pés, feito um gatuno. Sei que é bobagem derramar lágrimas por qualquer coisa que Joseph possa dizer, mas ele e Hareton são companhias detestáveis. Prefiro me sentar com Hindley e aturar seus discursos tenebrosos a me juntar ao patrãozinho e seu fiel escudeiro, aquele velho execrável! Quando Heathcliff está em casa, muitas vezes sou relegada à cozinha, na companhia dos dois, ou morro de fome naqueles aposentos úmidos e desabitados. Quando não está, como foi o caso esta semana, ajeito uma mesa e uma cadeira junto à lareira e pouco me importo em saber como o sr. Earnshaw ocupa seu tempo, e ele também não se intromete. Ele anda mais quieto do que de costume, contanto que não o provoquem: mais taciturno e deprimido, e menos raivoso. Joseph está convencido de que ele é um homem mudado, que o Senhor tocou seu coração, e ele foi salvo como alguém que escapou passando pelo fogo. Acho difícil detectar sinais dessa mudança favorável, mas não cabe a mim.

"Ontem me sentei no meu canto e folheei uns livros antigos até quase meia-noite. A perspectiva de subir para os meus aposentos era desoladora, com a nevasca caindo lá fora e meus pensamentos às voltas com o cemitério e a nova sepultura! Bastava tirar os olhos da página diante de mim que aquela cena melancólica inundava minha mente. Hindley estava sentado à minha frente, com a cabeça apoiada na mão, talvez pensando no mesmo assunto. Tinha parado de beber antes de atingir o ponto da irracionalidade, e fazia duas ou três horas que não se mexia ou dizia uma palavra. Não se ouvia o menor ruído pela casa, salvo pelos uivos da ventania, que chacoalhava as janelas de vez em quando, o leve crepitar das brasas e o estalido da tesoura, conforme eu ia cortando o longo pavio da vela. Hareton e Joseph já deviam estar dormindo profundamente. Era tudo tão, mas tão triste! E enquanto eu lia, suspirava, pois parecia que toda a alegria tinha desaparecido da face da terra e jamais seria restaurada.

"O silêncio sombrio por fim foi rompido pelo barulho do trinco da copa. Heathcliff tinha voltado de sua vigília mais cedo do que o habitual, imagino que por conta da tempestade repentina. A porta estava trancada, e o ouvimos dar a volta para tentar a outra entrada. Levantei-me e deixei escapar uma interjeição que denunciava tudo o que eu sentia, induzindo meu companheiro, cujos olhos se mantinham fixos na porta, a se virar para me encarar.

"— Vou deixá-lo trancado lá fora por cinco minutos! — exclamou ele. — A senhora se opõe?

"— Não, por mim pode mantê-lo do lado de fora a noite inteira — respondi. — Vamos! Coloque a chave na fechadura e passe o ferrolho.

"Earnshaw aquiesceu e trancou a porta da frente antes que seu hóspede pudesse dar a volta, então aproximou a cadeira da minha mesa, debruçou-se e olhou nos meus olhos em busca de solidariedade ao seu ódio fervoroso. Parecia mais um assassino, e por isso não encontrou em mim o que procurava, mas compreendeu o bastante para se sentir encorajado a falar.

"— Eu e a senhora — disse ele — temos uma dívida e tanto para quitar com aquele homem lá fora! Se não fôssemos covardes, poderíamos unir esforços para nos livrar dele. A senhora é tão frouxa quanto seu irmão? Está disposta a tolerar essas agruras até o fim, sem jamais dar o troco?

"— Estou cansada — respondi —, e ficaria feliz com uma retaliação que não se voltasse contra mim, mas traição e violência são facas de dois gumes. Ferem mais aqueles que as empunham do que seus inimigos.

"— Traição e violência são uma retribuição justa para traição e violência — bradou Hindley. — Sra. Heathcliff, não lhe pedirei para fazer nada, apenas se sente e fique quieta. Seria possível? Tenho certeza de que sentiria tanto prazer quanto eu em testemunhar o fim daquele demônio. Ele será a *sua* morte se a senhora não se exceder primeiro, e será a *minha* ruína. Patife dos infernos! Ele bate à porta como se já fosse o patrão! Prometa-me que não vai abrir a boca, e antes mesmo de o relógio bater... Faltam três minutos para a uma... A senhora será uma mulher livre!

"Ele sacou do colete os instrumentos que descrevi na minha carta e estava prestes a apagar a vela. Arranquei-os dele, no entanto, e segurei-o pelo braço.

"— Não vou ficar quieta! — declarei. — Não encoste nele! Mantenha a porta fechada e fique em silêncio!

"— Não! Estou decidido. Deus que me perdoe, mas vou até o fim! — bradou, desesperado. — Farei uma gentileza à senhora, apesar de suas objeções, e justiça a Hareton! Não se preocupe em me acobertar. Catherine se foi, não resta ninguém para lamentar ou sentir vergonha por mim se por acaso eu cortar minha garganta neste instante... É hora de pôr um fim nisso tudo!

"Eu poderia lutar com um urso, ou discutir com um lunático, que daria no mesmo. O único recurso à minha disposição era correr para a janela e alertar a vítima sobre o destino que a aguardava.

"— É melhor procurar abrigo em outro lugar esta noite! — exclamei, em um tom triunfante. — O sr. Earnshaw pretende atirar em você, se insistir em entrar.

"— Abra logo a porta, sua... — retrucou ele, dirigindo-se a mim com um termo elegante que não convém repetir.

"— Não vou me intrometer — declarei. — Entre e leve um tiro, se assim desejar! Já cumpri meu dever.

"E com isso, fechei a janela e voltei para meu lugar junto ao fogo; minha cota de hipocrisia não me permitia fingir ansiedade pelo perigo que o ameaçava. Earnshaw rogou pragas contra mim, dizendo que eu ainda amava o patife e me xingando de tudo quanto era nome, pelo mau caráter que eu demonstrava. Secretamente, no fundo do coração (sem que a consciência jamais pesasse), pensei que seria uma bênção para *ele* se Heathcliff pusesse fim à sua triste existência, e uma benção para *mim,* se ele mandasse Heathcliff aos quintos do inferno! Enquanto eu maturava essas reflexões, um dos painéis da janela atrás de mim foi atirado ao chão com um golpe de Heathcliff, e seu rosto negro espiou pela fresta. A abertura era estreita demais para ele passar os ombros, e então eu sorri, contente com minha aparente segurança. O cabelo e as roupas dele estavam cobertos de neve, e seus dentes afiados de canibal, revelados pelo frio e pela ira, reluziam no escuro.

"— Isabella, deixe-me entrar, ou vai se arrepender! — E ele 'mostrou as presas', como diz Joseph.

"— Não posso cometer um assassinato — respondi. — O sr. Hindley está de sentinela com uma faca e uma pistola carregada.

"— Deixe-me entrar pela porta da copa — insistiu ele.

"— Hindley vai chegar lá antes de mim — respondi. — E que amor mais frágil esse seu, que não resiste a uma nevasca! Ficamos em paz em nossas camas enquanto brilhava o luar de verão, mas, agora, com a primeira lufada de inverno, você volta correndo em busca de abrigo! Heathcliff, se fosse você, eu me estiraria sobre o túmulo dela e morreria como um cachorrinho fiel. Não vale mais a pena viver neste mundo, vale? Você me passou a distinta impressão de que Catherine era a única alegria de sua vida. Não consigo imaginar como pretende sobreviver à perda dela.

"— Ele está aí, não está? — indagou meu companheiro, correndo até a fresta. — Se eu conseguir passar o braço, vou acertá-lo!

"Ellen, temo que você me achará um tanto perversa, mas ainda não sabe de tudo, então não julgue. Nunca que eu compactuaria com um atentado contra a vida de alguém, nem mesmo contra a vida *dele*! Eu desejava vê-lo morto, é verdade; portanto fiquei terrivelmente desapontada, e apavorada com os possíveis efeitos de minhas provocações, quando ele se atirou sobre a arma de Earnshaw e arrancou-a de suas mãos.

"A pistola disparou e, com o ricochete, a baioneta retraiu-se e fechou-se no pulso de Earnshaw. Heathcliff puxou-a com força, deixando um talho em carne viva, e enfiou-a no bolso, pingando sangue. Então pegou uma pedra, quebrou o batente da janela e entrou. Seu oponente estava no chão, desnorteado, com uma dor lancinante e sangue jorrando de uma artéria ou veia espessa. O calhorda encheu-o de pontapés e pisões, e bateu a cabeça dele contra os ladrilhos do piso, repetidas vezes, enquanto me segurava com a outra mão, para impedir que eu chamasse Joseph.

"Uma abnegação sobre-humana foi necessária para que ele não acabasse com Earnshaw de vez; quando perdeu o fôlego, enfim parou e arrastou o corpo aparentemente inerte até o banco.

"Ali, rasgou a manga do casaco de Earnshaw e estancou o ferimento com uma bandagem rudimentar, cuspindo e xingando tão vigorosamente quanto antes o chutava. Uma vez livre, não perdi tempo e fui atrás do velho criado, que, tão logo assimilou, por alto, o teor do meu relato afobado, desceu correndo, de dois em dois degraus.

"— E agora? E agora?

"— Não nos resta opção — trovejou Heathcliff. — Seu patrão enlouqueceu e, se durar mais um mês, hei de mandá-lo para um hospício. E por que você me trancou para fora, seu cão desdentado do inferno? Não fique aí balbuciando e resmungando. Mexa-se! Eu é que não vou cuidar dele. Limpe a sujeira, e cuidado com as fagulhas da vela... Ele é puro conhaque!

"— Quer matar o homem, é? — questionou Joseph, erguendo as mãos e os olhos aos céus, horrorizado. — Nunca vi coisa assim! Que o Senhor...

"Heathcliff derrubou-o com um empurrão, na poça de sangue, e atirou-lhe uma toalha. Mas, em vez de esfregar o chão, Joseph juntou as mãos e se pôs a entoar uma oração, cujo fraseado esquisito me fez soltar gargalhadas. Naquele meu estado de espírito, nada mais me chocava; a bem da verdade, estava com a postura bravia que alguns malfeitores assumem diante da forca.

"— Ah! Já ia me esquecendo de você — disse o tirano. — Cabe a *você* limpar. De joelhos, vamos! Fica conspirando com ele contra mim, não fica? Víbora! Eis um trabalho digno da sua laia!

"Ele me sacudiu até eu bater os dentes e me atirou junto a Joseph, que concluiu suas súplicas e se levantou em um átimo, jurando que partiria para a Granja naquele mesmo instante. O sr. Linton era um magistrado e, mesmo que tivesse cinquenta esposas mortas, haveria de investigar o caso.

"Joseph estava tão determinado que Heathcliff achou por bem me coagir a recapitular o ocorrido; ficou pairando sobre mim, exalando maldade, enquanto eu dava um depoimento a contragosto, em resposta às suas perguntas.

"Deu bastante trabalho convencer o velho de que Heathcliff não era o agressor, sobretudo porque eu não estava colaborando muito. O sr. Earnshaw, no entanto, logo provou estar vivo, e Joseph prontamente administrou uma dose de licor, que o fez recobrar os movimentos e a consciência. Heathcliff, percebendo que seu oponente ignorava o tratamento recebido enquanto estava desacordado, acusou-o de estar bêbado e delirante; disse que não se preocuparia mais com sua conduta atroz, e aconselhou-o a ir para a cama. Para minha alegria, deixou-nos logo após dar esse conselho prudente, e Hindley se estirou no chão, ao pé da lareira. Recolhi-me para os meus aposentos, admirada por ter escapado com tanta facilidade.

"Hoje cedo, quando desci, por volta das onze e meia, o sr. Earnshaw ainda estava sentado junto ao fogo, em um estado deplorável; e seu perverso rival estava quase tão abatido e esquálido quanto ele, escorado na lareira. Ninguém parecia inclinado a almoçar; depois de esperar até que tudo à mesa esfriasse, comecei a refeição sozinha. Nada me impedia de comer com gosto, e senti certa satisfação, certo triunfo até, quando, de tempos em tempos, lançava um olhar a meus companheiros silenciosos e desfrutava do conforto de uma consciência tranquila.

"Quando terminei, tomei a liberdade de me aproximar do fogo — algo que nunca fazia —, contornando a poltrona de Earnshaw e me ajoelhando ao lado dele.

"Heathcliff não olhou para mim. Levantei o rosto e contemplei suas feições quase em segredo, como se tivessem virado pedra. Seu rosto, que outrora eu julgara tão viril, e agora achava tão diabólico, estava à sombra de uma nuvem carregada; os olhos de basilisco pareciam apagados pela insônia, e pelo choro, talvez, pois os cílios estavam úmidos; os lábios que destilavam tanto escárnio estavam selados em uma expressão de tristeza inefável. Se fosse qualquer outra pessoa, eu teria coberto o rosto na presença de tamanho pesar. No caso *dele*, senti-me grata. Por mais desprezível que seja insultar um inimigo caído, eu não poderia perder a chance de aferroá-lo — aquele momento de fraqueza era minha única oportunidade de me deleitar retribuindo o mal com o mal."

— Mas que vergonha, senhorita! — interrompi. — Parece até que nunca abriu uma Bíblia na vida. Quando Deus castiga seus inimigos, há de ser o bastante. É vil e presunçoso querer somar sua tortura à tortura divina!

— Via de regra, concordo com você, Ellen — prosseguiu ela —, mas como eu poderia me contentar com o sofrimento de Heathcliff, se não tivesse dedo meu? Por mim, ele sofreria *menos* até, contanto que fosse eu quem lhe causasse a dor e ele *soubesse* disso. Ah, ele me paga! Só conseguiria perdoá-lo sob uma condição: olho por olho, dente por dente. Devolver cada baque de agonia com outro baque, rebaixá-lo a meu nível. Como foi ele o primeiro a ferir, que seja o primeiro a implorar por perdão, e então... E então, Ellen, talvez eu mostre um pouco de generosidade a ele. Mas é absolutamente impossível me vingar, portanto não tenho como perdoá-lo. Hindley pediu água; servi-lhe um copo e perguntei como estava.

"— Não tão mal quanto gostaria — respondeu. — Salvo meu braço, tudo dói como se eu tivesse enfrentado uma legião de demônios!

"— Não me espanta — foi o meu comentário. — Catherine vivia dizendo que não deixava certas pessoas levantarem um dedo contra o senhor, achava que não o machucavam por receio de ofendê-la. Que bom que as pessoas não se levantam *mesmo* do túmulo! Do contrário, ontem à noite, ela teria testemunhado uma cena repulsiva! O senhor não está coberto de cortes e hematomas no peito e nos ombros?

"— Não sei — respondeu. — Por quê? Não me diga que ele teve a pachorra de me agredir quando eu estava inconsciente!

"— Ele aproveitou para pisoteá-lo e chutá-lo e bater sua cabeça contra o chão — sussurrei. — E salivava para arregaçá-lo com os dentes, porque é só meio homem: de resto, é um demônio.

"O sr. Earnshaw, assim como eu, ergueu os olhos e fitou o semblante do nosso inimigo em comum, que, absorto na própria angústia, parecia indiferente a tudo ao redor. Quanto mais tempo passava ali parado, mais obscuras se revelavam suas feições.

"— Ah, se Deus me desse forças para estrangulá-lo nos meus últimos momentos, eu iria feliz para o inferno —

grunhiu o homem impaciente, contorcendo-se para tentar ficar de pé e afundando de volta em desespero, convencido da própria inadequação para o embate.

"— Não, já basta ele ter matado um membro da família — comentei em voz alta. — Todo mundo sabe que sua irmã ainda estaria viva na Granja, não fosse pelo sr. Heathcliff. Antes o ódio dele do que o amor! Quando me lembro de como éramos felizes, de como Catherine era feliz antes de ele aparecer... Fatídico dia!

"Creio que Heathcliff tenha levado mais a sério a veracidade das minhas acusações do que os sentimentos que me levavam a falar daquele jeito. Ficou abalado, pude notar, pois choveram lágrimas sobre as cinzas, e senti sua respiração embargada. Encarei-o e ri com desdém. As janelas sombrias do inferno lampejaram diante de mim; o demônio que costumava espreitar por elas, no entanto, estava tão retraído e apagado, que arrisquei mais um riso debochado sem pestanejar.

"— Levante-se e suma da minha frente! — disse o enlutado.

"Ou pelo menos foi o que pensei ter escutado, embora a voz dele estivesse quase ininteligível.

"— Ora, essa! — retruquei. — Eu também amava Catherine, e o irmão dela requer cuidados, que, pelo bem dela, hei de providenciar. Agora que ela está morta, vejo-a em Hindley. Ele tem exatamente os mesmos olhos, ou teria, se você não tivesse tentado arrancá-los, e deixado eles roxos e vermelhos, e tem também...

"— Levante-se, sua desgraçada, antes que eu lhe arrebente até morrer! — exclamou ele, fazendo um movimento que me impeliu a levantar a guarda.

"— Mas então... — continuei, pronta para arredar o pé. — Se a pobre Catherine tivesse confiado em você e assumido o ridículo, desprezível e degradante título de sra. Heathcliff, logo se encontraria na mesma situação! *Ela* não teria aturado em silêncio esse seu comportamento abominável; teria manifestado a raiva e o asco.

"O encosto do banco e a figura de Earnshaw interpunham-se entre nós; então, em vez de tentar me agarrar, Heathcliff pegou uma faca da mesa e atirou-a na minha cabeça. Acertou-me de raspão, abaixo da orelha, e interrompeu uma frase minha; assim que a puxei, no entanto, corri para a porta e disparei mais umas palavras, que espero terem cravado mais fundo que o projétil dele. A última cena que testemunhei ali foi uma investida furiosa contra mim, tolhida por um abraço de seu anfitrião; os dois caíram ao pé da lareira, engalfinhados. Quando passei pela copa, em fuga, intimei Joseph a acudir o patrão; derrubei Hareton, que estava enforcando uma ninhada de cachorrinhos no espaldar de uma cadeira, junto à porta; e, extasiada como uma alma fugida do purgatório, corri pela estrada íngreme, aos pinotes; em seguida, abandonei as curvas da via e me embrenhei em linha reta pela charneca, subindo e descendo as colinas e contornando os pântanos, precipitando-me rumo ao farol de luz da Granja. Preferiria ser condenada a uma eternidade nos recônditos do inferno a passar mais uma única noite que fosse sob o teto do Morro dos Ventos Uivantes."

Isabella parou de falar e sorveu o chá, então se levantou e, enquanto me pedia que ajeitasse sua touca e um lindo xale que trouxera, fazendo pouco caso de meus apelos para que ficasse mais uma horinha, subiu em uma cadeira, beijou os retratos de Edgar e Catherine, saudou-me com um gesto similar e dirigiu-se à carruagem lá embaixo, acompanhada por Fanny, que gania de felicidade por rever a dona. E assim partiu, para nunca mais voltar; contudo, passou a trocar correspondências com meu patrão assim que a poeira baixou. Creio que se mudou para o sul, perto de Londres; lá teve um menino, poucos meses depois de escapar do Morro. Batizou-o com o nome Linton e, desde o princípio, descreveu-o como uma criatura debilitada e irritadiça.

Certa feita, o sr. Heathcliff topou comigo no vilarejo e inquiriu onde ela morava. Recusei-me a dizer. Ele comentou que não importava, desde que ela tivesse o bom senso de não voltar à casa do irmão — não tinha cabimento, e ele próprio a impediria, se fosse preciso. Embora eu não tenha dado a ele qualquer informação, acabou descobrindo, por intermédio dos outros criados, o local de residência dela e a existência da criança. Ainda assim, não a importunou — um ato de clemência concedido graças a sua aversão a ela, creio eu. Volta e meia, quando me via, perguntava-me do menino; e quando soube do nome, abriu um sorriso torpe e disse:

— Querem que eu o deteste também, é?

— Não querem que o senhor saiba de nada, imagino — respondi.

— Mas ele ainda há de ser meu — exclamou —, quando eu bem entender! Podem apostar!

Por sorte, a mãe morreu antes de chegar esse dia, uns treze anos após o falecimento de Catherine, quando Linton já tinha doze anos, ou um pouco mais.

No dia seguinte à visita inesperada de Isabella, não tive a oportunidade de falar com o patrão. Ele não queria conversa, não estava em condições de tratar de nenhum assunto. Quando consegui fazer com que me ouvisse, notei que ficou contente em saber que a irmã deixara o marido — ele abominava Heathcliff com todas as suas forças, ainda que sua natureza pacata mal deixasse transparecer. Era uma aversão tão profunda e suscetível, que ele se esquivava de qualquer lugar onde perigasse ver ou ouvir falar de Heathcliff. A dor, somada a esse sentimento, transformou-o em um eremita. Abandonou o cargo de magistrado, parou até de frequentar a igreja e nunca mais passou pelo vilarejo, entregando-se de corpo e alma à reclusão nas imediações da propriedade, salvo por caminhadas solitárias pela charneca e visitas ao túmulo da esposa, geralmente à noite ou de manhã cedo, quando ninguém mais vagava por ali.

Mas era um homem bondoso demais para seguir infeliz por muito tempo. *Ele* não rezava para que a alma de Catherine o assombrasse. Com o tempo veio a resignação, e uma melancolia mais doce do que uma alegria qualquer. Recordava-se da amada com ardor e ternura, vislumbrando um mundo melhor, para onde, sem dúvidas, ela tinha ido.

E tinha confortos e afetos terrenos também. A princípio, como comentei, ele pareceu indiferente à frágil sucessora da falecida, mas a frieza derreteu tão depressa quanto a neve em abril, e antes mesmo que aquela coisinha pudesse balbuciar uma palavra ou ensaiar um passo, brandia o cetro de um déspota no coração dele. Batizaram-na de Catherine, mas ele nunca a chamava pelo nome inteiro, assim como nunca chamava a primeira Catherine pelo apelido, provavelmente porque Heathcliff tinha o hábito de fazê-lo. A pequena era sempre Cathy; assim ele a distinguia da mãe e, ao mesmo tempo, estabelecia uma conexão entre as duas — a afeição que nutria devia-se mais ao elo com a mãe do que ao fato de ser sua filha.

Eu costumava compará-lo a Hindley Earnshaw, e penava para elucidar a mim mesma por que os dois tinham condutas tão opostas em circunstâncias similares. Ambos tinham sido maridos afetuosos, e ambos eram afeiçoados aos filhos; eu não conseguia entender como não seguiram o mesmo caminho, pelo bem ou pelo mal. Pensei comigo... Hindley, que parecia ter a cabeça mais no lugar, mostrara-se pior, o homem mais fraco. Quando seu navio se acidentou, o capitão abandonou o posto; e a tripulação, em vez de tentar salvar o barco, amotinou-se, para infortúnio de todos. Linton, por outro lado, mostrou ter a verdadeira coragem de uma alma leal e fiel: confiou em Deus; e Deus o reconfortou. Um vivia de esperança, e o outro, no desespero. Escolheram a própria sina e, assim, foram fadados a encará-la.

Mas o pouparei de meus sermões, sr. Lockwood. O senhor julgará essas histórias todas tão bem quanto eu, ou pelo menos julgará com convicção, o que dá no mesmo. O fim de Earnshaw, como era de se esperar, logo sucedeu o da irmã — mal se passaram seis meses entre um e outro. Nós, aqui na Granja, nunca fomos informados sobre o estado de saúde dele antes de morrer; o pouco que sei eu pincei quando ajudei com os preparativos para o enterro. Foi o sr. Kenneth quem veio dar a notícia ao patrão.

— Bem, Nelly... — disse ele, adentrando o pátio a cavalo certa manhã, tão cedo que me alarmei, com o pressentimento instantâneo de más notícias. — Agora é sua vez, e minha, de ficar de luto. Adivinhe quem nos deixou?

— Quem? — perguntei, exasperada.

— Ora, adivinhe! — retorquiu ele, enquanto desmontava e pendurava as rédeas em um gancho junto à porta. — Pegue uma ponta do seu avental, decerto vai precisar.

— Não foi o sr. Heathcliff, foi? — exclamei.

— O quê? Você verteria lágrimas por ele? — disse o médico. — Não, Heathcliff segue firme e forte. Hoje mesmo, está radiante. Acabei de vê-lo. Até que está recuperando o peso rápido desde que perdeu sua alma gêmea.

— Mas quem, então, sr. Kenneth? — repeti, impaciente.

— Hindley Earnshaw! Seu velho amigo Hindley — respondeu ele. — Cá entre nós, estava em derrocada já fazia um bom tempo. Aí está! Eu avisei que você derramaria lágrimas. Mas se alegre! Ele morreu do mesmo jeito que vivia: bêbado como um lorde. Pobre rapaz! Também lamento. É inevitável sentir saudade de um velho companheiro, embora ele dispusesse das piores artimanhas imagináveis e tenha me passado a perna. Mal completara vinte e sete anos, a mesma idade que você. Quem diria que vocês dois nasceram no mesmo ano?

Confesso que esse baque foi mais duro para mim do que a morte da sra. Linton; recordações antigas ainda pulsavam em meu coração. Sentei-me no alpendre e chorei como se fosse um parente, querendo que o sr. Kenneth recorresse a algum outro criado para anunciar sua visita.

Não pude deixar de me perguntar: *Foi um destino justo?* O que quer que eu fizesse, a questão martelava em minha mente; cheguei ao ponto de pedir licença para ir ao Morro dos Ventos Uivantes e cumprir com meus últimos deveres ao morto. O sr. Linton relutou muito em consentir, mas supliquei com veemência, aludindo à solidão em que ele se encontrava, sem amigo nenhum, e comentei que meu velho patrão e irmão de criação tinha tanto direito à minha serventia quanto ele. Além do mais, lembrei-o de que o pequeno Hareton era sobrinho de sua esposa e que, na falta de um parente mais próximo, ele haveria de se responsabilizar por sua tutela; haveria também de se informar sobre o estado da propriedade e ajudar o cunhado com o que fosse preciso.

Ele não estava em condições de tratar desses assuntos; pediu para eu falar com seu advogado e por fim me permitiu ir. O advogado era o mesmo de Earnshaw; fui atrás dele no vilarejo e pedi que me acompanhasse. Ele balançou a cabeça e aconselhou-me a deixar Heathcliff em paz, decretando que, se a verdade viesse à tona, Hareton viveria como um mendigo.

— O pai morreu endividado — disse. — A propriedade está hipotecada, e a única perspectiva que resta ao herdeiro natural é encontrar uma oportunidade de tocar o coração do credor, de modo que se sinta inclinado à leniência.

Quando cheguei ao Morro, expliquei que fui me certificar de que estava tudo nos conformes; e Joseph, que parecia exasperado, ficou contente com minha presença. O sr. Heathcliff disse que não havia necessidade, mas que eu poderia ficar e cuidar dos preparativos para o velório, se assim quisesse.

— O ideal — observou ele — seria enterrar o corpo daquele pulha na encruzilhada, sem qualquer tipo de cerimônia. Deixei-o sozinho por dez minutos ontem à tarde, e nesse ínterim ele trancou as duas portas da casa, barrando minha entrada, então passou a noite bebendo até morrer, por livre e espontânea vontade! Arrombamos a porta de manhã, pois o ouvimos relinchar feito cavalo, e lá estava ele, largado no banco. Nem mesmo se o esfolássemos ou escalpelássemos, teria acordado. Mandei chamar Kenneth, e ele veio, mas não antes de o bicho virar carniça: já estava morto, frio e rijo. Convenhamos, de nada adiantaria fazer alarde!

O velho criado confirmou o depoimento, mas não sem antes murmurar:

— Arre! Por que não foi *ele* chamar o doutor? O patrão ficaria melhor comigo... Tava vivinho quando saí!

Insisti que o funeral fosse respeitoso. O sr. Heathcliff reiterou que eu poderia fazer o que quisesse, contanto que levasse em conta que o dinheiro vinha do bolso dele.

Ele manteve uma postura dura e indiferente, que não indicava alegria nem tristeza — quando muito, expressava a fria gratificação de um trabalho difícil bem executado. Verdade seja dita, em certo momento notei algo como exultação em seu semblante, justo quando estavam levando o caixão embora. Ele teve a audácia de bancar o enlutado e, antes de seguir o cortejo com Hareton, pôs o menino infeliz em cima da mesa e murmurou, com um entusiasmo peculiar:

— Agora, rapazinho, você é *meu!* E vamos ver se uma árvore não cresce torta igual a outra, se for revolvida pelo mesmo vento!

O pobrezinho, ingênuo que era, ficou contente ao ouvir aquilo. Brincou com as costeletas de Heathcliff e afagou seu rosto; mas eu sabia muito bem o que ele queria dizer e me pronunciei, incisiva:

— O menino vai voltar comigo para a Granja da Cruz dos Tordos, senhor. Não há nada neste mundo que pertença menos ao senhor do que ele!

— É o que diz Linton? — indagou Heathcliff.

— Evidentemente... Vim buscar o menino a pedido dele — respondi.

— Bem — disse o tratante —, não quero entrar nesses méritos agora, mas tenho interesse em educar um menino, então diga a seu patrão que farei isso com o meu próprio, caso ele cogite levar este aqui. Não me importo em deixar Hareton ir sem contestar, mas faria de tudo a meu alcance para o outro se mudar para cá! Trate de avisá-lo!

A insinuação foi o bastante para me deixar de mãos atadas. Repassei o teor da mensagem a Edgar Linton quando retornei, e ele, pouco interessado naquela ladainha toda, não fez menção de interferir. De qualquer modo, imagino que ele não teria mudado nada, ainda que se dispusesse a tentar.

O hóspede era agora o patrão do Morro dos Ventos Uivantes. Tinha posse da propriedade, e provou ao advogado — que, por sua vez, provou ao sr. Linton — que Earnshaw hipotecara cada metro quadrado de sua terra para alimentar o vício no jogo, e ele, Heathcliff, era o credor. Assim, Hareton, que tinha tudo para ser o homem mais distinto da província, foi reduzido à total dependência do inimigo inveterado do pai; e hoje vive como criado na própria casa, sem dispor de um salário, incapaz de fazer justiça devido a seu desamparo geral e à ignorância de que foi lesado.

## Capítulo 18

Os doze anos que se sucederam àquele período tenebroso, continuou a sra. Dean, foram os mais felizes de minha vida: as minhas maiores preocupações, nesse ínterim, foram as doenças triviais que a senhorita apanhou, dessas que acometem todas as crianças, ricas e pobres. De resto, depois dos primeiros seis meses, ela espichou feito um pinheiro, e aprendeu a andar e falar, à própria maneira, antes de a urze florir pela segunda vez sobre o pó da sra. Linton. Era uma presença solar. Nunca vi tesouro tão precioso em uma casa desolada como aquela: um rosto lindíssimo, com os belos olhos escuros dos Earnshaw, mas a pele alva, os traços delicados e o cabelo loiro e encaracolado dos Linton. Tinha um temperamento vivaz, jamais brusco, e um coração sensível, beirando o excesso em afeto. Sua capacidade de criar laços estreitos me lembrou a mãe; mas não se parecia de todo com ela, pois podia ser meiga e delicada como uma pomba, e tinha uma voz doce e um semblante pensativo.

Seus momentos de raiva não degringolavam em fúria, e seu amor nunca era fervoroso — era profundo e terno. Contudo, é preciso admitir, tinha lá seus defeitos. Uma propensão a ser indolente era um deles, e um gênio perverso, que crianças mimadas invariavelmente adquirem, sejam bem-comportadas ou difíceis. Se um criado por acaso a aborrecesse, retrucava sempre: "Vou contar para o papai!". E quando ele a censurava, mesmo com o olhar, era como se partisse o coração dela. Não acho que alguma vez tenha sido duro com a menina. Encarregou-se de educá-la por conta própria, de bom grado. Felizmente, a curiosidade e a mente afiada fizeram dela uma aluna exemplar — aprendia rápido, sem pestanejar, e fazia jus às aulas dele.

Até completar treze anos, não tinha ultrapassado os limites da Granja sozinha. Em raras ocasiões, o sr. Linton caminhava com ela por um ou dois quilômetros, mas não a confiava a mais ninguém. O nome Gimmerton não lhe dizia nada; a capela era a única construção que ela tinha visto de perto ou adentrado, exceto pela própria casa. O Morro dos Ventos Uivantes e o sr. Heathcliff não existiam para ela. Era uma perfeita reclusa e assim vivia perfeitamente contente. Às vezes, no entanto, quando observava a província pela janela de seu quarto, comentava:

— Ellen, quando é que vou poder caminhar até o topo daquelas colinas? Fico imaginando o que há do outro lado. É o mar?

— Não, srta. Cathy — eu lhe respondia. — São outras colinas, mais do mesmo.

— E como é a paisagem sob aqueles rochedos dourados? — ela perguntou uma vez.

O declive abrupto do penhasco de Penistone, em particular, chamava muito a sua atenção, sobretudo quando o sol poente brilhava no topo e as escarpas ficavam à sombra. Expliquei que eram meros blocos de pedra, sem terra o suficiente entre as fendas para brotar uma arvorezinha que fosse.

— E como é que os rochedos passam tanto tempo iluminados, mesmo depois de anoitecer? — insistiu ela.

— É que o terreno é bem mais alto — expliquei. — Alto e íngreme, diga-se de passagem, a senhorita não daria conta de escalar. No inverno, a geada chega lá primeiro; e mesmo no auge do verão, já vi neve naquele antro escuro a nordeste!

— Ah, quer dizer que você já andou por lá! — exclamou ela, animada. — Então também vou poder ir, quando crescer. E o papai, Ellen? Já foi até lá?

— Senhorita — esquivei-me de responder —, seu pai lhe diria que não vale a visita. A charneca, por onde caminham juntos, é muito mais agradável, e o terreno da Granja da Cruz dos Tordos é o lugar mais bonito do mundo.

— Mas já conheço a Granja, e não conheço o penhasco — murmurou para si mesma. — Adoraria contemplar a vista do ponto mais alto. A Minny, minha pônei, ainda vai me levar lá.

Depois que uma das criadas mencionou a Gruta das Fadas, ela ficou ainda mais obstinada em cumprir com o plano. Atormentava o sr. Linton, e ele prometeu que a deixaria fazer o passeio quando fosse mais velha. Mas a srta. Catherine media sua idade por meses, e assim martelava a pergunta: "E agora, tenho idade para visitar o penhasco de Penistone?". O caminho até os rochedos era rente ao Morro dos Ventos Uivantes. Edgar não tinha coragem de passar por lá; e, portanto, ela recebia sempre a mesma resposta: "Ainda não, querida. Ainda não".

Comentei com o senhor que a sra. Heathcliff ainda viveu cerca de doze anos após deixar o marido. Sua família tinha uma constituição delicada — faltava a ela e Edgar o vigor que se vê por estas bandas. Qual doença por fim a levou, não sei dizer. Imagino que tenham morrido do mesmo mal, uma espécie de febre, branda a princípio, mas persistente e implacável no final. Ela escreveu para informar ao irmão a provável conclusão de sua indisposição, que já se arrastava por quatro meses, e pediu que a visitasse, se possível, pois tinha muitos assuntos a tratar e queria se despedir e confiar-lhe a guarda de Linton. Nutria a esperança de que Linton permanecesse com ele, assim como permanecera com ela — supôs, de bom grado, que o pai não tinha a menor vontade de assumir o fardo de seu sustento e educação. O patrão não hesitou nem por um instante em atender ao pedido. Relutava em deixar a casa por questões corriqueiras, mas por ela partiu de prontidão; deixou Catherine sob minha tutela extraordinária, reiterando as ordens de que não devia deixar as dependências da Granja, nem mesmo sob minha supervisão. Só não imaginou que ela fosse sair desacompanhada.

Ele se ausentou por três semanas. Nos primeiros dias, a menina se enfurnou em um canto da biblioteca, triste demais para ler ou brincar. Quieta como estava, não me causava problemas, mas logo sobreveio um período de enfado impaciente e manhoso; e eu, atarefada e velha demais para correr para cima e para baixo a seu bel-prazer, elaborei um método para mantê-la entretida. Mandava-a passear pela propriedade — ora a pé, ora no pônei — e emprestava-lhe meus ouvidos para que relatasse todas as suas aventuras, reais e imaginárias, quando regressava.

    Estávamos em pleno verão, e ela tomou tanto gosto por essas excursões solitárias que muitas vezes ficava fora desde o café da manhã até a hora do chá; depois passava a noite contando suas histórias fantasiosas. Eu não temia que fosse mais longe do que deveria, pois os portões costumavam ficar trancados, e imaginei que não se aventuraria sozinha, mesmo que estivessem abertos. Infelizmente, minha confiança mostrou-se equivocada. Catherine me abordou certa manhã, às oito, e disse que aquele dia era um mercador árabe prestes a cruzar o deserto com uma caravana, e que cabia a mim providenciar os suprimentos para ela e os animais: um cavalo e três camelos, representados por um grande sabujo e dois perdigueiros. Juntei um punhado de guloseimas, coloquei tudo em um cesto e pendurei-o na sela; ela montou, alegre como uma fada, protegida do sol de julho por um véu e um chapéu de abas largas, e saiu aos trotes com uma risada faceira, debochando das minhas orientações para que não galopasse e voltasse cedo. A danada não apareceu para o chá. Um dos viajantes, o sabujo, já velho e afeiçoado aos confortos do lar, voltou; mas Cathy, o pônei e os perdigueiros não se encontravam nas imediações. Enviei alguns emissários atrás dela, em várias direções, e por fim saí eu mesma à procura. Encontrei um trabalhador consertando a cerca de uma plantação, nos limites da propriedade, e inquiri se tinha visto a senhorita.

— Ela passou por aqui de manhã — respondeu-me. — Pediu para eu cortar um galho de aveleira para ela, saltou por cima da sebe com o pônei, ali onde está mais baixa, e galopou até sumir de vista.

O senhor deve imaginar como me senti quando ouvi aquilo. Logo me ocorreu que devia ter rumado para o penhasco de Penistone.

— O que será dela? — exclamei, esgueirando-me pelo vão que o sujeito estava consertando, e precipitando-me estrada acima.

Corri em disparada, quilômetro após quilômetro, até me deparar com o Morro, em uma curva — sem o menor sinal de Catherine, longe ou perto. O penhasco fica a uns dois quilômetros da residência do sr. Heathcliff, ou seja, a cerca de seis quilômetros da Granja, então comecei a temer que não chegaria lá antes de cair a noite. *E se ela escorregou tentando escalar o despenhadeiro*, pensei, *e morreu, ou fraturou alguns ossos?* O suspense estava me consumindo; e, a princípio, fiquei bastante aliviada quando passei pela casa e vi Charlie, o mais feroz dos perdigueiros, deitado sob uma janela, com a cabeça inchada e uma orelha sangrando. Abri a porteira, corri até a porta e bati insistentemente para que me deixassem entrar. Uma mulher que eu conhecia, e que antes morava em Gimmerton, atendeu. Estava trabalhando no Morro, como criada, desde a morte do sr. Earnshaw.

— Ah! — disse ela. — A senhora veio atrás da mocinha! Não se aflija. Ela está sã e salva aqui, mas fico contente por não ser o patrão.

— Ele não está em casa? — perguntei, ainda afobada.

— Não, não — respondeu ela. — Ele e Joseph saíram, e acho que só voltam dentro de uma hora, ou até mais tarde. Entre e descanse um pouco.

Aceitei o convite e encontrei a cordeira desgarrada sentada junto à lareira, balançando-se em uma cadeirinha que pertencera a sua mãe quando era pequena. Seu chapéu estava pendurado na parede, e ela parecia totalmente à vontade, rindo e tagarelando, na melhor das disposições imagináveis, com Hareton — já um rapaz encorpado, no alto de seus dezoito anos, que a fitava com bastante curiosidade e espanto, sem compreender muito bem a torrente de observações e perguntas que ela despejava sem parar.

— Muito bem! — esbravejei, torcendo o nariz para disfarçar a alegria em vê-la. — A senhorita está proibida de passear, pelo menos até seu pai voltar! Menina levada da porta não passa.

— Ah, Ellen! — exclamou ela, contente, saltitando para perto de mim. — Tenho uma bela história para contar hoje à noite... Que bom que me encontrou! Você já esteve aqui antes?

— Ponha o chapéu. Vamos já para casa! — decretei. — Estou muito chateada, srta. Cathy. Isso não se faz. E não me venha com manha! Nada vai compensar os apuros que passei, vasculhando a província atrás da senhorita. E pensar que o sr. Linton me encarregou de mantê-la em casa... Como pôde fugir assim? É mesmo uma raposinha sorrateira! Ninguém mais vai confiar na sua palavra.

— O que foi que eu fiz? — choramingou ela, melindrada. — O papai não me impôs nada. Ele não vai ralhar comigo, Ellen... Ele nunca fica zangado como você!

— Vamos! Vamos! — repeti. — Deixe que eu amarro a fita. Chega de petulância! Ah, mas que vergonha! A senhorita tem treze anos e age como um bebê!

Falei assim com ela pois arrancou o chapéu e recuou até a chaminé, fora do meu alcance.

— Ora — disse a criada —, não seja dura com a mocinha, sra. Dean. Fomos nós que a paramos na estrada. A menina queria voltar logo, para não deixar a senhora nervosa. Hareton se ofereceu para acompanhá-la, e achei que seria uma boa ideia. É um perigo cavalgar pelas colinas!

Durante a discussão, Hareton ficou parado com as mãos nos bolsos, desconfortável demais para se pronunciar. Não parecia estar muito contente com a minha intrusão.

— Quanto tempo a senhorita vai me deixar aqui plantada? — prossegui, ignorando a intromissão da mulher. — Em dez minutos, estará escuro. Onde está o pônei, srta. Cathy? E onde está Fênix? Se não se aprumar logo, deixarei a senhorita aqui. Faça como quiser.

— A Minny está no pátio — retrucou ela —, e o Fênix está fechado ali. Ele foi mordido, o Charlie também. Eu pretendia lhe contar tudo, mas você está de mau humor e não merece ouvir.

Apanhei o chapéu e me aproximei para colocá-lo de volta, mas, percebendo que as pessoas da casa advogavam a seu favor, ela começou a zanzar pela sala e, quando fui atrás, correu feito ratazana, por cima e por baixo e por trás dos móveis, deixando-me em uma situação constrangedora. Hareton e a mulher riram, e ela se juntou a eles, ainda mais impertinente, até que bradei, muito irritada:

— Bem, srta. Cathy, se soubesse a quem pertence esta casa, faria questão de ir embora.

— É do seu pai, não é? — disse ela, voltando-se para Hareton.

— Não — respondeu ele, baixando o rosto e corando. Não conseguia encarar os olhos firmes dela, embora fossem iguais aos seus.

— De quem é, então? Do seu patrão? — inquiriu ela.

Ele enrubesceu ainda mais, desta vez tomado por outra emoção, praguejou e deu-lhe as costas.

— Quem é o patrão dele? — a menina insistiu naquela amolação, recorrendo a mim. — Ele falou em "nossa casa" e "nossa gente". Pensei que era filho do proprietário. E não me tratou por senhorita. Deveria ter tratado, não deveria, já que é um criado?

Hareton ficou tão anuviado quanto um céu de tempestade, diante daquela arenga infantil. Sem alarde, chacoalhei a inquisidora e por fim consegui equipá-la para partir.

— Agora, vá buscar o meu cavalo — disse ela, dirigindo-se ao parente desconhecido como se fosse um dos rapazes da estrebaria na Granja. — Depois pode me acompanhar. Quero que me mostre onde o caçador de goblins costuma aparecer na charneca, e quero saber mais das fadas, mas ande logo! Qual é o problema? Eu disse para buscar o cavalo.

— Vai para o inferno! Não sou seu criado, não! — rosnou o rapaz.

— O que foi que você disse? — perguntou Catherine, surpresa.

— Vai para o inferno... sua bruxa descarada! — retrucou ele.

— Aí está, srta. Cathy! Está vendo com quem se meteu? — interrompi. — Belas palavras para dizer a uma senhorita! Por favor, não discuta com ele. Ande! Vamos nós mesmas buscar Minny e tomar nosso rumo.

— Mas, Ellen — protestou ela, encarando-me, atônita, —, como ele ousa falar assim comigo? Não deveria fazer o que eu mando? Criatura perversa! Vou contar para o papai o que você disse. Ora, essa!

Hareton não pareceu abalado com a ameaça; e brotaram lágrimas de indignação dos olhos de Cathy.

— Traga você o pônei, então — exclamou ela, virando-se para a mulher —, e solte o meu cachorro imediatamente!

— Calma, senhorita — respondeu a criada. — Bons modos não fazem mal a ninguém. Embora o sr. Hareton não seja filho do patrão, é primo seu. E não estou aqui para servi-la.

— *Ele*, meu primo? — exclamou Cathy, com uma risada desdenhosa.

— Pois é — respondeu a censora.

— Ah, Ellen! Não deixe que digam essas barbaridades — continuou ela, desolada. — O papai foi buscar meu primo em Londres... Meu primo é filho de um cavalheiro.

Impossível ele... — Ela se deteve e caiu em prantos, mortificada com a mera possibilidade de ter algum parentesco com aquele bufão.

— Acalme-se! — sussurrei. — Uma pessoa pode ter muitos primos, de tudo quanto é tipo, srta. Cathy, sem que isso a desmereça. E não precisa conviver com eles, caso sejam desagradáveis e ruins.

— Ele não... Ele não é meu primo, Ellen! — insistiu ela, chorando cada vez mais, conforme ponderava, e atirando-se em meus braços na tentativa de se refugiar da ideia.

Fiquei muito zangada com ela e com a criada pelas revelações mútuas. Não tinha dúvidas de que a chegada iminente de Linton, comunicada pela menina, seria reportada ao sr. Heathcliff; e estava certa de que a primeira coisa que Catherine faria, ao ver o pai, seria pedir explicações para aquela história de ter um parente grosseiro. Hareton, passado o desgosto de ser tomado por criado, pareceu comover-se com o tormento dela. Trouxe o pônei até a porta e, para acalmar os ânimos, pegou um belo filhote de *terrier* no canil, colocou-o em suas mãos e pediu para que se acalmasse, pois não queria lhe fazer mal. Ela parou com as lamúrias por um instante, fitou-o com espanto e horror e tornou a chorar.

Mal pude conter um sorriso diante de sua antipatia pelo pobre coitado, um jovem atlético, de traços formosos e porte robusto e sadio, e um traje condizente com as ocupações diárias do trabalho no campo e as incursões pela charneca para caçar lebres e faisões. Ainda assim, pensei ter detectado em sua fisionomia uma mente superior à do pai — isto é, qualidades perdidas em um emaranhado de ervas daninhas, cujo vigor superava, de longe, seu crescimento descuidado; e que evidenciavam, contudo, um solo fértil, capaz de germinar fartos plantios em outras circunstâncias, mais favoráveis. O sr. Heathcliff, creio eu, não o sujeitou a torturas físicas, graças à natureza destemida do rapaz, que não instigava esse tipo de opressão; não dispunha da tímida vulnerabilidade que apeteceria a Heathcliff maltratar. Ele parecia ter usado de toda a sua maldade para fazer do rapaz um bruto. Jamais cuidara para que Hareton aprendesse a ler ou escrever; nunca o repreendia por maus hábitos, contanto que não o aborrecesse; jamais o conduzira por um caminho virtuoso, ou o protegera do caminho dos vícios. E, pelo que ouvi, Joseph contribuíra em muito para sua derrocada, com uma parcialidade tacanha que o levava a bajular e mimar o menino ainda criança, pois era o patriarca da velha família. Assim como tinha o hábito de acusar Catherine Earnshaw e Heathcliff, quando pequenos, de esgotar a paciência do patrão com seus "modos vis", e assim obrigá-lo a buscar consolo na bebida, agora ele botava todo o fardo das falhas de Hareton nos ombros do usurpador de sua propriedade. Quando o rapaz usava palavras de baixo calão, Joseph não o corrigia, tampouco quando se comportava mal, por pior que fosse. Aparentemente, dava-lhe gosto vê-lo afundar: acreditava que o rapaz estava arruinado, que sua alma estava fadada à perdição, mas concluía que era Heathcliff o culpado. Eram as mãos dele que estavam sujas de sangue, e Joseph encontrava conforto nesse pensamento. Joseph incutira no rapaz o orgulho de seu nome e sua linhagem; e Hareton, se tivesse mais coragem, até estabeleceria uma relação de ódio com o atual proprietário do Morro, mas o pavor que tinha dele beirava a superstição, e assim confinava seus sentimentos a murmurinhos raivosos e juras privadas. Não vou mentir para o senhor, não sei a fundo o que se passava no Morro dos Ventos Uivantes à época. Tudo isso eu ouvi dizer; vi muito pouco. No vilarejo, diziam que o sr. Heathcliff era um senhorio mesquinho e cruel com seus inquilinos; mas a casa, por dentro, recobrara seu antigo aspecto de conforto sob cuidados femininos, e o alvoroço cotidiano dos tempos de Hindley não era mais encenado sob aquele teto. O patrão era muito soturno para buscar companhia em quem quer que fosse, boa ou ruim; e ainda é...

Ah, mas estou às voltas com a minha história. A srta. Cathy rejeitou o *terrier* como tratado de paz e ordenou que lhe trouxessem seus próprios cachorros, Charlie e Fênix. Os dois vieram mancando, de cabeça baixa, e partimos para casa, carrancudos, todos nós. Não consegui arrancar da senhorita detalhes de como passara o dia, exceto que, como eu já suspeitava, o destino de sua peregrinação era o penhasco de Penistone; e que, antes de viver qualquer aventura, na altura do Morro, deparou-se com Hareton e os escudeiros caninos, que atacaram a sua comitiva. Os cães travaram uma batalha atroz, e os donos custaram a separá-los: foi assim que se conheceram. Catherine contou a Hareton quem ela era e aonde estava indo, e pediu que lhe indicasse o caminho, persuadindo-o, por fim, a acompanhá-la. Ele revelou a ela os mistérios da Gruta das Fadas, e de vinte outros lugares insólitos; mas eu, então desprezada por ela, não fui agraciada com uma descrição dos objetos interessantes que viu. Pude inferir, no entanto, que seu guia conquistara sua estima, até que ela o magoou ao tratá-lo como serviçal, e a governanta de Heathcliff a magoou ao alegar que era seu primo. O linguajar que ele tinha usado pesava em seu coração — justo ela, que era sempre "amor" e "querida" e "rainha" e "anjinho" para todos na Granja, ultrajada por um desconhecido! Ela não conseguia entender, e penei para fazê-la prometer que não se queixaria com o pai. Contei-lhe que ele queria distância de todos do Morro, e que ficaria muito chateado se soubesse que ela estivera por lá; e pontuei, sobretudo, que se ela delatasse a minha negligência perante as ordens dele, talvez ele ficasse tão bravo que eu me veria obrigada a ir embora. Cathy estremeceu só de pensar nessa hipótese; deu sua palavra e cumpriu a promessa, por mim. Afinal, era um docinho.

## Capítulo 19

Uma carta com uma tarja de luto anunciava a data de retorno do patrão. Isabella havia morrido, e ele me escreveu ordenando que providenciasse roupas pretas para a filha e ajeitasse um quarto e outras acomodações para o jovem sobrinho. Catherine ficou extasiada com o regresso do pai, e antecipava, com muito otimismo, os inúmeros méritos do "verdadeiro" primo. Chegou a tão esperada noite. Desde cedo, ela se ocupou com pequenas arrumações; então, trajando o novo vestido preto — pobrezinha! a morte da tia não a abalara muito —, importunou-me até me convencer a sair andando com ela para encontrá-los no meio do caminho.

— Linton é seis meses mais novo que eu — contou-me, enquanto vagávamos pela relva úmida dos morros, à sombra das árvores.

— Vai ser um deleite ter um amigo para brincar! Tia Isabella mandou uma linda mecha do cabelo dele para o papai, um cabelo mais fino que o meu, mais loiro, e igualmente belo. Guardei com cuidado em uma caixinha de vidro, e volta e meia pensava: "Que imenso prazer seria conhecer o dono!". Ah! Estou tão feliz! E o papai... Meu querido papai! Vamos, Ellen! Vamos!

Ela correu e voltou e correu de novo muitas vezes antes que eu pudesse chegar ao portão, com meus passos sóbrios, e então sentou-se na grama, na beira do passeio, e tentou esperar pacientemente, sem sucesso. Não conseguia ficar um só minuto parada.

— Como estão demorando! — exclamou. — Ah, vejo poeira na estrada... São eles, será? Não! Quando vão chegar? Não podemos descer um pouco? Só um pouquinho, Ellen? Diga que sim! Só até aquelas bétulas ali na curva!

Fui firme e recusei o pedido. Por fim encerrou-se o suspense: a carruagem surgiu no horizonte. A srta. Cathy soltou um berro e abriu os braços assim que viu o pai olhando pela janela. Ele desceu, quase tão ansioso quanto ela, e passaram um bom tempo concentrados apenas um no outro. Enquanto trocavam afagos, dei uma espiada em Linton. Dormia em um canto, embrulhado em um manto forrado de pele, como se estivéssemos em pleno inverno. Um menino pálido, delicado e afeminado, que poderia ser tomado por irmão mais novo do patrão, de tão parecido que era com ele; tinha, no entanto, um aspecto enjoado, do qual Edgar Linton jamais partilhou. O patrão notou que eu estava olhando e, com um aperto de mão, aconselhou-me a fechar a porta e poupar o menino de qualquer perturbação, pois a jornada o deixara exaurido. Cathy queria bisbilhotar também, mas o pai a chamou, e os dois caminharam juntos até a casa, enquanto eu corria à frente para preparar os criados.

— Escute, minha querida — disse o sr. Linton, dirigindo-se à filha, quando pararam diante da porta da frente —, seu primo não é forte e alegre como você e, lembre-se, ele perdeu a mãe faz pouco tempo. Portanto, não espere que vá brincar e correr com você tão cedo. E não o importune muito com o seu falatório. Deixe que tenha um pouco de paz, pelo menos esta noite, está bem?

— Está bem, papai — respondeu Catherine. — Mas quero muito vê-lo, e ele não aparece na janela.

A carruagem parou; o patrão pegou o sobrinho, agora desperto, e o colocou no chão.

— Linton, esta é sua prima Cathy — disse ele, juntando as mãozinhas dos dois. — Ela gosta muito de você. Peço que não a aflija com choradeira à noite. Tente se alegrar agora que a viagem terminou, e não lhe resta opção senão descansar e se entreter.

— Deixe-me ir para cama, então — respondeu o menino, esquivando-se da saudação de Catherine e levando os dedos ao rosto para enxugar as lágrimas incipientes.

— Seja um bom menino e venha comigo — sussurrei, conduzindo-o para dentro. — Assim vai fazê-la chorar junto... Veja como ela está triste pelo senhor!

Não sei se era compaixão por ele de fato, mas a prima assumiu uma expressão tão triste quanto a dele, e voltou para junto do pai. Os três entraram e subiram para a biblioteca, onde o chá estava servido. Tirei o gorro e o manto de Linton, e o conduzi até uma cadeira à mesa; o menino mal se sentou e já desatou a chorar de novo. O patrão perguntou o que havia de errado.

— Cadeira, não — lamentou o menino.

— Fique no sofá, então, que Ellen vai lhe trazer um chá — respondeu o tio, pacientemente.

A jornada não fora fácil para ele, disso eu estava certa, com aquele menino debilitado e irritadiço em seu encargo. Linton se arrastou devagar para o sofá e se deitou. Cathy pegou uma banqueta para tomar seu chá junto dele. Primeiro, sentou-se sem falar nada, mas não se conteve por muito tempo — estava determinada a mimá-lo feito um bichano. Começou a fazer cafuné, a beijar suas bochechas, e lhe ofereceu chá no pires, como se ele fosse um bibelô. O tratamento o agradou, pois era mesmo um menino delicado; enxugou as lágrimas e esboçou um sorriso tênue.

— Ah, ele vai ficar muito bem — disse-me o patrão, após observá-los um pouco. — Vai ficar muito bem, se conseguirmos manter a guarda, Ellen. A companhia de uma criança de sua idade vai lhe trazer novos ânimos e, com força de vontade, ele recobrará o vigor.

*Isso se conseguirmos manter a guarda!*, ponderei; eu estava reticente, não tinha muitas esperanças. E então perguntei-me como aquela criança tão frágil viveria no Morro dos Ventos Uivantes. Que tipo de amigos e tutores seriam o pai e Hareton? Nossas dúvidas foram sanadas antes mesmo do que eu esperava. Eu tinha acabado de subir com as crianças, depois do chá, e colocado Linton para dormir... Ele não me deixou ir embora antes que caísse no sono... Enfim, eu estava de volta no vestíbulo, junto à mesa, acendendo uma vela para o sr. Edgar, quando uma criada surgiu da cozinha e me informou que Joseph, o criado do sr. Heathcliff, estava à porta e desejava falar com o patrão.

— É melhor eu ver antes o que ele quer — comentei, apreensiva. — Isso lá são horas de ficar importunando as pessoas? Quando mal chegaram de uma longa jornada? Imagino que o patrão não esteja disposto a recebê-lo.

Joseph se insinuou pela cozinha enquanto eu falava, e já estava no vestíbulo. Usava seu traje dominical, ostentava um aspecto carola e azedo e, segurando o chapéu com uma das mãos e a bengala com a outra, pôs-se a limpar os sapatos no capacho.

— Boa noite, Joseph — cumprimentei-o com frieza. — O que o traz aqui a esta hora?

— Vim falar c'o sr. Linton — respondeu ele, gesticulando para que eu lhe desse passagem.

— O sr. Linton está prestes a se deitar. A não ser que tenha algo importante para lhe dizer, estou certa de que não vai querer ouvi-lo agora. Peço que se sente e deixe que eu lhe passe o recado.

— Qual que é o quarto dele? — insistiu, esquadrinhando a fileira de portas fechadas.

Percebi que ele não aceitaria minha mediação de jeito nenhum. Então, a contragosto, fui até a biblioteca e anunciei o visitante inoportuno, recomendando que fosse dispensado até o dia seguinte. Antes mesmo que o sr. Linton pudesse anuir, Joseph subiu no meu encalço, entrou no gabinete e ficou plantado à mesa, com os punhos cerrados, apoiados na bengala, e começou a falar, exaltado, como se já antecipasse oposição:

— Heathcliff mandou buscar o menino, e não arredo o pé daqui sem ele.

Edgar Linton ficou em silêncio por um instante; uma expressão de tristeza profunda anuviou seu rosto. Tinha os próprios motivos para sentir pena do menino; mas, ao se recordar das esperanças e temores de Isabella, do horizonte que vislumbrava para o filho, e da confiança de deixá-lo a seus cuidados, lastimou que precisasse entregá-lo e buscou outra saída no fundo do coração. Não lhe ocorreu nenhum plano; e se expressasse o menor desejo de manter a guarda do menino, provocaria uma intimação ainda mais categórica. Não lhe restava escolha a não ser resignar-se. Mas não acordaria o sobrinho.

— Diga ao sr. Heathcliff — respondeu, com calma — que enviarei o filho dele ao Morro dos Ventos Uivantes amanhã. O menino já foi se deitar, e está cansado demais para fazer a viagem agora. Pode dizer também que a mãe de Linton queria que o menino ficasse sob a minha guarda, e que, no presente momento, ele está com a saúde muito debilitada.

— Não! — disse Joseph, batendo a bengala no chão com ares autoritários. — Não, não, não! Heathcliff tá pouco se lixando pra ela, ou pro senhor. Só quer que eu leve o menino, e assim será. Quero nem saber!

— Hoje não! — retrucou Linton, resoluto. — Volte agora mesmo e transmita a seu patrão o que eu disse. Ellen, acompanhe-o. Vá...

E com isso, ajudou o velho indignado a se levantar, enxotou-o da biblioteca e fechou a porta.

— Quero só ver! — gritou Joseph, enquanto se afastava devagar. — Amanhã vem ele, em carne e osso. Quero ver botar *ele* pra fora!

## Capítulo 20

A fim de evitar que a ameaça fosse concretizada, o sr. Linton me encarregou de levar o sobrinho para casa de manhã cedo, no pônei de Catherine, e disse:

— Como agora não teremos mais influência sobre o destino do menino, para o bem ou para o mal, não conte à minha filha para onde ele está indo. Não quero que tenha contato com ele daqui para a frente, e é melhor que nem saiba que o primo está nas proximidades, do contrário vai ficar inquieta e ansiosa para lhe fazer uma visita. Quanto a ele, apenas diga que o pai mandou buscá-lo de repente, e que é obrigado a nos deixar.

Linton relutou bastante em sair da cama às cinco e ficou atônito ao saber que haveria de se preparar para uma nova viagem, mas tranquilizei-o dizendo que passaria um tempo com o pai, o sr. Heathcliff, que estava tão animado para vê-lo, que não quis postergar o encontro até que ele estivesse recuperado da recente jornada.

— Meu pai? — exclamou ele, perplexo, estranhando tudo aquilo. — Mamãe nunca me disse que eu tinha um pai. Onde ele mora? Prefiro ficar com o tio.

— Ele mora logo ali — respondi —, depois daquelas colinas. Não é muito longe da Granja. Dá para vir a pé, quando a saudade apertar. Deveria ficar contente por ir para casa e conhecê-lo. Procure amá-lo como amou sua mãe, que ele o amará de volta.

— Mas por que nunca ouvi falar dele antes? — indagou Linton. — Por que ele e a mamãe não moravam juntos, como moram as outras pessoas?

— Ele tinha negócios no norte — respondi —, e o estado de saúde da sua mãe a obrigou a morar no sul.

— E por que a mamãe nunca me falou dele? — insistiu o menino. — Às vezes falava do tio, e aprendi a amá-lo há bastante tempo. Como vou amar o papai? Não o conheço.

— Ora, todas as crianças amam os pais — falei. — Talvez sua mãe achasse que o senhor fosse querer morar com ele, se ela o mencionasse. Vamos, ande logo. Um passeio a cavalo em uma manhã bonita como esta é muito melhor do que uma hora a mais de sono.

— *Ela* vai com a gente? — indagou ele. — A menininha que conheci ontem?

— Por ora, não — respondi.

— E o meu tio? — continuou ele.

— Não, eu é que vou lhe fazer companhia.

Linton afundou de volta no travesseiro, imerso em pensamentos.

— Não vou sem o meu tio — bradou, por fim. — Vai saber para onde você pretende me levar!

Tentei convencê-lo de que mostrar relutância em conhecer o pai era malcriação, mas de nada adiantou. Não queria se vestir, teimava, e precisei apelar para a ajuda do patrão para tirá-lo da cama. O pobrezinho por fim se levantou, com votos ilusórios de que sua ausência seria breve, e de que o sr. Edgar e Cathy o visitariam, entre outras promessas igualmente infundadas, que inventei e reiterei de quando em quando ao longo do trajeto. O ar puro, o aroma das urzes, o sol radiante e o trote suave de Minny aliviaram seu desalento e, depois de um tempo, ele começou a fazer perguntas a respeito do novo lar e de seus habitantes, com mais interesse e entusiasmo.

— O Morro dos Ventos Uivantes é tão agradável quanto a Granja da Cruz dos Tordos? — inquiriu, virando-se para contemplar uma última vez o vale, de onde subia uma tênue névoa, até formar uma nuvem fofa nas bordas do céu azul.

— Não tem tantas árvores ao redor — respondi —, e não é tão grande, mas tem uma vista linda para toda a província, e o ar de lá é melhor para a saúde, mais fresco e mais seco. A princípio, é capaz que o senhor ache a casa velha e sombria, mas, eu lhe digo, é uma propriedade de respeito, a segunda melhor da região. E o senhor vai dar passeios tão agradáveis pela charneca! Hareton Earnshaw, o outro primo da srta. Cathy, e portanto seu, de certa forma, vai lhe mostrar os lugares mais bonitos... Recomendo escolher um livro para os dias de tempo bom, e assim fazer de um morro verdejante o seu gabinete de estudos. E, de vez em quando, seu tio pode lhe fazer companhia. Ele costuma caminhar pelas colinas.

— E como é o meu pai? — perguntou ele. — É jovem e formoso como o meu tio?

— É jovem como o seu tio — disse eu —, mas tem cabelo e olhos pretos, parece mais sério, e é mais alto e mais robusto. Talvez não pareça muito bondoso e gentil à primeira vista, pois não é do feitio dele. Mesmo assim, seja franco e cordial com ele, que, naturalmente, vai nutrir mais afeto do que qualquer tio, pois é seu pai.

— Cabelo e olhos pretos — ponderou Linton. — Não consigo imaginar. Quer dizer, então, que não me pareço com ele?

— Não muito. — *Nem um pouco*, pensei, examinando com pesar a compleição alva e o corpo franzino do meu companheiro, e seus grandes olhos lânguidos. Eram os olhos da mãe, ainda que, salvo pelos momentos de caprichos mórbidos, não tivessem nenhum traço do espírito resplandecente dela.

— Estranho... Ele nunca nos visitou! — murmurou. — Ele já me viu antes? Se viu, eu devia ser um bebê. Não me lembro de nada a respeito dele!

— Ora, sr. Linton — disse eu —, quinhentos quilômetros é uma longa distância, e dez anos passam bem mais rápido para um adulto do que para uma criança. É provável que o sr. Heathcliff tenha se planejado para ir, verão após verão, sem nunca conseguir de fato encontrar uma brecha, e agora é tarde demais. Não o aborreça com perguntas assim, seria uma importunação à toa.

O menino passou o restante do trajeto absorto em pensamentos, até pararmos diante do portão. Observei-o no intuito de captar suas impressões. Ele examinou os entalhes da fachada e as janelas baixas, as groselheiras esparsas e os abetos tortuosos com uma atenção solene, e então balançou a cabeça. Em seu íntimo, rejeitava a fachada de sua nova morada. Mas teve o bom senso de adiar as queixas, pois talvez houvesse alguma compensação lá dentro. Antes que ele desmontasse, adiantei-me e abri a porta. Passava das seis e meia, a família tinha acabado de comer, e a criada estava tirando a louça e limpando a mesa. Joseph estava de pé, junto à cadeira do patrão, dizendo-lhe qualquer coisa sobre um cavalo coxo, e Hareton se aprumava para o trabalho no campo de feno.

— Olá, Nelly! — disse o sr. Heathcliff, assim que me viu. — Estava achando que precisaria descer eu mesmo até a Granja para buscar o que me pertence. Você veio fazer a entrega, então? Deixe-me dar uma olhada.

Ele se levantou e se dirigiu à porta a passos largos. Hareton e Joseph vieram logo atrás, bisbilhotando. O pobre Linton correu o olhar assustado pelo rosto dos três.

— Ô, patrão — disse Joseph, após uma inspeção austera —, tô achando que ele trocou e mandou a menina!

Heathcliff encarou o filho até lhe causar calafrios, então soltou uma risada de escárnio.

— Meu Deus, mas que beleza! Que coisinha encantadora! — exclamou. — Decerto o criaram à base de leite com pera, não foi, Nelly? Que inferno! É pior do que eu esperava... E o diabo bem sabe que eu não tinha expectativas muito altas!

Pedi ao menino trêmulo e estarrecido que desmontasse e entrasse em casa. Ele não compreendeu muito bem o discurso do pai, ou mesmo se era dirigido a ele; na verdade, não sabia nem se aquele desconhecido macabro e debochado era seu pai. Agarrou-se a mim com uma trepidação cada vez mais forte; e, quando o sr. Heathcliff se sentou e o chamou para perto, ele escondeu o rosto no meu ombro e desatou a chorar.

— Tsc! Tsc! — Heathcliff estendeu a mão e puxou-o sem muito tato até seus joelhos, então ergueu o rosto do menino, segurando-o pelo queixo. — Não vou tolerar essa bobagem! Não vamos machucá-lo, Linton... Não é assim que se chama? Você é sua mãe todinho! Não tem nenhum traço *meu*, frangote?

Ele tirou o gorro do menino e pôs para trás seus espessos cachos louros, apalpou seus braços mirrados e seus dedinhos; durante o exame, Linton parou de chorar e ergueu seus grandes olhos azuis para inspecionar o inspetor.

— Você me conhece? — perguntou Heathcliff, depois de certificar que os braços e pernas do menino eram igualmente frágeis e fracos.

— Não — disse Linton, com um olhar vago de medo.

— Mas ouviu falar de mim, imagino.

— Não — repetiu o menino.

— Como não? Que vergonha sua mãe não ter despertado em você a menor consideração por mim! Pois, então, vou lhe contar que é meu filho, e que sua mãe foi uma megera cruel por tê-lo deixado alheio ao tipo de pai que possui. Agora, pare de se encolher e não fique tão descorado! Ao menos consigo ver que você não tem sangue branco. Seja um bom rapaz, e nos daremos bem. Nelly, se estiver cansada, pode se sentar; se não, volte para casa. Imagino que vá reportar tudo o que viu e ouviu àquele fantoche na Granja, e esta criatura não vai se assentar em casa enquanto você estiver por perto.

— Bem — retruquei —, espero que seja gentil com o menino, sr. Heathcliff, ou não vai manter a guarda dele por muito tempo. Ele é o único parente que lhe resta no mundo, não esqueça.

— Vou tratá-lo *muito* bem, não se preocupe — disse ele, rindo. — E mais ninguém há de se aproximar dele. Terei grande zelo, monopolizarei seu afeto. E como meu primeiro gesto de gentileza, Joseph, sirva um café da manhã ao rapaz. Hareton, bezerro dos infernos, vá trabalhar. Pois é, Nelly — acrescentou, quando os demais se retiraram —, meu filho é o herdeiro do lugar que você chama de casa, e não quero que ele morra antes de me certificar de que serei seu sucessor. Além disso, ele é *meu*, e quero ter o triunfo de ver o *meu* descendente se tornar senhor das propriedades deles, o meu filho contratando os filhos deles e lhes fornecendo um ganha-pão. Justiça seja feita! É essa perspectiva que me leva a suportar o pirralho! Eu o desprezo por quem ele é, e o detesto pelas memórias que traz à tona! Mas essa perspectiva me basta: ele está são e salvo comigo, e hei de cuidar dele tão bem quanto o seu patrão cuida da filha. Tenho um quarto para ele lá em cima, com a mais linda mobília. Contratei um tutor também, para vir três vezes por semana, de uma distância de trinta quilômetros, para lhe ensinar o que quiser aprender. Dei ordens para que Hareton o obedeça; e tratei de tudo para mantê-lo um patamar acima dos demais, um verdadeiro cavalheiro. Lamento, no entanto, que não esteja à altura desse trabalho todo. Se me coubesse pedir uma única bênção neste mundo, seria a de ter um filho digno de orgulho. É uma amarga decepção deparar-me com esse miserável, pálido e chorão!

Enquanto ele falava, Joseph voltou, trazendo uma tigela de mingau, e colocou-a diante de Linton, que olhou o grude com uma expressão de asco e declarou que não comeria aquilo. Notei que o velho servente partilhava do desdém do patrão, embora se visse obrigado a guardar o sentimento para si, uma vez que Heathcliff ordenara à criadagem tratá-lo com respeito.

— Não vai comer, não, ô? — retorquiu ele, olhando Linton nos olhos e baixando a voz a um sussurro, por receio de ser ouvido. — Quando o sr. Hareton era pequeno, só comia desse mingau. Se é bom pra ele, é bom pro senhor!

— *Não* vou comer! — respondeu Linton, espevitado. — Tire isso daqui.

Joseph pegou a comida, indignado, e trouxe-a até nós.

— Tá ruim a comida, é? — indagou, forçando a bandeja debaixo do nariz de Heathcliff.

— Por que estaria? — perguntou ele.

— Arre! — respondeu Joseph. — A donzelinha ali não quer comer. Mas... Fazer o quê? A mãe era igual... Achava a gente sujo demais pra semear o milho do pão que ia comer.

— Não fale da mãe dele para mim — disse o patrão, nervoso. — Sirva algo que ele esteja disposto a comer, e ponto. O que ele costuma comer, Nelly?

Sugeri leite fervido ou chá, e a governanta foi instruída a preparar algo. *Bem, pensei comigo, o egoísmo do pai talvez contribua para o conforto do menino. Heathcliff já se deu conta de que ele tem uma constituição delicada, e de que convém tratá-lo razoavelmente bem. Deixarei o sr. Edgar a par da disposição repentina de Heathcliff... Espero que lhe sirva de consolo.* Sem mais nenhum pretexto para estender minha visita, saí sorrateiramente, enquanto Linton tentava repelir, encabulado, os avanços amistosos de um cão pastor. Ele estava alerta demais, no entanto, para se deixar enganar. Quando fechei a porta, ouvi um berro, e uma repetição frenética das palavras:

— Não me deixe! Eu não vou ficar aqui! Não vou!

Então, em um átimo, ergueram e baixaram o trinco. Não queriam que ele viesse atrás de mim. Montei em Minny, trotamos estrada abaixo, e assim terminou minha breve tutela.

## Capítulo 21

Foi difícil encarar a pequena Cathy aquele dia. Acordou felicíssima, animada para ver o primo, e as lágrimas e queixas que sucederam a notícia da partida foram tão fervorosas, que o próprio Edgar se viu obrigado a acalmá-la, garantindo que o menino voltaria em breve. "Isso se eu conseguir trazê-lo", acrescentou, no entanto, ainda que não lhe restasse muita esperança. A promessa não a consolou muito, mas o tempo falou mais alto; e embora, vez ou outra, ainda perguntasse ao pai sobre quando Linton retornaria, antes que pudesse encontrá-lo as feições dele foram desbotando em sua memória, de modo que já não o reconheceria mais.

Quando, por acaso, eu encontrava a governanta do Morro dos Ventos Uivantes, nas minhas incursões a trabalho em Gimmerton, perguntava-lhe como andava o patrãozinho, pois ele vivia quase tão recluso quanto Catherine, sem jamais ser visto.

Pelo que ela dizia, o menino continuava com a saúde debilitada e dava muito trabalho, e o sr. Heathcliff parecia execrá-lo cada vez mais, ainda que tentasse disfarçar: tinha ojeriza ao som de sua voz e não conseguia ficar sentado no mesmo recinto que ele por muito tempo. Os dois não conversavam muito. Linton tinha aulas em uma saleta, onde emendava suas tardes, ou então passava o dia todo na cama, pois vivia com tosses e resfriados e dores e moléstias diversas.

— Nunca vi criatura mais frágil — acrescentou a mulher —, ou mais precavida do que ele. Ai de mim se eu deixar uma fresta da janela aberta ao anoitecer! Ora, parece até que vai morrer com o sereno! E exige a lareira acesa em pleno verão; e o cachimbo de Joseph é veneno; e sempre se empanturra de doces e guloseimas, e só quer saber de leite, leite a toda hora... Não atina para a fome que passamos no inverno, só faz ficar sentado, embrulhado em seu manto felpudo, junto ao fogo, com torradas e água ou alguma outra bebida quente para sorver. E quando Hareton fica com pena e tenta distraí-lo... Hareton não é mau caráter, embora seja grosseiro... Acaba que sai um praguejando, e o outro chorando. Acho que seria um deleite para o patrão ver Earnshaw dar-lhe uma sova de moer, se não fosse seu filho; e tenho certeza de que o escorraçaria, se tomasse conhecimento de seus melindres. Contudo, não arrisca a tentação: nunca entra na saleta e, quando Linton vem com fricotes perto dele, logo o manda subir.

Inferi, pelo relato, que a total falta de compaixão deixara o jovem Heathcliff egoísta e enfadonho, se é que já não era assim antes; e, à vista disso, perdi o interesse por ele, embora ainda me apiedasse de sua sina e desejasse que tivesse permanecido conosco. O sr. Edgar me encorajava a obter informações; pensava muito no sobrinho, creio eu, e seria capaz de correr riscos para vê-lo. Certa vez, pediu-me para perguntar se o menino costumava ir ao vilarejo. Segundo a governanta, ele só tinha ido duas vezes, a cavalo, acompanhando o pai, e em ambas as ocasiões fingiu estar exaurido nos três ou quatro dias seguintes. Se me lembro bem, essa governanta foi embora dois anos depois da chegada de Linton, e uma outra, que eu não conhecia, tomou seu posto — e ainda mora lá.

O tempo passou na Granja, pacato como sempre, até a srta. Cathy completar dezesseis anos. Não comemorávamos, pois era também o aniversário de morte da finada patroa. O pai dela passava o dia sozinho na biblioteca, invariavelmente; e, quando escurecia, caminhava até o cemitério de Gimmerton, onde se demorava, muitas vezes, até depois da meia-noite. Assim, Catherine ficava à mercê dos próprios meios para se entreter. Aquele vinte de março foi um belo dia de primavera. Quando o pai se retirou para a biblioteca, a jovem patroa desceu vestida para sair, e disse que havia pedido para passear comigo pela charneca, e que o sr. Linton concedera a permissão, contanto que não nos afastássemos muito e voltássemos dentro de uma hora.

— Vamos logo, Ellen! — exclamou. — Sabe aonde quero ir? Lá onde vivem os faisões. Quero ver se já fizeram ninhos.

— Deve ser uma boa subida até lá — respondi. — Eles não se reproduzem nas imediações.

— Não é muito longe, não — garantiu-me. — Passei pertinho do bando com o papai.

Vesti a touca e saí, sem pensar muito no assunto. Ela saltitava à minha frente, voltava para junto de mim e desatava a correr de novo, feito um jovem galgo; e, em um primeiro momento, espaireci com as cotovias, que chilreavam por perto e ao longe, e o calor afável do sol, enquanto olhava minha pequena, meu docinho, com os cachos dourados e esvoaçantes, a face corada — desabrochando como uma rosa silvestre, pura e delicada — e o olhar radiante, de prazer diáfano. Era uma criatura alegre, um anjo, naquela época. Pena que nunca se contentava.

— Muito bem — disse eu. — Onde estão os tais faisões, srta. Cathy? Deveriam estar por perto. A cerca da Granja já ficou para trás.

— Ah, ficam logo ali, Ellen... Logo ali — respondia ela, toda hora. — É só subir aquele morro e passar aquele declive, que você vai vê-los.

Mas eram tantos morros e declives para subir e atravessar, que por fim senti bater o cansaço e disse a ela que deveríamos parar e voltar. Precisei gritar, pois ela corria muito à frente; e ou ela não me ouviu, ou fez pouco caso, pois continuou correndo, e vi-me obrigada a segui-la. A certa altura, desapareceu em um vale e, quando tornei a avistá-la, já estava mais perto do Morro dos Ventos Uivantes do que da própria casa. Vi duas pessoas a interpelarem, sendo uma delas ninguém mais, ninguém menos que o sr. Heathcliff.

Tinham flagrado Cathy saqueando ninhos de faisões ou, no mínimo, vasculhando o terreno atrás deles. O Morro dos Ventos Uivantes era propriedade de Heathcliff, e ele a repreendeu pela caça furtiva.

— Não peguei nada, nem sequer encontrei os ninhos — declarou ela, mostrando as mãos para provar que dizia a verdade, enquanto eu apressava o passo para alcançá-los.

— Nem pretendia pegar... O papai disse que havia um bando por aqui, e eu queria ver os ovos.

Heathcliff me encarou com um sorriso maldoso, indicando que sabia quem era sua interlocutora e que, por consequência, a via com maus olhos, e indagou quem era "o papai".

— O sr. Linton, da Granja da Cruz dos Tordos — respondeu ela. — Imaginei que não me conhecesse mesmo, ou não teria falado comigo desse jeito.

— Quer dizer que seu pai é um homem digno de estima e respeito? — perguntou ele, com sarcasmo.

— E o senhor? Quem é? — inquiriu Catherine, fitando-o, curiosa. — Ele eu já vi antes... É seu filho?

Ela apontou para Hareton, o outro indivíduo, que pouco tinha mudado em dois anos, salvo pelo ganho em massa e porte. Era o mesmo rapaz bronco e desajeitado de sempre.

— Srta. Cathy — interrompi —, já vai fazer três horas que saímos, e prometemos voltar em uma hora. Precisamos mesmo voltar.

— Não, este rapaz não é meu filho — respondeu Heathcliff, afastando-me de Cathy. — Mas eu tenho um filho, vocês se conhecem, e embora sua babá esteja com pressa, acho que um descanso faria bem às duas. Não querem vir à minha casa? Fica logo depois do urzal. Assim voltam para casa recompostas e chegam até mais cedo! E garanto que serão bem recebidas.

Sussurrei a Catherine que não deveria aceitar a proposta, de maneira alguma: estava completamente fora de questão.

— Por quê? — inquiriu ela, em voz alta. — Estou cansada de correr, e a terra está úmida de orvalho. Não posso me sentar aqui. Vamos, Ellen. Além do mais, ele disse que conheço o filho dele. Deve ter se confundido, mas acho que sei onde ele mora: na casa que visitei quando voltava do penhasco de Penistone. Não é?

— Isso mesmo. Vamos, Nelly, sem mais alarde... Ela vai ficar contente. Hareton, vá na frente com a mocinha. Caminhe comigo, Nelly.

— Não, ela não vai a lugar algum! — decretei, tentando soltar o braço, que ele segurava. Mas Cathy já estava quase na porta, subindo o morro a todo vapor. O companheiro que Heathcliff lhe designara não fez a menor questão de acompanhá-la; tomou outro caminho pela beira da estrada e desapareceu.

— Isso não tem cabimento — continuei. — O senhor está agindo de má-fé. Ela vai dar de cara com Linton e contar tudo para o pai assim que voltarmos, e eu levarei a culpa.

— Quero que ela veja Linton — respondeu ele. — Ele anda com uma aparência melhor ultimamente, embora nem sempre se encontre apresentável. E logo a convenceremos a manter a visita em segredo. Que mal há nisso?

— O mal é que o pai dela me odiaria se descobrisse que a deixei entrar na sua casa, e tenho certeza de que o senhor tem más intenções.

— Minhas intenções não poderiam ser mais honestas. Posso até lhe contar... Quero que os primos se apaixonem e se casem. Estou sendo generoso com o seu patrão. A pirralha não tem nenhuma perspectiva e, se fizer a minha vontade, garante um futuro como co-herdeira, junto com Linton.

— Se Linton morresse — respondi —, e a vida dele é incerta, Catherine seria a herdeira.

— Não seria, não — disse ele. — Não é o que estipula o testamento. A propriedade seria passada para mim, mas, para evitar desavenças, quero que se unam, e farei de tudo para que assim seja.

— Enquanto estiver sob meus cuidados, farei de tudo para que ela nunca mais se aproxime da sua casa — retruquei, quando chegamos ao portão, onde a srta. Cathy nos aguardava.

Heathcliff me mandou ficar quieta e, tomando a dianteira, apressou-se para abrir a porta. Minha jovem patroa o mediu algumas vezes, como se não conseguisse decidir o que pensar a seu respeito, mas ele sorria quando cruzavam olhares, e suavizava a voz quando se dirigia a ela, e caí na bobeira de achar que a memória da mãe dela pudesse demovê-lo de lhe desejar mal. Linton estava junto à lareira. Tinha acabado de voltar de uma caminhada pelo campo; ainda estava de chapéu, pedindo a Joseph que lhe trouxesse sapatos secos. Era alto para a idade, a alguns meses do aniversário de dezesseis anos. Suas feições ainda eram belas, e os olhos e compleição, mais radiantes do que eu lembrava, embora ainda estivessem com o lustre temporário da brisa saudável e do sol ameno.

— Sabe me dizer quem é aquele ali? — perguntou o sr. Heathcliff, voltando-se para Cathy. — Por acaso o reconhece?

— Seu filho? — disse ela, após examinar, desconfiada, primeiro um, depois o outro.

— O próprio — respondeu ele. — Mas é a primeira vez que o vê? Pense! Ah! Você tem memória curta. Linton, não se lembra da sua prima, que você tanto nos amolou para ver?

— Ah, Linton! — exclamou Cathy, vibrando com o nome do primo. — O pequeno Linton? Está mais alto que eu! É você mesmo?

O jovem rapaz deu um passo à frente e se apresentou. Ela o cumprimentou com um beijo caloroso, e os dois se contemplaram, maravilhados com as mudanças que o tempo provocara no outro. Catherine já crescera tudo o que tinha para crescer; tinha um corpo ao mesmo tempo rechonchudo e esbelto, maleável feito aço, e irradiava saúde e ânimo. A aparência e os movimentos de Linton eram bem lânguidos, e o aspecto, extremamente frágil, mas havia uma graça em seu porte que amenizava os defeitos e não o deixava de todo desagradável.

Depois de trocar várias demonstrações de afeto com o primo, ela se aproximou do sr. Heathcliff, que estava parado à porta, dividindo a atenção entre a casa e o pátio — fingindo, na verdade, que observava a movimentação lá fora, quando estava todo compenetrado com as pessoas ali dentro.

— Então o senhor é meu tio! — exclamou ela, esticando-se para abraçá-lo. — Bem que simpatizei com o senhor, mesmo quando estava aborrecido comigo. Por que não faz uma visita à Granja, com Linton? Que coisa... Viver tão perto por tanto tempo, sem nunca visitar! Por quê?

— Visitei a Granja uma ou duas vezes antes de você nascer — respondeu ele. — Pare com isso... Maldição! Guarde seus beijos para Linton. São um desperdício comigo.

— Ellen, sua malvada! — exclamou Catherine, correndo para me atacar com sua fartura de afagos. — Sua perversa! Como pôde tentar me impedir de vir aqui? Farei essa caminhada toda manhã, daqui para a frente. Posso, tio? Trarei papai às vezes. O senhor não vai ficar feliz em nos ver?

— Claro! — respondeu o tio, mal conseguindo disfarçar a aversão profunda pelos dois possíveis visitantes. — Mas espere... — continuou ele, virando-se para a mocinha. — Pensando bem, é melhor abrir o jogo com você. O sr. Linton não gosta de mim. Brigamos um tempo atrás, com uma ferocidade nada cristã, e se mencionar suas visitas, ele vai proibi-la de vir. Portanto, não diga nada, a menos que não faça questão de ver seu primo. Pode vir quando quiser, só não mencione nada para seu pai.

— Por que vocês brigaram? — indagou Catherine, bastante desapontada.

— Ele me achava pobre demais para me casar com a irmã dele — respondeu Heathcliff —, e ficou zangado porque a conquistei. Feri seu orgulho... Ele nunca vai me perdoar.

— Isso é errado! — decretou a mocinha. — Vou ter uma conversa com ele. Mas Linton e eu não temos nada que ver com essa briga. Não virei aqui, então. Ele é que vai até a Granja.

— É longe para mim — murmurou o primo. — Se eu caminhar seis quilômetros, eu morro. Não, srta. Catherine!

Venha de vez em quando... Que não seja toda manhã, mas uma ou duas vezes por semana.

O pai lançou um olhar de desprezo ao filho.

— Nelly, temo que meus esforços tenham sido em vão — sussurrou para mim. — A srta. Catherine, como o palerma se refere a ela, vai se dar conta de que o primo não vale um tostão e mandá-lo para o inferno. Se fosse Hareton, seria outra história... Sabe que, umas vinte vezes por dia, fantasio que é ele o meu filho, com toda a sua degradação? Amaria o rapaz se fosse outra pessoa. Mas acho que está a salvo do amor *dela*. Hei de colocá-lo contra Linton, se o miseravelzinho não tomar jeito logo. Pelos meus cálculos, não chegará aos dezoito anos. Ora, que se dane esse imprestável! Só quer saber de secar os pés e nem se dá o trabalho de olhar para ela... Linton!

— Pois não, pai — respondeu o menino.

— Não tem nada para mostrar a sua prima? Uma toca de lebres ou doninhas? Leve-a para o jardim antes de trocar de sapato, e mostre o seu cavalo, na estrebaria.

— A senhorita não prefere se sentar aqui comigo? — sugeriu Linton, mostrando certa relutância em se movimentar de novo.

— Não sei — ponderou ela, lançando um olhar à porta, visivelmente animada para se entreter lá fora.

Ele permaneceu sentado e se aninhou mais perto do fogo. Heathcliff se levantou e foi até a copa, e dali até o pátio, chamando Hareton. O rapaz apareceu e logo os dois entraram juntos. Ele tinha acabado de se lavar, como se podia notar pelo brilho no rosto e o cabelo molhado.

— Ah, tenho uma pergunta para o senhor, tio — disse a srta. Cathy, lembrando-se da alegação da governanta. — Esse não é o meu primo, é?

— É, sim — respondeu ele —, sobrinho da sua mãe. Não gosta dele?

Catherine torceu o nariz.

— Não é um rapaz bonito? — continuou Heathcliff.

A criaturinha sem tato ficou na ponta dos pés e cochichou no ouvido do tio. Ele riu, e Hareton ficou aborrecido. Percebi que era muito sensível a suspeitas de desaforos e obviamente tinha alguma noção de sua inferioridade. Mas seu patrão, ou guardião, apaziguou os ânimos.

— Aposto que será o favorito entre nós, Hareton! — exclamou. — Ela disse que você é... Como é mesmo? Ah, algo muito lisonjeiro! Bem, leve-a você para dar uma volta na fazenda. E trate de se portar como um cavalheiro! Não use palavrões, não fique encarando a mocinha quando ela não estiver olhando, e abaixe o rosto quando estiver; ao falar, pronuncie as palavras devagar, e mantenha as mãos fora dos bolsos. Ande... E seja gentil.

Ele ficou vendo os dois passarem pela janela. Earnshaw não olhava para a companheira de maneira alguma; virava o rosto. Parecia estar contemplando a paisagem de sempre sob a perspectiva de um forasteiro, de um artista. Catherine olhou de esguelha para ele, manifestando pouca admiração. Então concentrou-se em arrumar uma distração e saiu saltitando pelo campo, cantarolando uma melodia qualquer para suprir a falta de conversa.

— Amarrei a língua dele — observou Heathcliff. — Não vai dar um pio! Nelly, você deve se lembrar de mim nessa idade... Ou melhor, uns anos mais novo. Era parvo assim? Ou "sonso", como diz Joseph?

— Pior até — retorqui. — Vivia amuado.

— Fico contente com ele — prosseguiu Heathcliff, pensando em voz alta. — Fez jus às minhas expectativas. Se fosse um tolo nato, não me alegraria tanto. Mas não é nada tolo, e me solidarizo com seus sentimentos, conhecendo-os tão bem. Sei exatamente que mal o acometeu; é só o começo, no entanto. E nunca vai conseguir se livrar da pecha de grosseria e ignorância. Eu o conduzo a rédeas mais curtas do que o crápula do pai dele me conduzia, e mais à margem, pois tem orgulho de ser bruto. Ensinei-lhe a julgar tudo que não fosse animalesco como bobagem ou fraqueza. Não acha que Hindley teria orgulho do filho, se pudesse vê-lo? Teria quase tanto orgulho dele quanto eu tenho do meu. Mas há uma diferença: um deles é ouro usado em calçamento, e o outro é latão polido para imitar prataria. O *meu* não tem valor, mas terei o mérito de levá-lo tão longe quanto quinquilharias como ele podem ir. O *dele* tem qualidades de primeira, mas se perderam: de nada servem. Não tenho nada a lamentar. Já ele, lamentaria muito... O quanto, só eu sei. E o melhor de tudo é que Hareton me adora! É preciso admitir que superei Hindley nessa. Se o finado vilão retornasse do túmulo para se vingar das injustiças com o filho, eu teria o prazer de ver o menino se voltar contra o pai, indignado com ele por se atrever a desmoralizar o único amigo que tem no mundo!

Heathcliff deu uma risada demoníaca só de imaginar. Eu não disse nada, pois vi que ele não esperava resposta. Enquanto isso, nosso jovem companheiro, que estava sentado em uma cadeira afastada, sem poder nos entreouvir, começou a apresentar sintomas de ansiedade, provavelmente arrependido de ter recusado a companhia de Catherine por receio de se cansar. O pai notou que ele não tirava os olhos da janela, inquieto, e que ensaiava colocar o chapéu de volta.

— Levante-se, vadio! — exclamou ele, com um falso entusiasmo. — Vá atrás deles! Estão logo ali, perto das colmeias.

Linton reuniu forças e deixou a lareira. A janela estava aberta e, assim que ele saiu, ouvi Cathy indagar a seu guia antissocial o que estava escrito em cima da porta. Hareton olhou para cima e coçou a cabeça como um verdadeiro bufão.

— É uma bobagem qualquer — respondeu ele. — Não consigo ler.

— Não consegue ler? — bradou Catherine. — Eu consigo, está em inglês. Mas quero saber o que significa.

Linton soltou uma risada, a primeira manifestação de alegria que exibiu diante da prima.

— Ele não sabe ler — contou a ela. — Dá para acreditar numa burrice descomunal dessa?

— Ele está bem? — inquiriu a srta. Cathy, a sério. — Ou... Tem algum problema? Já lhe fiz duas perguntas, e em ambas as vezes ficou com cara de tacho. Parece que não me entende. E eu mal consigo entendê-lo também!

Linton soltou mais uma risada e lançou um olhar de escárnio a Hareton, que de fato não parecia compreender muito bem o que se passava.

— Não há nada de errado com ele, afora a preguiça, não é, Earnshaw? — provocou ele. — Minha prima está achando que você é idiota. Eis as consequências de desdenhar da "livraiada", como você mesmo diz. Reparou no sotaque tenebroso dele, srta. Catherine?

— Arre, por que diabo se meter c'o essa ladainha? — resmungou Hareton, respondendo com mais destreza o companheiro habitual. Pretendia se estender, mas os dois jovens tiveram um ataque de riso; a mocinha leviana adorou saber que o jeito esquisito de Hareton falar poderia ser alvo de chacota.

— Para que invocar o diabo assim? — caçoou Linton. — Meu pai o aconselhou a não dizer impropérios, mas você não consegue abrir a boca sem usar palavras de baixo calão. Tente se portar como um cavalheiro, por favor!

— Pena que tá mais pra mocinha do que pra homem, ou daria uma surra em você agora mesmo, varapauzinho duma figa! — retrucou o bronco, enquanto se afastava, ardendo de raiva e mortificação, pois estava ciente de que fora insultado e ressentia-se.

Tendo ouvido a conversa tão bem quanto eu, o sr. Heathcliff sorriu quando o viu se retirar, mas logo fitou a dupla frívola com uma aversão singular. Os dois ainda conversavam à porta: o menino estava animado, discutindo as falhas e os defeitos of Hareton, e expondo suas asneiras; e a mocinha deleitava-se com os relatos petulantes e maldosos, sem parar para pensar na má índole que despertava no rapaz. Abdiquei da compaixão e passei a cismar com Linton, e perdoei seu pai, em certa medida, por não o ter em alta conta.

Só fomos embora depois do meio-dia. Não consegui arrancar a srta. Cathy de lá mais cedo; mas, felizmente, o patrão ainda estava trancafiado na biblioteca quando chegamos, e não ficou sabendo da nossa ausência prolongada. A minha vontade, no caminho de volta, era inteirá-la do caráter das pessoas que deixávamos para trás; no entanto, ela enfiara na cabeça que era tudo implicância minha.

— Ah! — exclamou ela. — Você está do lado do papai, Ellen. É parcial, eu sei. Do contrário, não teria me enganado por tantos anos, inventando que Linton morava longe. Estou muito brava, mas fiquei tão contente também, que não consigo demonstrar! Não ouse falar do meu tio! É meu tio, afinal, e vou ralhar com o papai por ter brigado com ele.

E assim seguiu teimando, até que desisti de convencê-la de que seria um erro. Ela não mencionou a visita naquela noite, pois não viu o sr. Linton. No dia seguinte, para a minha infelicidade, desembuchou tudo; mas até que não achei de todo mau: imaginei que o pai teria mais êxito do que eu na empreitada de orientá-la e alertá-la. Mas ele era muito lacônico e não deu motivos satisfatórios para ela cortar relações com os residentes do Morro, e Catherine gostava de ter bons motivos para não satisfazer seus caprichos.

— Papai! — bradou ela, após as saudações matinais. — Adivinhe só quem encontrei ontem, na minha caminhada pela charneca. Ah, papai, não se assuste! Eu já sei que você agiu mal. Eu vi... Mas escute, vou lhe contar como descobri... E sei que Ellen está de conluio com você, e fingia se apiedar de mim, enquanto eu nutria esperanças e me desiludia com o retorno de Linton!

A mocinha deu um relato fidedigno da excursão que fizemos e de tudo que sucedera; e, embora me repreendesse com o olhar, o patrão não disse nada até ela terminar. Então puxou-a para perto e perguntou se ela sabia por que ele escondera a proximidade de Linton. Para lhe negar um prazer inofensivo, por acaso? Era isso que ela pensava?

— Foi porque você não gosta do sr. Heathcliff — respondeu ela.

— Acha mesmo que me importo mais com os meus sentimentos do que com os seus, Cathy? — disse ele. — Não, não foi porque eu não gosto do sr. Heathcliff, mas porque o sr. Heathcliff não gosta de mim, e é um homem diabólico, que sente prazer em lesar e arruinar aqueles que odeia, à menor oportunidade. Eu sabia que não daria para você criar laços com seu primo sem travar contato com ele; e sabia que ele teria ódio de você por minha causa. Então, querendo apenas o seu bem, tomei precauções para que não voltasse a ver Linton. Eu pretendia explicar isso tudo quando você crescesse, e lamento não ter contado antes.

— Mas o sr. Heathcliff foi tão cortês, papai! — observou Catherine, incrédula. — E não viu problema em nos encontrarmos. Disse que as portas do Morro estão abertas, e que eu não deveria comentar com você, porque você brigou com ele e jamais vai perdoá-lo por ter se casado com a tia Isabella. E, pelo jeito, não vai mesmo. A culpa é *sua*. Se depender dele, pelo menos, Linton e eu seremos amigos. Diferente de você...

O patrão, percebendo que a menina se recusava a acreditar na inclinação perversa do tio, resolveu lhe contar, por alto, como Heathcliff tinha tratado Isabella, e como se apropriara do Morro dos Ventos Uivantes. Não se estendeu muito, pois, embora mal tocasse no assunto, ainda sentia pulsar o mesmo horror e o mesmo asco de seu velho inimigo, desde a morte da sra. Linton. "Talvez ainda estivesse viva, se não fosse por ele!", ponderava sempre, amargurado. A seus olhos, Heathcliff era um assassino. A srta. Cathy — que não era nada versada em maldades, exceto pelas próprias birras, traquinagens e cismas impensadas, frutos de seu temperamento forte, dos quais se arrependia no mesmo dia — ficou pasma com as trevas da alma, a ideia de passar anos a fio tramando vingança e executar os planos sem sinal de remorso. Parecia tão impressionada e chocada com essa nova percepção da natureza humana — jamais estudada ou imaginada por ela até então —, que o sr. Edgar achou desnecessário insistir no caso. Apenas acrescentou:

— Agora você sabe, minha querida, por que quero que evite aquela casa e aquela família. Volte para as suas ocupações e os seus passatempos de sempre, e não pense mais nisso.

Catherine beijou o pai e sentou-se em silêncio para estudar um pouco, como de costume, depois o acompanhou em uma caminhada, e o dia correu normalmente. À noite, no entanto, quando ela se retirou para o quarto, e fui ajudá-la a se despir, encontrei-a chorando, de joelhos, à beira da cama.

— Ora, mas que drama! — exclamei. — Se soubesse o que é sofrer de verdade, ficaria com vergonha de desperdiçar lágrimas com uma pequena contrariedade de nada, assim. A senhorita nunca sentiu nem sombra de tristeza. Imagine se o patrão e eu morrêssemos, e a senhorita ficasse sozinha no mundo. Como se sentiria? Coloque a presente ocasião em perspectiva e agradeça pelos amigos que tem, em vez de desejar mais.

— Não estou chorando por mim, Ellen — respondeu ela. — É por ele... Ele esperava me ver de novo amanhã, vai ficar tão desapontado... Vai ficar lá, plantado!

— Bobagem! — disse eu. — Acha mesmo que ele está pensando na senhorita como pensa nele? Ele já não tem a companhia de Hareton? Ninguém chora por perder contato com alguém que só viu duas vezes, em duas tardes. Linton vai deduzir o que houve e esquecer essa história toda.

— Não posso ao menos escrever um bilhete para explicar a ele por que não vou? — perguntou ela, e se pôs de pé. — E mandar os livros que prometi emprestar? Os livros dele não são tão bons quanto os meus, e ele ficou com muita vontade de ler quando lhe contei como eram interessantes. Não posso, Ellen?

— Não! Nem pensar! — retorqui, taxativa. — Pois ele escreveria de volta, e isso não acabaria nunca. Não, srta. Catherine... Todo e qualquer contato há de ser vetado. É o que o seu pai espera, e assim será.

— Um bilhetinho não faria mal a... — insistiu ela, com uma expressão de súplica.

— Sem mais! — interrompi. — Não quero saber de bilhetinhos. Vá para a cama!

Ela me lançou um olhar malcriado, tão malcriado que a princípio não lhe dei um beijo de boa-noite. Cobri-a e fechei a porta, injuriada, mas me arrependi no meio do caminho, voltei com calma, e eis que me deparei com a mocinha à mesa, com uma folha de papel em branco diante dela e um lápis em mãos, que ela escondeu quando entrei.

— Não adianta escrever — comentei. — Ninguém vai entregar o bilhete a ele. É hora de apagar a sua vela.

Abafei a chama com o apagador e, em troca, ganhei um tapa na mão e um "Mulher rancorosa!" em tom petulante. Deixei-a sozinha de novo, e ela trancou a porta no pior dos humores. A carta foi concluída e encaminhada ao destinatário por intermédio de um leiteiro que vinha do vilarejo, mas só fiquei sabendo um bom tempo depois. As semanas se passaram, e Cathy recobrou os ânimos, embora andasse afeita a ficar sozinha pelos cantos, e às vezes, quando eu me aproximava de repente, enquanto estava lendo, ela levava um susto e se debruçava sobre o livro, claramente tentando escondê-lo; e eu reparava nas pontas das folhas soltas entre as páginas. Também deu para descer de manhã cedo e fazer hora na cozinha, como se esperasse a chegada de alguma coisa; e tinha uma gavetinha em um gabinete da biblioteca, que revirava por horas a fio, e cuja chave ela tomava o cuidado de tirar quando deixava o recinto.

Um dia, quando ela inspecionava a gaveta, notei que os brinquedos e cacarecos que costumava guardar lá dentro tinham se transformado em pedaços de papel dobrado. Fiquei intrigada, e resolvi dar uma olhadinha nos misteriosos tesouros; então, à noite, assim que ela e o patrão subiram para dormir, vasculhei meu molho de chaves e logo encontrei uma que se encaixava na fechadura. Abri a gaveta, despejei os papéis no bolso do avental e levei-os comigo para o quarto, para averiguar com calma. Por mais que já suspeitasse, fiquei surpresa ao confirmar que se tratava de um maço de correspondências — cartas quase diárias, provavelmente enviadas por Linton Heathcliff, em resposta a missivas dela. As mais antigas eram breves e contidas; aos poucos, no entanto, expandiam-se e desembocavam em juras tolas e copiosas de amor, como era de se esperar de um jovem remetente, mas com floreios aqui e ali que pareciam emprestados de uma fonte mais experiente. Algumas composições eram curiosas, um misto de ardor e monotonia; começavam com sentimentos fortes e terminavam no típico estilo prolixo e afetado que o trovador estudantil usa para se dirigir à etérea amada. Se agradavam Cathy, não sei dizer, mas para mim eram uma bela de uma porcaria. Li o bastante para me inteirar da situação, amarrei-as com um lenço e deixei-as de lado, trancando de volta a gaveta vazia.

Como de costume, minha jovem patroa desceu cedinho e fez uma visita à cozinha. Fiquei observando: ela se dirigiu à porta assim que chegou certo rapazinho; e, enquanto a criada enchia o jarro de leite, enfiou alguma coisa no bolso do casaco dele e pinçou alguma outra coisa em troca. Dei a volta no jardim e esperei pelo mensageiro, que lutou valorosamente para honrar a confiança que haviam depositado nele, até que derramamos o leite. Em meio ao alvoroço, consegui tomar a carta dele e, depois de ameaçá-lo com graves consequências se não arredasse o pé imediatamente, fiquei ali, junto ao muro, e examinei a mensagem apaixonada da srta. Cathy. Era mais simples e eloquente que as cartas do primo, bonita e bobinha. Balancei a cabeça e entrei em casa, pensativa. O dia estava chuvoso e, sem a perspectiva de um passeio após os estudos matinais, Cathy buscou consolo na gaveta. O pai estava sentado à mesa, lendo; e eu ajeitava as borlas da cortina, de caso pensado, para ficar de olho nos movimentos da menina. Nunca um pássaro de regresso a seu ninho, encontrando-o vazio, expressou tanto desespero com seus pios angustiados e bater de asas quanto ela com um mero "ah!" e a transfiguração de seu semblante faceiro.

O sr. Linton levantou o rosto.

— O que foi, minha querida? Você se machucou? — indagou.

O tom de voz e a expressão do pai asseguraram à mocinha que não era *ele* o descobridor da coleção.

— Não, papai! — balbuciou ela. — Ellen! Ellen! Suba comigo... Estou passando mal!

Obedeci ao chamado e acompanhei-a.

— Ah, Ellen! As cartas estão com você! — logo me disse, caindo de joelhos, assim que ficamos a sós. — Devolva-me, que prometo nunca mais escrever nada do tipo! Não conte para o papai... Você não contou para ele, contou, Ellen? Diga que não! Sei que passei dos limites, mas prometo não aprontar de novo!

Com muita seriedade, mandei-a se levantar.

— Ora! — exclamei. — Srta. Catherine, pelo que parece, essa história já foi longe demais. Devia ter vergonha por passar o tempo livre debruçada sobre essas porcarias! Perigam sair no jornal, de tão absurdas que são! O que acha que o patrão vai pensar quando eu levar para ele? Ainda não mostrei, mas não pense que vou guardar seus segredos ridículos. Que vergonha! E imagino que foi a senhorita quem começou com esses disparates. Ele não pensaria em escrever por conta própria, tenho certeza.

— Não fui eu! — chorou Cathy, de coração partido. — Não pensava em amá-lo até que...

— *Amá-lo?* — exclamei, proferindo a palavra com o maior desdém possível. — *Amá-lo?* Pode uma coisa dessas? Se for assim, eu amo o moleiro que vem aqui uma vez por ano para comprar milho. Que belo amor, hein! Somando os dois encontros, a senhorita não passou mais de quatro horas de sua vida com Linton! Aqui estão suas baboseiras infantis. Vou levá-las para a biblioteca. Vamos ver o que o seu pai tem a dizer sobre esse *amor*.

Cathy avançou nas preciosas cartas, mas segurei-as acima da cabeça; então ela implorou de pés juntos para que eu as queimasse — que fizesse qualquer coisa, menos mostrá-las. Dividida entre rir e repreendê-la — pois achava tudo aquilo frívolo, coisa de menina —, por fim cedi um pouco e perguntei:

— Se eu consentir em queimá-las, promete que não vai mandar ou receber mais cartas, ou livros, pois reparei que manda livros também, ou mechas de cabelo, ou anéis, ou brinquedos?

— Não trocamos brinquedos! — exclamou Catherine, deixando o orgulho falar mais alto que a vergonha.

— Que seja! Promete, senhorita? — insisti. — Se não me prometer, lá vou eu...

— Eu prometo, Ellen! — bradou ela, agarrando o meu vestido. — Atire-as ao fogo! Ande!

Mas quando comecei a abrir espaço com o atiçador, ela não aguentou a dor do sacrifício e suplicou fervorosamente que eu poupasse uma ou duas.

— Só uma ou duas, Ellen, por Linton... Para ficar de recordação!

Desamarrei o lenço e comecei a jogá-las na lareira, com cuidado, e as labaredas serpearam pela chaminé.

— Vou ficar com uma, sua bruxa! — gritou ela, mergulhando a mão no fogo e tirando alguns fragmentos já comprometidos, à custa de seus dedos.

— Está bem! E eu vou ficar com algumas para mostrar a seu pai! — retruquei, juntando o restante do maço e me virando para a porta.

Ela lançou os pedaços de papel estorricados de volta às chamas e fez sinal para eu terminar a imolação. Foi o que fiz. Remexi as cinzas e as enterrei sob um punhado de carvão; e ela, sem dizer nada, profundamente ultrajada, recolheu-se em seus aposentos. Desci para informar o patrão que a mocinha já estava quase boa, mas que era melhor deixá-la repousar um pouco. Ela não quis almoçar à mesa; reapareceu na hora do chá, pálida, com os olhos vermelhos e o semblante denso e anuviado. Na manhã seguinte, respondi a carta com uma nota que dizia: "Solicitamos ao sr. Heathcliff que não envie mais bilhetes à srta. Linton, pois não serão encaminhados a ela". E, dali em diante, o rapazinho passou a aparecer de bolsos vazios.

## Capítulo 22

O verão chegou ao fim e deu lugar ao outono. Já tinha passado a Festa de São Miguel e Todos os Anjos, mas a safra foi tardia aquele ano, e ainda havia muito a colher.[9] O sr. Linton e a filha costumavam caminhar entre os ceifadores. Quando os últimos fardos foram carregados, os dois ficaram no campo até anoitecer e, com o tempo frio e chuvoso, o patrão pegou um resfriado terrível, que se instalou nos pulmões, obstinadamente, e o deixou confinado o inverno todo, quase sem trégua.

A pobre Cathy, abalada por seu romancezinho, andava muito mais triste e apagada desde que o deixara de lado, e o pai insistia para que ela lesse menos e fizesse mais exercício.

Agora que ela não contava mais com a companhia do patrão, senti que era meu dever suprir a lacuna, ainda que fosse uma substituta infeliz, pois só dispunha de duas ou três horas vagas entre minhas inúmeras ocupações diurnas para andar atrás dela, e estava claro que minha companhia era menos desejável que a dele.

---

[9] A Festa de São Miguel e Todos os Anjos era uma data importante para a Inglaterra. Celebrada em 29 de setembro, próximo ao equinócio de outono, a data marca o início de um período em que as noites se tornam cada vez mais longas. Tradicionalmente, era a data em que se terminavam as colheitas do ano e em que se resolviam assuntos como a contratação de criados e o pagamento de dívidas. [N. de E.]

Em uma tarde de outubro, ou do começo de novembro — uma tarde úmida e fresca, em que folhas úmidas e ressequidas farfalhavam sobre a relva e os caminhos, e o céu frio e azul estava parcialmente encoberto pelas nuvens escuras que vinham rápido do oeste, anunciando uma chuva forte —, pedi à jovem patroa que abdicasse do passeio, pois eu tinha certeza de que cairia um dilúvio. Ela se recusou; e, contra minha vontade, peguei uma capa e um guarda-chuva para acompanhá-la em uma caminhada até os confins da Granja. Era um passeio formal, que ela costumava fazer quando se sentia desanimada — e era justamente como estava se sentindo, uma vez que o sr. Edgar andava pior, coisa que ele não chegou a confessar, mas que nós duas inferimos pelo silêncio crescente e o semblante melancólico dele. Caminhava tristonha, não corria ou saltitava, por mais que o vento gelado a instigasse a correr. E, volta e meia, de rabo de olho, pude vê-la levantar as mãos para enxugar o rosto. Olhei ao redor em busca de algo para distraí-la. Em um barranco, à beira da estrada, pendiam aveleiras e carvalhos franzinos, com as raízes meio expostas; o solo era muito movediço para as árvores, e os ventos fortes tinham deixado algumas quase horizontais. No verão, a srta. Catherine adorava escalar os troncos e balançar nos galhos, a seis metros do chão; e eu, contente com sua agilidade e animação pueril, ainda achava pertinente repreendê-la toda vez que a flagrava no alto, mas de um jeito que ela soubesse que não precisava mesmo descer. Do almoço até a hora do chá, ficava deitada nesse berço, embalada pela brisa, sem fazer nada além de entoar canções antigas para si mesma (o repertório de ninar que tinha adquirido comigo), ou observar os pássaros, inquilinos conjuntos, enquanto ensinavam os filhotes a voar, ou aninhar-se de olhos fechados, perdida em devaneios, mais feliz do que palavras poderiam expressar.

— Olhe, senhorita! — exclamei, apontando para uma fresta sob as raízes de uma árvore retorcida. — O inverno ainda não chegou. Há uma florzinha ali, o último botão dos infinitos jacintos que, em julho, formavam aquela névoa lilás sobre os degraus do jardim. Que tal colher a flor para mostrar a seu pai?

Cathy passou um bom tempo contemplando a flor solitária, que esvoaçava em seu abrigo terreno, até que respondeu:

— Não, não vou mexer nela. Parece melancólica, não parece, Ellen?

— É verdade — comentei —, tão fraquinha e singela quanto a senhorita, com essa carinha abatida... Venha, me dê a mão e corra comigo. Aposto que, desanimada do jeito que está, até consigo acompanhá-la.

— Não — repetiu ela, e seguiu caminhando, parando de vez em quando para admirar musgos, ou um tufo de grama ressequida, ou o fungo que alaranjava a folhagem marrom; e volta e meia levava a mão ao rosto, que mantinha virado para o outro lado.

— Catherine, por que está chorando, minha querida? — perguntei, aproximando-me e envolvendo-a em meu braço.

— Não precisa chorar só porque seu pai está gripado. Dê graças a Deus por não ser nada grave.

Ela não conteve mais as lágrimas; mal conseguia respirar direito, aos prantos.

— Ah, mas *vai* ficar grave — disse ela. — E o que eu vou fazer quando você e o papai me deixarem, e eu ficar sozinha? Suas palavras não saem da minha cabeça, Ellen. Ecoam em meus ouvidos. Minha vida não vai ser mais a mesma... O mundo vai ficar tão sombrio quando você e o papai morrerem!

— E quem disse que a senhorita não vai morrer antes? Nunca se sabe — retruquei. — É errado ficar agourando. Se Deus quiser, ainda viveremos muitos e muitos anos. O patrão é jovem, e eu sou forte, mal completei quarenta e cinco anos. Minha mãe viveu até os oitenta, uma senhora cheia de vigor até o fim da vida. E digamos que o sr. Linton seja poupado até os sessenta, superando as expectativas da senhorita. Não acha que seria uma tolice lamentar uma calamidade com mais de vinte anos de antecedência?

— Mas a tia Isabella era mais nova que o papai — observou ela, erguendo os olhos com a tímida esperança de encontrar algum consolo.

— A tia Isabella não contava comigo e com a senhorita para cuidar dela — respondi. — Não era feliz como o patrão, não tinha muito pelo que viver. Cabe à senhorita cuidar bem de seu pai e alegrá-lo mostrando-se alegre; e procure não lhe dar dor de cabeça por nada. É sério, Cathy! Não vou mentir. A senhorita poderia matá-lo se fosse tola e imprudente a ponto de nutrir uma paixão platônica pelo filho de alguém que se contentaria em vê-lo morto, deixando-o perceber que se aflige com a separação que ele julgou imprescindível.

— A única coisa que me aflige neste mundo é a doença do papai — respondeu minha companheira. — Não me importo com nada, perto do papai. E nunca, nunquinha, enquanto eu tiver juízo, vou fazer qualquer coisa ou dizer qualquer palavra que o tire do sério. Eu o amo mais do que a mim mesma, Ellen, e sei disso porque toda noite rezo para viver mais do que ele, porque prefiro viver *eu* infeliz a vê-lo infeliz. Quer prova maior que essa?

— Belas palavras! Mas as ações também têm peso e, quando ele ficar bem, não se esqueça das resoluções que fez na hora do desespero.

Enquanto conversávamos, chegamos a um portão que dava para a estrada. Minha jovem patroa, recobrando o ânimo solar, subiu e se sentou em cima do muro, e estendeu o braço para colher uns frutos escarlates do alto das roseiras silvestres que faziam sombra na estrada. Os frutos mais baixos haviam desaparecido, e aqueles apenas os pássaros alcançavam, ou quem estivesse na posição de Cathy. Ao se espichar para apanhá-los, deixou cair o chapéu; e como o portão estava trancado, resolveu descer para resgatá-lo. Pedi para ela tomar cuidado, ou acabaria caindo, e em poucos movimentos sumiu de vista. E o retorno não se provou fácil — as pedras eram lisas e estavam bem cimentadas do outro lado, e as parcas roseiras e amoreiras não serviam de apoio. Por relapso, não atinei para isso até ouvi-la rir e exclamar:

— Ellen, você precisa buscar a chave, ou vou ter de correr até a guarita e dar a volta. Não consigo subir o muro por aqui!

— Fique onde está — respondi. — Trouxe meu molho de chaves no bolso. Talvez consiga abrir. Se não, vou lá.

Catherine ficou dançando de um lado para o outro diante do portão, toda contente, enquanto eu testava as chaves grandes, uma por uma. Cheguei à última e percebi que de nada adiantaria; então reiterei que era para ela não sair do lugar, e estava prestes a correr até a casa o mais rápido possível, quando um ruído próximo me deteve. Era o trote de um cavalo; Cathy parou com a dança também.

— Quem vem lá? — sussurrei.

— Ellen, dá para abrir o portão? — minha companheira sussurrou de volta, ansiosa.

— Ora, ora, se não é a srta. Linton! — bradou a voz grave do cavaleiro. — Que prazer vê-la! Aonde vai com essa pressa toda? Quero uma explicação sua.

— Não devemos nos falar, sr. Heathcliff — respondeu Catherine. — Papai diz que o senhor é um homem cruel, e que odeia tanto a ele quanto a mim, e Ellen diz o mesmo.

— Não vem ao caso — disse Heathcliff (pois era mesmo ele). — Convenhamos, meu filho eu não odeio, e é por conta dele que peço sua atenção. Pois é, senhorita, motivos não lhe faltam para corar! Dois ou três meses atrás, não tinha por hábito escrever a Linton, com gracejos de amor? Os dois mereciam apanhar por isso! Especialmente a senhorita, que é mais velha, e menos sensível, pelo jeito. Estou com suas cartas, e se vier com malcriação para cima de mim, não hesitarei em encaminhá-las a seu pai. Imagino que tenha se cansado do passatempo, não? Para largá-lo assim... Bem, com essa postura, a senhorita rejeitou Linton, deixando-o chafurdar no Pântano do Desânimo[10]. Ele estava entregue: apaixonado, de verdade. Agora, eu lhe garanto, está literalmente morrendo por sua causa, com o coração partido por obra de seus caprichos. Embora Hareton esteja zombando dele há seis semanas, e eu tenha apelado para medidas extremas, tentando intimidá-lo até que acorde para a vida, ele piora a cada dia que passa. Estará debaixo da terra antes mesmo de chegar o verão, a menos que a senhorita o ajude a recobrar os ânimos!

— Como ousa mentir tão descaradamente para a pobrezinha? — confrontei-o, do outro lado. — Como ousa ludibriá-la assim? Por favor, siga seu rumo! Srta. Cathy, vou quebrar o trinco com uma pedra. Não leve essa bobajada vil a sério. Tire suas próprias conclusões... Onde já se viu alguém morrer de amores por uma desconhecida? Não tem cabimento.

— Não sabia que estávamos na companhia de bisbilhoteiros — murmurou o vilão em flagrante. — Cara sra. Dean,

---

10 Referência a *O peregrino: a viagem do cristão à cidade celestial*, publicado em 1678 pelo pastor inglês John Bunyan. Nessa alegoria, o Pântano do Desânimo é um lugar onde o protagonista afunda sob o peso de seus pecados. [N. de E.]

eu a tenho em alta conta, mas seus joguinhos não me apetecem — acrescentou ele, em voz alta. — Como ousa *a senhora* mentir tão descaradamente, dizendo que odeio a "pobrezinha" e inventando histórias de terror para impedi-la de me visitar? Catherine Linton (só o nome já acalenta meu coração), minha querida, passarei a semana toda fora. Vá até minha casa e veja se não estou falando a verdade. Vá... Sei que é uma boa menina... Imagine seu pai em meu lugar, e Linton em seu; então imagine o que acharia de seu amado omisso, caso ele se recusasse a fazer o mínimo para confortá-la, por mais que seu pai lhe suplicasse. Não caia na besteira de cometer o mesmo erro. Juro pela minha alma que ele está à beira do túmulo, e só a senhorita pode salvá-lo!

O trinco cedeu e corri até eles.

— Juro, Linton está morrendo — persistiu Heathcliff, fitando-me com um olhar severo. — E, com a tristeza e a desilusão, seu fim se aproxima mais rápido. Nelly, ainda que não a deixe ir, faça uma visita ao Morro e veja por conta própria. Retorno em uma semana e, nesse ínterim, creio que seu patrão não se oporia a deixar a mocinha ver o primo!

— Vamos — disse eu, tomando Cathy pelo braço, praticamente forçando-a a entrar de volta, pois demorava-se, encarando com um olhar conturbado seu interlocutor, cujos ares austeros disfarçavam a falsidade.

Ele se aproximou com o cavalo, curvou-se sobre nós e disse:

— Srta. Catherine, admito que tenho pouca paciência com Linton, e Hareton e Joseph têm menos ainda.

Reconheço que ele vive com um bando difícil. Não é à toa que anseia por ternura e amor... Uma palavra gentil de sua parte seria o melhor remédio. Não se deixe levar pelos sermões cruéis da sra. Dean. Seja generosa e arrume um jeito de vê-lo. Ele sonha com a senhorita noite e dia, e nada neste mundo o demove da ideia de que o odeia, pois nunca escreve ou aparece para uma visita.

Encostei o portão e rolei uma pedra para escorá-lo, uma vez que estava com o trinco solto. Abri o guarda-chuva e puxei Cathy para perto, pois a enxurrada já se anunciava por entre os galhos lastimosos das árvores, advertindo-nos para não nos determos mais. Com aquela pressa toda, não falamos nada sobre o encontro com Heathcliff no caminho para casa, mas eu sabia, por instinto, que Catherine estava com o coração anuviado, encoberto por uma dupla escuridão. Seu semblante estava tão triste, que nem parecia lhe pertencer — evidentemente, ela acreditava em cada sílaba do que ouvira.

Quando chegamos, o patrão já havia se recolhido em seus aposentos para descansar. Cathy subiu correndo para ver como ele estava; ele tinha caído no sono. Ela voltou e me pediu para lhe fazer companhia na biblioteca. Tomamos o chá juntas, e ela se deitou no tapete e disse que não queria conversa, pois estava cansada, então peguei um livro e fingi ler. Assim que me viu absorta, ela tornou a chorar em silêncio, seu passatempo favorito da vez, pelo que parecia. Aturei o quanto pude, então a censurei, ridicularizando as declarações do sr. Heathcliff sobre o filho, como se ela concordasse comigo. Ledo engano! Bem como ele planejara, faltou-me a competência para rebater os efeitos de seu relato.

— Você pode até ter razão, Ellen — respondeu ela —, mas não viverei em paz até saber ao certo. Preciso esclarecer a Linton que não tenho culpa por não lhe escrever mais, e convencê-lo de que meus sentimentos não mudaram, nem vão mudar.

De que valeria ficar brava e protestar contra a ingenuidade dela? Fomos dormir brigadas naquela noite, mas no dia seguinte eu já me encontrava na estrada para o Morro dos Ventos Uivantes, junto do pônei da obstinada mocinha. Não suportava vê-la sofrer, pálida e abatida daquele jeito, com o olhar carregado; e assim cedi, na vã esperança de que Linton, ao nos receber, provasse que aquela história não tinha o menor fundamento.

## Capítulo 23

A noite chuvosa emendou em uma manhã fria e enevoada — entre a geada e a garoa —, e riachos temporários cruzaram nosso caminho, gorgolejando do alto dos morros. Meus pés estavam encharcados, e eu, cansada e irritada, no humor perfeito para essas situações desagradáveis. Entramos pela cozinha para nos certificarmos de que o sr. Heathcliff estava mesmo ausente, pois eu não confiava muito nele.

Joseph parecia estar sentado sozinho em uma espécie de campo elísio, junto a um fogo crepitante, com uma caneca de cerveja pela metade e biscoitos de aveia à mesa, e o pequeno cachimbo preto nos lábios. Catherine correu para a fornalha para se aquecer, e eu perguntei se o patrão estava em casa. A pergunta ficou tanto tempo no ar, sem resposta, que achei que o velho tinha ficado surdo e a repeti mais alto.

— Não! — rosnou ele, ou melhor, gritou pelo nariz. — Não! Podem voltar pro lugar d'onde vieram.

— Joseph! — bradou uma voz rabugenta de dentro de casa, em uníssono comigo. — Quantas vezes preciso chamar? Restam apenas brasas na lareira... Joseph! Venha aqui agora!

As baforadas vigorosas e o olhar fixo nas chamas sugeriam que o velho não dava ouvidos para o apelo.

A governanta e Hareton não se encontravam em parte alguma; ela tinha dado uma saída, e ele provavelmente estava atarefado. Reconhecemos a voz de Linton e entramos.

— Ora! Espero que você morra de fome, esquecido no sótão! — disse o menino, confundindo nossa aproximação com a do criado negligente.

Deteve-se assim que se deu conta do equívoco, e a prima correu até ele.

— Srta. Linton? — perguntou, levantando a cabeça do braço da poltrona em que estava reclinado. — Não... Não me beije... Fico sem ar. Oh, céus! Bem que o papai disse que a senhorita viria visitar — continuou ele, após se recuperar do abraço de Catherine, enquanto ela o fitava, pesarosa. — Podem fechar a porta, por favor? Deixaram-na aberta, e aquelas... Aquelas criaturas *desprezíveis* se recusam a trazer carvão para o fogo. Está tão frio!

Aticei as brasas e peguei eu mesma um balde cheio de carvão. O inválido queixou-se de ficar coberto de cinzas, mas estava com uma tosse fatigante e um aspecto enfermo e febril, então o poupei de reprimendas.

— E então, Linton — murmurou Catherine, quando ele relaxou o cenho franzido —, está feliz em me ver? O que posso fazer por você?

— Por que a senhorita não veio antes? — indagou ele. — Devia ter me visitado, em vez de escrever. Era muito cansativo redigir aquelas longas cartas. Teria sido muito melhor conversar. Agora mal consigo falar ou fazer qualquer coisa. Por onde anda Zillah? — E voltou-se para mim. — Pode dar uma olhada na cozinha?

Ele não tinha me agradecido pelo outro serviço; e, sem a menor vontade de correr para lá e para cá a seu bel-prazer, respondi:

— Não há ninguém na cozinha, só Joseph.

— Estou com sede — estrebuchou ele, fazendo birra. — Zillah fica passeando por Gimmerton desde que o papai foi viajar. É terrível! Sou obrigado a descer e ficar aqui na sala... Resolveram não me atender lá em cima.

— Seu pai cuida bem do senhor? — inquiri, ao perceber que os avanços amistosos de Catherine haviam sido rejeitados.

— Se cuida bem? Ah, faz *eles* cuidarem! — exclamou. — Miseráveis! Sabe, srta. Linton, aquele bruto do Hareton fica rindo de mim. Eu o odeio! Para falar a verdade, odeio a todos nesta casa! São uns trastes!

Cathy foi atrás de um pouco de água; deparou-se com uma jarra na cômoda, encheu um copo e ofereceu a ele. Ele pediu que acrescentasse uma colher de vinho, de uma garrafa à mesa; e depois de entornar uma pequena dose, pareceu mais tranquilo e disse que ela era muito gentil.

— Está feliz em me ver? — indagou ela, reiterando sua pergunta anterior, contente por notar um tênue sorriso estampado no rosto dele.

— Estou, sim. É uma boa surpresa ouvir uma voz como a sua! — respondeu ele. — Mas fiquei aborrecido por não ter me visitado. E o papai jurou que era culpa minha, disse que eu era uma criatura triste e deplorável, que a senhorita me desprezava, e que, se ele estivesse em meu lugar, a esta altura, já seria mais patrão da Granja do que seu pai. Mas a senhorita não me despreza, despreza?

— Gostaria que me chamasse de Catherine, ou Cathy — interrompeu minha jovem patroa. — Desprezá-lo? Jamais! Depois do papai e da Ellen, você é quem mais amo no mundo. Mas não gosto muito do sr. Heathcliff, e não ousarei vir aqui depois que ele voltar. Sabe quanto tempo ele vai passar fora?

— Só uns dias — respondeu Linton —, mas ele anda bastante pela charneca, desde que começou a temporada de caça, então você pode passar uma ou duas horas comigo na ausência dele. Espero que venha. Com você por perto, eu não ficaria tão aborrecido. Você não me provocaria, e estaria sempre disposta a me ajudar, não é mesmo?

— Claro — disse Catherine, afagando o longo cabelo sedoso dele. — Quem me dera ter a permissão do papai! Passaria metade do meu tempo com você. Belo Linton! Queria que fosse meu irmão.

— E então você gostaria de mim tanto quanto gosta do seu pai? — observou ele, mais animado. — Mas... O papai disse que você me amaria mais do que ao seu pai e ao mundo inteiro se fosse minha esposa; eu gostaria que assim fosse.

— Não, jamais amarei alguém mais do que amo meu pai — respondeu ela, muito séria. — Às vezes, os homens odeiam suas esposas, mas nunca seus irmãos e irmãs. E se você fosse meu irmão, moraria conosco, e o papai seria tão afeiçoado a você quanto a mim.

Linton disse que os homens não odiavam suas esposas, mas Cathy insistiu que odiavam e, do alto de sua sabedoria, mencionou a aversão do pai dele à tia dela. Tentei impedi-la de falar sem pensar, mas só deu ouvidos quando já tinha deixado escapar tudo o que sabia. O jovem Heathcliff, muito irritado, acusou-a de calúnia.

— Foi o papai que me contou, e ele não mente — retrucou ela, insolente.

— *Meu* pai despreza o seu! — esbravejou Linton. — Diz que é um imbecil dissimulado.

— Seu pai é um homem perverso, e é muito indelicado de sua parte repetir o que ele diz. É tão perverso que a tia Isabella o deixou!

— Ela não o deixou — protestou o menino. — Não me contradiga!

— Deixou, sim! — bradou minha jovem patroa.

— Bem, vou lhe contar uma coisa! — disse Linton. — Sua mãe odiava seu pai.

— Ah! — exclamou Catherine, nervosa demais para continuar a discussão.

— E amava o meu — acrescentou ele.

— Mentiroso imprestável! Agora odeio você! — sentenciou ela, ofegante e vermelha de raiva.

— Amava, sim! Amava, sim! — cantarolou Linton, afundando em sua poltrona e recostando a cabeça para desfrutar da agitação da oponente, que estava logo atrás dele.

— Quieto, sr. Heathcliff! — ordenei. — Mais uma historinha de seu pai, imagino...

— Não é! Cuidado para não morder a língua. Ela o amava, Catherine! Amava, sim!

Cathy ficou fora de si e empurrou a poltrona com tudo, derrubando-o de bruços. No mesmo instante, ele foi tomado por uma tosse sufocante, que acabou com seu triunfo. Durou tanto tempo que fiquei assustada. Quanto à prima, estava aos prantos, pasma com o mal que causara, embora não dissesse nada. Amparei-o até o acesso passar. Então ele me empurrou e ficou cabisbaixo, em silêncio. Catherine engoliu o choro, sentou-se diante dele e fitou o fogo com um ar solene.

— Como está se sentindo, sr. Heathcliff? — inquiri, passados uns dez minutos.

— Queria que *ela* se sentisse como eu — respondeu ele. — Criatura odiosa e cruel! *Hareton* nunca encosta em mim... Nunca na vida me bateu. Eu estava me sentindo melhor hoje, até que... — A voz dele se dissipou em um lamento.

— Não bati em você! — murmurou Cathy, mordendo o lábio para conter a emoção.

Ele suspirava e gemia como se sofresse muito, e assim seguiu por quinze minutos; queria atormentar a prima, pelo visto, pois sempre que percebia nela um choro abafado, renovava a dor e o sentimentalismo nas inflexões da voz.

— Sinto muito, Linton — disse ela, sem aguentar mais o suplício. — Eu não teria me machucado com um empurrãozinho desses... Não imaginei que isso aconteceria com você. Você é mesmo frágil, não é, Linton? Não me deixe ir para casa achando que lhe fiz mal. Responda! Fale comigo.

— Não quero mais conversa — murmurou ele. — Você me machucou, e agora vou passar a noite toda sufocando com essa tosse. Se ao menos você soubesse... Mas *você* vai dormir bem, eu vou ficar agonizando, sem ninguém por perto. Imagine-se em meu lugar, em uma noite pavorosa dessas! — E abriu o berreiro, por pena de si mesmo.

— Se está tão familiarizado assim com noites tenebrosas — comentei —, não é a senhorita que atrapalha seu sossego. Com ou sem visita, daria no mesmo. Mas não se preocupe, que ela não o perturbará mais. E quem sabe o senhor não ficará mais tranquilo depois que formos embora?

— Devo mesmo ir? — perguntou Catherine, com pesar, debruçando-se sobre ele. — Você quer que eu vá, Linton?

— Você não pode mudar o que fez — retrucou ele, arredio, encolhendo-se na poltrona —, a menos que mude para pior, provocando uma febre.

— Devo ir, então? — persistiu ela.

— Ao menos deixe-me em paz — disse ele. — Não suporto ouvi-la falar.

Ela fez hora, resistindo à minha insistência para deixarmos o Morro, mas, como ele não levantou o rosto nem se pronunciou mais, finalmente fez menção de se dirigir à porta, e fui atrás.

Um berro nos fez dar meia-volta. Linton escorregara da poltrona até o chão e contorcia-se diante da lareira, fazendo pirraça, determinado a causar o maior estorvo possível. Pelo comportamento, deduzi quais eram suas intenções, e logo vi que seria tolice tentar animá-lo. Já não posso dizer o mesmo de minha companheira. Ela correu de volta, apavorada, ajoelhou-se e chorou e tentou acalmá-lo, até ele sossegar — por falta de ar, e não por se arrepender de afligi-la.

— Vou acomodá-lo no banco — disse eu —, e ele pode espernear o quanto quiser: não temos tempo para ficar de olho nele. Espero que esteja satisfeita, srta. Cathy, sabendo que não lhe cabe revigorá-lo, e que o estado de saúde dele não depende da relação com a senhorita. Pronto, aí está! Agora vamos! Quando ele perceber que não tem mais plateia para seu teatro, vai ficar quietinho.

Catherine arrumou uma almofada para o primo e lhe ofereceu água. Linton recusou e se debateu sobre a almofada, como se fosse uma pedra ou um bloco de madeira, e ela ainda tentou ajeitá-la para ficar mais confortável.

— Assim não — disse ele. — Não está alto o bastante.

Catherine trouxe outra almofada e colocou-a sobre a primeira.

— Agora está alto demais — murmurou a criaturinha insolente.

— Como devo arrumá-las, então? — indagou ela, em desespero.

Linton sentou e se enroscou na mocinha, que se ajoelhara junto ao banco, e usou o ombro dela de apoio.

— Nada disso! — intrometi-me. — Contente-se com a almofada. A senhorita já perdeu muito tempo com o senhor. Não podemos ficar nem cinco minutos mais.

— Mas é claro que podemos! — refutou Cathy. — Ele sossegou. Está quase convencido de que vou sofrer mais que ele hoje à noite, se achar que minha visita o agravou, e que então não ousarei vir mais. Diga a verdade, Linton, pois não voltarei mais se lhe causei mal.

— Você tem que vir, para me curar — declarou ele. — Tem que vir, pois me machucou, e muito! Você sabe que machucou. Eu não estava tão mal quando você entrou, estava?

— Foi você mesmo quem se colocou nessa situação, chorando e fazendo cena. Não fiz nada. Mas que seja... Façamos as pazes. Você me quer por perto? Digo, gostaria de me ver mais vezes, afinal?

— Já disse que sim — respondeu ele, impaciente. — Sente-se comigo no banco e me deixe deitar em seu colo. Eu passava tardes inteiras assim com a mamãe. Fique quietinha e não diga nada. Pode cantar uma canção, se souber cantar, ou recitar uma longa balada, se for interessante... Uma daquelas que você prometeu me ensinar... Ou contar uma história. Prefiro uma balada, no entanto. Pode começar.

Catherine recitou a balada mais longa que sabia de cor. A distração deixou os dois muito contentes. Linton queria ouvir mais uma, depois mais outra, fazendo pouco caso de minhas árduas objeções; e assim seguiram até o relógio anunciar o meio-dia e ouvirmos Hareton no pátio, retornando para o almoço.

— E amanhã, Catherine? Você vem? — indagou o jovem Heathcliff, segurando-a pelo vestido enquanto ela se levantava, relutante.

— Não — tratei de responder —, nem depois de amanhã.

Ficou claro, no entanto, que minha jovem patroa deu uma resposta diferente, pois o menino relaxou o cenho franzido quando ela se curvou e cochichou algo em seu ouvido.

— Nada de visita amanhã, senhorita! — ralhei com ela, assim que deixamos a casa. — Não está nem sonhando com isso, está?

Ela sorriu.

— Ora, tomarei as devidas providências — continuei. — Vou mandar consertarem o trinco, e a senhorita não vai ter por onde escapar.

— Posso pular o muro — disse ela, rindo. — A Granja não é uma prisão, Ellen, e você não é minha carcereira. E, além disso, já tenho quase dezessete anos, sou uma mulher-feita. Tenho certeza de que Linton melhoraria rapidinho se eu cuidasse dele. Sou mais velha, você sabe, e mais sábia também... Menos infantil do que ele, não acha? Logo vai estar me obedecendo... Basta ter um pouco de paciência! Ele é um amor quando sossega. Eu o mimaria tanto se fosse meu! Nunca brigaríamos, depois de nos acostumarmos um com o outro, não é mesmo? Você não gosta dele, Ellen?

— Se gosto dele? Ora, essa! — exclamei. — É o rapazinho mais enjoado que já padeceu nesta terra. Felizmente, como conjecturou o sr. Heathcliff, não chegará aos vinte anos. Acho difícil chegar à primavera, inclusive. Não será lá uma grande perda para a família, quando se for. Sorte a nossa que tenha sido acolhido pelo pai... Quanto melhor o tratassem, mais egoísta e desagradável ficaria. Que bom que a senhorita não corre o risco de esposá-lo!

A mocinha desatou a chorar com minhas palavras. Falar assim da morte dele, sem o menor tato, magoou-a.

— Ele é mais novo que eu — respondeu ela, após refletir um pouco —, deveria viver mais. E vai viver... *Tem* que viver. Está tão forte hoje quanto estava quando veio para o norte, tenho certeza. Não passa de uma gripe, a mesma que o papai pegou. Você diz que o papai vai melhorar, por que haveria de ser diferente com Linton?

— Muito bem! — exclamei. — Portanto, não temos com o que nos preocupar. Escute, senhorita, não estou para brincadeira. Vou manter minha palavra... Se tramar uma nova visita ao Morro dos Ventos Uivantes, seja sozinha ou em minha companhia, hei de informar o sr. Linton. A menos que ele permita, as relações com seu primo não devem ser restabelecidas.

— Já foram restabelecidas — murmurou Cathy, amuada.

— Não devem ser mantidas, então — decretei.

— Veremos — respondeu ela, e saiu a galope, deixando-me na retaguarda.

Chegamos em casa antes do almoço. O patrão presumiu que estávamos caminhando pelo terreno da Granja e não pediu explicações sobre nossa ausência. Assim que entrei, apressei-me em trocar os sapatos e as meias molhadas, mas, depois de tanto tempo sentada no Morro, o estrago já estava feito. Na manhã seguinte, não consegui me levantar. Passei três semanas acamada, incapaz de cumprir meus deveres — calamidade jamais vivida antes, e nunca mais depois, felizmente.

A jovem patroa se comportou como um anjo. Cuidava de mim e me alegrava em minha solidão, quando a reclusão me deixava para baixo. Imagine, uma pessoa agitada como eu... Mas não tinha muito do que reclamar. Assim que Catherine deixava o quarto do sr. Linton, vinha me fazer companhia. Seus dias se dividiam entre nós, e não sobrava tempo para distrações. Chegou a abdicar de refeições, estudos e lazer... Nunca vi enfermeira mais afetuosa. Tinha mesmo um coração de ouro, amando o pai como amava, e ainda se dedicando a mim. Comentei que seus dias se dividiam entre nós, mas o patrão se recolhia cedo, e eu quase nunca precisava de atenção depois das seis, então ela ficava com a noite toda para si. Pobrezinha! Não parei para pensar no que ela fazia depois do chá. E embora, muitas vezes, quando ela aparecia para me dar boa-noite, eu notasse que estava corada e com as pontas dos dedinhos rosadas, jamais imaginei que cavalgasse pela charneca no frio — atribuía o rubor ao calor intenso da lareira na biblioteca.

## Capítulo 24

Depois de três semanas, consegui deixar meus aposentos e perambular pela casa. Na primeira ocasião em que consegui me sentar um pouco à noite, pedi para Catherine ler para mim, pois sentia a vista fraca. Estávamos na biblioteca, e o patrão já tinha se deitado. Ela consentiu muito de má vontade, pareceu-me; e, imaginando que meu tipo de livro não lhe apetecia, insisti para que escolhesse uma de suas leituras de praxe. Ela selecionou um de seus títulos favoritos e leu sem parar por cerca de uma hora, então começou a martelar perguntas.

— Não está cansada, Ellen? Não é melhor se deitar? Vai ficar indisposta, Ellen, acordada até tarde assim.

— Não, não, minha querida. Não estou cansada — respondi e reiterei algumas vezes.

Quando se deu conta de que eu permaneceria firme e forte ali, ensaiou um novo método para manifestar seu dissabor. Começou a bocejar e se espreguiçar e...

— Ellen, estou cansada.

— Largue o livro, então, e converse comigo — respondi.

A situação piorou. Ela ficou inquieta, bufando e olhando no relógio sem parar, até dar oito horas e ela se retirar para seus aposentos, vencida pelo sono, a julgar pela expressão rabugenta e carregada, e pelo tanto que esfregava os olhos. Na noite seguinte, parecia ainda mais impaciente; e na terceira noite em minha companhia, queixou-se de uma dor de cabeça e me deixou. Achei seu comportamento esquisito; depois de ficar um tempo sozinha, resolvi subir para ver se ela estava melhor e se não queria se deitar no sofá em vez de ficar no quarto, no escuro. Não havia nenhum sinal de Catherine no andar de cima, tampouco no de baixo. Os criados disseram que não a tinham visto. Escutei à porta do sr. Edgar; reinava o silêncio. Retornei aos aposentos dela, apaguei a vela e sentei-me à janela.

A lua brilhava; a terra estava salpicada de neve, e imaginei que talvez ela tivesse resolvido caminhar pelo jardim, para se refrescar. Por acaso notei uma figura se esgueirando junto à cerca interna da propriedade, mas não era minha jovem patroa. Quando emergiu à luz, reconheci um dos cavalariços. Ele ficou um bom tempo ali parado, de olho na estrada que desembocava na Granja; então saiu andando, às pressas, como se tivesse visto algo, e logo reapareceu, com o pônei da senhorita. E lá estava ela — tinha acabado de desmontar e caminhava a seu lado. O rapaz conduziu o animal sorrateiramente pela relva, até à estrebaria. Cathy entrou pela janela da sala de estar e subiu na ponta dos pés, sem imaginar que eu a aguardava. Encostou a porta com cuidado, tirou os sapatos cobertos de neve, desatou o chapéu e, alheia à minha espionagem, estava prestes a guardar o manto, quando de repente me levantei e revelei minha presença. O susto a deixou petrificada por um instante; ela berrou qualquer coisa ininteligível e ficou imóvel.

— Minha querida srta. Catherine — comecei, ainda muito enternecida com seus cuidados para ralhar com ela

—, por onde andava a cavalo a essa hora? E por que tentou me enganar, inventando história? Onde a senhorita estava? Diga-me.

— Fui até a divisa do terreno — balbuciou ela. — Não estou inventando história.

— E não esteve em mais nenhum lugar? — indaguei.

— Não — murmurou ela, em resposta.

— Ah, Catherine! — exclamei, com pesar. — A senhorita sabe que fez coisa errada, ou não se daria o trabalho de mentir para mim. Fico triste. Prefiro passar três meses de cama a ouvi-la contar uma mentira descarada.

Ela se precipitou em um abraço, debulhando-se em lágrimas.

— Ah, Ellen, você vai ficar tão brava! — disse ela, temerosa. — Prometa que não vai ficar brava, que conto toda a verdade. Detesto andar às escondidas.

Sentamo-nos à beira da janela. Garanti que não a repreenderia, qualquer que fosse o segredo — e já sabia o que era, claro. Então ela se pôs a falar.

— Eu estava no Morro dos Ventos Uivantes, Ellen. Fui todo santo dia desde que você adoeceu, salvo em três ocasiões antes, e duas depois que você deixou o quarto. Ofereci livros e gravuras a Michael para que preparasse Minny toda noite e a levasse de volta à estrebaria depois. Deixe-o fora disso, por favor. Eu chegava ao Morro por volta das seis e meia, geralmente ficava até as oito e meia, e depois cavalgava de volta para casa. Não era por diversão; não foram poucas as visitas em que passei o tempo todo deprimida.

Um dia ou outro, até ficava alegre... Uma vez por semana, talvez. A princípio, achei que seria difícil convencê-la a me deixar manter a palavra com Linton... Sabe, quando o deixamos, prometi uma nova visita no dia seguinte... Mas como você não desceu de manhã, poupei-me do trabalho. À tarde, quando Michael estava consertando o trinco do portão, apoderei-me da chave e expliquei a ele que meu primo contava com uma visita minha, pois estava doente e não podia vir à Granja, e que o papai se oporia, então fizemos um acordo. Michael gosta de ler e pretende deixar a Granja em breve para se casar, então pediu para eu lhe emprestar os livros da biblioteca, em troca de seus serviços; ofereci-lhe minha própria coleção, e isso o deixou ainda mais contente.

"Em minha segunda visita, Linton parecia animado. Zillah (a governanta) limpou um cômodo e preparou a lareira com um bom fogo, e comentou que Joseph estava na igreja e que Hareton Earnshaw tinha saído com os cães — para furtar faisões nos bosques de nossa propriedade, depois fiquei sabendo —, deixando a casa toda para nós. Ela me trouxe um pouco de vinho quente e biscoitos de gengibre, muito prestativa. Linton se sentou na poltrona, e eu, na pequena cadeira de balanço ao pé da lareira. Rimos juntos e tivemos uma conversa muito alegre; não faltou assunto. Fizemos planos para o verão, aonde iríamos e o que faríamos... Prefiro não compartilhar os detalhes, pois você diria que é tolice.

"Em certo momento, no entanto, quase discutimos. Linton disse que a melhor maneira de aproveitar um dia quente de julho era ficar deitado, de manhã até o fim da tarde, em uma clareira em meio às urzes, com as abelhas zunindo entre as flores, como em um sonho, e as cotovias cantando lá no alto, no céu azul e o sol radiante, sem sinal de nuvens. Era seu ideal de felicidade paradisíaca. O meu era balançar em uma árvore frondosa e farfalhante, com o vento oeste soprando e nuvens branquinhas passando depressa; e não só cotovias, como também tordos e melros e pintarroxos e cucos entoando cantos por toda parte, e a charneca inteira de paisagem, entremeada por vales frescos e sombreados... Isso junto aos morros, a grama alta drapejando com a brisa, e bosques e riachos gorgolejantes, e o mundo todo desperto e explodindo de alegria. Ele almejava a euforia da paz; eu queria que tudo brilhasse e dançasse em um glorioso jubileu. Eu disse que o paraíso dele não teria muita vida, e ele disse que o meu parecia fruto de uma embriaguez; eu disse que ficaria com sono no dele, e ele disse que sufocaria no meu, e começou a me responder atravessado. Por fim, concordamos em experimentar os dois, assim que virasse o tempo; depois nos beijamos e fizemos as pazes.

"Depois de passarmos uma hora sentados, admirei a sala... O piso lisinho, sem tapetes... E imaginei como seria divertido brincar ali, se tirássemos a mesa. Pedi a Linton que chamasse Zillah para nos ajudar e, quem sabe, juntar-se a nós em uma rodada de cabra-cega. Ela poderia correr atrás da gente, como você costumava fazer, Ellen. Lembra? Ele se recusou; disse que não via graça na brincadeira, mas aceitou jogar bola comigo. Encontramos duas bolas em um armário, em meio a um amontoado de velhos brinquedos: piões, bichinhos de dar corda, raquetes e petecas. Uma estava marcada com um C, e a outra, com um H. Eu queria ficar com o C, de Catherine, e sugeri-lhe a bola com o H, que poderia ser de Heathcliff, seu sobrenome, mas estava rasgada, e Linton não aceitou. Ganhei o jogo de lavada e ele se aborreceu de novo, e começou a tossir, e retornou à poltrona. Ainda naquela noite, no entanto, logo recobrou os ânimos... Caiu no encanto de duas ou três belas canções... *Suas* canções, Ellen... E quando deu minha hora, ele implorou para que eu voltasse na noite seguinte, e prometi voltar. Minny e eu voltamos a galope, velozes como o vento; e até raiar o dia sonhei com o Morro dos Ventos Uivantes e meu doce, querido primo. Acordei triste, em parte porque você estava indisposta e em parte porque queria que meu pai soubesse das minhas excursões e consentisse. Mas o luar estava lindo depois do chá e, no caminho para o Morro, desanuviei. 'Terei mais uma noite agradável', pensei, 'e o que me alegra ainda mais é que Linton desfrutará junto.' Cheguei trotando pelo jardim e estava contornando os fundos da casa quando aquele sujeito, Earnshaw, apareceu para me receber, tomou as rédeas e comentou que eu podia entrar pela porta da frente. Alisou o pescoço da Minny e comentou que era um belo espécime... Parecia querer conversa. Eu disse apenas para deixar meu cavalo em paz, ou levaria um coice. Ele respondeu com seu sotaque vulgar:

"— Um coice desse não faria nem cócegas! — E examinou as patas da Minny, com um sorrisinho no rosto.

"Fiquei tentada a provocá-lo, mas ele se afastou para abrir a casa. Enquanto puxava o ferrolho, olhou para a inscrição sobre a porta e anunciou, ao mesmo tempo constrangido e animado, um baita de um tapado:

"— Srta. Catherine! Agora eu sei ler.

"— Maravilha! — exclamei. — Adoraria ouvi-lo... Está ficando esperto!

"Ele soletrou o próprio nome, sílaba por sílaba... 'Hareton Earnshaw'.

"— E os números? — bradei para encorajá-lo, ao perceber que tinha travado.

"— Ainda não sei contar — respondeu ele.

"— Ora, mas é uma anta mesmo! — disse eu, gargalhando do fiasco.

"O palerma ficou me encarando com um sorriso forçado, torcendo o nariz, como se não soubesse se era para rir junto, se era uma brincadeira íntima ou desdém (era desdém). Sanei suas dúvidas retomando minha postura séria e dispensando sua companhia, pois era uma visita para ver Linton, e não ele. Ele ficou vermelho — pude ver à luz da lua —, soltou o ferrolho e se retraiu, vexado. Imaginava-se tão virtuoso quanto Linton, creio eu, só porque sabia soletrar o próprio nome, e perdeu a compostura quando viu que eu não pensava igual."

— Alto lá, cara srta. Catherine! — interrompi. — Prometi não repreendê-la, mas não gostei de como se portou. Não lembra que Hareton é tão primo seu quanto o sr. Heathcliff? Pois se lembrasse, veria que não tem cabimento uma coisa dessas! A vontade de ser tão virtuoso quanto Linton tem seus méritos, e imagino que ele não tenha aprendido só para se gabar. Não foi a primeira vez que a senhorita o constrangeu, sei bem; ele queria remediar a situação e lhe fazer um agrado. Desdenhar de sua leitura esforçada foi uma profunda falta de educação. Se tivesse crescido nas mesmas circunstâncias que ele, por acaso seria menos grosseira? Ele foi uma criança tão inteligente e sagaz quanto a senhorita, e fico mal agora por vê-lo menosprezado desse jeito, depois de ter sido tratado tão injustamente pelo maldito Heathcliff.

— Ora, Ellen! Você não vai chorar por isso, vai? — exclamou ela, abalada com minha severidade. — Mas espere, e vai ver se ele aprendeu o abecedário para me agradar mesmo, e se valeria a pena ser cortês com aquele brutamontes.

"Entrei na casa. Linton estava deitado no banco e fez menção de se levantar para me cumprimentar.

"— Não estou bem hoje, Catherine, querida — logo disse. — É melhor só você falar e me deixar de ouvinte. Venha, sente-se comigo. Eu sabia que você não quebraria sua promessa, e farei me prometer de novo, antes que vá embora.

"Àquela altura, eu sabia que não deveria tirá-lo do sério, já que estava doente. Fui gentil com ele, não fiz perguntas e evitei qualquer aborrecimento. Eu tinha levado alguns de meus melhores livros para ele e, a pedidos, estava prestes a ler um pouco, quando Earnshaw escancarou a porta, destilando todo o veneno que havia juntado desde que eu o enxotara. Veio direto em nossa direção, pegou Linton pelo braço e o arrancou do banco.

"— Sai daqui, vai pro seu quarto! — ordenou, com as palavras embaralhadas, tamanha a fúria; estava inflado e espumava de raiva. — E leva ela junto... Vocês podem ficar lá, sempre que ela vier visitar. Daqui não me tiram mais... Fora, os dois!

"Ele praguejou contra nós, e Linton não teve tempo para retrucar. Hareton praticamente o atirou à copa e cerrou os punhos quando fui atrás, doido para acabar comigo. Fiquei com medo por um instante e deixei cair um livro. Ele chutou-o para a copa e nos trancou lá dentro. Ouvi uma risada maligna e excêntrica vindo da fornalha e, quando me virei, deparei-me com aquele calhorda do Joseph de pé junto ao fogo, esfregando as mãos ossudas e tiritando.

"— Eu sabia que ele ainda ia dar uma lição em vocês! Ô menino bom, c'o coração no lugar! Ele sabe... Eu e ele, a gente sabe quem devia ser o patrão da casa... Ha, ha, ha! Tá certo de tirar os dois do caminho! Ha, ha, ha!

"— Aonde vamos agora? — perguntei a meu primo, ignorando o deboche do velho.

"Linton estava pálido e trêmulo. Uma cena nada bonita, Ellen! Parecia apavorado. Seu rosto franzino e seus olhos grandes denunciavam uma ira alucinada e impotente. Ele chacoalhou a maçaneta; estava trancada por dentro.

"— Se não me deixar entrar, vou matar você! Se não me deixar entrar, vou matar você! — berrou ele, ou melhor, chiou. — Demônio! Demônio! Vou matar você... Vou matar você!

"Joseph soltou mais uma risada esganiçada.

"— Arre, se não é igual ao pai! — bradou ele. — Igual! Ninguém escapa dos pais. Não dá ouvido, Hareton... Ignora o infeliz... Ele não tem como atingir você!

"Segurei as mãos de Linton e tentei afastá-lo da porta, mas ele estava tão em choque, e gritava tanto, que desisti. Por fim, seus chiados foram abafados por um terrível ataque de tosse; jorrava sangue de sua boca, e ele caiu no chão. Corri para o pátio, zonza de pavor, e gritei por Zillah o mais alto que pude. Ela logo me ouviu. Estava ordenhando as vacas em um curral atrás do celeiro e, largando o trabalho às pressas, perguntou o que deveria fazer. Eu estava sem fôlego para explicar; arrastei-a comigo, procurando por Linton. Earnshaw tinha aberto a porta para averiguar o estrago que causara e, àquela altura, já estava carregando o pobrezinho lá para cima. Zillah e eu fomos atrás, mas ele me deteve no topo da escada e disse que eu não podia entrar, e que deveria voltar para casa. Acusei-o de ter matado Linton e ameacei entrar. Joseph trancou a porta e decretou que 'não era para eu entrar coisa nenhuma', e me perguntou se eu ficaria 'fazendo cena como ele'. Fiquei ali plantada, aos prantos, até que a governanta reapareceu. Ela me garantiu que Linton ficaria bem logo, mas que não podia com aquela gritaria e algazarra, e praticamente me arrastou de volta para a sala.

"Ellen, eu estava a ponto de arrancar os cabelos! Chorei de soluçar, a ponto de quase não conseguir enxergar mais, e o rufião por quem você tanto se compadece postou-se na minha frente, pedindo silêncio de quando em quando e negando a culpa. Por fim, intimidado pelas minhas ameaças de que contaria tudo ao papai, e ele seria preso e enforcado, começou ele próprio a balbuciar, e saiu correndo para esconder a exaltação covarde. E nem assim me vi livre dele... Quando enfim me persuadiram a ir embora, e eu já estava a uns cem metros da propriedade, ele emergiu das sombras à beira da estrada, bloqueou Minny e me segurou.

"— Srta. Catherine, estou arrasado — ensaiou ele —, mas é uma pena que...

"Dei-lhe uma chicotada, com receio de que fosse me matar. Ele me soltou, rogando uma de suas terríveis pragas, e vim para casa a galope, completamente atordoada.

"Não lhe dei boa-noite e não fui ao Morro dos Ventos Uivantes no dia seguinte. Queria muito ir, mas estava agoniada... Às vezes temia receber a notícia de que Linton tinha morrido, e às vezes estremecia só de pensar em encontrar Hareton. No terceiro dia, juntei coragem. Não aguentava mais o suspense, e lá fui eu de novo. Parti às cinco, a pé, imaginando que conseguiria me insinuar pela casa, até o quarto de Linton, sem ser vista. Os cães, no entanto, notaram minha presença. Zillah me recebeu e, assegurando-me de que 'o rapaz estava se recuperando', conduziu-me a uma salinha arrumada e forrada de tapetes, onde, para minha imensa alegria, encontrei Linton sentado em um pequeno sofá, lendo um dos meus livros. Mas ele não falou comigo, sequer olhou para mim, por uma hora inteira. Ellen, ele é infeliz por natureza, é difícil. O que mais me espantou — quando, de fato, ele abriu a boca — foi a falsa acusação de que era eu a culpada pelo tumulto da outra noite, e não

Hareton! Incapaz de responder, a não ser de forma passional, levantei-me e deixei o recinto. Ele soltou um 'Catherine!' lânguido. Não esperava que eu fosse embora, mas me recusei a voltar; e, no dia seguinte, fiquei em casa mais uma vez, inclinada a abrir mão das visitas. Mas era tão sofrido dormir e acordar sem saber dele, que minha resolução se dissolveu antes mesmo de tomar forma. Antes parecia errado fazer o trajeto; agora parecia errado me abster. Michael veio me perguntar se deveria selar Minny; respondi que sim e, enquanto ela me carregava pelos morros, senti que estava cumprindo um dever. Vi-me obrigada a passar diante das janelas da fachada para chegar ao pátio... De nada adiantaria tentar esconder minha presença.

"— O jovem patrão está em casa — disse Zillah, quando notou que eu me dirigia à sala. Entrei. Earnshaw também estava presente, mas logo deixou o cômodo. Linton estava sentado na grande poltrona, caindo no sono. Aproximei-me da lareira e falei, em um tom grave, a sério:

"— Já que não gosta de mim, Linton, e acha que venho aqui com o intuito de machucá-lo, pois é o que diz toda vez que venho, este será nosso último encontro. Assim me despeço. Diga ao sr. Heathcliff que não deseja me ver, e que não é para ele inventar mais mentiras a meu respeito.

"— Sente-se e tire o chapéu, Catherine — respondeu ele. — Você é tão mais feliz que eu, deveria ser uma pessoa melhor. O papai vive falando dos meus defeitos e me trata com desprezo... É natural que me falte confiança. Volta e meia me pergunto se não sou mesmo imprestável, como ele diz.

Sinto-me tão irritado com isso... Odeio todo mundo! Eu *sou* um imprestável, tenho um temperamento difícil e quase sempre estou de péssimo humor... Muito bem, despeça-se de mim, se assim quiser. É um aborrecimento a menos para você. Peço apenas justiça, Catherine. Acredite, se eu pudesse ser tão doce e bondoso quanto você, eu seria, mais até do que alegre e saudável. Você me trata com tanta ternura, que a amo até mais do que amaria se fizesse por merecer... É uma pena que eu não consiga esconder de você minha natureza. É minha sina. Lamento muito e lamentarei até morrer.

"Senti que ele falava a verdade, e senti que deveria perdoá-lo. E se brigasse comigo logo em seguida, haveria de perdoá-lo mais uma vez. Nós nos reconciliamos, mas choramos, os dois, durante toda a minha estadia: não só de tristeza, embora eu *ficasse* triste pela natureza deturpada de Linton. Ele nunca vai deixar os amigos em paz, e nunca estará em paz consigo mesmo! Passei a vê-lo toda noite desde então, na saleta, pois seu pai retornou no dia seguinte.

"Em três ocasiões, se me lembro bem, estivemos felizes e esperançosos, como na primeira noite. De resto, minhas visitas foram desoladoras: ora lidando com o egoísmo e o rancor de Linton, ora com seus sofrimentos. Mas aprendi a lidar com o primeiro caso com quase tão pouco ressentimento quanto o segundo. O sr. Heathcliff me evita; mal o vejo. Domingo passado, na verdade, cheguei mais cedo que o habitual e pude ouvi-lo rogar as pragas mais cruéis contra Linton por sua conduta na noite anterior. Não sei como ele descobriu, a menos que tenha escutado. Linton tinha feito pirraça, de fato, mas isso dizia respeito a mim apenas, e mais ninguém, e interrompi o sermão do sr. Heathcliff para adverti-lo. Ele caiu na gargalhada e se retirou, alegando estar contente com meu posicionamento. Comentei com Linton que, dali em diante, seria melhor ele sussurrar quando estivesse se sentindo amargurado. Pronto, Ellen! Isso é tudo. Se tentar me proibir de visitar o Morro dos Ventos Uivantes, vai fazer duas pessoas sofrerem, a menos que não diga nada ao papai... Assim, minhas excursões não perturbariam o sossego de ninguém. Você não vai contar, vai? Seria muito insensível de sua parte."

— Até amanhã eu decido, srta. Catherine — respondi. — Preciso ponderar um pouco. É melhor a senhorita descansar, enquanto penso no caso.

Pensei no caso em voz alta, na presença do patrão. Assim que deixei os aposentos de Catherine, relatei a ele a história toda, a não ser pelas conversas com o primo ou qualquer menção a Hareton. O sr. Linton ficou tenso e aflito, mais do que estava disposto a admitir. De manhã, Catherine ficou sabendo que traí sua confiança, e que suas visitas secretas haviam chegado ao fim. Em vão, chorou e esperneou contra a interdição, e implorou para o pai ter piedade de Linton. Tudo que lhe restou foi a promessa de que o pai escreveria a Linton, concedendo a permissão para visitar a Granja quando quisesse, e explicando-lhe que, no entanto, não deveria esperar por Catherine no Morro dos Ventos Uivantes. Talvez, se soubesse da disposição e do estado de saúde do sobrinho, tivesse pensado melhor antes de lhe negar esse pequeno consolo.

## Capítulo 25

Isso tudo aconteceu no inverno passado, senhor — disse a sra. Dean. — Mal se passou um ano. Quem diria que, dali a doze meses, eu estaria entretendo um desconhecido da família com essas histórias? Mas nunca se sabe... Talvez o senhor não seja um desconhecido por muito mais tempo. É muito novo para se contentar em viver sozinho para todo o sempre, e não imagino que alguém seja capaz de ver Catherine Linton e não amá-la. O senhor sorri como quem não quer nada, mas por que, então, fica tão animado e interessado quando falo dela? E por que me pediu para pendurar o retrato dela sobre a lareira? E por quê...

— Deixe disso, minha cara amiga! — supliquei. — É bem possível que *eu* a ame. Agora, ela me amar... quais seriam as chances? Nulas, eu diria. Não vale arriscar meu sossego e cair em tentação; além do mais, aqui não é meu lugar. Pertenço ao mundo agitado, e aos braços dele ainda voltarei. Prossiga. Catherine obedeceu às ordens do pai?

— Obedeceu — continuou a governanta. — O afeto pelo pai ainda era o sentimento predominante em seu coração. E ele não ficou bravo... Falou com a profunda ternura de alguém prestes a deixar seu tesouro à mercê dos inimigos e perigos do mundo, como se a memória de suas palavras viesse a ser a única orientação legada à filha. Alguns dias depois, ele me disse:

— Gostaria que meu sobrinho me escrevesse, Ellen, ou fizesse uma visita. Diga-me com sinceridade, o que acha dele? Mudou para melhor? Ou pelo menos tem perspectiva de melhora, conforme se torna um homem?

— Ele é muito frágil, senhor — respondi —, e é pouco provável que chegue à idade adulta. Mas uma coisa é certa: ele não se parece com o pai. E se a srta. Catherine tivesse a infelicidade de esposá-lo, ele não fugiria do controle, a menos que ela fosse muito tola e cedesse a seus caprichos. De qualquer modo, o senhor terá tempo de sobra para conhecê-lo e avaliar se é um bom pretendente: ainda faltam quatro anos para ele atingir a maioridade.

Edgar soltou um suspiro, dirigiu-se à janela e contemplou a igreja de Gimmerton. Era uma tarde nebulosa, mas o sol tênue de fevereiro se esgueirava, e dava para ver os dois abetos do cemitério, e as lápides esparsas.

— Rezo bastante — disse a si mesmo — para que o fim iminente não demore a chegar, mas estou começando a me sentir hesitante e temeroso. Achava que a recordação do momento em que desci recém-casado aquele vale seria menos doce do que a expectativa de que em breve, em questão de meses, ou mesmo semanas, eu seria carregado vale acima e depositado em uma cova solitária. Ellen, sou muito feliz com a pequena Cathy: das noites de inverno aos dias de verão, é uma manifestação viva de esperança a meu lado. No entanto, também sou feliz quando medito sozinho entre as lápides, nas longas noites de junho, deitado ao pé da velha igreja, no montículo verde da sepultura da mãe dela, desejando... sonhando com a hora em que ali repousarei. O que posso fazer por Cathy? Como hei de deixá-la? Eu não me preocuparia nem um pouco com o fato de Linton ser filho de Heathcliff, nem se a tomasse de mim, se ao menos ele fosse capaz de lhe oferecer consolo pela minha partida. Pouco me importaria se Heathcliff vencesse e triunfasse em surrupiar minha última bênção! Mas se Linton não for digno, se não passar de um reles instrumento do pai, não posso abandoná-la à mercê dele! E, por mais difícil que seja acabar com seu espírito alegre, devo perseverar em fazê-la sofrer enquanto eu estiver vivo, e deixá-la sozinha quando eu morrer. Minha querida! Prefiro entregá-la a Deus e enterrá-la antes de mim.

— Deixe-a nas mãos de Deus — respondi —, e se perdermos o senhor... Deus me livre! Mas, se perdermos o senhor, obedecerei à vontade divina e permanecerei ao lado dela até o fim, como amiga e conselheira. A srta. Catherine é uma boa mocinha, não temo que vá aprontar; e aqueles que cumprem seu dever são sempre recompensados, no final.

A primavera avançava, e nada de o patrão recobrar as forças, embora tivesse retomado as caminhadas com a filha pela propriedade. Ingênua que era, Cathy via esses passeios como um sinal de melhora do pai: o rosto dele às vezes corava, seus olhos reluziam, e ela tomava por certa a recuperação. No aniversário de dezessete anos de Cathy, ele não foi até o cemitério. Estava chovendo, e comentei:

— O senhor não vai sair esta noite, vai?

— Não, vou adiar um pouco este ano — respondeu.

Ele escreveu para Linton mais uma vez, expressando um enorme desejo de vê-lo; e, se o inválido estivesse apresentável, não tenho dúvidas de que o pai teria lhe concedido a visita à Granja. Conforme solicitado, ele enviou uma resposta, dando a entender que o sr. Heathcliff se opusera, mas que estava contente com a doce lembrança do tio, e que esperava encontrá-lo qualquer dia, em seus passeios, até para lhe requerer, em pessoa, que não o mantivesse mais afastado da prima.

Essa parte da carta era simples, e provavelmente obra dele próprio. Heathcliff sabia que ele faria uma súplica eloquente pela companhia de Catherine. Dizia:

*Não estou pedindo para ela me visitar, mas estaremos fadados a nunca mais nos ver, visto que meu pai me proíbe de ir à casa dela, e o senhor a proíbe de vir à minha? Venha com ela até o Morro de vez em quando, e deixe-nos trocar algumas palavras em sua presença! Não fizemos nada para merecer essa separação e, convenhamos, o senhor não está zangado, tampouco tem motivo para cismar comigo. Querido tio! Por obséquio, envie uma nota amanhã e me dê permissão para acompanhá-los onde quer que seja, afora a Granja da Cruz dos Tordos. Acredito que uma conversa provaria ao senhor que não tenho a índole do meu pai — ele diz que sou mais sobrinho seu do que filho dele. E embora eu tenha meus defeitos, que fazem de mim indigno de Catherine, ela os perdoou e, pelo bem dela, o senhor também deveria perdoá-los. O senhor perguntou da minha saúde... Melhorei, mas enquanto me faltarem esperanças e eu estiver condenado à solidão, ou à companhia daqueles que jamais gostaram e jamais gostarão de mim, acha que serei capaz de me sentir disposto e alegre?*

Edgar, muito embora solidarizasse com o menino, não consentiu, pois não estava em condições de acompanhar Catherine. Disse que, no verão, talvez pudessem se encontrar. Até lá, queria que o sobrinho lhe escrevesse de tempos em tempos, e comprometeu-se a aconselhar e confortar o menino por carta, sempre que pudesse, pois entendia sua posição difícil na família. Linton respeitou a decisão; e, se não lhe dessem limites, provavelmente teria posto tudo a perder, enchendo suas epístolas de queixas e lamúrias, mas o pai mantinha as rédeas curtas e, claro, insistia em ver cada linha que meu patrão escrevia. Assim, em vez de colocar suas dores e aflições no papel — os temas que mais pesavam em sua mente —, redigia longos protestos contra a obrigação de viver distante de sua amiga e amada; e insinuava que, se o sr. Linton não permitisse um encontro logo, ficaria parecendo que o ludibriava de propósito, com promessas vazias.

Cathy era uma poderosa aliada em casa, e os esforços conjuntos dos dois por fim convenceram o patrão a deixá-los andar a cavalo ou caminhar juntos uma vez por semana, sob minha tutela, nos arredores da Granja, pois em junho encontrava-se ainda mais debilitado. Embora reservasse uma porção de sua renda anual para a fortuna de minha jovem patroa, o sr. Linton nutria um desejo natural de que a filha ficasse com a casa de seus antepassados, ou ao menos retornasse à propriedade em pouco tempo; e conjecturava que o único caminho possível era uma união com o herdeiro do local. Só não fazia ideia de que o menino sucumbia tão depressa quanto ele; ninguém fazia ideia, creio eu. Nenhum médico fazia visitas ao Morro, e ninguém tinha notícias do jovem Heathcliff para relatar a nós. Eu já estava achando que minhas previsões eram falsas, e que ele devia estar melhorando mesmo, para falar em caminhadas e passeios a cavalo pela charneca e se dedicar tanto a alcançar seu objetivo. Eu não conseguia imaginar um pai tratando uma criança moribunda de forma tão vil e tirânica, como mais tarde soube que Heathcliff o tratava, a fim de forçá-lo a parecer entusiasmado. Não satisfeito, ainda redobrava os esforços à medida que seus planos avarentos e desumanos eram ameaçados pela morte.

## Capítulo 26

Já nos despedíamos do verão quando Edgar cedeu às súplicas, ainda que a contragosto, e Catherine e eu partimos em nossa primeira cavalgada ao encontro do primo dela. Era um dia quente e abafado. Não batia sol direto, mas a luz e a névoa que se embrenhavam pela charneca asseguravam-nos de que não ameaçava chover; e definimos como ponto de encontro a estaca da encruzilhada. Quando chegamos, no entanto, um pastorzinho fez as vezes de mensageiro e nos disse:

— O sr. Linton tá mais lá pra cima, perto do Morro, e ficaria muito agradecido se subissem um pouco mais.

— Ora! Será que o sr. Linton se esqueceu da principal exigência do tio? — comentei. — Ele deixou bem claro que é para ficarmos nas imediações da Granja, e assim desrespeitamos os limites.

— Bem, podemos dar meia-volta com os cavalos quando toparmos com ele — sugeriu minha companheira. — Ao menos, assim, ficamos viradas para a Granja.

Porém, quando o encontramos, a meio quilômetro da própria casa, se tanto, Linton não estava a cavalo, e nos vimos obrigadas a desmontar e deixar os nossos pastando. O rapaz estava prostrado no urzal, à nossa espera, e não se levantou até chegarmos bem perto. Titubeou em nossa direção, e estava tão pálido que logo exclamei:

— Por Deus! O senhor não está em condições de passear. Como está abatido, sr. Heathcliff!

Catherine fitou-o com tristeza e espanto. A alegria em seu semblante se desfez em inquietação, e a celebração daquele tão aguardado encontro, em um questionamento aflito: estaria ele pior do que de costume?

— Não... Estou melhor... Estou melhor! — disse o rapaz, trêmulo e esbaforido, segurando as mãos dela como se precisasse de apoio, enquanto seus grandes olhos azuis vagavam timidamente. As profundas olheiras haviam transformado sua expressão, outrora lânguida, em um desvario escabroso.

— Mas você parece pior — insistiu a prima —, pior do que na última vez que nos vimos, mais mirrado e...

— Estou cansado — interrompeu ele, às pressas. — Está quente demais para uma caminhada. É melhor descansarmos. Às vezes me sinto indisposto de manhã... O papai diz que estou crescendo muito rápido.

Não muito convencida, Cathy se sentou, e ele se recostou junto a ela.

— Parece até seu paraíso — observou ela, esforçando-se para alegrá-lo. — Lembra-se do nosso trato? Combinamos de passar dois dias juntos, no lugar e do jeitinho que cada um julgasse mais agradável. Este sem dúvida é o seu ideal, salvo pelas nuvens no céu, mas são tão fofas e suaves, que fica até mais agradável assim. Semana que vem, podemos passear pelos campos da Granja e experimentar o meu.

Linton parecia não se lembrar do que ela falava; e era visível que estava com dificuldades para manter qualquer conversa que fosse. Sua falta de interesse pelos assuntos que ela sugeria e, em igual medida, sua incapacidade de entretê-la estavam tão escancaradas que ela não conseguiu esconder a frustração. Uma mudança obscura acometera o humor e os modos de Linton. A mesquinhez que se remediava com ternura dera lugar à apatia absoluta; ele já não tinha mais o temperamento obstinado da criança que faz pirraça só para ganhar mimo e atenção, apenas a morosidade egocêntrica de um verdadeiro inválido, rejeitando consolo, pronto para tomar por insulto a espirituosidade alheia. Catherine percebeu, tão bem quanto eu, que ele encarava nossa companhia mais como um castigo do que um agrado, e não teve o menor pudor de sugerir, na mesma hora, que fôssemos embora. Para minha surpresa, a proposta despertou Linton da letargia e o deixou esquisito, agitado. Lançou um olhar apavorado ao Morro e implorou que ela ficasse mais meia horinha, ao menos.

— Acho que você ficaria mais confortável em casa do que aqui sentado — disse Cathy. — Já não sou capaz de distraí-lo com minhas histórias, canções e conversas, está bem claro. Nesses seis meses, ficou mais sábio que eu e perdeu o gosto pelos meus passatempos. Acredite, se pudesse entretê-lo, eu ficaria, com prazer.

— Descanse um pouco aqui comigo — sugeriu ele. — E, Catherine, não pense nem diga que estou *muito* mal... É o tempo maçante, o calorão que me deixa assim. E, antes de vocês chegarem, caminhei bastante para meus padrões. Diga a meu tio que vou razoavelmente bem, faça-me o favor.

— Posso até dizer, Linton, mas deixarei claro que são *suas* palavras. Atestar eu não posso — comentou minha jovem patroa, admirada com a insistência dele, sendo uma inverdade tão gritante.

— Volte aqui quinta que vem — continuou ele, evitando o olhar cismado da prima. — E agradeça a seu pai por mim, por deixá-la vir... Do fundo do coração, Catherine. E... E se *por acaso* encontrar meu pai, e ele perguntar de mim, não dê a entender que fiquei tão calado ou fui um boçal. Não fique cabisbaixa, como agora... Ele vai se zangar.

— Pouco me importa! — bradou Cathy, imaginando que Heathcliff ficaria zangado com *ela*.

— Mas *eu* me importo — retrucou o primo, estremecido. — Não o coloque contra mim, Catherine, pois ele é muito duro comigo.

— Ele o maltrata, sr. Heathcliff? — indaguei. — Cansou-se de ceder a seus caprichos e passou a externalizar o ódio, foi?

Linton olhou para mim, sem responder. Cathy passou mais dez minutos sentada a seu lado — durante os quais o rapaz caiu no sono, com a cabeça pendendo sobre o próprio peito, em silêncio, salvo pelos gemidos contidos de dor e fastio —, e então resolveu colher mirtilos, como prêmio de consolação. Dividiu as frutas comigo, sem oferecer ao primo, pois não queria aborrecê-lo ainda mais.

— Já deu meia hora, Ellen? — cochichou comigo, enfim. — Não sei o que estamos fazendo aqui. Ele está dormindo, e o papai já deve estar à nossa espera.

— Ora, não podemos deixá-lo dormindo — respondi. — Tenha um pouco de paciência e espere ele acordar. A senhorita estava ávida para sair, agora parece que a vontade de ver Linton evaporou.

— Mas *por que* ele queria tanto me ver, hein? — inquiriu Catherine. — Gostava mais dele antigamente, de mau humor, do que agora, esquisito assim. Parece até que este encontro é um dever que está cumprindo por receio de que o pai ralhe com ele. Mas eu me recuso a fazer a vontade do sr. Heathcliff, seja lá qual for o motivo dele para impor essa penitência a Linton. E embora eu esteja contente por vê-lo melhor de saúde, lamento que não seja mais uma companhia tão agradável e não nutra mais afeto por mim.

— Quer dizer, então, que acha mesmo que ele está melhor de saúde? — indaguei.

— Eu acho — respondeu ela —, pois antes fazia um escarcéu por qualquer aperto, sabe? Ele não está "razoavelmente bem", como pediu para eu dizer ao papai. Mas acredito que esteja melhor.

— Nisso discordamos, srta. Cathy — comentei. — Presumo que esteja muito pior.

Linton acordou com um susto, desconcertado, e perguntou se alguém o chamara.

— Não — disse Catherine. — Talvez tenha sonhado. Não entendo como você consegue cochilar ao ar livre, de manhã.

— Pensei ter ouvido meu pai — balbuciou, olhando de esguelha para o topo do morro sombrio. — Tem certeza de que ninguém me chamou?

— Absoluta — respondeu a prima. — Estamos apenas Ellen e eu aqui, debatendo seu estado de saúde. Acha mesmo que está mais forte do que estava no inverno, quando nos afastamos, Linton? Uma coisa eu sei que perdeu vigor: sua estima por mim. Mas e você, diga-me, está mais forte?

— Estou, sim! — respondeu Linton, em lágrimas. E, ainda sob o feitiço da voz imaginária, esquadrinhou o perímetro em busca de quem quer que fosse.

Cathy se levantou.

— Bem, já deu nossa hora — anunciou. — E não vou esconder que fiquei muito decepcionada com esse encontro, embora não vá mencionar isso a mais ninguém. Não que o sr. Heathcliff me intimide...

— Silêncio! — murmurou Linton. — Silêncio, pelo amor de Deus! Lá vem ele.

O menino se agarrou ao braço de Catherine, tentando detê-la a todo custo; mas, com aquela advertência, ela tratou de se desvencilhar dele e assobiou para Minny, que lhe obedeceu feito cachorro.

— Quinta que vem, estarei aqui — bradou, enquanto saltava na sela. — Adeus. Vamos, Ellen!

E assim o deixamos, alheio à nossa partida, de tão absorto que estava com a aproximação do pai.

Ainda no trajeto, o desgosto de Catherine se dissipou, dando vez a um sentimento perplexo de pena e remorso — um caldo de incertezas vagas e inquietantes sobre as reais condições de Linton, físicas e sociais. Eu também tinha minhas dúvidas, mas a aconselhei a não falar muito sem antes fazermos uma segunda excursão, para ajuizarmos melhor. O patrão pediu um relato do encontro. Os agradecimentos de seu sobrinho foram devidamente repassados a ele, e a srta. Cathy mal comentou o restante. Também me preservei, pois não sabia o que esconder e o que revelar.

## Capítulo 27

Sete dias passaram voando, cada um deles marcado pelo agravamento do estado de Edgar Linton. A deterioração que antes se fazia notar em questão de meses o acometia agora com o passar das horas. Teríamos poupado Catherine de bom grado, mas sua astúcia dificultava a ilusão. Ela compreendeu tudo em segredo e passou a remoer a terrível possibilidade que aos poucos se concretizava. Quando chegou a quinta-feira, não teve coragem de mencionar o passeio; falei em seu nome e obtive permissão para sair com ela. Seu mundo havia se resumido à biblioteca, onde o pai diariamente passava um tempinho — o quanto suportasse ficar sentado —, e aos aposentos dele. Ressentia cada momento que não passava debruçada sobre o leito dele ou sentada a seu lado. Andava abatida com a vigília e a tristeza, e o patrão a liberou, contente, imaginando que a mudança de ares e de companhia lhe faria bem; reconfortava-se com a esperança de que a filha não ficaria sozinha após sua morte.

Pude inferir, pelos comentários que o patrão deixava escapar, que ele partia do princípio de que, assim como o sobrinho se parecia fisicamente com ele, haveria de ter também a mesma índole, pois as cartas de Linton denunciavam pouquíssimas falhas de caráter, se é que indicavam alguma. E eu, por uma fraqueza perdoável, abstive-me de corrigi-lo; perguntava-me de que valeria perturbá-lo em seus últimos momentos, quando não poderia interferir na questão.

Protelamos a excursão até a tarde, uma tarde dourada de agosto. O sopro das colinas estava tão cheio de vida, que parecia que quem respirasse aquele ar, mesmo à beira da morte, poderia reviver. E o rosto de Catherine era como a paisagem: a sombra e o sol se revezavam em rápida sucessão, mas as sombras perduravam, enquanto o sol era mais fugaz; e seu pobre coraçãozinho se culpava até por esse esquecimento passageiro de suas aflições.

Encontramos Linton de sentinela no mesmo lugar que havia escolhido antes. Minha jovem patroa desmontou e, como não pretendia se demorar, disse para eu segurar o pônei e continuar no cavalo, mas eu me opus. Não queria perdê-la de vista um segundo sequer, então subimos juntas o urzal. O sr. Heathcliff estava mais eufórico quando nos recebeu dessa vez — não por entusiasmo ou alegria; parecia ser mais por medo.

— É tarde! — disse ele, economizando palavras e com dificuldade. — Seu pai não está doente? Achei que não vinha.

— Que tal ser franco comigo? — esbravejou Catherine, engolindo as saudações. — Por que não me diz, de uma vez por todas, que não me quer por perto? É estranho, Linton, que me faça vir aqui uma segunda vez só para nos amolar, e por nenhuma outra razão aparente!

Linton estremeceu e olhou para ela, meio suplicante, meio envergonhado, mas a prima não estava com paciência para tolerar seu comportamento enigmático.

— Meu pai está doente, sim, e muito — disse ela. — Por que me tirou de perto dele? Por que não me escreveu para me absolver de minha promessa, se não queria que eu a cumprisse? Diga-me! Quero uma explicação. Brincadeiras e banalidades estão completamente fora de cogitação; não posso ficar à mercê de suas afetações agora!

— Minhas afetações? — murmurou ele. — Mas que afetações? Céus, Catherine! Não fique nervosa assim! Despreze-me o quanto quiser... Sou um inútil, um covarde miserável! Mereço todo o desdém do mundo, mas raiva já é demais para um pobre coitado como eu. Odeie meu pai, que eu fico com o desdém.

— Bobagem! — esbravejou Catherine, em um arroubo de fúria. — Mas é um tolinho mesmo! Veja como treme! Como se eu fosse encostar nele... Não precisa pedir por meu desdém: qualquer um já o tem espontaneamente a seu dispor. Afaste-se de mim! Ganho mais se voltar para casa... Não tem cabimento arrancá-lo da lareira para fingir que... O que tanto fingimos, afinal? Solte o meu vestido! Quer mesmo que eu fique com pena da sua choradeira e do seu medinho? Pois não deveria. Ellen, diga a ele quão deplorável é sua postura. Levante-se! Está parecendo mais um réptil abjeto... Deixe de se degradar assim!

Com o rosto banhado em lágrimas e um semblante agoniado, Linton jogara o corpo franzino no chão e parecia convulsionar, arrebatado pelo terror.

— Ah! — chorou ele. — Não aguento mais! Catherine, Catherine, sou um traidor também, nem ouso lhe contar! Se me deixar, vou morrer! Minha *querida* Catherine, minha vida está em suas mãos. Você já disse que me amava antes... Que mal lhe faria se me amasse de fato? Não vá, estou lhe pedindo. Minha doce, bondosa e amável Catherine! Quem sabe você não acaba consentindo... E ele me deixa morrer a seu lado!

Minha jovem patroa, ao vê-lo angustiado daquele jeito, agachou-se para levantá-lo. O velho sentimento de afeto complacente se sobrepôs ao aborrecimento, e ela ficou comovida e preocupada.

— Consentindo o quê? — perguntou ela. — Ficar aqui com você? Que conversa estranha é essa? Você se contradiz e assim acaba me confundindo! Fique calmo e seja franco comigo, Linton... Coloque para fora, de uma vez por todas, o que pesa em seu coração. Você não me faria mal, faria? E não deixaria nenhum inimigo me machucar, se pudesse evitar, não? Até acredito que seja um covarde no que lhe concerne, mas não um covarde capaz de trair a melhor amiga.

— É que meu pai me ameaçou — balbuciou o menino, esfregando os dedos quebradiços —, e morro de medo dele... Morro de medo! Não *ouso* contar!

— Muito bem! — disse Catherine, com uma compaixão desdenhosa. — Guarde seu segredo, então. *Eu* não sou covarde. Faça como achar melhor para você. Não tenho medo.

Sua magnanimidade deixou o primo aos prantos. Ele chorava copiosamente, beijava as mãos dela que lhe serviam de apoio e, no entanto, não conseguia juntar coragem para falar. Perguntei-me qual seria o mistério; de qualquer modo, se dependesse de mim, Catherine jamais haveria de sofrer, por ele ou quem quer que fosse. Eis que ouvi um ruído entre os arbustos. Levantei o rosto e avistei o sr. Heathcliff se aproximando, vindo do Morro. Não olhou para meus companheiros, embora estivessem por perto e o choro de Linton se fizesse ouvir; apenas cumprimentou-me no tom morno que só usava comigo e que sempre me deixava desconfiada, e disse:

— Que coisa, vê-la tão perto da minha casa, Nelly. Como vão as coisas na Granja? Conte-me. Ouvi dizer — acrescentou ele, em um tom mais grave — que Edgar Linton está no leito de morte. Talvez tenham exagerado...

— Não. Meu patrão está morrendo — respondi. — É verdade. Uma tristeza para quem fica, mas uma bênção para ele!

— Quanto tempo tem de vida? — indagou Heathcliff.

— Não sei dizer.

— Sabe o que é? — continuou ele, virado para os dois jovens, fixos sob seu olhar (Linton parecia incapaz de se mexer ou levantar o rosto, e Catherine permaneceu imóvel, em solidariedade). — Aquele rapaz ali parece determinado a me vencer. Eu agradeceria se o tio partisse logo, antes dele. Ora, essa! O pirralho faz esse joguinho há muito tempo? Já lhe dei umas boas lições por choramingar. Ele costuma ser caloroso com a srta. Linton?

— Caloroso? Não... Sempre se mostra consternado — respondi. — Pelo que vejo, ouso dizer que, em vez de passear pelas colinas com a namoradinha, deveria estar acamado, sob cuidados médicos.

— E estará, em um ou dois dias — murmurou Heathcliff. — Mas primeiro... Levante-se, Linton! Levante-se! — gritou. — Não fique aí se rastejando... De pé, agora!

Linton estava paralisado de terror, temendo o olhar do pai, imagino. Não havia mais nada ali capaz de provocar tal humilhação. Ele tentou se levantar, várias vezes, com todas as forças; mas não era lá muito forte, estava aniquilado, e afundou de volta com um gemido. O sr. Heathcliff chegou mais perto e o levantou, apoiando-o contra um montinho na relva.

— Escute — disse ele, com uma ferocidade contida. — Estou ficando nervoso e, se não der um jeito nessa moleza de espírito... *Maldito seja!* Levante-se agora mesmo!

— Já me levanto, pai — arquejou o menino. — Deixe-me em paz, ou vou desmaiar. Fiz o que mandou, tenho certeza. Catherine pode atestar que... que ando bem-disposto. Ah! Fique a meu lado, Catherine. Dê-me sua mão.

— Tome a *minha* mão — disse o pai. — Ponha-se de pé. Pronto, pronto. Ela vai lhe dar o braço. Isso... Olhe para ela. Parece até que sou o diabo encarnado, srta. Linton, para apavorá-lo assim. Faça a gentileza de acompanhá-lo no caminho para casa, por favor. Ele estremece quando encosto nele.

— Linton, meu querido! — sussurrou Catherine. — Não posso ir para o Morro dos Ventos Uivantes. Papai não deixa. Ele não vai machucá-lo. Por que está com tanto medo?

— Nunca mais entro naquela casa — respondeu ele —, não sem você!

— Já chega! — bradou o pai. — Respeitemos os escrúpulos filiais de Catherine. Nelly, leve-o você, então. Seguirei seu conselho e chamarei o médico o quanto antes.

— Faz bem — retorqui. — Mas hei de acompanhar minha patroa. Cuidar do seu filho não me diz respeito.

— Você é muito dura — disse Heathcliff. — Sei disso, mas assim me força a beliscar o bebê e fazê-lo chorar para comovê-la. Venha, então, meu herói. Está pronto para voltar comigo?

Ele fez uma nova aproximação e ameaçou apanhar a frágil criatura; mas Linton se encolheu e se agarrou à prima, e importunou-a para que o acompanhasse, em um frenesi sem brecha para a recusa. Por mais que eu reprovasse, não tive forças para impedi-la. Como poderia ela própria rejeitá-lo, então? O que tanto o apavorava, não tínhamos como saber; mas ali estava ele, subjugado pelo medo, e qualquer susto adicional perigava deixá-lo apalermado de todo. Chegamos à porta. Catherine entrou e, enquanto conduzia o inválido a uma cadeira, fiquei do lado de fora, esperando que voltasse logo. Eis que o sr. Heathcliff me empurrou para o recinto e exclamou:

— Minha casa não foi assolada pela peste, Nelly, e estou inclinado a acolher bem as visitas hoje. Sente-se e permita-me fechar a porta.

Ele não só a fechou, como a trancou. Sobressaltei-me.

— Tomem um chá antes de ir para casa — acrescentou. — Estou sozinho. Hareton foi levar um rebanho aos Lee, e Zillah e Joseph saíram para um passeio a lazer, e embora eu esteja acostumado a ficar só, não há nada como uma boa companhia. Srta. Linton, sente-se ao lado *dele*. Ofereço-lhe o que tenho: não é um presente lá muito digno, mas é o que tenho a ofertar. Refiro-me a Linton, claro. Ah, como ela me encara! É muito curioso o sentimento bárbaro que despertam em mim aqueles que parecem me temer! Se tivesse nascido em um lugar com leis menos rigorosas e pessoas menos sensíveis, eu me daria ao luxo de fazer uma lenta vivissecção desses dois, como passatempo da noite.

Ele respirou fundo, socou a mesa e imprecou consigo mesmo:

— Mas que inferno! Como os odeio!

— Eu não tenho medo do senhor! — exclamou Catherine, que não chegara a ouvir o final do discurso de Heathcliff. Aproximou-se do homem, os olhos negros lampejando ira e convicção. — Dê-me a chave. Ande! — ordenou. — Eu não faria uma refeição aqui nem se estivesse morrendo de fome.

Heathcliff ainda estava com a chave em mãos, apoiado na mesa. Ergueu o rosto, um tanto admirado com a audácia da mocinha; ou talvez tomado pela lembrança de quem ela herdara aquela voz e aquele olhar. Ela investiu contra ele e quase conseguiu arrancar a chave de seus dedos relaxados, mas a afronta o trouxe de volta ao presente; recuperou-a de imediato.

— Ora, Catherine Linton — disse ele —, afaste-se, ou vou derrubá-la, e a sra. Dean vai se aborrecer.

Minha jovem patroa fez pouco caso da advertência e agarrou a mão dele com a chave mais uma vez.

— Nós vamos embora! — insistiu ela, tentando com todas as forças afrouxar os músculos de ferro do tio; e, percebendo que suas garras não surtiam efeito, fincou os dentes com tudo.

Heathcliff olhou para mim de um jeito que, por um instante, tolheu qualquer intromissão de minha parte. Catherine estava compenetrada demais em seus dedos para reparar no semblante do homem. Ele abriu a mão de repente, como se renunciasse o objeto da disputa, mas, antes que ela pudesse confiscá-lo, ele a agarrou com a outra mão. Puxou-a para seu joelho e administrou-lhe uma rajada de tapas, cada um deles forte o bastante para levar sua ameaça a cabo, se ela tivesse para onde tombar.

Diante de sua violência diabólica, ataquei-o furiosamente.

— Seu traste! — comecei a berrar. — Seu traste!

Bastou um empurrão para me silenciar. Parruda que sou, logo fiquei sem ar; abalada com o baque e a raiva, cambaleei para trás e por um triz não sufoquei ou tive uma veia estourada. A cena não durou dois minutos. Por fim liberta, Catherine levou as mãos às têmporas como quem verificava se ainda tinha orelhas. Tremia feito vara verde, a pobrezinha, e se escorou na mesa, aturdida.

— Eu sei como castigar crianças, está vendo? — disse o crápula, em um tom sombrio, enquanto se agachava para pegar de volta a chave, que tinha caído no chão. — Vá para junto de Linton agora, como eu mandei, e pode chorar à vontade! Amanhã serei seu pai... O único pai que terá nos próximos dias... E isso foi só uma amostra. Sei que consegue aguentar, não é nada fraca. Hei de tratá-la com uma dose diária de corretivos, se continuar com esse olhar endiabrado!

Cathy não quis saber de Linton. Correu para junto de mim, ajoelhou-se e afundou o rosto ardente em meu colo, aos prantos. O primo tinha se encolhido em uma ponta do banco, quieto como um camundongo, e contente, creio eu, por outra pessoa ter sofrido o castigo, e não ele. O sr. Heathcliff, percebendo que estávamos todos atônitos, levantou-se e tratou de preparar o chá. Pôs a louça na mesa, serviu e me ofereceu uma xícara.

— Engula esse rancor — disse. — E sirva seu bibelozinho malcriado, e o meu também. Pode ficar tranquila, que não está envenenado. Bem, vou dar uma saída para buscar seus cavalos.

A primeira ideia que passou pela nossa cabeça, assim que ele se retirou, foi encontrar um meio de fugir. Tentamos a porta que dava para a copa, mas estava trancada. Examinamos as janelas, mas eram muito estreitas, mesmo para a silhueta esbelta de Cathy.

— Sr. Linton — vociferei, quando vi que estávamos presas de fato —, presumo que saiba o que seu diabólico pai está tramando, e há de nos contar, ou estapearei suas orelhas, assim como ele fez com a sua prima.

— Diga-nos, Linton — demandou Catherine. — Vim aqui por você... Seria traiçoeiro de sua parte recusar-se a falar.

— Sirva-me um pouco de chá! Estou com sede... Só então lhe contarei — respondeu ele. — Sra. Dean, deixe-nos a sós. Não quero que fique à espreita. Catherine, você está derramando lágrimas na minha xícara. Não vou beber isso. Quero outra xícara!

Catherine empurrou outra xícara para ele e enxugou o rosto. Eu estava indignada com a conduta daquele miserável, agora que não temia mais por si. A angústia que manifestara na charneca evaporou assim que ele entrou no Morro dos Ventos Uivantes, portanto imaginei que estivesse sob a ameaça de um terrível acesso de ira caso falhasse em nos emboscar e, uma vez que fora bem-sucedido, não tinha mais medos imediatos.

— O papai quer que nos casemos — prosseguiu ele, após tomar um gole do chá. — Ele sabe que seu pai não nos deixaria casar agora, e teme que eu morra se esperarmos, então vamos nos casar amanhã cedo. Você vai passar a noite aqui e, se fizer como ele deseja, vai poder voltar para casa depois de amanhã e me levar junto.

— Levá-lo junto, criatura ignóbil? — exclamei. — O senhor, casado? Ora, o homem enlouqueceu de vez, ou acha que somos todos uns tolos! Consegue imaginar essa linda mocinha, tão sadia e adorável, atada a um animalzinho decrépito como o senhor? Não me diga que nutre a esperança de que *alguém*, que dirá a srta. Catherine Linton, aceitaria esposá-lo! Merece uma surra por nos trazer aqui com suas artimanhas vis, e... Não me venha com essa cara de sonso! Minha vontade agora é de sacudi-lo sem dó, por sua falsidade desprezível e sua arrogância imbecil.

Cheguei a lhe dar uma sacudidela, mas logo sobreveio a tosse, e ele recorreu às queixas e choros de sempre, e Catherine me repreendeu.

— Passar a noite aqui? Jamais! — disse ela, olhando devagar ao redor. — Ellen, darei um jeito de escapar, nem que precise atear fogo à porta!

E teria concretizado a ameaça no mesmo instante, se não fosse por Linton, que se levantou no susto, movido, mais uma vez, pela autopreservação. Agarrou-a com seus braços franzinos, aos prantos.

— Não vai se casar comigo, nem para me salvar? Não vai me admitir na Granja? Ah, minha querida Catherine! Você não pode ir embora assim! *Precisa* obedecer o meu pai, e ponto!

— Tenho que obedecer o *meu* pai — retrucou ela —, e poupá-lo deste suspense cruel. Ora, essa... Passar a noite! O que ele diria? Deve estar aflito já. Quebrarei ou incendiarei algo se for preciso, mas deixarei esta casa. Fique quieto! Você não corre perigo, mas se tentar me impedir... Linton, amo mais o papai do que você!

O terror mortal que o menino sentia da ira do sr. Heathcliff o rebaixou de volta à sua covarde eloquência. Catherine beirava as raias da loucura; ainda assim, insistiu que precisava voltar para casa e apelou também para as súplicas, persuadindo o primo a vencer sua inquietação egoísta. Enquanto os dois tentavam se resolver, nosso carcereiro reapareceu.

— Seus animais fugiram — comentou —, e... Linton! Choramingando de novo? O que ela fez para você? Vamos, vamos... Deixe disso e vá para a cama. Em um mês ou dois, meu rapaz, vai poder retribuir-lhe todas essas tiranias, pesando a mão. Anseia por um amor puro, não anseia? E mais nada... Bem, ela há de ficar com você! Agora, vamos! Para a cama! Zillah não está aqui hoje, então precisa se despir sozinho. Quieto! Não quero saber de birra! Não o importunarei no quarto, não precisa ficar com medo. Até que não se saiu mal hoje, quem diria? Pode deixar, que cuidarei do resto.

Disse isso enquanto segurava a porta para o filho, que por sua vez se retirou feito cachorrinho desconfiado, com receio de levar um safanão maldoso do homem enquanto passava por ele. Heathcliff trancou a porta de volta e se aproximou da lareira, onde a patroa e eu permanecíamos em silêncio. Catherine ergueu os olhos e instintivamente levou a mão ao rosto — a presença dele despertava a sensação dolorosa do confronto. Qualquer outra pessoa teria sido incapaz de condenar seu gesto infantil, mas ele franziu o cenho e resmungou:

— Ora, ora! Está com medo de mim? Onde foi parar aquela coragem toda? Pois parece muito assustada, de repente!

— *Agora* estou com medo — retrucou ela —, porque, se eu ficar aqui, o papai vai ficar muito mal. E eu não suportaria deixá-lo triste, justo quando ele... quando ele... Sr. Heathcliff, *deixe-me ir para casa!* Prometo casar-me com Linton. O papai aprovaria, e eu o amo. Por que me forçar a fazer algo que eu faria por vontade própria?

— Vai ver só se ousar forçá-la! — bradei. — Graças a Deus, esta terra tem leis, por mais remota que seja. Eu o delataria mesmo se fosse meu filho, e olha que é um delito grave, sem o benefício do clero![11]

---

11 As leis da Inglaterra permitiam que membros do clero fossem imunes a penas capitais; alguns sujeitos se ordenavam clérigos para receber imunidade. As regras e aplicações foram oscilando ao longo dos séculos, mas o benefício do clero foi abolido no início do século XIX. [N. de E.]

— Silêncio! — disse o rufião. — Para o inferno com esse seu escarcéu! Não quero ouvir o que *você* tem a falar. Srta. Linton, folgo em saber que seu pai vai ficar mal. Não vou nem conseguir dormir, de tão contente. Nenhum argumento para mantê-la sob meu teto pelas próximas vinte e quatro horas seria tão convincente quanto essa repercussão. Quanto à sua promessa de se casar com Linton, espero que mantenha a palavra, pois não deixará esta casa enquanto não cumpri-la.

— Ao menos envie Ellen para avisar o papai que estou em segurança! — implorou Catherine, chorando amargamente. — Ou nos case agora. Pobre papai! Ellen, ele deve achar que nos perdemos. O que vamos fazer?

— Até parece! Ele deve estar achando que a senhorita se cansou de cuidar dele e resolveu fugir para se distrair um pouco — respondeu Heathcliff. — Não há como negar que entrou em minha casa por sua conta e risco, contrariando as ordens dele. E é natural que queira se divertir na sua idade, e que esteja farta de cuidar de um enfermo, ainda mais se tratando de seu pai. Catherine, os dias mais felizes da vida dele terminaram quando começaram os seus. Arrisco dizer que ele a amaldiçoou por vir ao mundo (eu pelo menos amaldiçoei), e poderia muito bem amaldiçoá-la agora que *ele* está deixando o mundo. E me prontifico a entrar no coro. Não tenho a menor consideração pela senhorita! Como poderia ter? Chore à vontade. Pelo jeito, chorar vai ser sua principal distração daqui para a frente, a não ser que Linton compense os defeitos... E seu pai, a prudência em pessoa, parece confiar na índole de Linton. Não imagina o quanto as cartas dele me fizeram rir, com todos aqueles conselhos e alentos. Na última, recomendava a meu tesouro que cuidasse bem do tesouro dele, e que fosse gentil quando estivessem juntos. Cuidadoso e gentil: como é paternal! Mas Linton requer toda a cota de cuidados e gentileza para si próprio. Faz as vezes de tiraninho muito bem. É capaz de torturar gatos e mais gatos, se tiverem as presas arrancadas e garras aparadas. Prometo que não lhe faltarão causos de *gentileza* para compartilhar quando voltar para casa.

— Isso mesmo! — disse eu. — Por favor, fale mais sobre o caráter de seu filho. Mostre como se parece com o senhor... Assim, quem sabe, a srta. Cathy pensará duas vezes antes de aceitar se casar com essa víbora!

— Não vejo problema em tratar das qualidades de Linton a esta altura. — respondeu ele. — De duas, uma: ou ela aceita, ou continua presa no Morro, com você junto, até seu patrão morrer. Posso muito bem manter as duas aqui, escondidas. Duvida? Encoraje-a a quebrar sua promessa, e verá se não sou capaz.

— Não vou me retratar — declarou Catherine. — Caso com ele agora mesmo, se puder ir para a Granja da Cruz dos Tordos logo em seguida. O senhor é um homem cruel, mas não é um demônio, e não vai ser por *pura* maldade que vai acabar com minha felicidade. Se o papai pensasse que o deixei de propósito, e morresse antes de meu regresso, como eu poderia continuar vivendo? Já parei de chorar, mas não vou me ajoelhar a seus pés, não vou me levantar e não vou tirar os olhos de seu rosto até que olhe de volta para mim! Não, não se vire! Olhe para mim! Não verá provocação nos meus olhos. Não odeio o senhor. Não estou brava por ter me batido. Nunca amou *ninguém* na vida, tio? *Nunca?* Ora! Olhe logo para mim. Estou devastada... O senhor há de se apiedar!

— Tire essas mãos pegajosas de mim e se afaste, ou serei obrigado a chutá-la! — esbravejou Heathcliff, repelindo-a brutalmente. — Prefiro ser abraçado por uma cobra. Inferno! Como ousa pensar em me bajular? Eu a *detesto!*

Ele encolheu os ombros; ou melhor, chacoalhou-se todo, como se sua carne estremecesse de aversão. Então, jogou a cadeira para trás, enquanto eu me levantava e abria a boca, prestes a despejar minha própria torrente de agressões. Mas encalhei no meio da primeira frase, sob a ameaça de ser trancada sozinha em um quarto se pronunciasse mais uma sílaba. Estava escurecendo... Ouvimos vozes no portão principal. Nosso anfitrião correu lá para fora: ele mantinha a calma; nós, não. Seguiu-se uma conversa de dois ou três minutos, e ele voltou sozinho.

— Pensei que era o seu primo Hareton — comentei com Catherine. — Queria que ele chegasse logo! Quem sabe não fica do nosso lado?

— Eram três criados da Granja, estavam atrás de vocês — disse Heathcliff, ao entreouvir a conversa. — Devia ter aberto uma janela e gritado por socorro, mas eu poderia jurar que a pirralha está feliz por você não ter feito isso. Está feliz por ser obrigada a ficar, tenho certeza.

Quando nos demos conta da chance perdida, desabamos, e ele nos deixou chorar até as nove. Depois nos mandou subir para os aposentos de Zillah, passando pela copa, e sussurrei para minha companheira obedecer. Uma vez lá em cima, talvez conseguíssemos pular de uma janela, ou seguir até o sótão e sair pela claraboia. A janela, no entanto, era estreita, como as do andar de baixo, e o alçapão do sótão foi poupado de nossos esforços, pois, mais uma vez, fomos trancadas em um cômodo. Nenhuma de nós se deitou. Catherine se postou à janela e esperou ansiosamente pelo raiar do dia; um suspiro profundo foi a única resposta que consegui arrancar com meus apelos para que tentasse descansar. Fiquei sentada em uma cadeira de balanço, julgando com severidade todas as vezes em que eu faltara com minhas obrigações, deslizes dos quais, ocorreu-me então, originaram todos os infortúnios de meus patrões. Hoje sei que não era bem assim, mas na minha cabeça, naquela noite sombria, era; e eu achava que Heathcliff tinha menos culpa do que eu.

Às sete horas, ele apareceu e perguntou se a srta. Linton já havia se levantado. Ela correu para a porta e respondeu que sim.

— Vamos, então! — disse, abrindo a porta e puxando-a para fora.

Levantei-me para ir junto, mas ele virou o trinco de volta. Ordenei que me deixasse sair.

— Tenha paciência — respondeu ele. — Logo mais enviarei seu desjejum.

Esmurrei a porta e chacoalhei o trinco com raiva, e Catherine perguntou por que eu ainda estava trancada. Ele respondeu que eu teria de aguentar mais uma hora, e foram embora. Aguentei mais duas ou três horas, até que, por fim, escutei passos. Não era Heathcliff.

— Trouxe comida pra você — disse uma voz. — Abre a porta!

Obedeci sem pestanejar, deparando-me com Hareton e comida suficiente para o dia inteiro.

— Toma! — acrescentou ele, empurrando a bandeja para cima de mim.

— Fique um minuto — comecei.

— Não — esbravejou ele, e se retirou, sem dar ouvidos às minhas súplicas.

E lá fiquei, enclausurada o dia inteiro e a noite inteira, e mais um dia, e mais outro. Assim se passaram cinco noites e quatro dias, sem que eu visse ninguém além de Hareton, toda manhã. O rapaz era um carcereiro exemplar — bruto, surdo e mudo perante minhas tentativas de mobilizar seu senso de justiça ou compaixão.

## Capítulo 28

Na manhã, digo, na tarde do quinto dia, passos diferentes se aproximaram, mais leves e curtinhos. Dessa vez, a pessoa entrou no quarto: era Zillah, enrolada em um xale escarlate, vestindo uma touca de seda preta e balançando uma cesta de vime.

— Ah, querida! Sra. Dean! — exclamou. — Andam falando da senhora em Gimmerton. Jurava que tinha se afogado no pântano de Blackhorse, junto com a moça, até o patrão me contar que tinham sido encontradas e trazidas para o Morro! Cruzes! Ficaram ilhadas, foi? Por quanto tempo? Foi o patrão que as salvou, sra. Dean? Até que não está tão fraquinha... Não está passando por maus bocados, está?

— Seu patrão é um crápula! — retorqui. — Mas ele ainda vai pagar. Não precisava ter inventado essa história... A verdade logo virá a público!

— O que a senhora quer dizer? — perguntou Zillah. — Não é invenção dele. É o que estão falando no vilarejo... Que se perderam no pântano... Chamei Earnshaw quando cheguei... "Mal posso acreditar, sr. Hareton, no que aconteceu enquanto estive fora. Uma lástima... A mocinha era tão jovem, e Nelly Dean, tão alegre!" Ele ficou me encarando. Achei que não tivesse escutado, então lhe contei o que diziam os rumores. O patrão me ouviu, sorriu consigo mesmo e disse: "Se estavam mesmo no pântano, já não estão mais,

Zillah. Neste mesmo instante, Nelly Dean está acomodada em seu quarto. Quando subir, pode mandá-la sair. Aqui está a chave. A água do pântano subiu-lhe à cabeça, e ela ensaiou correr para casa, afobada, mas achei melhor mantê-la aqui até recobrar os sentidos. Pode mandá-la para a Granja agora mesmo, se ela estiver em condições, e passe um recado a ela por mim: que sua jovem patroa logo estará de volta também, a tempo de comparecer ao velório do magistrado".

— Não me diga que o sr. Edgar morreu! — balbuciei. — Ah! Zillah, Zillah!

— Não, não... Sente-se — respondeu ela. — A senhora ainda não se recuperou de todo. Ele não morreu. O dr. Kenneth acha que ainda aguenta mais um dia. Cruzei com ele na estrada e perguntei.

Em vez de me sentar, apanhei minhas coisas e desci correndo, já que o caminho estava livre. Procurei por alguém na casa que pudesse me dar informações sobre Catherine. O sol invadia a sala, a porta estava escancarada, mas parecia não haver ninguém por perto. Enquanto eu oscilava entre ir embora de vez ou procurar a patroa, uma tossezinha chamou minha atenção para a lareira. Linton estava deitado no banco, sozinho, chupando um pirulito e seguindo meus movimentos com um olhar apático.

— Onde está a srta. Catherine? — indaguei em um tom severo, aproveitando que estava sozinho, na tentativa de intimidá-lo a prover informações.

Ele se fez de anjinho, com seu pirulito.

— Ela já foi embora? — perguntei.

— Não — retrucou ele. — Está lá em cima, e não vai embora tão cedo. Não vamos deixar.

— Ora, essa! Não vão deixar? Idiota! — exclamei. — Leve-me até o quarto dela imediatamente, ou lhe darei motivos para gritar.

— O papai vai lhe dar motivos para gritar se tentar ir até lá — respondeu. — Ele disse para eu não pegar leve com Catherine, pois é minha esposa, e é uma vergonha que queira me deixar. Disse que ela me odeia e me quer morto, para ficar com o meu dinheiro. Mas não vai ficar, e não vai para casa! Nunca mais! Pode chorar e adoecer à vontade...

Ele tornou a se entreter com o pirulito, fechando os olhos, como se pretendesse cair no sono.

— Ora! — prossegui. — Já se esqueceu de como Catherine foi gentil com o senhor no inverno passado, quando se declarou para ela? Ou quando Catherine trouxe livros e cantou para o senhor, e tantas vezes encarou ventanias e nevascas para visitá-lo? Ela chorava quando deixava passar uma noite, por desapontá-lo, e o senhor mesmo dizia que era muito boa... Agora compra as mentiras do seu pai, embora saiba que ele detesta ambos, e se une a ele contra ela. Isso é que é gratidão!

Os lábios de Linton se contraíram, e ele tirou o pirulito da boca.

— Por acaso ela veio para o Morro dos Ventos Uivantes movida pelo ódio? — continuei. — Pense um pouco! Quanto ao dinheiro, ela não tem a menor noção de dotes. E o senhor diz que ela está adoecendo, e tem coragem de deixá-la sozinha lá no alto, numa casa estranha! Se existe alguém que sabe o que é ser negligenciado, é o senhor! Apieda-se dos próprios sofrimentos, e ela também, mas agora não demonstra a menor empatia! Veja bem, sr. Heathcliff, até eu derramei lágrimas... Uma mulher de idade, uma reles criada... E o senhor, depois de fingir afeto, com motivos de sobra para beirar a idolatria, guarda para si todas as lágrimas, e fica aí deitado, como se nada fosse. Ah! É um menino sem coração, um egoísta!

— Não posso ficar com ela — respondeu ele, irritado. — Eu me recuso a ficar sozinho com ela. Não suporto o tanto que chora. E não para nunca, nem mesmo quando ensaio chamar meu pai. Cheguei a chamá-lo uma vez, e ele ameaçou estrangulá-la, se não ficasse quieta. Mas, no instante em que ele deixou o quarto, ela recomeçou, e gemeu e chiou a noite toda, embora eu berrasse com ela, reclamando que não conseguia dormir.

— O sr. Heathcliff não está em casa? — inquiri, percebendo que aquela infeliz criatura não tinha capacidade de se solidarizar com as torturas psicológicas infligidas à prima.

— Está no pátio — respondeu ele —, conversando com o dr. Kenneth, que diz que meu tio está morrendo... Para valer, enfim. Fico feliz, pois me tornarei patrão da Granja quando ele se for. Catherine sempre se refere à propriedade como *casa dela*. Não pertence a ela! Pertence a mim. O papai diz que tudo que ela tem pertence a mim. Aqueles belos livros são meus... Ela me ofereceu todos de presente, e seus passarinhos, e Minny, em troca da chave do quarto, para que pudesse sair, mas expliquei que não tinha nada a me oferecer, pois era tudo, tudo meu. Ela desatou a chorar, e tirou um relicário do pescoço, e disse que aquilo não me pertencia. Tinha dois retratos, a mãe de um lado e meu tio do outro, quando eram jovens. Isso foi ontem... Eu disse que era meu também e tentei tirá-lo dela. A bruxa me impediu: empurrou-me e me machucou. Soltei um berro... Ela fica assustada quando eu berro e, assim que ouviu o papai se aproximando, quebrou a dobradiça, partiu o relicário ao meio e me deu o retrato da mãe dela. O outro ela tentou esconder, mas o papai perguntou o que estava acontecendo, e expliquei. Ele pegou o retrato que estava comigo e mandou ela me dar o outro, ao que ela se negou, então ele... Ele a derrubou com um safanão, arrancou o relicário da correntinha e o esmigalhou com um pisão.

— E o senhor ficou contente em vê-la apanhar? — indaguei, tendo meus motivos para encorajá-lo a falar.

— Estremeci — respondeu ele. — Estremeço sempre que vejo meu pai bater em um cachorro ou um cavalo. Ele bate com tanta força! Mas dei-me por satisfeito, a princípio... Ela fez por merecer. Só que, quando o papai se retirou, ela insistiu que eu me juntasse a ela, à janela, e me mostrou um corte na parte interna da bochecha, onde fincara os dentes com o golpe: estava com a boca cheia de sangue. Depois recolheu os pedacinhos do retrato e foi se sentar, virada para a parede, e não fala mais comigo desde então. Às vezes acho que não consegue falar por conta da dor, fico triste só de pensar nisso. E faz tanta malcriação, chora tanto... Está tão pálida e feroz que me assusta.

— E o senhor pode pegar a chave quando bem entender? — perguntei.

— Posso, lá em cima — respondeu ele —, mas não consigo subir agora.

— Em que cômodo está?

— Ora! — exclamou ele. — Não vou contar para *você* onde está! É nosso segredo. Ninguém, nem mesmo Hareton ou Zillah, há de saber. Agora chega! Você me cansou... Vá embora, vá embora! — E enterrou o rosto nos braços e fechou os olhos de volta.

Achei melhor arredar o pé sem ter com o sr. Heathcliff, e buscar socorro para minha jovem patroa na Granja. Quando cheguei, os demais criados ficaram muito contentes e surpresos em me ver, e quando ouviram que a jovem patroa estava a salvo, dois ou três subiram correndo para proclamar a notícia junto à porta do sr. Edgar, mas fiz questão de lhe contar eu mesma, em pessoa. Como tinha mudado em tão poucos dias! Era o retrato da tristeza e da resignação, à espera da própria morte. Até que parecia jovem... Embora tivesse trinta e nove anos, diriam que era pelo menos dez anos mais novo. Estava pensando em Catherine, pois murmurou seu nome. Peguei a mão dele e sussurrei:

— Catherine está a caminho, meu caro patrão! Está viva e passa bem, e chegará ainda hoje, assim espero.

Estremeci com sua primeira reação. Tentou se levantar, olhou ao redor do cômodo, ansioso, e afundou de volta, quase desmaiando. Assim que voltou a si, contei-lhe de nossa visita compulsória e da detenção no Morro. Disse que

Heathcliff me obrigara a entrar na casa, embora não fosse bem verdade. Não falei muito a fundo de Linton, tampouco dei detalhes da conduta brutal do pai. Fiz o possível para não amargar ainda mais a situação, pois seria a gota-d'água.

O patrão farejou que seu inimigo pretendia passar todo seu patrimônio, incluindo a propriedade, para as mãos do filho; ou melhor, para as próprias mãos. Agora, por que o inimigo não esperava ele morrer antes era um mistério, pois mal imaginava o patrão que o sobrinho estava tão próximo da morte quanto ele. De qualquer modo, achou melhor alterar o testamento: em vez de deixar a herança à disposição de Catherine, resolveu delegá-la a fiduciários, para que ela usufruísse da fortuna ao longo da vida e, caso viesse a ter filhos, estes usufruíssem também, depois que ela morresse. Assim, o patrimônio não cairia nas garras do sr. Heathcliff se por acaso Linton falecesse.

Sob essas ordens, mandei um rapaz buscar o advogado, e outros quatro, munidos de armas, para resgatar minha jovem patroa do cárcere. As duas comitivas demoraram bastante. O criado que partira sozinho retornou primeiro. Disse que o sr. Green, o advogado, não se encontrava em casa, e que foi preciso esperar duas horas, até que ele retornasse; e então o sr. Green lhe disse que tinha negócios para resolver no vilarejo, mas que passaria na Granja da Cruz dos Tordos antes do amanhecer. Os quatro homens também voltaram desacompanhados. Relataram que Catherine estava doente, muito mal para sair do quarto, e que Heathcliff não deixava ninguém vê-la.

Ralhei com os palermas por darem ouvidos àquela história, que não transmiti ao patrão. Estava decidida a conduzir uma tropa até o Morro, à luz do dia, e tomar a casa à força, a menos que nos entregassem a prisioneira. O pai ainda há de vê-la, jurei, e jurei novamente, ainda que aquele demônio morra à porta tentando impedir!

Felizmente, fui poupada da jornada e de toda essa tribulação. Às três, desci para pegar água, e estava passando pelo vestíbulo, com o jarro em mãos, quando alguém bateu à porta e levei um susto.

— Ah, o sr. Green! — pensei alto, recompondo-me. — Deve ser o sr. Green. — E segui para meus aposentos, pensando em mandar outra pessoa atender, mas insistiram com as batidas. Apoiei o jarro na balaustrada e corri para atender eu mesma. A lua cheia brilhava lá fora, anunciando a época de colheita. Não era o advogado, era minha jovem patroa. Ela se pendurou em meu pescoço, aos prantos:

— Ellen! Ellen! O papai ainda está vivo?

— Está! — bradei. — Está, sim, meu anjo. Que bênção tê-la de volta em casa, sã e salva!

Ela queria correr, ofegante como estava, e ver o sr. Linton o quanto antes, mas insisti para se sentar um pouco e beber água, e lavei seu rosto pálido, esfregando-o com meu avental até ficar corado. Aconselhei-a a me deixar subir primeiro e anunciar sua chegada, e implorei que se declarasse feliz com o jovem Heathcliff. Catherine me encarou, mas logo entendeu e me garantiu que não se queixaria com o pai.

Não aguentei presenciar o encontro. Esperei à porta por uns quinze minutos, e mesmo depois mal me aproximei do leito. Todavia, estava tudo bem. O desespero de Catherine era tão silencioso quanto a alegria do pai. Ela o amparava com uma calma visível; e ele erguera o rosto e cravara o olhar nela, e seus olhos pareciam dilatados de êxtase.

Ele morreu feliz, sr. Lockwood, muito feliz. Enquanto beijava o rosto da menina, murmurou:

— Vou para junto dela, e você, filha querida, um dia vai se juntar a nós! — E não se mexeu mais ou disse uma palavra sequer, mas continuou com seu olhar enlevado e radiante até o pulso cessar, imperceptivelmente, e a alma partir. Ninguém seria capaz de determinar o momento exato do óbito, pois ele se foi em paz.

Não sei se Catherine já gastara todas as suas lágrimas, ou se a tristeza pesava demais para deixá-las fluir, mas ficou ali sentada, com os olhos secos, até o sol nascer — ficou até o meio-dia, e teria ficado mais, se eu não insistisse para que fosse descansar um pouco. Fiz bem em tirá-la dali, pois na hora do almoço apareceu o advogado, para saber como prosseguir. Acontece que tinha se vendido para o sr. Heathcliff; por isso demorou tanto para atender ao chamado do patrão. Felizmente, esses assuntos corriqueiros não cruzaram sua mente após a chegada da filha.

O sr. Green tomou as rédeas da casa e passou a dar ordens a tudo e a todos. Demitiu toda a criadagem, salvo por mim. E tentou se valer da autoridade que lhe fora outorgada para palpitar no funeral, sugerindo que Edgar Linton não fosse enterrado ao lado da esposa, mas na capela, junto à própria família. Havia o testamento, contudo, para impedir que assim fizessem, e protestos sonoros de minha parte, contra qualquer violação de suas cláusulas. O velório foi rápido. Catherine, agora sra. Linton Heathcliff, teve permissão para ficar na Granja até o corpo do pai ser levado.

Ela me contou que, no fim das contas, sua agonia comovera Linton, e ele arriscara soltá-la. Ela chegou a ouvir os homens que eu tinha enviado discutindo à porta e pinçou o que Heathcliff disse a eles. Foi quando entrou em desespero. Linton, que fora intimado a lhe fazer companhia logo depois que deixei a casa, ficou apavorado no embalo e resolveu pegar a chave antes que o pai subisse de volta. Teve a astúcia de destrancar e trancar o ferrolho, sem no entanto fechar a porta, deixando-a apenas encostada; e na hora de ir para a cama, implorou para dormir com Hareton, e por um milagre fizeram suas vontades. Catherine fugiu antes do nascer do sol. Não ousou sair pela porta da frente, nem pela copa, com receio de que os cachorros fizessem um estardalhaço. Percorreu os cômodos vazios e examinou as janelas, até que, por sorte, conseguiu passar pela janela do antigo quarto de sua mãe, e dali desceu para o pátio com a ajuda de um abeto. O cúmplice foi punido, apesar de sua tímida contribuição para a fuga.

## Capítulo 29

Na noite após o enterro, estávamos eu e minha jovem patroa sentadas na biblioteca, ora vivendo o luto — uma de nós, desesperada —, ora fazendo conjecturas sobre nosso iminente futuro sombrio.

Concordamos que o melhor destino para Catherine seria obter permissão para continuar residindo na Granja, pelo menos enquanto Linton estivesse vivo. Ele poderia residir na casa também, e eu permaneceria no posto de governanta. O arranjo parecia favorável demais para ser almejado; ainda assim, almejei, e estava ficando animada com a perspectiva de manter meu lar e meu emprego e, acima de tudo, minha amada jovem patroa, quando um criado — um dos criados dispensados, que ainda não havia partido — entrou correndo e disse que "aquele demônio do Heathcliff" estava cruzando o pátio: deveria fechar a porta na cara dele?

Mesmo se fôssemos loucas o bastante para ordenar que assim fizesse, não teríamos tempo. Ele não fez a menor questão de bater à porta e anunciar seu nome; era o patrão, afinal, e tinha o direito de entrar de supetão, sem dizer uma palavra. A voz de nosso informante o atraiu para a biblioteca; ele entrou, fez um sinal para o rapaz se retirar e fechou a porta.

Era o mesmo cômodo em que ele fora recebido, enquanto visita, dezoito anos antes. O mesmo luar incidia pela janela, e a mesma paisagem outonal compunha o cenário. Ainda não tínhamos acendido as velas, mas o cômodo estava todo iluminado, mesmo os retratos na parede — o busto esplêndido da sra. Linton e o rosto gracioso de seu marido. Heathcliff dirigiu-se à lareira. Não tinha mudado muito com o passar dos anos. Ali estava o mesmo homem, o rosto escuro um pouco mais pálido e solene, talvez uns dez quilos a mais, e nenhuma outra marca do tempo. Catherine tinha se levantado e estava prestes a sair correndo, por impulso, quando se deparou com ele.

— Pare! — ordenou ele, segurando-a pelo braço. — Aonde pensa que vai? Não quero mais saber de fuga! Vim buscá-la. Espero que seja uma filha obediente e não dê mais ideias a meu filho. Quando soube da participação dele na história toda, fiquei constrangido por ter de puni-lo. Parece até que é de porcelana... Bastaria um beliscão para acabar com ele. Mas verá nos olhos dele que aprendeu a lição! Desci com ele anteontem, à noite, e sentei-o em uma cadeira. Não encostei um dedo nele, a princípio. Dispensei Hareton, e ficamos a sós no cômodo. Duas horas depois, chamei Joseph para levá-lo de volta lá para cima, e desde então minha presença exerce tanto poder sobre seus nervos quanto um fantasma. Tenho a impressão de que ele me vê o tempo todo, mesmo quando não estou por perto. Hareton diz que ele acorda aos berros de madrugada, de hora em hora, chamando por você, para protegê-lo de mim. E, quer goste de seu precioso companheiro ou não, há de vir comigo. Ele é preocupação sua agora, deixo a seus cuidados.

— Por que não deixa Catherine ficar — roguei —, e manda o sr. Linton para cá, para ficar junto dela? O senhor detesta os dois... Não sentiria falta deles. Imagine a praga diária que serão para seu coração desumano!

— Estou atrás de um inquilino para a Granja — respondeu ele —, e quero meus filhos por perto, por garantia. Além disso, a mocinha vai ter de trabalhar pelo pão à mesa. Não vou manter uma criação à base de luxo e ócio depois que Linton se for. Agora trate de se arrumar! Não me obrigue a forçá-la.

— Está bem — disse Catherine. — Linton é tudo que me resta para amar no mundo e, embora o senhor faça de tudo para que ele seja cruel comigo, e eu com ele, *não* vai conseguir nos colocar um contra o outro. E eu o desafio a lhe fazer mal quando eu estiver por perto, e desafio a me intimidar!

— Ora, se não é a rainha da soberba! — retrucou Heathcliff. — Mas não gosto de você tanto assim a ponto de fazer mal a ele. Você *vai* arcar com essa tormenta toda, enquanto durar. Não sou eu quem faz dele uma criatura cruel; essa doçura vem de natureza. Agora anda tão amargo quanto bile, com a sua deserção e todas as implicações... Não espere agradecimento por sua nobre devoção. Tive o prazer de ouvi-lo descrever a Zillah o que faria se fosse tão forte quanto eu. A predisposição ele tem, e a própria fraqueza há de aguçar sua mente até que encontre um substituto para a força.

— Sei que ele tem má índole — disse Catherine. — É filho seu. Felizmente, minha índole permite perdoá-lo, e sei que ele me ama, e o amo por isso. *O senhor* não tem *ninguém* que o ame e, por mais que nos faça sofrer, teremos a desforra de saber que a sua crueldade é fruto do seu sofrimento. O senhor é muito infeliz, não é? Solitário e invejoso como o diabo, não? *Ninguém* ama o senhor... *Ninguém* vai chorar pelo senhor quando morrer! Eu é que não queria estar no seu lugar!

Havia um triunfo sombrio em sua voz. Catherine parecia estar decidida a abraçar o espírito de sua futura família, saboreando as agruras dos inimigos.

— Vou lhe mostrar seu devido lugar — retrucou o sogro — se não sair da minha frente agora mesmo. Ande, sua bruxa, vá pegar suas coisas!

Ela se retirou com ares de desdém. Em sua ausência, implorei pelo posto de Zillah no Morro, oferecendo abdicar do meu para ceder a ela, mas ele não quis saber. Pediu silêncio e então, pela primeira vez, deu-se ao luxo de examinar a biblioteca e contemplar os quadros, até que se deteve no quadro da sra. Linton e disse:

— Quero isso em casa. Não que eu precise, mas... — Virou-se para o fogo de repente, e continuou falando com o que, na falta de expressão melhor, chamarei de sorriso: — Vou lhe contar o que fiz ontem! Pedi ao coveiro que estava cavando a sepultura de Linton para remover a terra de cima do caixão dela, e o abri. Eis que, por um instante, considerei ficar por ali mesmo: depois que revi o rosto dela (pois ainda é o rosto dela!), ele teve trabalho para me tirar da cova. Disse-me que poderia se alterar caso batesse um vento, então soltei um dos painéis laterais do caixão... Não do lado de Linton... Que o diabo o carregue! Por mim, soldariam o caixão dele. E paguei o coveiro para tirar o painel quando eu for enterrado ali, e abrir o meu também. Cuidei dos preparativos; assim, nem mesmo Linton saberá dizer quem é quem!

— Isso é pura maldade, sr. Heathcliff! — exclamei. — Não tem vergonha de perturbar os mortos?

— Não perturbei ninguém, Nelly — retrucou ele. — Garanti um pouco de paz para mim. Terei um conforto agora, e assim é mais provável que vocês consigam me manter debaixo da terra, uma vez que eu estiver lá. Perturbá-la? Não! É ela quem me perturba, noite e dia, já faz dezoito anos! Perturbou-me sem parar, sem remorso, até a noite passada... Ontem à noite, fiquei em paz. Sonhei que dormia o sono derradeiro ao lado dela, com o coração parado e o rosto frio contra o dela.

— E se ela tivesse se desmanchado na terra, ou coisa pior, o que o senhor teria sonhado? — inquiri.

— Que me desmanchava com ela, ainda mais feliz! — respondeu ele. — Acha mesmo que temo essas mudanças? Era justo o que eu esperava quando abri o caixão, e fico contente que não se deteriore enquanto eu não estiver junto. E bem... Esse meu estranho sentimento só teria se dissipado se ela tivesse me passado alguma outra impressão com seu semblante indiferente. E olhe lá! Foi esquisito como começou. Perdi o prumo quando ela morreu, você sabe... E passei a rezar dia e noite, noite e dia, para que seu espírito voltasse para mim! Acredito piamente em fantasmas: creio que podem existir entre nós, e de fato existem! No dia que ela foi enterrada, nevou. À noite, caminhei até o cemitério. A nevasca estava desoladora, digna de inverno; foi um trajeto solitário. Já imaginava que o imbecil do marido dela não fosse vagar por aquele antro tão tarde, e ninguém mais tinha assuntos por lá. Sozinho, e ciente de que havia apenas dois metros de terra fofa entre nós, anunciei: "Ainda a terei em meus braços novamente! Se estiver fria, direi que é o vento norte que me gela, e se estiver inerte, direi que é o sono". Peguei uma pá no depósito de ferramentas e comecei a cavar com todas as forças, até arranhar o caixão; ajoelhei-me e passei a trabalhar com as mãos, enquanto a madeira estalava em torno dos pregos. Estava prestes a alcançar meu objetivo quando ouvi um gemido atrás de mim, como se alguém estivesse debruçado à beira da cova. "Se ao menos eu conseguir tirar isto daqui", balbuciei, "gostaria que nos cobrissem com a terra, eu e você!" E tentei arrancar o caixão da sepultura, mais desesperado ainda. Escutei outro gemido, ao pé do ouvido. Pude sentir o hálito quente desviar a geada carregada pelo vento. Eu sabia que não havia nenhuma criatura de carne e osso por perto; e, no entanto, assim como percebemos a aproximação de um corpo no escuro, embora indistinto, tive certeza de que Cathy estava ali: não debaixo de mim, mas sobre a terra. E então, de repente, uma sensação de alívio inundou meu coração e correu pelas minhas veias. Renunciei àquele suplício e dei-me por consolado... Faltavam-me palavras até! Ela estava presente, comigo; e continuou comigo enquanto eu cobria a sepultura, e no trajeto de volta para casa. Pode rir, se quiser, mas tive a certeza de que a veria por lá. Tive a certeza de que estava comigo, e não pude deixar de conversar com ela. Chegando ao Morro, corri ansioso para a porta. Estava trancada; e lembrei que aquele maldito Earnshaw e minha esposa não queriam me deixar entrar. Lembro-me de chutá-lo até ele ficar sem ar, e então subir às pressas para o quarto que fora meu e dela. Olhei ao redor, impaciente... Podia senti-la... *Quase* podia vê-la, e, no entanto, *não podia!* Devo ter suado sangue, tamanho o fervor do meu desejo, das minhas súplicas para ter uma única visão que fosse! E nada... Como tantas vezes na vida, ela provou ser um demônio para mim! E desde então, às vezes mais, às vezes menos, sujeita-me a essa tortura insuportável! Inferno! É tanta tensão que, se eu não fosse um homem de fibra, há muito tempo teria sucumbido à fraqueza, como Linton. Quando eu me sentava com Hareton em casa, ficava com a sensação de que a encontraria se saísse; e quando caminhava pela charneca, ficava com a sensação de que a encontraria se voltasse. Quando eu estava fora, tinha pressa para regressar: ela *devia* estar em algum lugar do Morro, eu tinha certeza! E quando dormia no quarto dela... Que derrota! Não conseguia descansar, pois assim que fechava os olhos, ela aparecia na janela, ora abrindo os painéis, ora entrando no cômodo, ora recostando seu belo rosto no mesmo travesseiro que usava quando criança; e eu precisava abrir os olhos para vê-la. Toda noite, abria e fechava os olhos centenas de vezes, e sempre me decepcionava! Era uma tortura! Muitas vezes eu gemia em voz alta, de modo que o velho patife do Joseph cismou que minha consciência estava me pregando peças. Agora, desde que a vi, estou em paz, pelo menos um pouco. Que estranha maneira de matar! Mais do que aos poucos, de pedaço em pedaço, de fio de cabelo em fio de cabelo, ludibriando-me com um espectro de esperança, ao longo de dezoito anos!

O sr. Heathcliff fez uma pausa e enxugou a testa; o cabelo estava grudado no rosto, encharcado de suor. Tinha cravado o olhar nas brasas vermelhas da lareira, não com as sobrancelhas franzidas, mas arqueadas — desanuviando seu semblante e conferindo-lhe, no entanto, uma expressão peculiar de perturbação, de tensão mental, absorto que estava. Mal se virava para mim, e permaneci em silêncio. Não gostava de ouvi-lo falar! Após um breve intervalo, ele tornou a contemplar o quadro. Tirou-o da parede e o apoiou no sofá, para ter um ângulo melhor; e, no meio-tempo, Catherine entrou, anunciando que estava pronta, e que poderiam selar o pônei.

— Mande o retrato amanhã — ordenou-me Heathcliff; então voltou-se para Catherine e acrescentou: — Esqueça o pônei... A noite está agradável, e não vai precisar de pôneis no Morro dos Ventos Uivantes; seus próprios pés vão dar conta das jornadas. Vamos.

— Adeus, Ellen! — sussurrou minha querida patroazinha. Quando me beijou, seus lábios estavam um gelo. — Aguardo sua visita, Ellen. Não se esqueça de mim.

— Nem pense nisso, sra. Dean! — bradou seu novo pai. — Quando eu quiser falar com você, virei até aqui. Nada de bisbilhotar minha casa!

Ele fez um sinal para a mocinha ir na frente, e, lançando-me um olhar de cortar o coração, ela obedeceu. Observei-os da janela, caminhando pelo jardim. Heathcliff travou o braço de Catherine debaixo do seu, embora ela tenha resistido, a princípio, como era de se esperar; e a passos largos, apressou-a pela alameda, cujas árvores logo os ocultaram.

## Capítulo 30

Fiz uma visita ao Morro dos Ventos Uivantes, mas não a vi desde que foi embora. Joseph segurou a porta quando pedi para chamá-la e não me deixou entrar. Disse que a sra. Linton estava atarefada, e que o patrão não se encontrava. Zillah às vezes me conta da movimentação da casa; do contrário eu jamais saberia quem morreu e quem está vivo. Ela acha Catherine orgulhosa e não gosta dela — dá para perceber, pelo jeito que fala. Minha jovem patroa pediu-lhe uma ajuda quando chegou, mas o sr. Heathcliff disse que era para seguir com os afazeres da casa e deixar sua nora se virar sozinha, ao que Zillah consentiu de bom grado, sendo a mulher tacanha e egoísta que é. Catherine passou a fazer birra, feito criança; retribuiu o descaso com frieza e colocou minha informante em sua lista de inimigos — levou a questão a ferro e fogo, como se a governanta tivesse lhe causado um grande mal. Tive uma longa conversa com Zillah umas seis semanas atrás, pouco antes de o senhor aparecer; fomos caminhar juntas um dia, e eis o que me contou...

— A primeira coisa que a sra. Linton fez — disse ela —, quando chegou ao Morro, foi correr lá para cima, sem sequer dar boa-noite para mim ou Joseph. Fechou-se no quarto de Linton e não saiu de lá até amanhecer. Depois, quando o patrão e Earnshaw estavam tomando o café da manhã, à mesa, ela entrou na sala e perguntou, trêmula, se alguém poderia chamar o médico. Seu primo estava muito enfermo.

"— Já sabemos! — respondeu Heathcliff. — Mas a vida dele não vale um centavo, portanto não vou gastar um centavo com ele.

"— Mas eu não sei o que fazer — disse ela — e, se ninguém me ajudar, ele vai morrer!

"— Saia já daqui! — bradou o patrão. — Não quero mais ouvir uma só palavra sobre ele! Nunca mais! Ninguém aqui se importa com o que será dele... Se você se importa, fique à vontade para cuidar dele. Caso contrário, deixe-o trancado no quarto.

"Então ela começou a me importunar, e eu disse que já tinha aturado aquela criatura enfadonha o bastante; cada um de nós tinha suas tarefas, e a dela era cuidar de Linton — o próprio sr. Heathcliff ordenara que eu o deixasse a cargo dela.

"Como se entendiam, não faço ideia. Imagino que ele fizesse bastante pirraça e se queixasse noite e dia, e que ela não tivesse descanso, a julgar pelo rosto pálido e o olhar carregado. Às vezes ela aparecia na cozinha, atordoada, a ponto de implorar por ajuda, mas eu é que não iria desobedecer ao patrão. Nunca que lhe desobedeceria, sra. Dean; e embora achasse errado não chamar o dr. Kenneth, não me cabia dar conselhos ou reclamar... Longe de mim me intrometer! Uma ou duas vezes, depois de nos recolhermos para dormir, por acaso abri a porta do quarto e deparei-me com ela chorando no topo da escada; logo me fechei de volta, com receio de ficar comovida e acabar interferindo. Tive pena, de verdade, mas não queria perder o emprego, sabe.

"Eis que uma noite, por fim, ela se atreveu a entrar no meu quarto e quase me matou de susto, dizendo:

"— Avise o sr. Heathcliff que o filho dele está morrendo... Desta vez tenho certeza. Levante-se agora e diga a ele!

"E com isso sumiu de novo. Fiquei uns quinze minutos tentando entender o que estava acontecendo, estremecida. Não havia movimentação. Reinava o silêncio na casa.

"'Ela está enganada', eu disse a mim mesma. 'Já passou. Não será preciso acordar ninguém.' E comecei a cochilar. Mas meu sono foi interrompido uma segunda vez pelo tilintar agudo da sineta — a única sineta que temos, instalada especialmente para Linton. O patrão mandou me chamar para saber o que estava acontecendo e advertir os dois de que não queria mais barulho.

"Repassei-lhe a mensagem de Catherine. Ele praguejou baixinho e, em poucos minutos, surgiu com uma vela acesa e se dirigiu ao quarto deles. Fui atrás. A sra. Heathcliff estava sentada junto ao leito, com as mãos entrelaçadas no colo. Seu sogro se aproximou, iluminou o rosto de Linton, fitou-o e tocou-o, então virou-se para ela.

"— Bem, Catherine... — ensaiou ele. — Como está se sentindo?

"Ela estava atônita.

"— Como está se sentindo, Catherine? — repetiu.

"— Ele está a salvo, e eu estou livre — respondeu ela. — Deveria estar me sentindo bem, mas... — prosseguiu, sem conseguir esconder o amargor. — O senhor me deixou tanto tempo batalhando sozinha contra a morte, que a morte é tudo que eu sinto e vejo! Sinto-me a própria morte!

"E parecia mesmo a morte! Dei-lhe um pouco de vinho. Hareton e Joseph, que acordaram com a sineta e o alvoroço todo e entreouviram a conversa pela porta, entraram no quarto. Joseph ficou contente com a partida do rapaz, creio eu. Hareton parecia chateado, embora estivesse mais ocupado em fitar Catherine do que pensar em Linton, mas o patrão o mandou de volta para a cama — não precisávamos de sua ajuda. Então ordenou a Joseph que levasse o corpo para o quarto dele, no sótão, e a mim, que retornasse ao meu. A sra. Heathcliff permaneceu sozinha.

"De manhã, ele me mandou intimá-la a descer para o café. Estava despida, parecia estar indo dormir, e comentou que estava indisposta... Pudera! Informei o sr. Heathcliff, e ele respondeu:

"— Bem, deixe-a em paz até o enterro. Suba de vez em quando para ver se precisa de algo e, assim que estiver melhor, avise-me."

Cathy passou uma quinzena fechada no quarto, segundo Zillah, que ia vê-la duas vezes por dia, e até tentou ser mais afável, mas suas gentilezas foram prontamente rejeitadas pela mocinha orgulhosa.

— Heathcliff subiu uma vez — disse Zillah —, para lhe mostrar o testamento. Linton legara todo seu patrimônio móvel, assim como o dela, ao pai. O pobrezinho tinha sido intimado, ou mesmo coagido, a escrevê-lo na semana em que a prima se ausentara, quando o tio morreu. Nas terras, contudo, o sr. Heathcliff não podia intervir, uma vez que Linton era menor de idade. Ainda assim, reivindicou-as — tomou posse da propriedade em nome de Cathy e no próprio nome. Presumo que tenha feito isso por meios legais... Seja como for, sem dinheiro e sem amigos, Catherine está de mãos atadas.

"Ninguém além de mim chegou perto do quarto, exceto dessa vez, e ninguém perguntava dela. A primeira vez que desceu foi numa tarde de domingo.

"Desabafara comigo, quando fui levar o almoço, que não suportava mais aquela frieza toda. Então lhe contei que o patrão faria uma visita à Granja da Cruz dos Tordos, e salientei que nem Earnshaw nem eu a impedíamos de deixar o quarto. Assim, quando ouviu Heathcliff partir a cavalo, apareceu na sala vestida de preto, com os cachos loiros atrás da orelha, parecendo mais uma quacre.[12] Não sabia se pentear.

"Joseph e eu costumamos ir à capela aos domingos." A igreja, como o senhor sabe, está sem pastor — lembrou-me a sra. Dean — e lá em Gimmerton referem-se ao local de culto metodista ou batista (não sei dizer qual é qual) de capela. "Joseph tinha saído", continuou ela, "mas achei propício ficar em casa. É sempre bom manter os jovens em rédeas curtas, e Hareton, com sua timidez, não é um modelo

---

[12] Nome dado aos integrantes do grupo cristão Sociedade Religiosa dos Amigos, que teve origem na Inglaterra no século XVII. [N. de E.]

de comportamento exemplar. Insinuei a ele que a prima provavelmente se juntaria a nós, e que o domingo lhe era sagrado, e portanto pedi que não mexesse nas armas e materiais de trabalho em sua presença. Ele corou com a notícia e olhou para as próprias mãos e traje, então se apressou a guardar o óleo de baleia e a pólvora. Percebi que ele queria lhe fazer companhia, e imaginei, pelos seus trejeitos, que queria estar apresentável; assim, rindo como não ouso rir na frente do patrão, ofereci-lhe ajuda, se quisesse, e caçoei de seu apuro. Ele ficou amuado e começou a praguejar.

"Ora", prosseguiu Zillah, vendo que seus modos não me agradavam, "a senhora acha que sua jovem patroa é fina demais para o sr. Hareton, e nisso tem razão, mas eu bem que gostaria de vê-la descer um pouco do pedestal. De que lhe servirá sua etiqueta e seu refinamento agora? É tão pobre quanto a senhora ou eu, ou até mais pobre, se bobear; a senhora está juntando seu dinheirinho, e eu tenho meus bicos."

Hareton aceitou a ajuda de Zillah, e ela apaziguou o humor dele. Assim, quando Catherine apareceu, já meio esquecido dos insultos de outrora, ele tentou ser agradável, segundo a governanta.

— A mocinha entrou na sala — disse ela. — Fria como gelo e altiva como uma princesa. Levantei-me e ofereci-lhe a poltrona. Mas, não... Ela torceu o nariz para minha cortesia. Earnshaw também se levantou e convidou-a a sentar-se no banco, junto à lareira; imaginou que estivesse morrendo de frio.

"— Faz mais de um mês que estou passando frio — respondeu ela, com o maior desdém possível.

"E puxou uma cadeira para si, afastada de nós. Uma vez aquecida, começou a esquadrinhar a sala e descobriu os livros da cômoda; levantou-se no mesmo instante e esticou-se inteira para pegá-los, mas estavam muito no alto. O primo, depois de assistir por um tempo, enfim tomou coragem para ajudá-la; ela estendeu a barra do vestido, e ele depositou ali os primeiros livros que conseguiu pegar.

"Foi um grande avanço para o rapaz. Catherine não lhe agradeceu, mas ele mesmo se sentiu grato por ela ter aceitado sua ajuda; e arriscou ficar atrás da prima enquanto ela folheava os volumes, e chegou até a se debruçar sobre eles e apontar as ilustrações antigas que chamavam sua atenção. E não se deixou intimidar quando ela fez cena e afastou as páginas de suas mãos — ateve-se a dar uns passos para trás, olhando para ela, em vez do livro. Ela continuou lendo, ou procurando algo para ler, e Hareton foi ficando cada vez mais compenetrado com seus cachos sedosos e volumosos. Ele não tinha como ver seu rosto, nem ela o dele. E talvez não muito consciente do que estava fazendo, como uma criança atraída por uma vela, passou por fim da admiração ao toque; estendeu a mão e pegou um cacho, com muito cuidado, como se fosse um passarinho. Parecia até que apunhalava seu pescoço, do jeito que ela se sobressaltou.

"— Afaste-se agora mesmo! Como ousa encostar em mim? O que está fazendo aí parado? — esbravejou, em um tom de desgosto. — Não suporto você! Vou subir de volta, se chegar perto de mim.

"O sr. Hareton recuou, apalermado. Sentou-se no banco, em silêncio absoluto, e ela continuou folheando os volumes por mais meia hora, até que Earnshaw veio até mim e sussurrou:

"— Pode pedir pra ela ler pra gente, Zillah? Tô empacado... Não sei mais o que fazer, e gosto muito... Queria muito ficar escutando! Não fala que fui eu que pedi, fala que é você que gosta.

"— O sr. Hareton gostaria que a senhorita lesse para nós — disse eu, de pronto. — Ele adoraria... Ficaria muito agradecido.

"Ela franziu o cenho, levantou o rosto e respondeu:

"— Sr. Hareton... Todos vocês... Façam-me o favor de entender que não quero nenhuma gentileza dissimulada. Hipócritas! Desprezo todos aqui, e não tenho nada a dizer a ninguém! Até outro dia, eu teria dado a vida por uma palavra amiga, ou mesmo um rosto amigo, e vocês me isolaram. Mas não vou ficar aqui me queixando! Desci porque estava com frio, e não para entretê-los ou desfrutar de sua companhia.

"— O que eu podia ter feito? — começou Earnshaw. — Que culpa tenho eu?

"— Ah! Você eu eximo... — respondeu a sra. Heathcliff. — Nunca me preocupei com você.

"— Mas eu me ofereci, mais de uma vez até, e pedi... — disse ele, atiçado com o desaforo dela. — Pedi pra me deixarem velar com você...

"— Cale-se! Vou dar uma saída... Prefiro vagar por aí a dar ouvidos à sua voz desagradável!

"Hareton mandou-a para o inferno, resmungando entre os dentes! Pegou a espingarda e não se privou mais de suas ocupações dominicais. Já não media mais as palavras, e ela achou de bom tom se retirar para ficar sozinha. Mas com a geada veio o frio rigoroso e, a despeito do orgulho, ela se viu obrigada a condescender à nossa companhia. Eu, no entanto, cuidei para que minha boa vontade não fosse mais motivo de escárnio. Desde então, tenho sido tão dura quanto ela, e ninguém na casa a estima. Ela não merece ninguém mesmo — sempre que lhe dirigem a palavra, seja quem for, ela falta com respeito! Até o patrão ela responde, desafiando-o a lhe dar uma surra, e quanto mais se melindra, mais venenosa fica."

A princípio, quando ouvi o relato de Zillah, resolvi deixar meu posto e levar Catherine para viver comigo em uma casinha, mas o sr. Heathcliff jamais permitiria, assim como não deixaria Hareton morar em uma casa própria. Não vejo solução por ora, a menos que ela se case de novo, e esse arranjo está fora do meu alcance.

Assim terminou a história da sra. Dean. Apesar da profecia do médico, estou recobrando as forças depressa; e embora ainda estejamos na segunda semana de janeiro, pretendo sair a cavalo amanhã ou depois, e fazer uma visita ao Morro dos Ventos Uivantes para informar meu senhorio que passarei os próximos seis meses em Londres, e que, se quiser, pode procurar outro inquilino para ocupar a casa depois de outubro. Não passaria outro inverno aqui por nada.

## Capítulo 31

Ontem foi um dia calmo, frio e ensolarado. Fiz uma visita ao Morro, como planejado, e minha governanta insistiu para que eu levasse uma nota à sua jovem patroa. Não me recusei, pois era uma mulher respeitável e eu não via nada de errado no pedido. A porta da casa estava aberta, mas o portão seguia trancado, como em minha última visita. Bati e chamei Earnshaw, que trabalhava nos canteiros do jardim; ele abriu para mim e entrei. É um sujeito rústico, mas muito bonito. Prestei mais atenção nele, dessa vez; ele parece se esforçar para não realçar seus atributos.

Perguntei se o sr. Heathcliff se encontrava. Ele disse que não, mas que voltaria para o almoço. Eram onze horas, e declarei minha intenção de entrar e esperar por ele; o rapaz imediatamente largou as ferramentas e me acompanhou, fazendo as vezes de cão de guarda, e não anfitrião interino.

Entramos juntos. Catherine estava na sala, ajudando no preparo de verduras e legumes para a refeição; parecia ainda mais sisuda e infeliz do que quando a vi pela primeira vez. Mal olhou para mim, apenas continuou o que estava fazendo, com o mesmo desprezo por gestos comuns de cortesia que antes, sem se dar o menor trabalho de retribuir minha mesura e meu bom-dia.

*Não me parece tão amigável*, pensei, *quanto a sra. Dean me fez crer. É mesmo uma beldade, mas nenhum anjo.*

Earnshaw, com seu jeito bruto, ordenou que ela levasse aquilo tudo para a cozinha.

— Ora, leve você — retrucou ela, afastando as hortaliças assim que terminou, e retirando-se para uma banqueta à janela, onde começou a esculpir pássaros e outros animais nos restos de nabo que trazia no colo. Aproximei-me, fingindo querer contemplar o jardim, e como vinha tramando, deixei cair o bilhete da sra. Dean em seu colo, sem que Hareton notasse. Contudo, ela perguntou em voz alta:

— O que é isso? — E jogou-o no chão.

— Uma carta de uma velha conhecida sua, a governanta da Granja — expliquei, aborrecido por ela ter exposto minha boa ação e temeroso que me tomasse por remetente.

A mocinha teria recolhido a carta de bom grado, sabendo de quem era, mas Hareton foi mais rápido: apanhou-a e enfiou-a no bolso do colete, alegando que cabia ao sr. Heathcliff olhar primeiro. Com isso, Catherine nos deu as costas em silêncio e, discretamente, tirou seu lencinho do bolso e levou-o aos olhos; e o primo, por sua vez, depois de se debater com o coração amolecido, tirou a carta de volta e jogou-a no chão, sem o menor tato. Catherine pegou e leu a carta com avidez, depois me perguntou dos habitantes, racionais e irracionais, de sua antiga casa. E, contemplando a pradaria, murmurou para si mesma:

— Quem me dera descer aquela colina com Minny! Quem me dera subir aquela outra! Ah! Estou tão cansada... Sinto-me *estagnada*, Hareton! — E recostou sua linda cabecinha no parapeito, com um misto de bocejo e suspiro, e mergulhou em uma melancolia, absorta, sem se importar ou mesmo saber se a observávamos.

— Sra. Heathcliff — falei, depois de um tempo sentado em silêncio —, sabe que a conheço bem? Sou íntimo seu, até acho estranho que não venha falar comigo. Minha governanta não para de falar da senhora, sempre a enaltece, e vai ficar muito desapontada se eu não voltar com notícias ou palavras suas, exceto que recebeu a carta e não disse nada!

Ela pareceu cismada comigo, e perguntou:

— A Ellen gosta do senhor?

— Gosta, sim... muito — respondi, hesitante.

— Diga a ela que eu gostaria de responder à carta, mas não tenho material para escrever, nem mesmo um livro do qual poderia arrancar uma folha.

— Nada de livros?! — exclamei. — Como consegue viver aqui sem livros, se me permite a pergunta? Embora eu tenha uma vasta biblioteca a meu dispor, volta e meia fico muito entediado na Granja. Se levassem meus livros embora, ficaria desesperado!

— Eu vivia lendo, quando tinha livros — disse Catherine. — Mas o sr. Heathcliff nunca lê, então resolveu destruí-los. Faz semanas que não vejo sinal de um livro. Uma vez, vasculhei o acervo de teologia de Joseph, o que o tirou do sério; e outra vez, Hareton, deparei-me com uma coleção secreta no seu quarto... Uns volumes em latim e em grego, e uns de contos e poesia: todos amigos de longa data. Os de poesia eram meus, e você os tirou de mim, como uma pega-rabuda que junta colheres de prata pelo simples prazer de roubar![13] Não lhe servem para nada. Ou então os escondeu por maldade... Já que não pode fazer bom uso deles, não quer que ninguém mais faça. Talvez a *sua* inveja tenha levado o sr. Heathcliff a tomar meus tesouros. Mas sei a maioria de cor e salteado, e vocês não vão me privar deles!

Earnshaw enrubesceu quando a prima denunciou seu acúmulo secreto de livros e balbuciou uma negação indignada.

— O sr. Hareton deseja aprofundar seu conhecimento — falei, procurando socorrê-lo. — Não é questão de *invejar*, mas de se *inspirar* nas realizações da senhora. Será um erudito daqui a alguns anos.

— E quer que *eu* afunde na ignorância, enquanto isso — retrucou Catherine. — Posso ouvi-lo tentando soletrar e ler para si mesmo... O senhor precisa ver os erros que ele comete! Gostaria que recitasse de novo a balada dos caçadores que recitou ontem... Foi hilário, eu ouvi. E o ouvi também revirando o dicionário, em busca das palavras difíceis, depois praguejando por não conseguir ler as definições!

O rapaz, é claro, achou ruim ser alvo de troça por sua ignorância e, depois, por tentar remediá-la. Eu não pensava muito diferente; e, recordando-me da anedota da sra. Dean,

---

13 Pega-rabuda, de nome científico *Pica pica*, é considerada a espécie de ave mais inteligente do mundo; a única capaz de reconhecer o próprio reflexo em um espelho. Também é conhecida pelo hábito de roubar objetos brilhantes e levar para seu ninho. [N. de E.]

sobre sua primeira tentativa de iluminar as trevas na qual fora criado, observei:

— Mas, sra. Heathcliff, todo mundo precisa começar de algum lugar, e todo mundo tropeça e titubeia em um ponto ou outro. Se os professores tivessem caçoado de nós, em vez de nos ajudar, ainda estaríamos tropeçando e titubeando.

— Ah! — retorquiu ela. — Não é minha intenção limitar o aprendizado dele. Ele só não tem o direito de se apropriar do que é meu, para depois estragar tudo com seus erros crassos e pronúncias hediondas! Esses livros, tanto em prosa como verso, são sagrados para mim, por questões pessoais, e detesto vê-los maculados e profanados na boca dele! Ainda escolhe as obras que mais amo recitar... É pura maldade, parece.

Hareton arquejou em silêncio por um instante; lutava contra a mortificação e a raiva, que não era fácil suprimir. Levantei-me e, com o intuito cavalheiresco de aliviar seu constrangimento, postei-me à porta e fiquei observando a paisagem lá fora. Ele seguiu meu exemplo e deixou a sala, mas logo reapareceu, carregando meia dúzia de volumes. Então largou-os no colo de Catherine, vociferando:

— Toma! Nunca mais quero ouvir, ou ler, ou pensar nesses livros!

— Agora não quero — retrucou ela. — Vou associá-los a você e odiá-los.

Ela abriu um que ele claramente tinha folheado e leu um trecho no tom arrastado de um iniciante; então riu e jogou-o para longe.

— Escute — continuou ela, querendo provocá-lo, entoando um verso de uma antiga balada do mesmo jeito.

Mas o amor-próprio de Hareton não suportava mais tormento. O tapa que deu na mocinha para fechar a boca insolente fez-se ouvir, e não o condenei de todo. A miserável tinha feito de tudo para magoar o primo — um rapaz sensível, embora grosseiro —, e o confronto físico foi o único jeito que ele encontrou de acertar as contas e retaliar as ofensas. Logo em seguida, ele juntou os livros e atirou-os ao fogo. Pude ver em seu rosto a angústia que sentia por fazer aquele sacrifício. Imaginei que, enquanto ardiam, ele recordava a alegria que lhe haviam proporcionado, e o triunfo e o prazer cada vez maior que sentia antes de ler; e imaginei também o que instigava seus estudos secretos. Contentara-se com a labuta diária e distrações bárbaras, até que Catherine cruzou seu caminho. A vergonha ante o escárnio e a esperança de ganhar a aprovação da mocinha eram as principais forças por trás de suas nobres aspirações; mas, ao invés de salvaguardá-lo da vergonha e torná-lo digno aos olhos dela, seus esforços produziram justamente o efeito contrário.

— Pois é... isso é tudo que um bruto como você pode fazer com livros! — bradou Catherine, chupando o lábio machucado e fitando as labaredas com um olhar indignado.

— É melhor calar a boca agora mesmo — respondeu ele, feroz.

A agitação o furtou de continuar falando; ele avançou para a porta às pressas, e lhe dei passagem. Mas, antes que pudesse cruzar o umbral, o sr. Heathcliff, que vinha do passadiço, encontrou-o e, pousando a mão em seu ombro, perguntou:

— O que foi, rapaz?

— Nada, nada — disse ele, e se retirou para remoer sozinho a tristeza e a raiva.

Heathcliff ficou olhando enquanto ele se afastava e soltou um suspiro.

— Pode soar estranho, contraditório até... — murmurou, sem perceber que eu estava atrás dele. — Mas quando busco o pai dele em seu rosto, é *ela* que eu encontro, cada vez mais. Por que diabo é tão parecido com ela? Mal suporto vê-lo.

E entrou na casa, cabisbaixo, com um semblante inquieto e ansioso que eu jamais tinha notado, e parecia mais magro. A nora, tão logo notou sua presença pela janela, fugiu para a cozinha, de modo que fiquei sozinho.

— Fico feliz em vê-lo sair de casa novamente, sr. Lockwood — disse ele, quando me cumprimentou de volta —, em parte por motivos egoístas. Não acho que conseguiria suprir sua falta tão cedo, na desolação destes confins. Mais de uma vez, perguntei-me o que teria trazido o senhor aqui.

— Creio que tenha sido um mero capricho, senhor — foi minha resposta. — E é um mero capricho que agora há de me levar embora. Partirei para Londres semana que vem, e convém avisá-lo que não pretendo estender o aluguel da Granja da Cruz dos Tordos após os doze meses acordados. Não pretendo continuar morando lá.

— Ora, ora... Quer dizer que o senhor está cansado da reclusão do mundo, é? — disse ele. — Mas se veio aqui pleitear um abatimento do aluguel pelos meses que não vai mais ocupar a casa, fez a jornada em vão. Eu nunca abro mão do que me é devido.

— Não vim pleitear coisa nenhuma! — exclamei, bastante irritado. — Se quiser, acerto com o senhor agora mesmo. — E tirei a carteira do bolso.

— Não, não — respondeu ele, friamente. — O senhor há de deixar o suficiente para cobrir sua dívida, caso não volte mais. Mas não tenho tanta pressa. Sente-se e coma conosco. Um convidado que não corre o risco de voltar costuma ser bem-vindo. Catherine! Arrume a mesa. Onde está você?

Catherine reapareceu, trazendo uma bandeja com talheres.

— Almoce com Joseph — murmurou Heathcliff, à parte —, e permaneça na cozinha até a visita ir embora.

Ela obedeceu de pronto; talvez não ficasse tentada a transgredir. Vivendo entre rufiões e misantropos, imagino que não saberia reconhecer pessoas mais nobres quando as encontrasse.

Com o sr. Heathcliff, sombrio e taciturno, de um lado, e Hareton em silêncio absoluto do outro, fiz uma refeição um tanto melancólica e me despedi cedo. Teria saído pelos fundos, para ver Catherine uma última vez e amolar o velho Joseph, mas Hareton recebeu ordens para buscar meu cavalo, e o anfitrião me acompanhou até a porta pessoalmente, então não pude realizar meu desejo.

*Como é triste a vida naquela casa!*, ponderei pela estrada. *Seria a realização de um sonho romântico para a sra. Linton Heathcliff, um conto de fadas, se nos uníssemos em matrimônio, como desejava sua caridosa babá, e migrássemos juntos para o agito da cidade!*

## Capítulo 32

« 1802 »

Em setembro, fui convidado a caçar faisões e perdizes na propriedade de um amigo ao norte, e no caminho por acaso encontrei-me a poucos quilômetros de Gimmerton. O cavalariço de uma taverna de beira de estrada estava segurando um balde de água para refrescar meus cavalos quando passou uma carroça cheia de aveia verdinha, colhida recentemente, e ele comentou comigo:

— Esse aí vem de Gimmerton! A colheita sempre atrasa umas três semanas por lá.

— Gimmerton? — repeti. Minha residência naquele vilarejo já era uma lembrança turva, como um sonho. — Ah! Conheço. É muito longe daqui?

— Fica a uns vinte e três quilômetros, depois das colinas. É uma estradinha penosa — respondeu o rapaz.

Fui tomado por um impulso repentino de visitar a Granja da Cruz dos Tordos. Ainda não era meio-dia, e me animei com a possibilidade de pernoitar sob meu próprio teto, em vez de uma estalagem. Poderia também tirar um dia para acertar com meu senhorio, e assim me poupar o trabalho de visitar a província uma outra vez. Depois de descansar um pouco, orientei meu criado a perguntar pelo caminho até o vilarejo; e, para a exaustão de nossos cavalos, conseguimos fazer o trajeto em cerca de três horas.

Deixei-o em Gimmerton e segui pelo vale sozinho. A igreja cinza parecia ainda mais cinza, e o solitário cemitério da igreja, ainda mais solitário. Divisei uma ovelha campestre aparando a relva baixa sobre os túmulos. O tempo estava agradável — quente demais para viajar, mas o calor não me impediu de apreciar a bela paisagem que me cercava. Se agosto estivesse mais próximo, decerto ficaria tentado a passar um mês naquela solidão. No inverno, não há nada mais desolador, e no verão, nada mais divino do que aqueles vales cercados por colinas e aquelas falésias forradas de urzes.

Cheguei à Granja antes do pôr do sol e bati à porta, mas a família estava nos fundos, imaginei, pelo remoinho fininho e azulado que subia pela chaminé da cozinha, e ninguém me ouviu. Segui até o pátio. No alpendre, uma menina de nove ou dez anos tricotava, e uma mulher de idade fumava um cachimbo, contemplativa, recostada nos degraus da casa.

— A sra. Dean está? — perguntei à mulher.

— A sra. Dean? Não! — respondeu ela. — Ela não mora aqui. Agora fica no Morro.

— A senhora é a governanta, então? — prossegui.

— Sou, sim. Cuido da casa.

— Bem, sou o sr. Lockwood, o patrão. Por acaso há algum quarto onde eu possa me instalar? Gostaria de passar a noite.

— O patrão! — bradou ela, perplexa. — Ora! Quem diria que o senhor viria! Devia ter mandado um aviso. Não temos cama arrumada, nem sequer roupa seca!

Ela largou o cachimbo e entrou às pressas. A menina a seguiu, e fui junto, logo percebendo que dizia a verdade e que, além de tudo, eu a tirara do prumo com minha visita inesperada. Pedi que se acalmasse. Disse que sairia para uma caminhada, e que, enquanto isso, ela poderia arrumar um canto em uma sala onde eu pudesse jantar e um quarto para dormir. Não havia necessidade de varrer ou espanar nada — uma lareira acesa e lençóis secos me bastariam. Ela parecia disposta a fazer o possível, embora tivesse remexido as brasas com o escovão, tomando-o pelo atiçador, e feito mal uso de vários outros utensílios. Retirei-me, fiando-me em seu empenho, certo de que teria onde repousar quando retornasse. O Morro dos Ventos Uivantes era o destino final da minha excursão. Com isso em mente após deixar o pátio, dei meia-volta.

— Está tudo bem lá no Morro? — inquiri à mulher.

— Está, sim, até onde sei — respondeu ela, saindo às pressas com um balde de brasas quentes.

Queria perguntar por que a sra. Dean deixara a Granja, mas não tinha como detê-la em meio a uma tarefa tão crítica, então me virei e saí, caminhando satisfeito com o brilho do sol poente logo atrás, e a glória branda da lua nascente adiante — um se esvanecia, e a outra resplandecia, enquanto eu deixava a propriedade e subia a estrada pedregosa que desembocava na morada do sr. Heathcliff. Antes que eu pudesse avistá-la, tudo o que restava do dia era uma tênue luz âmbar a oeste, mas eu podia ver cada seixo do caminho e cada folha da grama sob aquela lua esplêndida. Não precisei pular o portão, nem mesmo bater — abriu-se a um leve toque. *Mas que avanço*, pensei. E notei ainda outro, com a ajuda das narinas: uma fragrância de goivos pairava no ar, entre as singelas árvores frutíferas.

Tanto as portas como as janelas estavam abertas; no entanto, como de costume nas regiões de carvão, um fogo vermelho iluminava a chaminé — o conforto que proporciona à vista ao menos deixa o calor tolerável. Mas a casa do Morro dos Ventos Uivantes é tão grande que os habitantes têm espaço de sobra para fugir de seu domínio; não por acaso, os moradores que se faziam presentes estavam perto de uma janela. Pude ver e ouvir os dois antes de entrar, e assim os escutei e observei, movido por um misto de curiosidade e inveja, que crescia conforme eu me mantinha à espreita.

— Con-*trá*-rio! — disse uma voz, meiga como um sino de prata. — Pela terceira vez, é "con-*trá*-rio", seu burro! Não vou repetir de novo. Trate de se lembrar, ou vou puxar seu cabelo!

— Certo, "contrário" — respondeu outra voz, em um tom grave, porém suave. — E agora me dê um beijo, por prestar atenção.

— Não. Primeiro leia corretamente, sem cometer um único erro.

O rapaz que falava começou a ler. Era um jovem bem-apessoado, sentado à mesa, com um livro. Suas belas feições reluziam de prazer, e seus olhos corriam, impacientes, da página à mãozinha branca em seu ombro, que o repreendia com um tapinha no rosto ao menor sinal de desatenção. A dona da mão estava de pé atrás dele.

Seus cachos dourados e brilhosos por vezes se mesclavam com o cabelo castanho dele, quando ela se inclinava para supervisionar os estudos; e seu rosto... Sorte a dele não poder ver aquele rosto, ou jamais teria se compenetrado tanto. *Eu* podia vê-lo, e crispei os lábios por ter jogado fora minha chance de fazer algo além de contemplar aquela beldade sorridente.

A aula terminou, mas não sem mais uns errinhos. O pupilo, no entanto, exigiu uma recompensa, e ganhou pelo menos cinco beijos — que retribuiu fartamente. Depois vieram até a porta, e pela conversa inferi que estavam prestes a sair para uma caminhada na charneca. Imaginei que, no coração de Hareton Earnshaw, se não da boca para fora, eu seria condenado ao abismo mais profundo do inferno se me fizesse presente então. E, sentindo-me sujo e nefasto, esgueirei-me e busquei refúgio na copa. O acesso pelos fundos também estava desobstruído, e junto à porta estava sentada minha velha amiga Nelly Dean, costurando e entoando uma canção, que volta e meia era interrompida por alguém lá dentro, com palavras duras de escárnio e intolerância, em um tom nada musical.

— Arre! Preferia mil vezes aguentar os dois dia e noite no meu ouvido do que aturar você! — disse o ocupante da cozinha, em resposta a um comentário inaudível de Nelly. — É uma heresia eu não poder abrir o Livro Sagrado, enquanto você fica aí, louvando Satanás e tudo de mau que já brotou no mundo! Arre! Ô infeliz! E aquela lá é outra! O pobre rapaz vai se perder com vocês. Pobre rapaz! —

acrescentou ele, com um resmungo. — Está enfeitiçado, só pode! Ó, Senhor, julgai-as, que não temos lei nem justiça entre nossos governantes!

— Nada disso! Ou já estaríamos na fogueira, creio eu — retorquiu a cantora. — Já chega, velhaco! Vá ler sua Bíblia como um bom cristão e pare de me atazanar. Estava cantando "O casamento da fada Annie"... Uma canção alegre, boa para dançar.

A sra. Dean estava prestes a recomeçar quando entrei. Reconheceu-me no mesmo instante e se pôs de pé em um sobressalto, bradando:

— Ora, Deus o abençoe, sr. Lockwood! O que o traz de volta por estas bandas? Está tudo às traças na Granja da Cruz dos Tordos. Devia ter nos avisado!

— Já deixei tudo ajeitado para me acomodar por lá, sra. Dean — respondi. — Fico somente até amanhã. E como é que a senhora veio parar aqui? Conte-me.

— Zillah foi embora logo após o senhor partir para Londres, e o sr. Heathcliff ordenou que eu tomasse conta do Morro até o senhor retornar à Granja. Por favor, entre! O senhor veio a pé de Gimmerton agora à tarde?

— Da Granja. E aproveitando que estou hospedado lá, gostaria de resolver uma questão com seu patrão, pois não sei quando surgirá outra oportunidade.

— Que questão? — inquiriu Nelly, conduzindo-me até a sala. — Ele não se encontra no momento, e não vai voltar tão cedo.

— O aluguel — respondi.

— Ah! Então é com a sra. Heathcliff que o senhor há de se acertar — observou ela —, ou até comigo. Ela ainda não aprendeu a administrar a propriedade, e intercedo por ela. Não há mais ninguém.

Fiquei surpreso.

— Ah! Pelo visto, o senhor não ficou sabendo da morte de Heathcliff — continuou ela.

— Heathcliff morreu?! — exclamei. — Quando?

— Faz três meses. Mas sente-se, deixe-me pendurar seu chapéu, que lhe contarei tudo. Espere... O senhor ainda não comeu, imagino.

— Não se preocupe comigo. Pedi para prepararem um jantar em casa. Sente-se também. Nunca passou pela minha cabeça que ele pudesse ter morrido... Nem em sonho! Conte-me o que aconteceu. A senhora disse que não os espera de volta tão cedo... Os jovens...

— Pois é. Ralho com eles toda noite, por caminharem até tarde, mas não se importam comigo. Ao menos beba um pouco de nossa cerveja, vai lhe fazer bem. O senhor parece cansado.

Ela se apressou em buscar uma caneca antes que eu pudesse recusar, e ouvi Joseph perguntar se "não era um escândalo que ela tivesse pretendentes àquela altura da vida, e ainda pegasse as bebidas da adega do patrão!". Achava uma vergonha "ver aquilo e não poder fazer nada".

Ela não se deu o trabalho de retaliar. Reapareceu na sala em um minuto, com uma caneca de prata reluzente, cujo conteúdo elogiei com um fervor genuíno. E em seguida narrou para mim a sequência da história de Heathcliff. Teve um desfecho "esquisito", como ela mesma disse.

Fui chamada ao Morro dos Ventos Uivantes duas semanas depois de o senhor partir — contou-me —, e compareci de bom grado, por conta de Catherine. A primeira conversa com ela me deixou triste e abalada: estava tão mudada desde a nossa separação. O sr. Heathcliff não me explicou seus motivos para mudar de ideia quanto à minha presença; ateve-se a dizer que me queria aqui e estava cansado de ver Catherine. Incumbiu-me de fazer da saleta minha sala de estar, e mantê-la em minha companhia. Para ele, bastava ter de vê-la uma ou duas vezes por dia. Catherine parecia satisfeita com o arranjo. Aos poucos, contrabandeei diversos livros e outros artigos que lhe serviam de passatempo na Granja, e concluí que tudo correria razoavelmente bem. A ilusão não durou muito. Catherine se contentou a princípio, mas logo foi ficando irritadiça e inquieta. Para começo de conversa, estava proibida de passar do jardim, e o confinamento a angustiava cada vez mais, conforme avançava a primavera. Além do mais, com as tarefas domésticas, eu era forçada a deixar sua companhia com frequência, e ela se queixava da solidão. Preferia discutir com Joseph na cozinha a se sentar sozinha, em paz. Eu não me importava com suas contendas, mas volta e meia Hareton também era obrigado a buscar abrigo na cozinha, quando o patrão queria a casa toda para si. E embora no começo ela se retirasse quando ele aparecia, ou viesse me fazer companhia, em silêncio, enquanto eu trabalhava, e se furtasse de dizer qualquer coisa na presença dele — por mais que ele andasse sempre amuado e taciturno —, depois de um tempo ela mudou de postura e passou a segui-lo pela casa. Falava com ele, criticava sua estupidez e sua ociosidade, e se mostrava sempre espantada com a vida que ele aguentava levar, sentado a noite inteira contemplando o fogo, entre cochilos.

— Ele é como um cachorro, não é, Ellen? — comentou uma vez. — Ou um burro de carga. Faz o trabalho dele, come a comidinha dele e dorme por toda a eternidade! Que mente tacanha deve ter! Você costuma sonhar, Hareton? Com o quê? Ora! Não consegue nem falar comigo!

Então o encarou, mas ele não ousou abrir a boca ou retribuir o olhar.

— Talvez esteja sonhando agora — continuou. — Mexe o ombro igualzinho a Juno. Pergunte a ele, Ellen.

— O sr. Hareton vai pedir para o patrão mandá-la subir, se não se comportar! — alertei.

Ele não só mexia o ombro, como tinha cerrado os punhos, como se estivesse tentado a usá-los.

— Já sei por que Hareton nunca fala nada quando estou na cozinha — comentou ela, em outra ocasião. — Ele teme que eu vá rir dele. O que acha, Ellen? Uma vez tentou aprender a ler sozinho e, como eu ri, queimou os livros e desistiu. Não foi um tolo?

— A senhora não foi maldosa? — inquiri. — Diga-me.

— Talvez — prosseguiu ela —, mas não esperava que ele fosse tão bobo. Hareton, se eu lhe desse um livro agora, você aceitaria? Vou tentar!

Ela colocou o livro que estava folheando nas mãos dele; ele o atirou para longe e resmungou que, se ela não o deixasse em paz, quebraria seu pescoço.

— Bem, vou deixá-lo aqui — disse ela —, na gaveta da mesa, e vou me deitar.

Sussurrou para que eu ficasse de olho e foi embora. Mas Hareton não chegou perto do livro, o que relatei a ela na manhã seguinte, para seu grande desapontamento. Notei que ela lamentava o fastio e a indolência dele. A consciência pesou por tê-lo aterrorizado a ponto de fazê-lo desistir de se aprimorar — nisso tinha sido bem-sucedida. Mas já tramava suas artimanhas para remediar o dano. Enquanto eu passava as roupas, ou me ocupava de outras tarefas paradas que não podia fazer na sala, ela trazia algum volume agradável e lia em voz alta para mim. Quando Hareton estava por perto, ela se detinha em uma passagem interessante e largava o livro aberto. Fez isso várias vezes, mas o rapaz era obstinado feito mula e, em vez de morder a isca, nos dias chuvosos passou a fumar com Joseph. Sentavam-se como autômatos, um de cada lado da fornalha, o mais velho felizmente surdo demais para compreender as bobagens torpes dela, como ele mesmo diria, e o mais novo fazendo-se de sonso. Nas noites de tempo bom, Hareton se juntava a expedições de caça, e Catherine bocejava e bufava, e me amolava para conversar com ela, e corria para o pátio ou para o jardim assim que eu começava a falar; e, em última instância, chorava, dizendo que estava cansada de viver, que sua vida era medíocre.

O sr. Heathcliff, cada vez mais recluso, já tinha praticamente banido Earnshaw de seus aposentos. Eis que, por conta de um acidente no início de março, o rapaz se ateve à copa por dias a fio. Sua arma disparara por acidente durante uma excursão solitária pelas colinas, um estilhaço o acertara no braço, e ele perdera bastante sangue até chegar em casa. Por consequência, foi condenado ao repouso junto à fornalha, até recobrar as forças. Convinha a Catherine tê-lo ali. Mais do que nunca, odiava a saleta no andar de cima e me pressionava a encontrar ocupações lá embaixo, para que pudesse me fazer companhia.

Na segunda-feira de Páscoa, Joseph levou o gado à feira de Gimmerton, e à tarde fiquei passando roupa na copa. Earnshaw estava sentado, ranzinza como sempre, no canto da fornalha, e minha jovem patroa matava o tempo com desenhos na vidraça da janela, ora cantarolando baixinho, ora sussurrando qualquer coisa para si mesma. Aborrecida e impaciente, lançava olhares de relance ao primo, que fumava sem parar, contemplando as chamas. Quando lhe adverti de que não a toleraria mais obstruindo a luz, refugiou-se junto à fornalha. Não estava prestando muita atenção nela, até que a ouvi dizer:

— Percebi, Hareton, que eu quero... Ficaria contente... Adoraria tê-lo como primo agora, se não se irritasse tanto comigo, e não fosse tão rude.

Hareton não respondeu.

— Hareton, Hareton, Hareton! Está me ouvindo? — insistiu ela.

— Dá o fora! — grunhiu ele, severo em sua rispidez.

— Vou pegar esse cachimbo — disse ela, estendendo o braço com cautela e tirando-o da boca dele.

Antes que ele pudesse tentar tomá-lo de volta, já estava quebrado, no fogo. Hareton praguejou e arrumou outro.

— Pare! — clamou ela. — Você precisa me escutar primeiro, e não consigo falar com essas nuvens de fumaça em cima de mim.

— Vai pro inferno! — exclamou ele, feroz. — E me deixa em paz!

— Não — insistiu ela. — Não vou. Não sei o que fazer para que fale comigo, e você se recusa a entender. Quando o chamo de burro, não é sério... Não quer dizer que o desprezo. Ande, preste atenção em mim, Hareton! É meu primo, afinal, e há de me reconhecer como tal.

— Tenho nada a ver com você e seu orgulho imundo, e seu maldito deboche! — retrucou ele. — Melhor arder no inferno do que olhar pra você de novo. Some daqui agora!

Catherine franziu o cenho e se recolheu junto à janela, mordendo os lábios e cantarolando uma melodia excêntrica, na tentativa de disfarçar a vontade cada vez maior de chorar.

— O senhor devia fazer as pazes com sua prima — intercedi —, agora que está arrependida de sua petulância. Faria bem ao senhor, seria um novo homem se a tivesse como companheira.

— Arre, companheira! — exclamou ele. — Ela me odeia! Não me acha digno nem de limpar seus sapatos! Não, nem que eu virasse rei! É só eu tentar agradar, que viro motivo de chacota... Já deu!

— Não sou eu que o odeio, é você que me odeia! — soluçou ela, sem conter mais os prantos. — Você me odeia tanto quanto o sr. Heathcliff, mais até.

— Mentirosa de uma figa — retorquiu Earnshaw. — Por que então tirei ele do sério mil vezes, defendendo você? Isso quando você fazia troça comigo e... Vai continuar me infernizando agora, é? Ó, que vou lá pra sala e vou dizer que você torrou minha paciência aqui.

— Não sabia que você estava do meu lado — respondeu ela, enxugando as lágrimas. — Eu estava infeliz, amargurada com Deus e o mundo... Mas agora lhe agradeço, e imploro que me perdoe. O que mais posso fazer?

Ela se aproximou da fornalha e estendeu a mão para ele, de coração. Ele torceu o nariz e ficou anuviado feito um céu tempestuoso, e manteve os punhos cerrados e o olhar fixo no chão. Catherine, por instinto, deve ter adivinhado que era teimosia, e não desafeto, que motivava a conduta obstinada do primo, visto que, após um instante de indecisão, agachou-se e deu um beijo suave na bochecha dele. A malandrinha achou que eu não tinha atinado; afastou-se e retomou o posto à janela, acanhada de todo. Balancei a cabeça em reprovação, e então ela corou e sussurrou:

— Veja bem, o que mais eu poderia fazer, Ellen? Ele não queria apertar minha mão, sequer olhava para mim. Foi o jeito que encontrei de mostrar que gosto dele, que quero fazer as pazes.

Se o beijo convenceu Hareton, não sei dizer. Ele tomou o cuidado de não mostrar o rosto por um tempinho e, quando o ergueu enfim, mal sabia para onde olhar.

Catherine se pôs a embrulhar um belo livro em papel branco, com esmero. Amarrou-o com uma fita, endereçou-o ao "sr. Hareton Earnshaw" e pediu que eu fizesse as vezes de embaixadora e entregasse o presente ao destinatário.

— E diga que, se aceitar meu mimo, posso ensiná-lo a ler direito — acrescentou. — E se recusar, vou lá para cima e nunca mais o importuno.

Levei o presente e transmiti o recado, sob o olhar aflito da minha patroa. Hareton não abriu os punhos, então deixei no colo dele. Tampouco afastou o embrulho. Retomei o trabalho. Catherine deitou o rosto na mesa, até que ouviu o farfalhar do desembrulho. Esgueirou-se e foi se sentar ao lado do primo, em silêncio. Ele tremia, e seu rosto reluzia — toda a sua rudeza e grosseria haviam evaporado. A princípio, não conseguiu reunir coragem para proferir uma sílaba que fosse em resposta à petição sussurrada pela prima.

— Diga que me perdoa, Hareton. É tudo que peço. Basta dizer a palavra mágica para me fazer feliz.

Ele murmurou algo inaudível.

— E vai ser meu amigo? — interrogou Catherine, no embalo.

— Não! Você vai sempre ter vergonha de mim — respondeu ele. — Cada vez mais... Não posso com isso.

— Então não vai ser meu amigo? — indagou ela, com um sorriso doce como mel, movendo-se devagarinho para junto dele.

Não consegui entreouvir mais a conversa, mas, quando me virei de volta, notei seus semblantes radiantes, debruçados sobre o livro presenteado, e não tive dúvida de que o tratado fora ratificado por ambas as partes, e assim os antigos inimigos juraram-se aliados.

A obra que estudavam era repleta de gravuras magníficas, e mantiveram-se fisgados até Joseph voltar para casa. O pobre coitado ficou perplexo com aquele espetáculo, Catherine sentada no mesmo banco que Hareton Earnshaw, com a mão no ombro dele; mal podia acreditar que seu protegido tolerava a companhia da mocinha. Ficou tão abalado que não tocou no assunto aquela noite. Deixava transparecer a emoção apenas pelos longos suspiros que soltava, enquanto abria sua grande Bíblia com solenidade, em cima da mesa, e a cobria com papéis sujos que tirava da carteira, registros das transações do dia. Por fim, chamou Hareton.

— Leva essas bodegas pro patrão, rapaz — disse. — E vê se vai dormir. Vou *eu* pro meu quarto. Esse lugar aqui não presta pra gente, melhor procurar outro.

— Vamos, Catherine — falei. — Melhor procurarmos outro recinto também. Já terminei de passar a roupa. Está pronta para subir?

— Mas não são nem oito horas! — respondeu ela, levantando-se a contragosto. — Hareton, vou deixar o livro aqui em cima. Amanhã trago mais alguns.

— Se deixar livro dando sopa, vou levar lá pra sala — disse Joseph —, e é capaz que nunca mais bote as mãos neles. Você que sabe!

Cathy ameaçou Joseph, dizendo que tomaria sua biblioteca se ele tomasse a dela. Passou por Hareton com um sorriso no rosto e subiu cantando, mais alegre do que jamais estivera sob este teto — exceto, talvez, pelas primeiras visitas que fizera a Linton.

A intimidade que ali firmaram logo se fortaleceu, embora tenha sofrido percalços temporários. Não seria a mera força de vontade que faria de Earnshaw um rapaz civilizado, e minha jovem patroa não era nenhuma filósofa ou modelo de paciência. Mas os dois estavam alinhados — ela, ávida para estimar, e ele, ávido para ser estimado — e assim alcançaram seu fim.

Veja, sr. Lockwood, não foi difícil ganhar o coração da sra. Heathcliff, mas agora fico feliz que o senhor não tenha tentado. Para coroar essa história, tudo o que mais desejo agora é a união daqueles dois. Não invejarei ninguém no dia do casamento deles; não haverá mulher mais feliz do que eu em toda a Inglaterra.

## Capítulo 33

No dia seguinte àquela segunda-feira, como Earnshaw ainda não estava em condições de retomar suas tarefas habituais e, portanto, permanecia em casa, logo percebi que seria impraticável manter minha patroa a meu lado, como outrora. Ela desceu antes que eu e foi até o jardim, onde tinha visto o primo se dedicar a um trabalho leve; e quando fui chamá-los para o café da manhã, vi que ela o persuadira a limpar uma extensão de terra, até então reservada às groselheiras, e que, juntos, planejavam importar plantas da Granja.

Fiquei horrorizada com o tanto que devastaram em apenas meia hora. Os pés de cassis eram a menina dos olhos de Joseph, e Catherine tinha acabado de demarcar um canteiro bem no meio dos arbustos.

— Mas era só o que faltava! — exclamei. — O primeiro que vir isso logo vai contar para o patrão. E que desculpa vão dar por tomarem essas liberdades no jardim? A casa vai cair, vão ver só! O senhor deveria ter juízo, em vez de fazer um estrago desses no embalo dela!

— Esqueci que eram do Joseph — respondeu Earnshaw, atrapalhado —, mas vou falar pra ele que fui eu.

Sempre fazíamos as refeições com o sr. Heathcliff. Eu desempenhava as funções de dona de casa, preparando o chá e as iguarias, de modo que era indispensável à mesa. Catherine costumava sentar a meu lado, mas dessa vez ficou perto de Hareton, e logo percebi que não seria muito mais discreta na amizade do que era na hostilidade.

— Agora, procure não conversar muito ou dar muita atenção para seu primo — instruí-lhe aos cochichos quando entramos na sala. — Ou vai aborrecer o sr. Heathcliff, e ele vai ralhar com os dois.

— Está bem — respondeu ela.

Um minuto depois, já estava junto ao primo, enfiando prímulas em seu prato de mingau.

Hareton não ousava lhe dirigir a palavra à mesa, mal olhava para ela, e mesmo assim ela ficou de provocação, deixando-o duas vezes a ponto de cair na gargalhada. Franzi o cenho, e ela olhou de esguelha para o patrão, cujos pensamentos vagavam por outros assuntos que não suas companhias, como evidenciava o semblante dele, e ela ficou séria por um instante, examinando-o com profunda gravidade. Depois se virou e tornou a fazer graça, até arrancar, por fim, um riso abafado de Hareton. O sr. Heathcliff sobressaltou-se e correu o olhar ligeiro por nosso rosto. Catherine o encarou de volta com sua expressão costumeira, ao mesmo tempo de nervosismo e desacato, que ele abominava.

— É bom mesmo que esteja fora do meu alcance! — exclamou ele. — Que demônio a possuiu para me encarar assim, com esses olhos infernais? Baixe-os agora! E não me lembre mais da sua existência. Pensei que a tivesse curado do riso.

— Fui eu — balbuciou Hareton.

— Como é? — interpelou o patrão.

Hareton olhou para seu prato e não repetiu a confissão. O sr. Heathcliff fitou-o por um tempo e, em silêncio, voltou a atenção ao café da manhã e às reflexões interrompidas. Tínhamos quase terminado, e os dois jovens, por prudência, haviam se afastado; eu não previa mais perturbações durante a refeição, quando Joseph surgiu à porta, revelando pelos lábios trêmulos e olhar furioso que o ultraje cometido contra seus preciosos arbustos fora descoberto. Provavelmente tinha flagrado Cathy e o primo no jardim antes de averiguar, pois, enquanto mexia a mandíbula como uma vaca ruminante, dificultando a compreensão, ele começou:

— Arre, quero meu ordenado e dar o fora daqui! Achava que ia morrer nessa casa, onde dediquei sessenta anos da minha vida... Achava que era só levar meus livros lá pro sótão, minhas coisas, e deixar a cozinha pra eles pra ter um pouco de paz. Foi duro largar meu canto ao pé da fornalha, mas achei que dava conta! Mas não... Ela foi lá e me tirou o jardim e acabou comigo. Juro, patrão... Não aguento, não. O senhor pode se curvar o quanto quiser... Mas *eu* não posso co'isso. Velho que sou, não me acostumo co'esses novos fardos. Prefiro ganhar meu pão com um martelo estrada afora.

— Ora! Já chega, imbecil! — interrompeu Heathcliff. — Vá direto ao ponto! O que houve? Não vou me meter nas suas questões com Nelly. Por mim, ela pode largá-lo em um bueiro.

— Não é nada com Nelly! — respondeu Joseph. — Nunca que ia sair me mudando assim por ela, por pior que seja a infeliz! Por Deus! Essa daí não rouba a alma de ninguém! Nunca foi muito bonita, de chamar atenção. Foi aquela menina terrível... Aquela sem-vergonha que enfeitiçou o rapaz, co'olhar atrevido, o jeito de se insinuar, até que... Não! Meu coração parece até que vai saltar do peito. Ele esqueceu tudo que fiz por ele e ensinei pra ele, foi lá e arrancou toda uma fileira de groselheiras cheinhas do jardim! — E seguiu com sua torrente de lamúrias; sentia-se desamparado com aquela amarga ofensa, e com a ingratidão e a situação perigosa de Earnshaw.

— O palerma por acaso está bêbado? — perguntou o sr. Heathcliff. — Hareton, é com você que ele está injuriado?

— Arranquei dois ou três arbustos — respondeu o jovem —, mas vou plantar de volta.

— E por que arrancou? — inquiriu o patrão.

Eis que Catherine tomou juízo e se pronunciou.

— Queríamos plantar umas flores — bradou ela. — Sou a única culpada aqui, fui eu que lhe pedi.

— E quem foi que deu permissão a *você* para encostar em um graveto que fosse? — indagou seu sogro, pasmo. — E quem mandou *você* obedecê-la? — acrescentou, virando-se para Hareton.

O rapaz ficou sem palavras, e a prima respondeu:

— Não lhe cabe me negar um canteirinho, quando tomou todas as minhas terras!

— Ora, essa! *Suas* terras, megera insolente? Você nunca teve terras — retorquiu Heathcliff.

— E a minha fortuna — continuou ela, devolvendo o olhar raivoso dele, enquanto mordia a casca do pão que lhe restava no prato.

— Silêncio! — exclamou ele. — Acabe logo com isso e vá embora!

— E as terras de Hareton, e a fortuna dele — insistiu a criatura, sem pensar. — Hareton e eu somos amigos agora, e vou contar a ele tudo o que o senhor fez!

O patrão pareceu atônito por um instante. Ficou pálido e se pôs de pé, sem tirar os olhos dela, com uma expressão de ódio mortal.

— Se bater em mim, Hareton vai bater no senhor — disse ela. — É melhor se sentar.

— Se Hareton não a expulsar da sala, vai comer o pão que o diabo amassou! — trovejou Heathcliff. — Bruxa do inferno! Como ousa colocá-lo contra mim? Dê um jeito nela! Está me ouvindo? Jogue-a na cozinha! Vou matá-la, Ellen Dean, se ela aparecer na minha frente de novo!

Sussurrando, Hareton tentou persuadi-la a se retirar.

— Leve-a para longe! — bradou o patrão, feroz. — Vão continuar de conversinha? — E se aproximou para levar a cabo a própria ameaça.

— Ele não vai mais obedecê-lo, homem perverso — disse Catherine —, e logo vai detestá-lo tanto quanto eu detesto.

— Shhh! Shhh! — murmurou o rapaz, em reprimenda. — Não vou deixar que fale assim com ele. Chega!

— Mas não vai deixá-lo bater em mim, vai? — protestou ela.

— É melhor nos retirarmos — sussurrou ele, sério.

Tarde demais: Heathcliff a agarrara.

— Agora suma daqui *você!* — ordenou a Earnshaw. — Bruxa maldita! Desta vez, testou meus limites, e farei com que se arrependa para todo o sempre.

Segurava-a pelos cabelos. Hareton tentou desvencilhar os cachos dela das garras do patrão, implorando para que a poupasse. Os olhos negros de Heathcliff brilhavam; ele parecia prestes a fazer picadinho de Catherine, e eu estava a ponto de arriscar interceder em seu socorro, quando, de repente, ele relaxou os dedos. Soltou o cabelo dela e pegou-a pelo braço, e encarou-a intensamente. Então passou as mãos sobre os olhos, deteve-se por um momento — creio que para se recompor —, encarou-a e, com uma tranquilidade fingida, disse:

— Você precisa aprender a não me tirar do sério, ou a esganarei de vez! Vá com a sra. Dean, e fique com ela... E guarde suas presunções para os ouvidos dela. Quanto a Hareton Earnshaw, se eu o vir dando atenção a você, vou mandá-lo ganhar pão onde der conta de se virar! Seu amor fará dele um pária e um mendigo. Nelly, leve-a! E deixem-me em paz, todos vocês! Deixem-me!

Tirei minha jovem patroa da sala; a debandada lhe pareceu uma boa ideia. O rapaz veio atrás, e o sr. Heathcliff ficou com a sala toda para si até a hora do almoço. Aconselhei Catherine a comer lá em cima, mas, assim que ele notou a cadeira vazia, mandou chamá-la. Ele não nos dirigiu a palavra, comeu muito pouco, e saiu logo em seguida, avisando que não regressaria antes do anoitecer.

Na ausência do patrão, os dois novos amigos se acomodaram na sala. Eis que ouvi Hareton dar uma bronca severa na prima, por lhe contar como o sogro dela tratara o pai dele. Disse que não toleraria uma palavra depreciativa contra Heathcliff, nem que fosse o próprio diabo. Tomaria seu partido, e preferiria até ser ele próprio insultado por ela, como era antes. Catherine estava perdendo a paciência, mas o rapaz deu um jeito de refreá-la, perguntando como se sentiria se *ele* falasse mal do pai dela. Ela compreendeu, então, que Earnshaw zelava pela reputação do patrão e era ligado a ele por elos que a razão jamais romperia — elos forjados pelo hábito, que seria cruel soltar. Ela mostrou ter um bom coração e, dali em diante, evitou se queixar e expressar antipatia por Heathcliff; ainda confessou para mim que lamentava ter testado a relação dele com Hareton. Para falar a verdade, acho que não ouvi mais uma sílaba sequer contra seu opressor diante do primo.

Assim que passou esse breve desentendimento, fizeram as pazes e mergulharam de volta em suas ocupações diversas como pupilo e professora. Fui me sentar com eles quando terminei meus afazeres, e me senti tão confortada ao observá-los que nem vi o tempo passar. Sabe, de certa forma, os dois pareciam ser filhos meus: fazia muito tempo que me orgulhava dela, e agora, eu tinha certeza, ele seria fonte de igual satisfação. Sua natureza honesta, afável e inteligente logo dissipou as nuvens de ignorância e depravação em que ele fora criado, e os elogios sinceros de Catherine serviram de estímulo para sua empreitada. A mente cada vez mais brilhante o deixava com as feições radiantes, e dava-lhe vida e ares de dignidade. Eu mal podia acreditar que era o mesmo indivíduo que eu tinha visto no dia que encontrei minha jovem patroa no Morro dos Ventos Uivantes, depois de sua expedição ao penhasco. Enquanto eu os admirava e eles estudavam sem parar, caiu a noite, e com ela regressou o patrão. Ele nos pegou desprevenidos, os três, entrando pela porta principal antes mesmo que pudéssemos erguer o rosto e olhar para ele. *Bem*, pensei, *nunca se viu cena mais agradável ou inocente que esta, e seria uma vergonha e tanto ralhar com eles.* A luz vermelha do fogo iluminava o rosto lindo dos dois e revelava o típico interesse ávido das crianças; pois, embora ele tivesse vinte e três anos e ela, dezoito, ambos tinham tanta coisa nova para sentir e aprender, que não vivenciavam ou manifestavam a sobriedade e o desencanto da maturidade.

Ergueram os olhos ao mesmo tempo, de encontro ao sr. Heathcliff... Não sei se o senhor já reparou, mas eles têm os mesmos olhos, e são os olhos de Catherine Earnshaw. A Catherine de hoje não se parece muito com ela, exceto pela tez larga e certo arqueamento no nariz, que a deixa um tanto altiva, querendo ela ou não. Com Hareton a semelhança é maior: sempre se faz notar, mas *naquele momento* era especialmente impressionante, com os sentidos do rapaz em alerta, e suas faculdades mentais, instigadas pela movimentação atípica. Imagino que essa semelhança tenha desarmado o sr. Heathcliff. Estava visivelmente inquieto quando se dirigiu à lareira, mas seu nervosismo se extinguiu — ou pelo menos se abrandou — assim que viu o rapaz. Ele tirou o livro das mãos de Hareton e deu uma olhada na página em que estava aberto, e logo o devolveu sem tecer nenhum comentário; apenas fez um sinal para que Catherine se retirasse. O companheiro dela não se demorou na sala por muito mais tempo, e eu estava prestes a me recolher também, mas o patrão me pediu para ficar.

— Que tristeza esse desfecho, não? — observou ele, depois de digerir a cena que tinha acabado de testemunhar. — Um fim absurdo para meus esforços violentos. Disponho de pés de cabra e enxadas para demolir as duas casas, venho treinando para trabalhar feito Hércules, e agora que tudo está pronto, a meu alcance, percebo que já não tenho forças para arrancar uma telha que seja! Meus velhos inimigos não me derrotaram; seria o momento ideal para me vingar de seus representantes. Poderia agir, e ninguém me impediria. Mas de que adiantaria? Não quero mais saber de golpear, não quero me dar o trabalho de erguer a mão! Soa até como se, todo esse tempo, eu estivesse tramando para exibir algum traço de magnanimidade... Mas é muito pelo contrário: perdi a capacidade de apreciar a destruição alheia, e não tenho mais ganas de destruir por destruir.

"Nelly, uma estranha mudança se aproxima... Estou nessa penumbra. Interesso-me tão pouco pelo cotidiano, que mal me lembro de comer e beber. Aqueles dois que deixaram a sala há pouco são os únicos elementos materiais que percebo, e esse referencial me causa dor, é uma agonia e tanto. Sobre *ela* me recuso a falar, não quero nem pensar. Gostaria apenas que fosse invisível, pois sua presença evoca apenas sentimentos enlouquecedores. Já *ele* me comove, é diferente; e, no entanto, se eu não corresse o risco de parecer maluco, jamais o veria de novo. Talvez você ache que eu esteja mesmo beirando a loucura, se eu tentar lhe descrever as antigas associações e ideias mil que ele desperta ou encarna", acrescentou ele, fazendo um esforço para sorrir. "Mas não diga nada a ninguém sobre isso. Vivi sempre com a mente tão retraída, que por fim fico tentado a confiá-la a alguém.

"Cinco minutos atrás, Hareton parecia mais uma personificação da minha juventude do que um ser humano. Eram tantos sentimentos que eu jamais conseguiria ter uma conversa racional com ele. A semelhança espantosa com Catherine já era uma associação terrível por si só. Mas, embora imagine que seja esse o meu pior impeditivo, na verdade é o de menos, pois o que *não* associo a ela? O que não me faz lembrar dela? Não consigo nem olhar para o chão, que as feições dela aparecem nos contornos dos ladrilhos! Está em cada nuvem, em cada árvore... Preenche o ar à noite e estampa todo objeto de dia... Estou cercado pela imagem dela! Rostos comuns de homens e mulheres, mesmo o meu, desdenham de mim, à sua semelhança. O mundo inteiro é uma terrível coletânea de lembretes de que ela existiu e eu a perdi! Bem, a figura de Hareton era o fantasma do meu amor imortal, dos meus esforços bravios para assegurar o que é meu por direito: minha decadência, meu orgulho, minha felicidade e minha angústia.

"É loucura compartilhar esses pensamentos com você, mas pelo menos assim entenderá por que, apesar da minha relutância em viver sozinho, a companhia dele não me beneficia. Na verdade, agrava o constante tormento que sofro, e contribui em parte para minha indiferença pelo vínculo entre ele e a prima. Não posso mais dar atenção a eles."

— Mas o que quer dizer com *mudança*, sr. Heathcliff? — perguntei, alarmada com seus modos, embora ele não perigasse perder os sentidos ou morrer, pelo que me parecia. Esbanjava vigor e saúde; e quanto ao juízo, desde a infância flertava com coisas sombrias e devaneios excêntricos. Podia até ser obcecado por seu ídolo perdido, mas em todos os outros aspectos tinha a mente tão afiada quanto a minha.

— Só saberei dizer quando chegar — disse ele. — Ainda está tudo muito obscuro.

— O senhor não está se sentindo indisposto, está? — indaguei.

— Não, Nelly, não estou — respondeu.

— Quer dizer, então, que o senhor não tem medo de morrer? — inquiri.

— Medo? Não! Não tenho nem medo, nem pressentimento, nem esperança de que vá morrer. Por que deveria ter? Com a minha constituição forte e o meu estilo de vida moderado, e ocupações inofensivas, hei de viver... *Sei* que vou viver até não me restar um fio de cabelo preto. E, contudo, não posso continuar desse jeito! Preciso me lembrar de respirar, quase preciso lembrar meu coração de bater. É como distender uma mola rígida... É por compulsão que faço o que quer que seja, sem pensar. E é por compulsão que percebo as coisas vivas e mortas, sem associá-las a uma única ideia universal. Tenho apenas um desejo, e todo o meu ser e minhas faculdades mentais anseiam realizá-lo. Anseiam há tanto tempo, e com tanto afinco, que estou certo de que *será* realizado, *em breve*, pois vem consumindo a minha existência: fui tragado pela expectativa. Não foi um alívio me confessar, mas talvez elucide minhas mudanças de humor, do contrário inexplicáveis. Deus! É uma longa batalha! Queria que já tivesse terminado!

Ele se pôs a andar de um lado para o outro, murmurando coisas terríveis para si mesmo, até eu começar a acreditar — assim como ele dizia que Joseph acreditava — que a consciência fizera de seu coração o inferno na terra. Perguntei-me como acabaria aquela história toda. Embora ele raramente manifestasse ou deixasse transparecer aquele estado de espírito, era seu temperamento habitual, disso eu não tinha dúvida. Ele próprio chegou a admitir, mas ninguém teria reparado, a julgar por sua compostura. O senhor mesmo não reparou quando o viu, não é verdade, sr. Lockwood? E daquela vez não estava muito diferente, só mais afeito à constante solidão, e talvez ainda mais lacônico na companhia dos outros.

## Capítulo 34

Por alguns dias, depois daquela noite, o sr. Heathcliff evitou a nossa companhia nas refeições, embora não fizesse pedidos formais para excluir Hareton e Cathy. Tinha aversão a ceder de todo a seus sentimentos, e preferia se ausentar — comer uma só vez a cada vinte e quatro horas parecia ser sustento o bastante para ele.

Certa noite, quando a família já tinha se retirado para dormir, ouvi ele descer e sair pela porta da frente. Não o ouvi voltar, e de manhã descobri que ainda estava ausente. Era abril. Fazia um calor agradável, a relva estava tão verde quanto as chuvas e o sol podiam deixá-la, e as duas macieiras anãs perto do muro ao sul estavam em plena floração. Após o café da manhã, Catherine insistiu para que eu levasse uma cadeira e cuidasse dos meus afazeres sob os abetos nos fundos da casa, e convenceu Hareton, que já tinha se recuperado do acidente, a cavar e organizar seu pequeno jardim, transferido para aquele canto por influência das queixas de Joseph.

Eu estava desfrutando a fragrância da primavera e o azul suave do céu quando minha jovem patroa, que correra até o portão para colher umas raízes de prímulas para um canteiro, retornou com meio fardo e nos informou que o sr. Heathcliff estava chegando.

— Ele falou comigo — acrescentou, perplexa.
— E o que ele disse? — perguntou Hareton.

— Para sumir do mapa o quanto antes... Mas estava tão diferente do habitual, que fiquei um tempo olhando para ele.

— Diferente como? — inquiriu ele.

— Ah, quase reluzente e alegre. Não, nada de quase... Estava *muito* animado, deslumbrado e contente! — explicou ela.

— Caminhar à noite o agrada, então — observei, com certa afetação, quando na verdade estava tão surpresa quanto ela, e ansiosa para averiguar a veracidade do relato. O patrão contente não era um espetáculo que se via todo dia. Pensei em uma desculpa para entrar em casa. Heathcliff estava junto à porta aberta, pálido e trêmulo; e, no entanto, tinha mesmo um estranho brilho no olhar, uma faísca de alegria, que alterava toda a sua expressão.

— O senhor vai tomar o café da manhã? — indaguei. — Deve estar com fome, depois de perambular por aí a noite inteira! — Queria saber por onde ele tinha andado, mas não ousaria perguntar diretamente.

— Não, não estou com fome — respondeu ele, virando o rosto e falando com desdém, como se soubesse que eu tentava desvendar a razão de seu bom humor.

Fiquei perplexa, e não sabia dizer se era um momento oportuno para admoestá-lo um pouco.

— Não convém ficar perambulando por aí, em vez de ir para a cama — comentei. — É falta de juízo, ainda mais nessa época do ano, com o tempo úmido. Vai acabar pegando um forte resfriado, ou uma febre, ouso dizer. Já está meio abatido!

— Nada que vá me derrubar — retrucou ele. — Aguentarei de bom grado, se me deixar em paz. Entre logo e não me aborreça.

Obedeci; e, ao passar pela porta, notei-o tão ofegante quanto um gato.

*Muito bem*, pensei, *a doença bate à porta. Não consigo nem imaginar o que ele anda fazendo.*

Ao meio-dia, o patrão se sentou para almoçar conosco e aceitou que eu lhe servisse um prato cheio, como se quisesse compensar o jejum anterior.

— Não estou resfriado nem com febre, Nelly — disse, em alusão a meu sermão matinal —, e estou pronto para fazer jus à comida que você me serve.

Pegou o garfo e a faca, e estava a ponto de começar a comer, quando de repente seu ânimo pareceu se dissipar. Pôs os talheres na mesa, olhou ansioso para a janela, levantou-se e saiu. Podíamos vê-lo andar de um lado para o outro no jardim enquanto terminávamos a refeição, e Earnshaw se dispôs a ir perguntar para ele por que tinha se retirado. Achou que o havíamos chateado, por algum motivo.

— E então, ele vem? — inquiriu Catherine, quando o primo ressurgiu na sala.

— Não — respondeu ele. — Mas não está zangado, parece mesmo alegre como nunca. Só que esgotei sua paciência, tentando puxar assunto duas vezes, e ele me mandou vir ficar com você. Imaginou que eu não fosse querer outra companhia que não a sua.

Deixei o prato dele em cima da lareira, para não esfriar, e depois de uma ou duas horas, quando já não havia mais ninguém na sala, ele entrou de volta, nem um pouco mais calmo. Ostentava o mesmo ar atípico (era tão atípico) de jovialidade sob as pestanas negras, a mesma palidez, e mostrava os dentes de vez em quando, em uma espécie de sorriso. Seu corpo tremia, não como quem treme de frio ou fraqueza, mas como uma corda esticada vibra — uma forte emoção, mais do que um abalo.

*Vou perguntar o que há com ele*, pensei. *Se eu não perguntar, quem vai?* E exclamei:

— Recebeu alguma notícia boa? Nunca vi o senhor tão entusiasmado!

— De onde eu receberia boas notícias? — retrucou ele. — É a fome que mexe comigo, mas não convém comer agora...

— Seu almoço está aqui — falei. — Por que não come?

— Não estou com vontade — murmurou ele, às pressas. — Vou esperar até o jantar. E, Nelly, de uma vez por todas, eu imploro, mantenha Hareton e aquela outra longe de mim. Não quero ser incomodado. Quero a casa toda para mim.

— Alguma nova razão para esse banimento? — indaguei. — Diga-me por que anda tão estranho, sr. Heathcliff! Onde esteve ontem à noite? Não pergunto por mera curiosidade. É que...

— É mera curiosidade, sim — interrompeu ele, com uma risada. — Vou lhe dizer mesmo assim. Ontem à noite, estive na boca do inferno. Hoje, contemplo meu paraíso. Posso vê-lo... A poucos palmos de distância! E agora é sua deixa. Não vai ver nem ouvir nada de assustador, se deixar de bisbilhotar.

Depois de varrer a lareira e limpar a mesa, retirei-me, mais perplexa do que nunca.

Heathcliff não tornou a sair de casa à tarde, e ninguém o incomodou, até que, às oito, embora não tivesse sido chamada, achei de bom tom levar uma vela e o jantar a ele. Estava debruçado em uma janela aberta, mas sem olhar para fora: seu rosto se voltava para a escuridão interior. O fogo se reduzira a cinzas, o sereno da noite nublada tomara a sala — uma noite tão silenciosa, que se fazia ouvir não só o rumor do riacho de Gimmerton como também o ondeio e o gorgolejo da água por entre os seixos e as grandes pedras que não chegava a cobrir. Soltei uma interjeição de desgosto quando vi a lareira apagada e comecei a fechar as janelas, uma depois da outra, até chegar à dele.

— O senhor quer que eu feche aqui? — perguntei para despertá-lo, pois não se mexia.

Eis que a vela iluminou seu rosto enquanto eu falava. Ah, sr. Lockwood, não tenho palavras para descrever o susto que levei com aquela visão momentânea! Aqueles profundos olhos negros! O sorriso, a palidez medonha! Não parecia o sr. Heathcliff, mas um goblin; e no furor do espanto, deixei o candelabro tombar contra a parede e fiquei no breu.

— Pode fechar — respondeu ele, com a voz de sempre. — Ora, mas que coisa! Por que estava segurando a vela deitada assim? Trate de trazer outra, ande!

Saí às pressas, atarantada de medo, e disse a Joseph:

— O patrão quer que você leve uma vela para ele e reacenda a lareira. — Pois eu não pretendia voltar à sala tão cedo.

Joseph pegou um punhado de brasas com a pá e foi, mas não tardou a retornar com o fardo e a bandeja do almoço na outra mão, explicando que o sr. Heathcliff estava indo dormir, e não queria comer nada até de manhã. Logo o ouvimos subir a escada; entretanto, não seguiu para seus aposentos — em vez disso, entrou no quarto com a arca. Como já comentei com o senhor, a janela desse cômodo é grande o bastante para qualquer pessoa passar, e me ocorreu que ele planejava uma nova excursão noturna, da qual preferia que não suspeitássemos.

*Será ele um carniçal, ou um vampiro?*, ponderei. Eu tinha lido sobre esses terríveis demônios encarnados. E então pensei em como cuidara dele na infância, o vira se tornar um rapaz, e o acompanhara quase a vida toda; e no absurdo que era sucumbir àquele pavor. *Afinal, de onde veio aquela criaturinha obscura, que levou à ruína o homem que a abrigou?*, murmurou a Superstição, enquanto eu caía no sono. E assim, no limiar do sonho, comecei a imaginar quem seriam os pais dele; e, reprisando as meditações que fizera desperta, recapitulei sua história de vida, com variações sombrias, por fim idealizando sua morte e seu enterro... Só me lembro de estar muito aborrecida por ser a responsável pela inscrição na lápide, e tratar do assunto com o coveiro — como ele não tinha sobrenome, e não sabíamos sua idade, fomos obrigados a nos contentar com aquela única palavra: "Heathcliff". E não foi diferente. Se o senhor visitar o cemitério um dia, lerá na lápide apenas isso e a data de seu falecimento.

    O novo dia devolveu-me o bom senso. Levantei-me e fui até o jardim assim que clareou, para ver se havia alguma pegada debaixo da janela. Não havia nenhuma. *Ele ficou em casa*, pensei, *e há de estar bem hoje*. Preparei o desjejum para a criadagem, como de costume, e disse a Hareton e Catherine para não esperarem o patrão descer, pois ainda estava deitado. Os dois preferiram comer lá fora, sob as árvores, e arrumei uma mesinha para acomodá-los.

    Quando retornei, encontrei o sr. Heathcliff na área comum, tratando de negócios da fazenda com Joseph. Dava instruções claras e minuciosas sobre o assunto em questão, mas falava depressa e virava o rosto o tempo todo, com a mesma expressão inquieta de antes, ainda mais carregada. Assim que Joseph deixou o recinto, o patrão se sentou no lugar de sempre, e deixei uma xícara de café diante dele. Ele a puxou para perto, debruçou-se na mesa e fitou a parede oposta, pelo que pude inferir, examinando um pedaço em particular, de cima a baixo, com os olhos brilhantes e inquietos, e com tanto interesse que chegou a suster a respiração por uns trinta segundos.

    — Vamos! — exclamei, atochando um pedaço de pão em sua mão. — Coma e beba um pouco, enquanto o café ainda está quente. Já faz quase uma hora que está à mesa.

    Ele não notou a minha presença, e ainda assim sorriu. Preferiria ter visto ele ranger os dentes a sorrir daquele jeito.

— Sr. Heathcliff! Patrão! — bradei. — Pelo amor de Deus, não fique com esse olhar, como se tivesse visto uma aparição.

— Por Deus, não grite tão alto! — retrucou ele. — Vire-se e me diga, estamos a sós?

— Mas é claro. — Foi minha resposta. — Somos só nós.

Ainda assim, involuntariamente, obedeci como se não tivesse muita certeza. Com um só movimento, ele abriu espaço entre os itens do café da manhã e se debruçou na mesa, para contemplar a parede mais à vontade.

Percebi, então, que não era a parede que ele tanto encarava; mais de perto, fiquei com a impressão de que observava algo a dois metros de distância, se tanto. E o que quer que fosse, parecia transmitir prazer e dor, extremos opostos — pelo menos era o que sugeria seu semblante, ao mesmo tempo angustiado e extasiado. O objeto ilusório tampouco era fixo. Seus olhos o seguiam com uma diligência incansável, e nem mesmo quando falava comigo desviava o olhar. Em vão, lembrei-o de seu jejum prolongado. Quando se mexia para tocar em algo, atendendo às minhas súplicas, quando estendia a mão para pegar um naco de pão, seus dedos se cerravam antes de apanhá-lo, e permaneciam na mesa, desatentos ao que pouco antes buscavam.

Sentei-me, um modelo exemplar de paciência, na tentativa de tirar seu foco daquela abstração que tanto o envolvia, até que ficou irritado e se levantou, perguntando por que eu não o deixava em paz, para fazer refeição no próprio tempo, e ordenando que, numa próxima ocasião, não esperasse — eu poderia simplesmente pôr a mesa e me retirar. E com essas palavras deixou a casa, caminhando lentamente pela alameda do jardim, até desaparecer no portão.

As horas se arrastaram, e anoiteceu mais uma vez. Deitei-me tarde da noite e, quando enfim o fiz, não consegui pegar no sono. Ele regressou depois da meia-noite e, em vez de ir para a cama, fechou-se na sala lá embaixo. Fiquei à escuta, revirando-me, e por fim me vesti e desci. Estava impossível ficar ali deitada, atormentando minha mente com mil preocupações à toa.

Distingui os passos inquietos do sr. Heathcliff de um lado para outro, e ele volta e meia quebrava o silêncio com uma respiração profunda, algo como um grunhido. Balbuciava umas palavras soltas também; a única que consegui compreender foi o nome de Catherine, junto com algum termo de afeto ou sofrimento, proferido como se ele se dirigisse a uma pessoa presente — em um tom grave e sério, das profundezas de sua alma. Não tive coragem de entrar na sala tão de repente, mas queria despertá-lo daquela quimera, e por isso resolvi atiçar o fogo da cozinha, remexendo as brasas. Aquilo o atraiu mais cedo até do que eu esperava. Ele não se demorou a abrir a porta, e disse:

— Nelly, venha cá... Já é de manhã? Traga sua vela.

— O relógio dá quatro horas — respondi. — Se o senhor quiser levar uma vela lá para cima, pode acender na fornalha.

— Não, não pretendo subir — disse ele. — Venha e acenda a lareira aqui para mim, e faça o que precisa fazer na sala.

— Preciso espalhar a brasa no carvão antes de levar um punhado para a sala — expliquei, enquanto pegava uma cadeira e o fole.

Ele ficou andando para lá e para cá, no meio-tempo, beirando o devaneio; soltava um suspiro atrás do outro, sem margem para respirar normalmente.

— Quando raiar o dia, vou mandar chamar o sr. Green — disse. — Quero tratar de assuntos jurídicos com ele enquanto ainda tenho cabeça para isso, e enquanto consigo agir com calma. Ainda não redigi meu testamento, e não sei o que fazer com a propriedade. Quem me dera poder riscá-la da face da terra!

— Não fale assim, sr. Heathcliff — intercedi. — Deixe o testamento por ora, que ainda terá tempo de sobra para se arrepender de todas as suas injustiças. Nunca imaginei que o senhor ficaria mal dos nervos, mas está, no momento, muito mal, e a culpa é quase toda sua. Nem um titã aguentaria viver como o senhor viveu os últimos três dias. Coma um pouco, e descanse. Se o senhor se olhar no espelho, vai ver que está precisando. Está com as bochechas encovadas e os olhos vermelhos, como quem morre de fome e periga ficar cego por não dormir.

— Não é culpa minha se não consigo comer ou repousar — retorquiu ele. — Pode ter certeza de que não é por falta de vontade. Farei as duas coisas assim que puder. Seria como pedir para um homem se debatendo na água a um palmo da orla que descanse! Preciso chegar lá primeiro, para depois descansar. Bem, esqueça o sr.

Green, então. Quanto a me arrepender... Ora! Não cometi nenhuma injustiça e não me arrependo de nada. Estou muito feliz, mas ainda não estou feliz o bastante. O êxtase da minha alma está consumindo o meu corpo, mas não se satisfaz.

— Feliz, senhor? — exclamei. — Mas que estranha felicidade! Se me desse ouvidos, em vez de se aborrecer comigo, eu lhe daria um conselho para ficar ainda mais feliz.

— E que conselho é esse? — indagou ele. — Diga-me.

— Bem — comecei —, o senhor sabe, melhor do que ninguém, que desde os treze anos leva uma vida egoísta, nada cristã, e que mal encostou em uma Bíblia esse tempo todo. Deve ter se esquecido das palavras das Escrituras, e talvez não disponha de tempo para estudar agora. Acha que lhe faria mal se eu mandasse chamar alguém, um pastor, de qualquer denominação que seja, para discorrer sobre elas e mostrar ao senhor o quanto se desviou de seus preceitos, e quão indigno é de ir para o céu, a menos que passe por alguma mudança antes de sua morte?

— Sinto-me muito mais grato do que aborrecido, Nelly — disse ele —, pois você me lembrou da maneira como desejo ser enterrado. Quero que o cortejo ao cemitério da igreja seja à noite. Se você e Hareton quiserem, podem me acompanhar, e cuide para que o coveiro, em particular, siga minhas instruções sobre os dois caixões! Nenhum pastor se faz necessário, nenhum tributo. Fique tranquila, que *meu* paraíso eu já quase alcancei, e o dos outros não tem nenhum valor para mim, não cobiço.

— E se o senhor persistir no jejum e acabar morrendo, e se recusarem a enterrá-lo nas imediações da igreja? — perguntei, chocada com sua indiferença ímpia. — O que acharia disso?

— Não vão fazer isso — respondeu ele. — Se fizerem, cabe a você me transportar em segredo. Do contrário, verá com os próprios olhos que os mortos não são aniquilados!

Assim que ouviu a movimentação dos demais membros da família, recolheu-se em sua toca, e respirei mais aliviada. À tarde, no entanto, quando Joseph e Hareton estavam na labuta, ele voltou à copa e, com um olhar selvagem, chamou-me para sentar com ele na sala — queria companhia. Recusei-me, dizendo com todas as letras que suas conversas e modos estranhos me assustavam, e que não tinha coragem nem vontade de ficar sozinha com ele.

— Ouvindo você assim, parece até que sou um demônio — disse ele, com sua risada sombria —, uma criatura terrível demais para viver sob um teto decente.

Então, virando-se para Catherine, que se fazia presente e se escondera atrás de mim ante a aproximação dele, acrescentou, com um leve desdém:

— E *você*, mocinha, vai me fazer companhia? Não vou machucá-la. Não! Para vocês, sou pior que o diabo. Bem, pelo menos *uma* pessoa não se esquiva da minha companhia! Por Deus, ela é implacável! Maldição! Faltam-me palavras... É demais para alguém de carne e osso suportar, mesmo eu.

Ele não solicitou a companhia de mais ninguém. De noite, retirou-se para o quarto com a arca. Durante a madrugada, pudemos ouvi-lo grunhir e murmurar sozinho. Hareton queria entrar, mas pedi que fosse chamar o dr. Kenneth, para vê-lo. Quando ele chegou, pedi licença e tentei abrir a porta dos aposentos, mas estava trancada; e Heathcliff nos mandou para o inferno. Disse que estava melhor e queria ser deixado em paz, e o médico foi embora.

Na noite seguinte, caiu um temporal — choveu muito até amanhecer. Quando saí para fazer minha caminhada matinal ao redor da casa, notei a janela do patrão escancarada, deixando a água entrar. *Ele não deve estar na cama*, pensei. *As pancadas de chuva o deixariam ensopado. Deve ter se levantado, ou saído. Mas chega de preâmbulo! Vou tomar coragem e dar uma olhada.*

Assim que consegui abrir a porta, com outra chave, corri para abrir os painéis da arca, pois o quarto estava vazio; puxei-os depressa e espiei lá dentro. E lá estava o sr. Heathcliff, deitado de costas. Fitou-me com um olhar tão feroz e penetrante, que levei um susto; e então pareceu sorrir. Não imaginei que tivesse morrido, embora estivesse com o rosto e o pescoço encharcados da chuva. A roupa de cama pingava, e ele estava perfeitamente imóvel. A janela, batendo com o vento, arranhara sua mão que repousava no parapeito. Não escorria sangue da pele ferida e, quando encostei nele, não me restou mais dúvida: estava morto e rijo!

Tranquei a janela, afastei as longas madeixas pretas de seu rosto e tentei fechar seus olhos — para extinguir, se possível, aquele olhar assustador de exultação, tão vivo, antes que alguém o visse. Não fechavam por nada. Pareciam desdenhar de meus esforços, junto com seus lábios entreabertos e dentes brancos afiados! Tomada pela covardia mais uma vez, gritei por Joseph. O criado se arrastou escada acima e grunhiu qualquer coisa, mas recusou-se terminantemente a mexer com ele.

— O diabo levou a alma dele! — bradou Joseph. — Podia aproveitar a barganha e levar a carcaça junto logo! Arre! Coiso ruim! Onde já se viu sorrir c'a morte? — E o velho pecador abriu um sorriso jocoso.

Joseph parecia a ponto de dar cambalhotas em volta da cama, mas logo se recompôs, caiu de joelhos, ergueu as mãos aos céus e deu graças a Deus pela restituição dos direitos da propriedade ao legítimo patrão e sua antiga linhagem.

Fiquei atônita diante daquela lástima, e minha memória inevitavelmente resgatou tempos passados com uma tristeza opressiva. Mas o pobre Hareton, o mais injustiçado, foi o único que sofreu de fato. Passou a noite toda sentado junto ao corpo, chorando com amargor. Apertou sua mão e beijou seu rosto selvagem e sarcástico, quando os demais presentes evitavam contemplá-lo; e lamentou a perda com uma tristeza profunda, natural de um coração generoso, embora bruto feito aço temperado.

Perplexo, o dr. Kenneth não conseguiu identificar a causa da morte. Ocultei dele o fato de que o patrão não havia ingerido nada em quatro dias, com receio de criar um alvoroço. Mas estou certa de que não jejuou de propósito: foi consequência de sua estranha enfermidade, e não a causa.

Nós o enterramos, para o escândalo da vizinhança, como ele desejava. O cortejo se resumiu a Earnshaw e eu, o coveiro e os seis homens que carregaram o caixão. Os seis partiram assim que o colocaram no chão, e nós ficamos até que fosse enterrado. Hareton, banhado em lágrimas, cavou e cobriu ele mesmo a cova. Hoje, a relva está tão fresca e verdejante quanto os montículos vizinhos, e espero que o inquilino desfrute de um sono igualmente profundo. Mas, se o senhor perguntar, a gente do campo jura por Deus que ele *perambula* por essas bandas: há quem diga que o viu perto da igreja, na charneca, e até aqui na casa. "Bobagem", o senhor dirá, pois é o que eu digo. Mas aquele ancião sentado junto à fornalha diz que, toda noite chuvosa desde que Heathcliff morreu, vê os dois olhando pela janela daquele quarto; e aconteceu uma coisa estranha comigo cerca de um mês atrás. Uma noite, eu estava a caminho da Granja — era uma noite escura, e ameaçava trovejar — quando me deparei com um garotinho, um carneiro e duas ovelhas na encruzilhada do Morro. Ele chorava copiosamente, e imaginei que os carneiros tivessem se rebelado e empacado.

— O que foi, rapazinho? — perguntei.

— Heathcliff e uma mulher estão ali no sopé da colina — soluçou ele —, e estou com medo de passar.

Não vi nada, mas nem as ovelhas nem o menino saíam do lugar, então falei para pegarem a estrada lá de baixo. Provavelmente eram frutos de sua imaginação, cruzando a charneca sozinho, pensando nas bobajadas que ouviu os pais e colegas relatarem. No entanto, agora não gosto de ficar no escuro, e não gosto de ficar sozinha nesta casa sombria. Não consigo evitar. Ficarei contente quando a deixarem e se mudarem para a Granja.

— Eles vão para a Granja, então? — inquiri.

— Pois é — assentiu a sra. Dean —, assim que se casarem, e isso vai ser no Ano-Novo.

— E quem vai morar aqui?

— Ora, Joseph vai tomar conta da casa, e talvez um rapaz lhe faça companhia. Vão viver na parte dos fundos, e o restante da casa vai ficar fechado.

— A bel-prazer dos fantasmas que desejarem ocupá-la — observei.

— Não, sr. Lockwood — disse Nelly, balançando a cabeça. — Acredito que os mortos descansam em paz, e não convém falar deles com leviandade.

Eis que o portão se abriu; os dois voltavam do passeio.

— *Eles* não têm medo de nada — resmunguei, enquanto via se aproximarem pela janela. — Juntos, enfrentariam Satanás e suas legiões.

Antes de entrar, pararam para contemplar a lua uma última vez — ou ainda, olhar um para o outro sob o luar —, e senti um impulso irresistível de fugir deles novamente. Deixei uma lembrança nas mãos da sra. Dean e, ignorando suas reprimendas pela grosseria, desapareci pela cozinha justo quando abriam a porta da frente — o que teria confirmado a opinião de Joseph sobre as indiscrições da colega, se ele não tivesse me tomado por uma figura de respeito, graças ao doce tilintar da moeda que joguei a seus pés.

Estendi a caminhada para casa com uma passada na igreja. Lá dentro, notei o quanto a deterioração evoluíra em meros sete meses. Muitas janelas eram só vãos negros, sem vitral, e telhas pendiam aqui e ali, desalinhadas, perigando cair de vez com as vindouras tempestades de outono.

Procurei, e logo encontrei, as três lápides no declive do morro: a do meio, cinzenta e coberta até a metade pela urze; a de Edgar Linton, ornada apenas com a grama e o musgo que subiam por seus pés, e a de Heathcliff, ainda descoberta.

Demorei-me entre elas, sob aquele céu benévolo; observei as mariposas esvoaçantes entre as urzes e campânulas, escutei a brisa suave soprar pela relva, e me perguntei como alguém poderia imaginar um sono agitado para quem dorme na paz daquela terra.

# NANO

**NANO**

**DADOS INTERNACIONAIS DE CATALOGAÇÃO NA PUBLICAÇÃO (CIP)**

B869m
Brontë, Emily
O Morro dos Ventos Uivantes / Emily Brontë ; tradução por Stephanie Fernandes. – Rio de Janeiro : Antofágica, 2023.
472 p. ; 11,5 x 15,4 cm ; (Coleção de Bolso)
Título original: Wuthering Heights

•

**ISBN 978-65-80210-30-5**

•

1. Literatura inglesa. I. Fernandes, Stephanie. II. Título.

CDD 823      CDU 821.111

*André Queiroz – CRB 4/2242*

*Todos os direitos desta edição reservados à*

## Antofágica

prefeitura@antofagica.com.br
instagram.com/antofagica
youtube.com/antofagica
Rio de Janeiro — RJ

*Dê o pé desta festa estranha com gente esquisita, e vá para o diacho.*

Acesse os textos complementares a esta edição.
Aponte a câmera do seu celular para o QR CODE abaixo.

ARRE, O PESSOAL DA IPSIS GRÁFICA TEVE A PACHORRA
DE IMPRIMIR ESSA ALGAZARRA TODA, CONTADA
C'AS FONTES

## Sentinel
## Graphik
— E EM PAPEL —
**Pólen Bold 70g**

Setembro 2023.